Foto: Isolde Ohlbaum

Erica Jong wurde 1942 in Manhattan geboren, wuchs in New York auf und studierte an der Columbia University Englische Literatur. Von 1966 bis 1969 lebte sie mit ihrem zweiten Mann, einem Facharzt für Kinderpsychiatrie, in Heidelberg. Sie schrieb Zeitschriftenartikel, publizierte drei Lyrikbände und wurde mit ihrem ersten Roman, ›Angst vorm Fliegen‹, der 1973 in Amerika erschien, mit einem Schlag berühmt. Ihr zweiter Roman, ›Rette sich wer kann‹, der die Geschichte der Isadora Wing weiterspinnt, erschien 1978 bei S. Fischer in deutscher Übersetzung, ebenso 1980 ihr Roman ›Fanny‹. Erica Jong lebt heute als Schriftstellerin in New York. Sie ist mit einem Rechtsanwalt verheiratet und hat eine Tochter.

Der letzte Blues: Mit ihrem Welterfolg hat Erica Jong in den siebziger Jahren die Frauen in die sexuelle Revolution entlassen, ihnen buchstäblich die *Angst vorm Fliegen* genommen.
Nun zeigt sie, wie man landet. Thema ihres neuen Romans ist die Geschichte einer Frau, die sich aus einer sexuellen Abhängigkeit befreit.
Zwanzig Jahre, nachdem Isadora Wing ihre ungehemmte Freude am Sex entdeckt hat, durchmißt die Malerin Leila Sand, jenseits der Vierzig lust- und qualvoll alle Höhen und Tiefen ihrer Sexbesessenheit. Ihre zwanghaften Beziehungen zu einem wesentlich jüngeren Mann und einem Latin Lover in Venedig bringen sie an den Rand ihrer Kraft. Und allmählich lernt sie in ihrem Kampf gegen Liebessucht und Sexbesessenheit, Wertmaßstäbe aus ihrem eigenen Innern zu entwickeln – nicht nur über Männer, Rollenspiel, Süchte und Sehnsüchte.
Ein brisanter und aktionsreicher, mit großer Offenheit erzählter Roman »...die richtige Antwort auf Bestseller wie ›Wenn Frauen zu sehr lieben‹ und ›Liebe als Leid‹«. (*Der Stern*)

Lieferbare Titel im Fischer Taschenbuch Verlag: ›Angst vorm Fliegen‹ (Bd. 2080), ›Rette sich, wer kann‹ (Bd. 2457), ›Fanny‹ (Bd. 8045).

Erica Jong

Der letzte Blues

Roman

Aus dem Amerikanischen von
Elke vom Scheidt

Fischer Taschenbuch Verlag

Mein besonderer Dank gilt Ed Victor, Gladys Carr,
William Shinker, Margaret Kiley, Ken und Barbara Follet,
Shirley Knight, Gerri Karetsky und Georges Belmont für liebevolle
Unterstützung über den Ruf von Pflicht oder Freundschaft hinaus.
Und eine herzliche Umarmung für Molly Jong-Fast, die fabelhafteste
Tochter der Welt, und für Ken Burrows, meinen zauberhaften
Ehemann, der genau in dem Moment erschien, in dem ich aufgehört
hatte, an zauberhafte Ehemänner zu glauben.

Veröffentlicht im Fischer Taschenbuch Verlag GmbH,
Frankfurt am Main, Dezember 1992

Lizenzausgabe mit freundlicher Genehmigung des
Scherz Verlags, Bern und München.
Titel der Originalausgabe: ›Any Woman's Blues‹

Einzig berechtigte Übersetzung aus dem
Amerikanischen von Elke vom Scheidt

(Siehe auch Seite 318)
Umschlaggestaltung: Friederike Simmel, Frankfurt am Main
Druck und Bindung: Clausen & Bosse, Leck
Printed in Germany
ISBN 3-596-10905-1

Für den unmöglichen Er,
der in mir lebt,
Und für M. N. B. in Liebe

The blues ain't nothing
but the facts of life.

WILLIE DIXON

Wirf dein Herz vor dir her und laufe ihm nach, um es zu fangen.

ARABISCHES SPRICHWORT

Ich habe die Absicht, meinen eigenen Claim abzustecken, winzig, aber mein. Da mir ein Name dafür fehlt, werde ich ihn – pro tempore – *Das Land des Ficks nennen.*

HENRY MILLER

Liebe hat keine Worte, um sie zu buchstabieren, und keine Grenzen, an denen sie anfängt oder aufhört.

ANONYME ALKOHOLIKER
The Big Book

Vorwort

Wie ich dazu kam, dieses Manuskript herauszugeben – und wie Isadora Wing dazu kam, es zu schreiben –, das sind zwei der vielen bizarren Geschichten, die die folgenden Seiten zu erzählen haben. Ich zögere, das Buch «Roman» oder «Autobiographie» zu nennen, denn Isadora Wings einzigartige Begabung bestand darin, die Grenzen zwischen beiden zu verwischen. Doch bei der Herausgabe von «Der letzte Blues», das zwangsläufig ein unvollständiges und unbearbeitetes Manuskript war, hatte ich noch mit einem anderen Problem zu kämpfen: Die Autorin hat nämlich, zusammen mit ihrem unvollendeten Buch, ihre Diskussionen mit sich selbst und ihrer Heldin am Rand ihres Arbeitsmanuskripts hinterlassen. Ich habe mir die Freiheit genommen, diese – kursiv gedruckt – dort in den Text einzufügen, wo Isadora Wing sie nach meiner Vermutung haben wollte. Wir verfügen so über eine einzigartige Dokumentation, wie eine Autorin mit ihrem Geschöpf debattiert, ihm sogar mit verfänglichen Fragen zusetzt – ein kreativer Dialog also, der wohl in den Köpfen aller Romanautoren stattfindet, den mitzuerleben wir aber in den meisten Fällen nicht das Privileg haben.

Wann hat Isadora Wing «Der letzte Blues» geschrieben?

Hinweise im Manuskript selbst lassen darauf schließen, daß der Roman in den späten achtziger Jahren verfaßt wurde, am Ende jener Dekade der Gier und Exzesse, die als Reagan-Jahrzehnt bekannt ist. Dies würde auch den bekannten Tatsachen aus Isadora Wings Leben entsprechen – daß sie ihre «Romane» fast immer als Reaktion auf Krisen in ihrem persönlichen Leben schrieb und daß sie Ende der achtziger Jahre versuchte, eine zwanghafte Beziehung zu einem wesentlich jüngeren Mann abzubrechen, einem gutaussehenden, jungen WASP (Weiß, Angelsächsisch, Protestantisch-)Erben mit einer unseligen Abhängigkeit von Drogen und Alkohol.

Das erste Kapitel des «Romans» erscheint mir als einer der außerordentlichsten Texte, die ich je gelesen habe. Es verrät ein Maß an Wundsein und Verletzlichkeit bis zum äußersten. Ich frage mich, wie Isadora Wing, wäre sie heute noch am Leben, die Veröffentlichung dieses Werkes würde ertragen können – so vieles gibt sie preis. In der Tat scheint ihr das völlig bewußt gewesen zu sein, denn eine Notiz für ihre Recherchier-Assistentin und Sekretärin, an den Rand der letzten Seite von Kapitel eins gekritzelt, lautet:

Bitte per Computer feststellen, wie oft das Wort «Schwanz» in diesem Kapitel vorkommt. Ich fühle mich, als würde ich in Schamhaaren ersticken – wenn er sie noch einmal bumst, schreie ich!

Vielleicht ist hier noch ein weiteres Wort an die Leserin und den Leser angebracht.

Dieser sogenannte Roman ist nichts für Prüde oder Engherzige. Seine Direktheit und Schonungslosigkeit werden den abgehärtesten Freigeist schockieren. Dennoch halte ich es für verdienstvoll, ihn zu publizieren – und sei es nur, um zu demonstrieren, zu welcher Sackgasse die sogenannte sexuelle Revolution verkommen war und welche Verzweiflung sogenannte freie Frauen in den letzten paar Jahren unserer dekadenten Epoche empfanden.

«Der letzte Blues» ist eine Fabel über die heutige Zeit: die Ge-

schichte einer Frau, verloren in Exzeß und Extremismus – sexsüchtig, alkoholsüchtig, eßsüchtig. Er ist der «Roman», an dem Isadora gerade schrieb, als ihr gechartertes Flugzeug über dem Südpazifik in der Nähe der Trobriand-Inseln als vermißt gemeldet wurde.

Während ich diese einleitenden Worte schreibe, hat man das Wrack noch immer nicht gefunden.

Isadora Wing nahm während mehrerer Jahre Flugstunden. 1987 machte sie ihren Pilotenschein und genoß es, am Himmel über ihrem Heimatstaat Connecticut ihre eigene Maschine zu fliegen.

Ihren letzten, tragischen Flug unternahm Ms. Wing in Begleitung ihres vierten und letzten Ehemannes, des bekannten Dirigenten und Komponisten Sebastian Wanderlust, mit dem sie seit 15 Jahren befreundet war und den sie gerade geheiratet hatte. Es ist nicht bekannt, ob sie oder Sebastian die Maschine flog, aber einige Hinweise in ihren umfangreichen Tagebüchern sprechen dafür, daß sie es war. Sie hinterläßt eine elfjährige Tochter, Amanda Ace, zwei Stiefsöhne, drei Schwestern, ihre alten Eltern sowie acht Nichten und Neffen.

Da ihre Tochter noch minderjährig ist, suchten die Verwalter von Ms. Wings Nachlaß ganz in ihrem Sinne nach einer angesehenen feministischen Literaturwissenschaftlerin, um Ms. Wings «literarisches Vermächtnis» herauszugeben und für den Druck vorzubereiten. Diese traurige, aber anregende Aufgabe fiel mir zu.

Ich war sehr eingenommen von Ms. Wings erstem Gedichtband, «Vaginalblüten», den ich sofort als Novum in der weiblichen Lyrik und als Gegenstück zu der schicksalsschweren, dem Tod zugewandten Dichtung von Sylvia Plath und Anne Sexton erkannte. Da war eine Lyrikerin, die ihre eigene Weiblichkeit mit Verve und joie de vivre *begrüßte und feierte. Isadora Wings erster Roman, «Candidas Beichte», der Skandalerfolg, der ihren Namen berühmt machte, war noch nicht veröffentlicht, und Ms. Wing selbst hatte damals eine Teilzeitstelle als Dozentin für Englisch am City College in New York. Wir lernten uns als Kolleginnen kennen, als Feministinnen, als Zeitgenossinnen, beide dem Kampf um die Rechte der Frau verpflichtet, beide, wenn ich so sagen darf, Shakespeares Schwestern. Ich erinnere mich an eine warmherzige und anziehende Blondine Ende zwanzig mit stark selbstironischem Esprit, dem Galgenhumor des Underdog und der Neigung, ihre Rede mit jiddischen Ausdrücken, Kraftworten und literarischen Anspielungen zu würzen. Ich fühlte mich auf der Stelle zu ihr hingezogen. Aber ich erinnere mich auch an eine große Traurigkeit in ihren Augen und eine Verletzlichkeit, die mich verwirrte und überraschte.*

Ich hatte nie jemand so Verletzlichen kennengelernt außer der Dichterin Anne Sexton, und ich konnte die provokative Art von Ms. Wings Schriften und die Verletzlichkeit ihrer Person nicht ganz verstehen. Es war, als seien die beiden Hälften ihrer selbst noch nicht ganz zusammengekommen; und tatsächlich fällt es mir noch immer schwer, die zerbrechliche junge Schriftstellerin, die ich 1973 kennenlernte, mit der welterfahrenen Frau zu assoziieren, die ihr eigenes Flugzeug steuerte, zahlreiche Liebhaber hatte und ebenso schonungslos lebte, wie sie schrieb, indem sie das Hemingwaysche Ideal des Romanschriftstellers übernahm und es sich für das ganze weibliche Geschlecht zu eigen machte.

Im Lauf der Jahre trafen Ms. Wing und ich uns nur selten, aber wir behielten eine unregelmäßige Korrenspondenz bei. Nach Ms. Wings tragischem Tod wurde ich von ihrem Stiefsohn Charles Wanderlust, selbst ein hervorragender Dozent der englischen Literatur (vorromantische Lyrik), und ihrer Schwester Chloe, Psychotherapeutin in New York City, gebeten, die Papiermassen auf Ms. Wings Schreibtisch in Connecticut zu sichten.

Ms. Wings Familie schien ihren literarischen Nachlaß nicht angerührt zu haben, obwohl einer ihrer früheren Ehemänner drohte, Klage zu erheben, falls in irgendeinem Teil des neuen Buches von ihm die Rede sein sollte. Zum Glück kam es nie dazu, da sein Name sogar in ihren Notizbüchern kaum je auftaucht. Wenn Isadora in ihrem Leben weiterging, dann ging sie weiter, und falls irgendwelche Geister aus der Vergangenheit sie beschäftigten, dann waren es der Geist ihres Großvaters, des Malers Samuel Stoloff, der Geist von Colette, der sie sich sehr verwandt fühlte, und der Geist von Amelia Earhart, deren Schicksal sie bald teilen sollte.

Da ich die Neigung der Autorin kannte, auf endlosen Reisen all ihre Manuskripte und Notizbücher bei sich zu führen, fürchtete ich, nichts von Wert zu finden, fürchtete sogar, die Manuskripte und Notizbücher seien mit ihr im Südpazifik versunken. Doch das

Gegenteil war der Fall. Ich fand einen unvollständigen Entwurf ihres letzten «Romans», «Der letzte Blues», ein Dutzend oder mehr marmoriert eingebundene Notizbücher aus Venedig, die bis in die späten siebziger Jahre zurückreichten, als sie «Tintorettos Tochter» schrieb, einen Schnellhefter mit neuen, unveröffentlichten Gedichten, die den vorläufigen Titel «Schlaflied für einen Dybbuk» trugen, einen weiteren Ordner, in dem sich das Fragment eines Manuskripts mit dem Titel «Das Amazonenhandbuch» von Isadora Wing und Emiliy Quinn befand, verschiedene Ordner literarischer Korrespondenz mit verschiedenen Autoren in aller Welt; Liebesbriefe einer überraschenden Vielzahl von Männern und Frauen, Stapel von Büchern über Kunst und Anthropologie, Zeitungsausschnitte über Künstlerinnen und dergleichen. Von besonderem Interesse ist der folgende Auszug aus einem ihrer Notizbücher, datiert Oktober 1987, also zeitgleich mit Teilen des Rohentwurfs von «Der letzte Blues»:

> *Schon seit einiger Zeit möchte ich einen Roman schreiben, der auch die Materialien des kreativen Weges enthält und eben durch seine Form oder Formlosigkeit den Vorgang illustriert, wie das Buch entsteht – vor allem die Debatten mit dem eigenen Ich oder mit der Heldin am Rande des Manuskripts. Was ich vermitteln möchte, ist der kreative Fluß als solcher, das Gefühl, daß das Leben mit der Kunst kämpft und die Kunst mit dem Leben – das Chaos und den Aufruhr, dem Selbst einen Roman abzuringen. Ich war immer beeindruckt von Prousts Motto (das Colette übernahm):* «Ce ‹je› qui est moi et qui n'est peut-être pas moi» *(«Dieses ‹Ich›, das ich bin und vielleicht nicht bin»). Jeder Romanautor kämpft mit diesem Paradox, denn wir wissen, daß nicht nur unser Protagonist, sondern jede Gestalt in jedem Buch ein Teil jenes geheimnisvollen Mosaiks ist, das wir unser «Selbst» nennen.*

Aufgrund dieser Äußerung und anderer Hinweise in den Tagebüchern und Briefen (einschließlich handgeschriebener Anmerkungen in dem unvollständigen Entwurf, die anzeigten, wo sie Bruchstücke weiteren Materials einfügen wollte) habe ich mir die Freiheit genommen, Ms. Wings letztes Manuskript so zu rekonstruieren, wie es nach ihrem Wunsch zweifellos erscheinen sollte.

«Der letzte Blues», ein konventioneller Schlüsselroman über eine Künstlerin namens Leila Sand, die zu Beginn des Buches gleichzeitig ihren Alkoholismus und eine sadomasochistische Abhängigkeit von einem wesentlich jüngeren Mann bekämpft, wird daher an verschiedenen Stellen durch Isadora Wings Debatten mit Leila Sand unterbrochen; die Autorin diskutiert mit ihrer Protagonistin – kurz, mit sich selbst. Diese Debatten suggerieren den Fortgang des Lebens neben dem Roman.

Wie viele Frauen der heutigen Zeit glaubte Ms. Wing offenbar, das Geheimnis des Glücks liege nicht in der Illusion vom «vollkommenen Mann», sondern vielmehr darin, Stärke im eigenen Selbst zu finden. Hat man diese Stärke einmal gefunden, kann man mit oder ohne Partner glücklich sein. Die Handlung von «Der letzte Blues» stellt diese Suche nach innerem Glück dar. Das Thema ist das Streben einer Frau nach einem Ausweg aus suchtähnlicher Liebe und hin zu wirklicher Selbstliebe – nicht zu verwechseln mit Narzißmus. Das ist keine Überraschung, denn als Schriftstellerin neigt man zwangsläufig dazu, «in dem Buch, das man gerade schreibt, alle Konflikte zusammenzufassen, die man zu dieser Zeit zu lösen versucht» (Isadora Wing, Interview, 1987).

Ich vertraue darauf, daß mein Vorwort mein tiefes Interesse an feministischer Literaturgeschichte deutlich gemacht hat, ebenso meine Bewunderung für die verstorbene Ms. Wing und meine intensive Vorbereitung auf die große Aufgabe als Herausgeberin, offizielle Biographin und literarische Nachlaßverwalterin einer so – wenn ich einen Ausdruck von Wing verwenden darf – feminalen Autorin unserer Zeit.

Ich habe es übernommen, offensichtliche Irrtümer zu korrigieren, den Text geringfügig zu redigieren und Namen und Beschreibung von Figuren so zu verändern, daß sowohl die Anwälte des Verlegers als auch die Anwälte, die Isadora Wings Nachlaß verwalten, einverstanden sind.

Trotz all meiner Bemühungen, den Anstand zu wahren, ohne die Literatur zu entmannen (effeminieren?), mag Ms. Wings Werk den Prüden noch immer etwas zu rabelaisartig erscheinen. Wir müssen uns aber klarmachen, daß das volle Ausleben von Körper und Geist nicht nur die von ihr gewählte Lebensweise, sondern auch ihre

Botschaft an die Welt war. Sie glaubte an die Integration von Körper und Geist, und wahrscheinlich wäre es ihr ein Trost gewesen zu wissen, daß sie beide zusammen verlor. Flieg weiter, Isadora Wing, wo immer du bist! Flieg weiter!

Dr. Caryl Fleishmann-Stanger
Sophia College,
Paugussett, Connecticut

I need a little sugar in my bowl,
I need a little hot-dog between my roll.

C. J. Johnson

1 *Zucker in meiner Schale*

Ich bin eine Frau, die besessen ist. Ich sitze vor dem Telefon und warte auf seinen Anruf. Ich horche auf das Geräusch seines Motorrads, das Kieselsteine in der gewundenen Einfahrt aufspritzen läßt. Ich stelle mir seinen Körper vor, seinen spöttischen Mund auf meinem, seinen gebogenen Schwanz; und das Verlangen und der Kampf gegen das Verlangen überwältigen mich. Ich weiß nicht, was schlimmer ist – das Begehren oder das Anti-Begehren. Beide lösen mich auf; beide verbrennen mich und lassen nur Asche zurück. Dies ist meine Selbstverbrennung, meine Besessenheit, meine Sucht.

Freunde drängen mich, ihn aufzugeben, geben mir hundert gute Gründe dafür an, denen ich samt und sonders zustimme. Das nützt nichts. Was ich empfinde, reagiert nicht auf Vernunft. Dieses Brennen, das ich fühle, ist älter als Pan und die dunklen Götter und Göttinnen, die in den Schatten hinter ihm lauern. Es ist wirklich die Urkraft des Universums. Wer kann erklären, daß ich mich dafür entschieden habe, mein Verlangen an einen blonden Jungen zu heften, der seine Lügen in mein Ohr ergießt wie seinen Samen anderswohin? Wer würde mir die Sucht, die Besessenheit, die Erniedrigung, ja sogar die Liebe glauben? Nur eine, die ihr Feuer gefühlt hat. Nur eine, die auch in diesem Feuer verbrannt wurde und deren Haut geschrumpft ist wie die Haut mittelalterlicher Märtyrerinnen.

Aber die meisten Frauen können sich den Luxus nicht leisten, dieses Feuer zu spüren. Ich eigentlich auch nicht. Im wachen Leben bin ich eine erfolgreiche Frau, bekannt als zähe Geschäftsfrau, adleräugige Leserin von Verträgen, gute Verhandlungspartnerin. Alles, was ich vom Leben aus jener anderen Sphäre weiß, nützt mir in dieser hier gar nichts. Man könnte sogar sagen, daß es mich noch verwundbarer macht. Denn je zäher ich bei Geschäften bin, desto zärtlicher möchte ich hier sein, wo der Gedanke an seinen Schwanz mich zu Asche verbrennt.

Laßt mich von seinem Schwanz erzählen. Er ist klauenartig und dämonisch, ein richtiger Zinken. Er ist gebogen, wo er gerade sein sollte, und in Ruhestellung hat er Schlagseite nach links. Seine Politik, sofern er eine hätte, würde in die andere Richtung gehen. Denn er ist der Faschist, der Stiefel im Gesicht, der Rohling. Alle Männer, die im Bett zu haben sich lohnt, sind zum Teil Tiere. Alle Mythen, die wir kennen, erzählen uns das: Pan mit seinen Tierbeinen und seinem menschlichen Mund; das Biest, für das die Schöne ihren Vater verließ; der Teufel selbst mit den wilden Hexen – den Bacchantinnen von Salem –, die seinen runzligen Anus umtanzen. Und ihn küssen. Ein Teil der Verlockung ist die Erniedrigung, die Tatsache, daß wir Geschöpfe sind, die zwischen Pisse und Scheiße geboren werden; in unseren dunkelsten Augenblicken erinnern wir uns zwanghaft an dieses Dilemma.

Wenn 20 Männer vor mir aufgereiht stünden, mit voller Erektion und mit verhülltem Kopf und Oberkörper, könnte ich meinen Geliebten an der Biegung seines Schwanzes erkennen. Er ist zornig und rot in der Erektion, beschnitten (nicht aus Religionsgründen, sondern wegen der Zeit, in der er geboren wurde), gebogen wir ein Bumerang, der immer zu seinem Besitzer zurückkehrt. Ist er nur deshalb schön, weil er mich verläßt? Bin ich ihm nur deshalb so hörig, weil ich ihn nur für kurze Intermezzi besitzen kann? Würde ich ihn weniger lieben, wenn er die ganze Zeit da wäre?

Die Gefahr besteht nicht. Ich liebe nämlich einen Wegrenner. Kaum nennt er mich seine Hexe, seine Bacchantin, seine Lady, seine Liebste, da muß er auch schon fliehen.

Oh, ich glaube, etwas davon haben alle Männer – wie immer sie es äußern. Die Sehnsucht, in den Schoß zurückzukehren, verschlungen zu werden, völlig passiv zwischen den riesigen Brüsten der Muttergottheit zu liegen, ist so stark, daß sie wegrennen müssen, sobald sie spüren, daß sie sich unserer Urkraft ergeben. Daher der Kampf zwischen den Geschlechtern: Sie will ihn für alle Zeit sicher zwischen ihren Beinen; er, der fürchtet, bleiben zu wollen, flieht.

Wohin er flieht, ist nebensächlich. Krieg. Das Büro. Golf. Die Salzminen. Tennis. Der Weltraum. Tiefseetauchen. Basketball. Las Vegas. Eine andere Frau. Es ist immer die gleiche Flucht.

Der Mann, den ich liebe, hat in meiner Garage ein Macho-Museum eingerichtet. Kettensäge. Punchingball. Motorrad. Hanteln. Zum Teil liebe ich ihn deshalb, weil ich die wilde Kreatur nicht zähmen kann, die in ihm wohnt. Denn das ist ein weiteres Paradox der Geschlechter: Was immer wir im anderen lieben, versuchen wir zu töten.

Mein Geliebter ist Schwindler, Gauner, Cowboy, Schwanzträger, Süchtiger, Künstler, Tänzer, Dandy. Er hat keine feste Adresse. Manchmal gibt er ein Postfach an, manchmal einen Antwortdienst, manchmal eine Nummer, unter der sich niemand meldet, manchmal eine Adresse, die er gerade erfunden hat. Ich hörte ihn einmal zu seiner Mutter sagen, sie könne ihm nach Paris ins Hotel Charles de Gaulle schreiben.

«Aber du weißt, daß es kein Hotel Charles de Gaulle gibt», sagte ich. «Das ist der Flughafen. Wie kannst du deiner eigenen Mutter das antun?»

«Wenn du meine Mutter so gut kennen würdest wie ich, dann

wüßtest du, daß es reine Selbstverteidigung war. Ich hatte keine Wahl.»

Wenn du meine Mutter so gut kennen würdest wie ich und *Selbstverteidigung*. Das sind die entscheidenden Worte. Denn eines weiß er sicher: Wo wir auch sein mögen auf der Welt, wird seine Mutter uns finden und geradewegs durch die Wand unseres Schlafzimmers marschieren wie ein Vampir in einem Film aus den vierziger Jahren. Ich weiß also, daß es seine Mutter ist, vor der er flieht, wenn er mich flieht – mein Vagabund, mein Hexenmeister, mein Schwanzträger, mein Schwindler, mein Cowboy, mein Gauner, mein lügnerischer Geliebter. Aber ich weiß auch, wenn er zurückkommt, ist er so loyal, so treu, so offen, so aufrecht und ehrlich wie der kleine Pfadfinder, der auch in ihm wohnt. Er würde sein Leben hingeben für mich und meine Zwillingstöchter. Er würde durch Feuer gehen und durch Eis schwimmen. Er würde mit bloßen Händen den Dschungel roden, giftigen Schlangen den Kopf abbeißen, Gürteltiere und Stachelschweine häuten. Kurz, er ist mein Mann, und ich bin süchtig nach dem Nektar, den er in seinen Eiern braut.

Da er nicht gut sein kann, wäre es einfacher, wenn er absolut schlecht wäre, damit ich ihn wenigstens hassen könnte. Aber wie kann ich ihn hassen, wenn gerade das Schlechte in ihm ihn da, wo es zählt, so gut macht – im Bett?

Er kommt an, behelmt wie Darth Vader, in schwarzen Lederjeans und schwarzer Lederjacke und schwarzen, spitz zulaufenden Straußenlederstiefeln. Er packt mich, zieht mich in seine Arme, hält mich einen Augenblick – mein warmer Körper an der windgekühlten Glätte seines schwarzen Leders. Von dem Augenblick an, in dem ich die Kieselsteine in der Einfahrt aufspritzen und sein Motorrad röhren höre, beginnt auch mein Motor zu rasen. Das Pochen fängt in meinem Herzen an, verbreitet sich in meinem Körper wie eine Buschtrommel, löst ein widerhallendes Echo in jenem anderen Herzen zwischen meinen Schenkeln aus, befeuchtet schließlich die roten Seidenknickers, die ich zu dieser Gelegenheit angezogen habe. Es sind wirklich Knickers und nicht deren unscheinbare amerikanische Kusinen, «Panties», denn ich habe sie in London gekauft, wo das «schmutzige Wochenende» noch immer gut und schmutzig und die für diesen Anlaß hergestellte Ausstaffierung entsprechend gewagter ist.

Wer kann Wollust beschreiben, wenn sie so heiß, so saftig, so überwältigend ist? Worte reichen da nicht aus. Vielleicht kann nur Musik das Schwellende und das Ausmaß wiedergeben, die Hitze, die Vibration. Einmal habe ich ein Bild von der Wollust gemalt. Es war ein rundes Bild mit einem brennenden Zentrum in Orange und Wellen von Rot und Lavendel, die pulsierend darauf zuströmten. Das war in meiner sogenannten abstrakten Periode, die auf meine sogenannte figurative Periode folgte und meiner sogenannten postmodernistischen, fotorealistischen Periode voranging. Diese Wellen von Rot und Lavendel sind jetzt bei mir, in mir, als er mit seinen Händen über meinen Hintern streicht, sie zwischen meine Schenkel gleiten läßt und die seidige Stelle findet, an der die roten Knickers sich teilen und ich pure Flüssigkeit werde.

Was als nächstes passiert, wissen Sie. Ich weiß es eigentlich auch, nur, daß ich vor Verlangen von Sinnen bin. Wir fallen auf die breiten Eichendielen der Eingangshalle, und gleich da machen wir das Tier mit zwei Rücken in einem Gewirr aus schwarzem Leder und Seide, die Kleider nur so weit beiseite geschoben, daß die Teile entblößt sind, die die Macht haben, sich zu vereinigen.

So – angezogen, behelmt, beledert von der Ziege, unter deren Zeichen wir uns paaren – kommen wir zum ersten, aufgewühlten Orgasmus. Er scheint unser Blut nur für das nächste Mal aufzuheizen, und erst jetzt fangen wir an, die Barrieren aus Seide und Haut und Metall abzulegen (meine Knickers, sein schwarzes Leder, seinen Helm), so daß wir bald nackt auf den breiten Dielen aus dem 17. Jahrhundert liegen, ein Durcheinander von Kleidern ringsum verstreut.

«Meine Hexe», flüstert er.

«Mein Teufel, mein Hexenmeister, mein Liebster . . .»

Er ist wieder in mir, wieder hart, der gebogene Schaft seines Schwanzes entspricht der Kurve des Begehrens, das mich treibt, die Spitze seiner Eichel trifft die Stelle tief in mir, die pure Flüssigkeit verströmt: den Hexentrank des Universums.

Soll ich fortfahren? Wie können zwei sich so vereinigen und dann trennen? Sie sollten für immer verbunden sein, eins werden unter dem spöttischen Mond, der ihre bläulichen, nackten Körper beleuchtet. Aber es ist eine der Ironien dieser Art von Sex, daß sie nur in der Distanz gedeiht und daß Liebende, die sich solcherart lieben, nicht zusammenleben können; wenn sie es doch tun, verschwindet der Zauber aus ihrer Paarung. Nur so halten sie es lange genug miteinander aus, um Suppe zu kochen, ein Haus anzustreichen, einen Garten zu pflanzen – oder ein Kind.

Wir haben früher einmal zusammengelebt, Dart und ich. Sein wirklicher Name ist ganz ähnlich: Darton – benannt nach irgendeinem fernen Urahn. Ich habe ihn nie so genannt. Ich nannte ihn Dart (Wurfpfeil): das schien so passend. Oh, als ich jünger war, habe ich mich immer über die männlichen Hormone und darüber, wozu sie die Männer veranlassen, lustig gemacht. Ich fand, die Männer sollten versuchen, mehr wie Frauen zu sein, die ich damals für rationaler hielt. Aber heute, mit vierundvierzig, weiß ich: Der Nimbus des männlichen Geschlechts liegt darin, daß die Männer so anders sind als wir – obwohl uns das natürlich wütend macht, aber so hat die Natur es vorgesehen. Wut ist nämlich ein Aspekt unseres Drangs nach Verschmelzung.

Ich traf ihn auf einer Ranch in Wyoming, auf der Großstädter zur Erholung Cowboy spielten – sie hieß Lazy C Ranch; ich war die Städterin und er der Cowboy. Nicht, daß er wirklich ein Cowboy gewesen wäre. Er war ein überalterter College-Student von der Ostküste, der den Sommer über Cowboy spielte, aber das wußte ich nicht. Unter den Grand Tetons (oder dicken Titten, wie die Franzosen sie so derb nannten) auf den mit Wiesenblumen übersäten Weiden am großen Snake River sah er so echt aus wie nur irgendein Cowboy, der seinen Gaul reitet. Zumindest sah er echt aus für das Cowgirl aus den Canyons von New York, das wollte, daß er *sie* ritt.

Ich war in diesen schönsten Teil der Welt (Moose, Wyoming) gekommen, um eine alte Liebesgeschichte abzuwerfen, da, wo die Elche ihre Geweihe abwerfen. Er war leidenschaftliche fünfundzwanzig und ich noch leidenschaftlichere neununddreißig Jahre alt. Ich ritt auf einem alten Indianerpony gemächlich durch Felder mit scharlachroter Kastillea, blauen Lupinen und Hibiskus. Ich sah ihn an – schmutzigblondes Haar, verbeulter Cowboyhut, verschlissenes Cowboyhemd, rührende, purpurne Lider wie die eines Babys und darunter diese durchdringenden (ich benutze das Adjektiv absichtlich) blauen, blauen Augen –, und er hatte mich am Haken. Später, im Bett, nahm er mich angemessen auf den Haken. Erst fünfundzwanzig, aber er kannte die Macht, die er hatte, und sorgte dafür, daß auch ich sie kennenlernte. Daß ihm meine Arbeit gefiel, war sozusagen der Zuckerguß auf seinem Schwanz. Er selbst hatte Ambitionen in einer verwandten Kunst und sagte mir, er modelliere aus Ton Westernskulpturen à la Remington.

Nach dem Sommer machten wir in SoHo und Litchfield County weiter. Es gab da eine Freundin, die ich aus dem Weg räumen mußte (ein kleines Dummchen von dreiundzwanzig, die erste von vielen), aber dann ergab es sich irgendwie, daß wir zusammenlebten – hauptsächlich, weil wir es nicht ertragen konnten, eine Nacht getrennt zu verbringen.

Zuerst war es hinreißend: eine verrückte, von Drogen hochgeputschte Affäre, Tage von Wein und Rosen, Sinsemilla-Gras und Chrysanthemen, Kokain und Zimmercallas. Wilde, endlose Liebesnächte, in denen man die einzelnen Akte nicht mehr zählen konnte, weil sie weder Anfang noch Ende hatten. Die Nächte mochten äonenlang sein, in geologischer Zeit gemessene Epochen, oder auch nur Minuten dauern. Das war unmöglich zu sagen. Wenn wir uns paarten, stiegen Gebirgszüge auf und versanken; aus geschmolzener Lava wurde Fels; heiße Quellen sprudelten aus der Erde; erloschene Vulkane erwachten zum Leben. Ein Jahr lang arbeitete weder ich noch er. Wir bereisten die Welt – von King-size-Doppelbett zu King-size-Doppelbett.

Wir bekamen nichts mit von der ganzen Reiserei. Wir flogen von der Dokumenta zur Basler Kunstmesse, vom Whitney-Museum zum Palazzo Grassi, von Düsseldorf nach München, von Venedig nach Wien, von Nizza nach Paris, von Madrid nach Mallorca, von London nach Dublin, von Stockholm nach Oslo, von Tokio nach Hongkong. Wen kümmerte es, wo wir waren, solange wir im Bett waren? Ich erinnere mich schemenhaft an andere Künstler, Kunsthändler, Sammler, Kritiker – wie Geister in einer Tragödie von Shakespeare. Entweder waren sie genauso betrunken und bekifft wie wir, oder wir waren betrunken und bekifft genug für beide. Von Zeit zu Zeit wachte ich (als die ältere der Beteiligten, von der Verantwortungsgefühl erwartet wurde) auf und fragte mich, ob wir Alkoholiker oder drogensüchtig wurden. Aber wer konnte das sagen in diesem Chaos? Alle Künstler tranken und nahmen Drogen. Zumindest dachte ich das. Der einzige Anlaß, bei dem ich mich wirklich aufregte, war, als Dart Sinsemilla-Gras in die UdSSR mitnahm – und mir nichts davon sagte.

Wir waren in unserem Hotel in Moskau angekommen und gerade im Begriff, ins Bett zu fallen und uns der Grundlage unserer Verbindung zu vergewissern (es waren schließlich sieben Stunden vergangen, seit wir uns in Kopenhagen geliebt hatten, und wir waren beide in einem Zustand der Entbehrung). Dart lächelte mich mit seinem scheuen «Hab-mich-lieb»-Lächeln an (von klein auf an seiner Mutter, seinen Kindermädchen, seinen Schwestern und sämtlichen anderen weiblichen Wesen erprobt, die ihm über den Weg liefen) und holte unter der Einlage in seinem Cowboystiefel zwei plattgedrückte Joints hervor. Ich erinnerte ihn daran, wo wir waren, durchsuchte den Raum nach versteckten Fernsehkameras und Wanzen, betrachtete meinen jugendlichen Liebhaber, und mir gefror buchstäblich das Blut in den Adern. Bis zu diesem Moment hatte ich nie ein böses Wort zu ihm gesprochen.

«Schaff sie weg», sagte ich.

«Du meinst, wir sollen sie nicht rauchen?» sagte mein ungläubiger kleiner Junge.

«Schaff sie weg, und zwar sofort.»

«Nur einen Zug?»

«Nicht einen einzigen.» Und dann sah ich zu, wie er den Stoff in dem sowjetischen WC herunterspülte, der, wie er noch immer nicht begriff, unser Paß für einen Daueraufenthalt in Sibirien hätte sein können.

Ich war wütend, weil er in seiner Naivität so begriffsstutzig war, aber ich hatte nicht die Kraft, ihn anzuschreien, und das nicht nur, weil der Raum verwanzt war. Auch mein Herz war verwanzt. Körperlich und seelisch hing ich so an ihm, daß ich ihn nicht hätte anschreien können. Was war er doch für eine eigenartige Mischung aus männlicher Macht und kindlicher Leichtgläubigkeit! Er dachte, er könne einen Joint anzünden und den Gulag zum Verschwinden bringen!

An diesem Nachmittag liebten wir uns nicht. Und für zwei Leute, die sich bei der Ankunft in jedem Hotelzimmer liebten, war das ein deutlicher Riß, der erste von vielen. Er hatte mit Drogen zu tun, die uns, wie wir meinten, verbanden, uns aber in Wirklichkeit trennten – was natürlich das Paradox von Drogen ist.

Darts Lebensgeschichte war so voller Entbehrungen wie die jedes Gettokindes. Er wuchs reich auf, in Philadelphia, in einem Stadthaus am Rittenhouse Square, angefüllt mit antiken Chippendale-Möbeln, chinesischem Porzellan, Steppdecken aus dem 17. Jahrhundert, fadenscheinigen Orientteppichen, Zimmern voll unbenutzter Schuhe, Stapeln von Zeitschriften aus den dreißiger Jahren – in dieser Art. Seine Mutter trank Sherry und war abhängig von Seconal; sein Vater trank Bourbon und verführte Debütantinnen. Die Kindermädchen tranken Gin und verführten Dart. Er kam mit einer Erektion zur Welt, wie seine Mutter immer sagte (mit ihrem rauchigen, beschwipsten Lachen), und von da an ließ ihn keine Frau, die sich um ihn kümmerte, jemals vergessen, daß sie seinen Schwanz als das wichtigste Organ seines Körpers betrachtete. Früher mal fand ich das süß, aber heute erscheint es mir überaus traurig, daß ein junger Mann vor allem wegen dieses Anhängsels geschätzt wird, das er mit allen anderen Männern gemein hat – selbst wenn es wirklich größer und besser geformt ist. Manchmal, wenn ich daran denke, möchte ich um Dart weinen und ihm einen wirklichen Namen geben – Daniel vielleicht – und ein wirkliches Leben, wie ich es mir für meinen Sohn gewünscht hätte.

Aber ich habe keinen Sohn. Ich habe Zwillingstöchter, Michaela und Edwina. Dart wurde mein Liebhaber und mein Sohn, eine gefährliche und vielleicht unmögliche Mischung.

Nach Moskau ging das Wanderjahr weiter. Tokio, Taipeh, Hongkong, Kanton, Shanghai, Peking, Bangkok, Borobudur, Singapur, Bombay, Neu Delhi, Abu Dhabi, Bagdad, Dschidda,

Kairo, Athen, Tunis, Nizza, Lissabon, Bahia – aber das Leben im Bett in einem Luxushotel (ob im Okura, Ritz, Peninsula, Oriental, Shangri La, Goodwood Park, Cipriani, Bel Air, Plaza Athénée oder Vier Jahreszeiten) ist so ziemlich überall gleich.

Meine Freundin Emmie bemerkte einmal, ein Luxushotel sei wie ein Krankenhaus, mit Essen, das auf Wägelchen hinein- und hinausgefahren wird, Blumen, die von Geschäftspartnern geschickt werden (und niemals von den Liebhabern, von denen man sie sich gewünscht hätte), und höflichen Botschaften oder vorgedruckten «Grußkarten», die in unregelmäßigen Abständen auftauchen. Das Personal ist gewöhnlich dunkelhäutig und spricht unsere Sprache nicht, und ihnen ist unsere Verfassung vollkommen gleichgültig, ob wir nun im Bett liegen und an irgendeiner seltenen Krankheit sterben oder im Bett liegen und unter unserem Liebhaber sterben. Für sie bleibt sich das gleich: mehr Laken zu waschen. Man kann tatsächlich mit seinem Liebhaber um die Welt reisen und nie mehr wahrnehmen als die Falten seines Anus oder die Silhouette seines Schwanzes. So verging ein Jahr: eines der längsten oder kürzesten (je nachdem, ob ich gerade bekifft war oder nicht) meines ganzen Lebens.

Aber irgendwann müssen alle Liebenden aus dem Bett aufstehen – und damit fingen unsere Probleme an.

Wir ließen uns in Roxbury nieder, meinem Haus, dessen Hauptteil im 17. Jahrhundert erbaut worden ist und das Flügel aus dem 18. und 19. Jahrhundert hat. Es gab auch noch den Loft in New York. Er brauchte natürlich ein Auto, also kaufte ich ihm eins, damit er zu mir kommen konnte. Ich wußte natürlich, daß er damit auch von mir wegfahren konnte, aber am Anfang einer Liebesaffäre denkt man nicht so. Ein gewöhnliches Auto war für meinen *chéri* nicht gut genug, also kaufte ich ihm einen Mercedes. Es war ein schöner, alter, in Stand gesetzter Klassiker von 1969, als Dart gerade dreizehn war. Der Traum eines Dreizehnjährigen, und ich verschaffte ihm das Nummernschild mit DART. Oh, ich hatte in bezug auf meinen Liebhaber durchaus Sinn für Humor – auch wenn er mich zu Asche verbrannte.

Ich habe ihm immer gern Sachen gekauft: einen Cowboyanzug aus weißem Wildleder mit langen Fransen, cremefarbig und weiß gemusterte Stiefel aus Eidechsenleder und einen riesigen weißen Stetson, um das Kostüm zu krönen; Handtücher mit dem Monogramm «DVD»; Schmuck (den er gewöhnlich verlor); elektronische Geräte (die er gewöhnlich kaputtmachte); Kaschmirpullover, Krokodillederslipper, teure Kunstbücher, geprägtes Briefpapier, Seidenpyjamas, seidene Unterwäsche, alles. Er war meine *schickse,* und ich behandelte ihn entsprechend, so wie mein reicher englischer Onkel Jacob aus Odessa, Pelzhändler in East End, der es zum Gutsherrn in Surrey brachte, seine Revuetänzerin behandelte. Ich benahm mich sehr stilvoll und erkannte Dart sofort als den Paradefall eines ausgehaltenen Mannes.

Aber hatte *er* Stil? Er lehnte nie ein Geschenk ab. Tatsächlich verzog er, trotz seiner Freude am Nehmen, immer etwas schmollend die Unterlippe, was darauf hinzudeuten schien, daß das Geschenk immer eine Spur weniger war, als er erwartet hatte. Wenn man ihm ein Auto schenkte, hatte er sich wohl einen Hubschrauber gewünscht. Wenn man ihm einen weißen Cowboyanzug schenkte, schien er dazu passend ein weißes Pferd haben zu wollen. Wenn man ihm einen Ring schenkte, schien er auch eine Uhr zu wollen. Das wurde nie ausgesprochen, und wenn man ihn gefragt hätte, hätte er es vehement abgestritten. Aber irgendwie wußte man, daß das Geschenk ihn nur für eine kleine Weile sättigen würde. Dann würde sein Hunger neuen Treibstoff fordern.

Er war wie ein großer, hungriger, primitiver Gott, gierig auf Jungfrauen, Blumengewinde, ausgerissene Herzen, geschlachtete Ochsen, Kelche mit Blut, Brandopfer . . . Es machte mir Freude, ihm all das zu bieten. Was war mein Erfolg wert, wenn ich mir einen so schönen und scharfen Mann wie Dart nicht leisten konnte?

Ich hatte mein Leben gelebt wie ein Mann, meine Karriere, meine Investitionen, sogar meine Schwangerschaft genauso geplant, wie ein Mann das getan hätte. Mike und Ed kamen durch einen Kaiserschnitt an dem Tag und zu der Stunde zur Welt, die ich gewählt hatte. Also dachte ich, ich könne auch mit Dart nach Plan verfahren. Ah – und da haperte es. Die Natur hat Männer nicht dazu geschaffen. Je mehr Spaß sie im Bett machen, desto unkontrollierbarer sind sie. Es ist nämlich die innere Wildheit, die die Wildheit im Bett garantiert.

Pan schließt keine Lebensversicherung für einen ab und kommt auch nicht jeden Abend um dieselbe Zeit zum Essen nach Hause. Eine Lebensversicherung konnte ich selbst abschließen, aber was ich brauchte, war etwas mehr heitere Gemütsruhe, als das Leben mit Dart bot.

Und was ist mit der Liebe? fragen Sie. Wo kommt die Liebc in die Gleichung? Ich weiß, daß er mich leidenschaftlich liebte. Er liebte mich, wie das Messer die Wunde liebt, die es schlägt, wie die Tarantel das Männchen liebt, dessen Kopf sie verschlingt, wie der Säugling die Brustwarze liebt, die er zwischen die Zähne nimmt und beißt, bis sie mit Blut vermischte Milch verströmt.

Er wollte nicht grausam sein. Das war einfach seine Natur – wie die des Skorpions, der das Pferd sticht, das ihn über den Fluß trägt (in einer alten Fabel Äsops über die Natur der Skorpione).

Wenn wir zusammen waren, hatten Dinge irgendwie eine Tendenz, verlorenzugehen: Brieftaschen, Kreditkarten, Schmuck. Vielleicht lag das daran, daß wir so oft bekifft waren, vielleicht war es auch, weil wir zusammen in einen Kreis eintraten, in dem jede Ordnung oder Struktur aus unserem Leben verschwand. Ich nahm das als Liebesbeweis, denn ist Liebe schließlich nicht Selbstvergessenheit? Und wer braucht solche Selbstvergessenheit mehr als eine Frau, die ihr ganzes Leben für die Disziplin, für die Kunst gelebt und männliche Härte gemimt hat trotz ihres weiblichen Herzens?

Als ich Dart kennenlernte, hatte ich den größten Teil meiner neununddreißig Jahre damit zugebracht, den gläsernen Berg zu erklimmen, der das Schicksal eines weiblichen Künstlers ist – ich wollte ein Festmahl, eine Belohnung für all diese verzweifelte Kletterei, und zuerst schien er sie mir auch zu geben. Im Bett war er großzügig und hatte eine Vorliebe dafür, mich zu bestrafen (was ich irgendwie zu verdienen meinte, weil ich die Götter durch meinen Erfolg herausgefordert hatte). Außerdem verhätschelte er mich. Er zog in mein Haus und übernahm Fürsorge und Schutz für Leila Sand. Er spielte Leibwächter, Koch, Oberkellner, Faktotum. Er war gut darin, die Welt auf Abstand zu halten, lästige

Fans, Ex-Ehemänner, Ex-Liebhaber, Möchtegern-Parasiten abzuschrecken. Kurz, er installierte sich als Chef-Parasit, Hofnarr, Lustknabe ihrer Majestät.

Bis Dart kam, war ich eine sehr disziplinierte Arbeiterin gewesen. Anders erreicht kein Künstler irgend etwas. Ich hatte ein Atelier in Litchfield County – einen silberfarbenen Silo mit einem observatoriumsartigen Oberlicht, der auf meinem Landbesitz stand –, und in New York hatte ich meinen Loft. Ich arbeitete lieber auf dem Land. Wenn ich einmal ein größeres Projekt in Angriff genommen hatte, mußte ich bleiben, wo ich war, denn in dieser Phase meines Lebens waren meine Leinwände sehr groß. Außerdem hat sogar die avantgardistische Kunst etwas zutiefst Konservatives an sich: Sie wächst gern an einem einzigen Ort.

Dart richtete sich als mein Majordomus ein, machte mich abhängig von seinen guten Diensten (ich hatte mir nie im Leben gestattet, von irgend jemandem abhängig zu sein), und dann fing er an, Ausreden zu suchen, um zu fliehen. Gerade, als ich die Illusion hegte, endlich meinen Gefährten, meine häusliche Inspiration, den Ehemann nach meinem Herzen, den Maurice Goudeket meiner Colette gefunden zu haben, fing er an, mehr und mehr Zeit in New York zu verbringen, im Loft, und immer mit einer guten Entschuldigung: Er mußte sich mit einem Galeriebesitzer treffen, der sich für seine Arbeit interessierte. Er mußte Material kaufen. Er mußte in die Gießerei. Ich hatte ihm gegeben, wovon jeder junge Künstler träumt – eine Scheune, in der er arbeiten konnte, unbegrenzte Zeit, all seine Unkosten wurden bezahlt – und da begann er, vor mir zu fliehen, oder er floh vor sich selbst. Das wußte ich nie.

Wohin ging er die ganze Zeit – wenn er mit dem Auto davonbrauste, das ich ihm gekauft hatte, wenn er sich weigerte, sich auf eine bestimmte Zeit für das Abendessen festlegen zu lassen, sich weigerte, mir sein Ziel zu nennen? Meine Phantasie verfiel sofort auf die schlimmsten Möglichkeiten: andere Frauen, Gaunereien, Drogenschmuggel, Glücksspiel, andere Männer.

«Ich ruf dich an», pflegte er zu sagen, während er in den roten Mercedes stieg, und manchmal tat er das, manchmal nicht.

Wenn ich mich darüber beschwerte, floh er in den Zorn und

sagte: «Aber ich komme immer nach Hause zu dir!» Oder er beschuldigte mich: «Nie hast du Vertrauen zu mir! Immer hast du Zweifel an mir!» Du hast immer . . . du hast nie – die Sprache der männlichen Leibeigenschaft.

Ich ging also in meinem Atelier-Silo auf und ab, versuchte zu arbeiten. Mein Seelenfriede war zerstört: Ich lauschte auf das Telefon, lauschte auf sein/mein Auto; fragte mich, ob er zum Abendessen nach Hause kommen würde oder nicht; überlegte, ob ich fragen (denn das regte ihn nur noch mehr auf) oder sein Verhalten ignorieren sollte, und trank noch ein Glas Wein. Ich fing an, betrunken zu arbeiten. Das hatte ich nie zuvor getan. Bei all meiner Schwelgerei in Pot, Peyote, Hasch, Koks und Wein – mit meiner Arbeit hatte ich das nie vermischt. Meine Arbeit war tabu. Aber jetzt war mein Silo, mein offensichtliches Phallussymbol, das meine Freiheit gewesen war, zu meinem Gefängnis geworden. Ich ging auf und ab, auf und ab, gekettet an das schweigende Telefon, als sei es ein Hausgott. Ich hatte Angst auszugehen, weil er anrufen könnte, hatte Angst, in meinen Wagen zu steigen und nach New York zu fahren, weil ich ihn mit einer anderen Frau in meinem Loft finden könnte, hatte Angst, Freunde einzuladen, weil er plötzlich erscheinen und mich allein für sich beanspruchen könnte. Ich hatte Angst, mich zu bewegen, zu malen, den Telefonhörer abzunehmen, um Hilfe zu rufen.

Und dann kam er – immer dann, wenn ich es aufgegeben und ihn nicht mehr erwartet hatte. Und er riß mich in seine Arme und sagte nie ein böses Wort. «Meine Liebste, meine Hexe, meine Bacchantin, mein Liebling», murmelte er dann, und die Weichheit seiner Worte schnitt tiefer als ein Dolch. Und dann drehte er mich um und besorgte es mir von hinten mit seinem harten, krummen, dämonischen Schwanz. Und ich wimmerte vor Erleichterung, weil er zurück war, weil er unversehrt war, weil er tief in mir war, und wir fickten die ganze Nacht durch, ohne daß Fragen gestellt wurden, bis zum nächsten Mal.

If you want to hear me rave,
Honey, give me what I crave.
It makes my love come down.

Bessie Smith

2 *Das Feuer lesen*

Dart war lieb. Wäre er böse oder gemein gewesen, wäre es viel einfacher gewesen. Ich hätte sofort die Flucht ergriffen. Aber am Anfang sagte er kaum je etwas, was nicht liebevoll, nett und innig war. Tatsächlich redete er wie eine dieser Grußkarten. Nur, daß seine Taten seine Worte Lügen straften. «Ich werde immer für dich dasein», sagte er. Tatsache aber war, daß er oft unerreichbar war.

Ich pflegte mir Methoden auszudenken, ihn bei mir zu behalten. Auf Reisen war es relativ einfach; er war immer an meiner Seite, daher unsere zwanghafte Reiserei. Aber zu Hause war es schwieriger. Wenn das Studio, das ich ihm gab, nicht genug war – diese wunderbare alte Scheune mit den neuen Oberlichtern und dem zur Schlafgalerie umgebauten Heuboden, ihrem eigenen Bad und der kleinen Küche –, zermarterte ich mir das Gehirn, um mir andere Sachen auszudenken: gemeinsame Projekte, an denen wir arbeiten konnten – und die am Ende immer ich ausführte, weil er fort war, Gott weiß wo. Schockiert erkenne ich jetzt, daß ich ihn nie wirklich malen oder bildhauern sah. Ich plante Porträts und Fotos, die ich von ihm machen würde, Brunches und Dinners mit wichtigen Leuten, die seine Karriere fördern könnten. All das funktionierte immer nur für kurze Zeit. Unnachgiebig bestand er darauf, wir sollten zusammenarbeiten (was schwer ist für Künstler, die ihre eigenen Visionen haben). Ich war zu allem bereit, um ihn in meiner Nähe zu behalten, und ging auch auf diese närrische Idee ein.

Ich betrachte eines der Bilder, die ich nach seinem Entwurf malte. Er hatte eine rohe Skizze auf eine Serviette gekritzelt; gemalt hatte natürlich ich. Es ist nicht zu leugnen, daß es eine Mißgeburt ist. Überhaupt nicht mein Stil. Ich hatte eine ziemlich dämliche Widergabe unserer ersten Begegnung in den Tetons gemalt: Cowboy und Cowgirl, die bei Sonnenuntergang durch Blumenfelder reiten. Das Bild würde auf eine dieser pseudohippiemäßigen Grußkarten passen, aber nicht in eine Ausstellung neuer Arbeiten von Leila Sand. Die Gefahr besteht allerdings gar nicht, denn als ich nachsehe, wie das Gemälde signiert ist, sehe ich keine Spur meines Namens, sondern nur «Darton Venable Donegal IV» in großen scharlachroten Buchstaben.

Da wir nun unser Leben miteinander teilten, ging ich sogar so weit, ein Gebäude in der Green Street zu kaufen, um darin eine Galerie für junge Künstler einzurichten, in der er ausstellen konnte (wie er sagte, hatte er kein Glück gehabt, als er sich selbst eine Galerie suchen wollte). Er arbeitete wie besessen, um das Gebäude zu renovieren, die erste Gruppenausstellung zusammenzubringen und die Galerie zu lancieren – zu Ehren unserer Liaison hieß sie «Grand-Teton-Galerie». Kaum aber begannen sich tatsächlich Anzeichen von Erfolg zu zeigen, da verlor er das Interesse, wie er schließlich das Interesse an allem verlor, was ihm den Erfolg versprach, den er sich doch angeblich wünschte. Irgendwie brachte er nie die Arbeiten für seine geplante Einzelausstellung zusammen, obwohl er es dauernd versprach. Er behauptete, mein

Erfolg blockiere ihn. Auch wollte er die Galerie nicht leiten, wie er ursprünglich gesagt hatte. Am Ende heuerte ich dafür ein hübsches junges Ding an – das er dann verführte –, aber er begann nicht einmal mit der Arbeit für seine eigene Ausstellung.

Und doch konnte er zu Zeiten so zärtlich und liebevoll zu mir sein. Ich weiß noch, wie er in der ganzen Stadt nach einer bestimmten Art von Kreidegrund suchte, die ich wollte. Ich weiß noch, wie er einen ganzen Tag am John-F.-Kennedy-Flughafen wartete, weil ich eine Materiallieferung aus Italien erwartete und er wußte, wie besorgt ich war, daß die Sachen unbeschädigt ankämen. Ich weiß noch, wie er mich pflegte, als ich krank war, mir Tee brachte, Bouillon brachte, sich mit Ärzten über meine mögliche Allergie gegen dieses oder jenes Antibiotikum stritt. Ich will jetzt in meiner Wut nicht an diese Dinge denken – aber sie sind geschehen, und ich kann sie nicht ungeschehen machen.

Könnte ich doch eine Zeitreise zurück an den Anfang unserer Affäre machen und ihre Süße noch einmal erleben – ich würde dem Teufel meine Seele dafür verpfänden. Der Anfang wird so leicht vom Ende vergiftet, wenn nach all dem Betrug die Zuneigung erloschen ist. Aber zu Beginn, wenn man hofft, seine einzige wahre Liebe gefunden zu haben, ist die Welt so herrlich. Man geht mit beschwingten Schritten, und das Herz scheint ein Heliumballon, der nie ein Leck bekommen wird.

«Ich bin nur dein Spiegel», pflegte Dart in der verrückten, leidenschaftlichen Zeit am Anfang unserer Affäre zu sagen, wenn wir rund um die Welt die Nächte durch fickten – wahrscheinlich erkannte ich nicht, wie wahr das war.

Dart war ein Mond, der eine Sonne brauchte, um zu glänzen. Er hatte ein gewisses Lächeln – den Kopf auf die Seite geneigt, die blauen Augen blitzend, die Mundwinkel hochgezogen zu einer Art antiker Mondsichel –, das jedermanns Herz zum Schmelzen brachte. Ich weiß noch, daß mir auf einer unserer allerersten Reisen, als wir nebeneinander in einem Nebel aus Champagnercocktails in der ersten Klasse eines Flugzeugs saßen, die Art auffiel, wie Dart mich anlächelte: sie schien *geprobt*. Es sah aus, als habe ihm jemand gesagt, welchen Charme sein Lächeln habe, und als habe er es vor dem Spiegel geübt. Das dachte ich in den

Anfangstagen. Dann vergaß ich es prompt. Nachdem er mich erst ins Herz geschlossen und mir mit seinem unermüdlichen Schwanz den Verstand geraubt hatte, sah ich ihn vollkommen unkritisch – sein Lächeln wurde mein Lächeln, sein Anliegen mein Anliegen, sein Schmerz mein Schmerz.

Wenn ich eine Zeitmaschine für Liebende hätte und mich nach Belieben in die Vergangenheit zurückversetzen und eine unserer Reisen noch einmal erleben könnte, welche würde ich wählen? Den Hafen von Hongkong bei Sonnenuntergang und unsere wilde Vögelei in einem King-size-Bett im Mandarin? Hemingways Zimmer im Gritti in Venedig, wo wir uns zur Musik von Vivaldi leidenschaftlich liebten? Die baufällige Hütte aus Kiefernbalken auf der Lazy C Ranch in Wyoming, wo wir uns in übermütigem Staunen, tatsächlich unser sexuelles Pendant gefunden zu haben, durch die Nächte vögelten? Dart war der erste Mann in meinem Leben, der ebenso verrückt auf Sex war wie ich, ebensowenig zimperlich in bezug auf Geschmäcker und Gerüche, ebenso verspielt, ebenso dunkel und überspannt und wild.

Nein – ich würde keins der großen Hotels wählen, in denen wir unsere Handtücher und Laken und Sperma und Speichel herumstreuten. Ich würde auch nicht zurückgehen zur ersten Zeit in diesem Paradies in Wyoming mit Angeln, Reiten und hausgemachten Honigbrötchen, gegrillten Forellen und Rühreiern. Ich würde mir, seltsam genug, eine Reise nach Jugoslawien aussuchen, die wir machten, um all die blockierten Dinare auszugeben, die sich aus Verkäufen meiner Arbeiten dort angesammelt hatten.

Ich sehe ihn irgendwo an der dalmatinischen Küste an einem Strand liegen, zwischen Dubrovnik und Split, nehme ich an. Über uns ist eine Küstenstraße in den Kalkstein geschlagen. Unter uns schwappt die Adria. Der Strand ist felsig, und wir haben Decken und Handtücher ausgebreitet, auf denen Schnorchel und die Überreste unseres ländlichen Picknicks liegen – Weintrauben, Pflaumen, Käse, Brot und hausgemachter Rotwein in einer gerillten grünen Glasflasche ohne Etikett. Der Strand ist verlassen, und wir sind beide nackt (nicht unbekleidet – wie sich die höflichere Schwester der Nacktheit nenne) im blendenden Sonnenlicht. Wir cremen uns abwechselnd gegenseitig ein: zuerst er mit unendlicher

Zärtlichkeit meinen Rücken, dann ich seinen. Dann cremt er meine Lippen, meine Brustwarzen, meine Schenkel ein – und dann taucht er seinen süßen, zerzausten, jungenhaften Kopf zwischen meine Beine und leckt langsam an einer Seite meiner Klitoris hinauf und an der anderen wieder herunter, läßt seine Zunge in und aus der Höhle schnellen, in die er gern zurückkriechen würde, und läßt mich widerhallend kommen und kommen und kommen, ehe er geruht, mich auf die Knie zu ziehen und mich brutal, fast schmerzhaft von hinten zu ficken. Als wir erschöpft sind, liegen wir eng umschlungen an diesem felsigen Strand, mein Kopf in seiner Achselhöhle, wo ich den Duft rieche, der meine Menstrualzyklen mit dem Mond verbindet, seinen süßen Schweiß, dessen zitternde Tropfen in den honigblonden Löckchen in der Wölbung seiner Achselhöhle hängen.

Ich erinnere mich an jede einzelne Haarlocke im Sonnenlicht, die Neigung, die seine Achselhaare hatten, sich zu kleinen Knoten zu verheddern – die ich später zärtlich mit einer Nagelschere abzuschneiden pflegte –, an die zarten, aschblonden Härchen um seine Brustwarzen, an die Kurve seines warmen Bauches; und an seinen Rammbock von Schwanz, täuschend süß in seiner Ruhe, eine kleine Rosenknospe mit Linksdrall, die einen einzigen, glitzernden Tautropfen weint.

Ich erinnere mich an die Form seiner Lenden, an die blaue Ader, die dort pulsierte, wo sein Bein in die Leiste überging, an das goldene Haar auf seinen Waden, die Form dieser Waden, die Länge der Sehnen. Und dann erinnere ich mich an einen leicht komischen, modrigen Geruch, den sein Mund hatte – nicht unangenehm, aber mit einem Hauch Verderbnis – «den modrigen Geruch von altem Geld», nannte er ihn (denn er konnte auch auf selbstironische Weise witzig sein). Ich bemerkte diesen Geruch am Anfang, und dann bemerkte ich ihn nicht mehr – nur, um ihn ganz am Ende wieder zu riechen.

Wir fuhren durch Jugoslawien in einem winzigen, billigen jugoslawischen Auto namens Zastava – der einzige Wagen, den wir mieten konnten. Der Motor muß aus Plastik bestanden haben, und irgendwo in den Bergen von Mazedonien gab er den Geist auf. Tuckernd kam das Auto auf einer Bergstraße zum Stehen, in einer Gegend mit gräßlichen Fabriken und Minen, wo ledergesichtige Bauern mit verschwitzten Halstüchern anscheinend Blei abbauten. Natürlich war es kein Blei, aber es hing am Himmel wie ein grauer Nebel und erinnerte an Gnome in den Ländern von Oz und Ev, an unterirdische Fabriken und Regionen höllischer Düsternis.

Kein Mensch sprach Englisch in diesem infernalischen Land, und es gab keine Garagen.

«Hast du einen Drahtkleiderbügel, Baby?» fragte Dart, schaute unter die Motorhaube und stolzierte dann zu mir herüber, als wolle er den Orden der Ehrenlegion.

Ich holte aus meinem teuren Gobelinkoffer den Kleiderbügel. Ich war voller Bewunderung für sein WASP-Geschick, Dinge zu reparieren ... ich, arm in Washington Heights aufgewachsen unter Männern, die «jemanden kommen ließen», wenn etwas kaputtging. Etwas an Darts Fähigkeit, Sachen wie einen Automotor zu reparieren, machte mich scharf. Sie schien eine sexuelle Dimension zu haben.

Und er reparierte den Zastava tatsächlich. Als wir in den jugoslawischen Sonnenuntergang tuckerten, glaubte ich, endlich meinen Reparateur gefunden zu haben: meinen Gefährten, den Stoff für meine Sucht, meinen Drogenbeschaffer, meine Liebe.

Liebe ist die süßeste Sucht. Welche Frau würde nicht ihre Seele verkaufen für den Traum, daß zwei eins werden, für die Seligkeit, im Sonnenschein an einem Adriastrand einen jungen Gott zu lieben, dessen Achselhöhlen vergoldet sind? Ich glaubte, wir seien Kumpel, Partner, Liebende, Freunde. Ich, die immer – selbst in meinen Ehen – meine zwanghafte Abgrenzung beibehalten hatte, ließ mich jetzt in die Süße des Paarseins, der Partnerschaft gleiten – wir beide gegen den Rest der Welt.

Man muß es zugeben: starke Frauen ziehen Schwindler und Abenteurer an. Die netteren Männer, die normalen Männer, sind schüchterner und zögern, sich ihnen zu nähern. Also schaut man sich um und findet eine Welt voller Chéris und Morris Townsends, kurz, eine Welt von Mitgiftjägern, Gigolos und Gaunern. Die netten Männer, eben weil sie nett sind, zögern – und in der Liebe wie im Krieg ist verloren, wer zögert.

Der wirkliche Schlüssel zu Dart war sein Vater, obwohl ich es schaffte, das fast fünf Jahre lang nicht zu sehen. Darton Venable Donegal III war ein Mitgiftjäger alter Schule. Henry James wäre ihm gerecht geworden – oder Dickens. Er war über einsneunzig groß, weißhaarig, rotgesichtig und von keinerlei menschlichen Gefühlen beschwert. Er sprach wie ein Mensch, sah aus wie ein Mensch, aß wie ein Mensch – aber je besser man ihn kennenlernte (was ein Widerspruch in sich war, da man ihn im Grunde überhaupt nicht kennenlernen konnte), desto mehr merkte man, daß er ein menschliches Wesen nur spielte – so, wie gewisse bösartige Lebensformen aus Science-fiction-Romanen sich als menschliche Wesen ausgeben.

Persönlich lernte ich Darts Vater an Thanksgiving im ersten Jahr kennen, in dem Dart und ich zusammenlebten. Wir wurden in das Haus der Eltern Donegal in Philadelphia eingeladen – nein, befohlen –, um an diesem echt amerikanischen Fest teilzunehmen. Ich muß zugeben, aufgrund meiner jüdischen Dyckman-Street-Kindheit hatten mich alte WASP-Sitten zeitlebens fasziniert. Während meine Vorfahren in der Ukraine ihren Pumpernickel brachen, wählten Darts Ahnen aus einer Fülle von Silberbestecken und nahmen den Tee bei den *Colonial Dames of America.* Der Vergleich der Tischsitten war passend, denn obwohl es mit Darts Familie abwärtsging (wie es nur mit WASPs abwärtsgehen kann, die zur feinen Gesellschaft gehören), hatten sie noch immer genügend Silber und edles Porzellan, um Präsidenten und Könige zu bewirten – für den unwahrscheinlichen Fall, daß Präsidenten und Könige vorbeikommen sollten.

Diesmal jedenfalls kamen keine Präsidenten und Könige, sondern nur ihr fünfundzwanzigjähriger Sohn und seine neununddreißigjährige Geliebte. Dart schmeichelte es, daß sein Vater meinetwegen auf ihn eifersüchtig war – Darts Vater kannte und bewunderte nämlich meine Arbeiten. Fünfundzwanzig zu sein und eine Geliebte mit nach Hause zu bringen, die im Alter der Elterngeneration nähersteht als der eigenen, ist eine Art Triumph, ein Sieg im ödipalen Wettstreit, für den ich durchaus Sinn hatte.

Darts Entzücken war unverkennbar, als er mich zum Dinner nach Hause brachte, und unverkennbar war auch, daß sein Vater bei diesem Kampf in schwere Bedrängnis geriet, denn er ließ dauernd Sachen fallen – Besteck, Horsd'œuvres und zuletzt einen Weinkelch aus Baccarat-Kristall, dessen glitzernde Scherben er dann mit vornehmer Umständlichkeit aufkehrte.

Das Haus von Darts Eltern war ein vollgestopftes Durcheinander und von Katzen ramponiert. Verschlissene Naugahyde-Sessel standen unter ovalen Ahnenporträts, Chippendale-Antiquitäten dicht an dicht mit billigen Klappstühlen aus dem Supermarkt. Der Bezug der Polstermöbel hing in Fetzen herunter, was der Behandlung durch die vier Familienkatzen zu verdanken war – Catull, Petronius, Brutus und Julius Cäsar (gerufen Cat, Pet, Brute und Julie).

Als wir ins Wohnzimmer kamen, kniete Darts Vater vor dem Kamin und stocherte darin herum, bis das Feuer brannte.

Er sprang auf die Füße, und man sah sofort, daß der ältere Darton noch größer war als sein ohnehin schon recht großer Sohn.

«Hallo, mein Junge», sagte er und schüttelte seinem Sohn lebhaft die Hand. «Mach uns bekannt.»

«Leila Sand», sagte Dart stolz.

«Oh, oh, oh», sagte der ältere Darton. «Welche Ehre.»

Ich wurde neben dem Kamin in einen roten Naugahyde-Sessel gesetzt, dessen Polsterung sich in ihre Bestandteile auflöste, und die beiden Dartons – Vater und Sohn – gingen in die Küche, um die Drinks und Horsd'œuvres zu holen. Ich saß da und nahm die Umgebung in mich auf, die angesichts meiner Herkunft für mich so exotisch war wie die Zwillingspaläste des Sultans von Brunei.

Der formelle Umgang zwischen Darton III und Darton IV, die von den Katzen ramponierten Möbel, die Chippendale-Antiquitäten, der durchdringende Geruch nach Mottenkugeln und Katzenstreu – für mich war all das der Inbegriff von WASPtum und ein ebensolches Aphrodisiakum wie vermutlich mein Judentum für Dart.

Das Wohnzimmer des Stadthauses ging auf ein Gärtchen hinaus mit einem Brunnen, auf dem eine kleine Eros-Statue einsam in der Kälte stand. Ich vermißte Dart. Unsere physische Verbundenheit war so stark, daß ich mich wie abgeschnitten fühlte, wenn er für einen Moment aus dem Zimmer ging. Waren wir zusammen, so hielten wir uns immer bei den Händen, berührten uns mit den Hüften, streichelten uns. Der körperliche Kontakt schien uns an irgendeinen urzeitlichen Ort zu versetzen, wo nichts zählte außer der Berührung. Es war das machtvollste Gefühl, das ich je gekannt hatte, und löschte jede Unterscheidungskraft, jede Urteilsfähigkeit, jedes Zeitgefühl aus.

Darts Mutter erschien.

Obwohl Dart mir von ihrem Übergewicht erzählt hatte, war ich auf ihren Anblick nicht gefaßt. Sie war eine breitschultrige Frau, die vielleicht dreihundert Pfund wog, und ihr kleines, blasses Kleinmädchengesicht verlor sich in Doppelkinnen. Sie trug ihr feines, silberblondes Haar so, wie sie es getragen haben muß, als sie sieben war – an beiden Schläfen mit einer Schildpattspange zurückgehalten –, und hatte unverkennbar den Ausdruck eines Kindes, das aus der Keksdose genascht hat. Sie trug ein formloses schwarzes Crêpe-Kleid, dessen U-förmiger Ausschnitt mit Jett besetzt war, und an den Füßen weiße Stiefelchen aus Lammfell. Als sie sich auf die Couch setzte – was sie sofort tat –, konnte sie vor lauter Fett die Beine weder kreuzen noch schließen, so daß sie mit weit gespreizten Knien dasaß und ich ihren altmodischen Schlüpfer und einen Teil ihrer fleischigen Schenkel sehen konnte.

«Ach, hallo!» sagte sie mit süßlicher, von Fett erstickter Stimme. Mit ihren sechzig Jahren wirkte sie kindlicher als meine sechsjährigen Töchter – als sei etwas in ihr stehengeblieben und der Körper gealtert, während der Geist munter, ja geradezu eigensinnig kindisch blieb. «Ich werde nicht erwachsen», schienen ihre blauen Augen zu sagen. Ich sah sofort die Ähnlichkeit zwischen ihr und ihrem Sohn, die Entschlossenheit, sich mit Süßigkeiten vollzustopfen – wenn nötig bis zur Übelkeit –, nur, um zu beweisen, daß man tun konnte, was man wollte.

«Nun, wo ist mein Drink?» fragte Mrs. Donegal neckisch. «Und wo sind meine Horsd'œuvres?»

Sie sah mich an. Ich hatte das Gefühl, mich entschuldigen zu müssen.

«Oh, Ven! Ven!» rief sie mit honigsüß ansteigender Stimme. «Oh, Ven!» – das war der Kosename von Darts Vater. Mrs. Donegal wurde Muffie genannt – für Martha –, und Dart hieß für seine Familie Trick aufgrund irgendeiner Babysprachen-Etymologie, die ich nicht ganz mitbekam. Jüdische Familien hatten diese Nomenklaturprobleme nicht. Damals fand ich all das unerhört drollig. «Ven», «Muffie», «Trick»: das waren Namen, denen man in Washington Heights nicht oft begegnete.

Mr. Donegal kam mit den Horsd'œuvres herein, die auf kleinen Aluminiumschalen angerichtet waren. Die Schalen stammten offensichtlich von Fertiggerichten, aber dafür standen sie auf einem sehr großen englischen Silbertablett im Rokoko-Stil. Es gab heiße Appetithappen verschiedenster Art und auch Kaviar, Gänseleberpastete und Räucherlachs. Mit der Menge hätte man leicht ein Dutzend Leute füttern können.

Mrs. Donegal wachte über die Horsd'œuvres. Es war eindeutig nicht gestattet, sich selbst zu bedienen.

«Möchten Sie etwas Kaviar, meine Liebe?» fragte Mrs. Donegal. Und ohne auf meine Antwort zu warten, machte sie etwas davon für mich zurecht, und zwar mit folgendem Kommentar: «Ich habe Kaviar gegessen, seit ich drei Jahre alt war. Da hat meine Mami ihn mir zum ersten Mal gegeben. Mit einem Babylöffel habe ich eine ganze Dose Beluga leergegessen. Sie können sich vorstellen, wie böse meine Kinderschwester war. Aber Mami sagte: ‹Bestrafen Sie sie nicht, Schwester Frith› – sie war mein erstes Kindermädchen –, ‹ein Mädchen kann gar nicht früh genug lernen, Beluga zu mögen.›»

Ich lachte etwas gezwungen. Die Geschichte wirkte so unglaublich stereotyp – als sei sie bei solchen Anlässen schon viele Male und immer aus dem gleichen Grund erzählt worden. Sie war eine Art Code, und ich hatte ihn schnell entziffert. «Ich bin reich geboren, exzentrisch und verwöhnt», sagte er, «und ich hoffe, daß Sie das charmant finden, denn das ist mein einziger Trumpf. Ich habe als Baby Kaviar gegessen, und ich esse noch immer Kaviar und bin noch immer ein Baby.»

Ich lachte bemüht.

Mrs. Donegal schien nicht zu merken, wie hohl mein Lachen klang. Froh, neues Publikum für alte Geschichten zu haben, verbreitete sie sich weiter und weiter über Mamis Vorliebe für Kaviar und ihre eigenen Debütantinnentage im Stork Club, ihre Hochzeitsreise nach Europa mit Ven (der Wagen, ein Delahaye, gab in den Alpen den Geist auf) und darüber, wie zauberhaft Trick als Baby gewesen sei. Dabei rauchte sie ununterbrochen Pall Malls, schüttete Martinis in sich hinein und steckte sich ein Horsd'œuvre nach dem anderen in den Mund.

Dart hatte mir erzählt, daß seine Mutter jeden Tag bis fünf Uhr schlief, eigentlich nie aus dem Haus ging und sich schrecklich vor dem fürchtete, was sie vielleicht in der Außenwelt antreffen würde, aus der sie sich kurz nach seiner Geburt zurückgezogen hatte. Ich hatte damit gerechnet, daß ich sie eigenartig finden würde, aber ihre Verschrobenheit übertraf meine Erwartungen bei weitem. Nicht, daß sie unfreundlich gewesen wäre; das war sie nicht. Es lag daran, daß sie wie in Versatzstücken sprach, von denen jedes einzelne geprobt wirkte.

«Die Karten!» sagte Mr. Donegal. «Wir haben die Karten vergessen!» Worauf er sich in den beinahe unzugänglichen Wintergarten zurückzog (er war vollgestopft mit Zeitungen, Kartons, niemals ausgepackten Geräten und Kleidern), um eine Reihe von Umschlägen verschiedener Größen und zwei Zellophanschachteln, wie man sie in Blumengeschäften bekommt, zu holen.

«O Ven! Wie lieb von dir», sagte Mrs. Donegal.

«Eine für dich. Und eine für Sie!» sagte Mr. Donegal und überreichte jeder Dame eine Blumenschachtel.

Ich öffnete meine mit Bangen, denn erstens hasse ich Ansteckblumen, und zweitens trug ich ein sehr dünnes Wildlederkleid, das durch eine Nadel ruiniert würde. In der Schachtel befand sich ein kleines Gesteck aus leicht angewelkten Tropicana-Rosen, dekoriert mit Bändern in Orange und Gold.

«Oh, vielen Dank», log ich. Mrs. Donegal hatte das gleiche Gesteck, das sie zu entzücken schien. Sie steckte es sich gleich an, und zwar so, daß das untere Ende schief auf ihrem wabbelnden Busen lag.

«Oh, zauberhaft!» sagte sie. «Und jetzt wollen wir uns die Karten ansehen.»

Ich fummelte mit meinem Sträußchen herum in der Hoffnung, niemand werde bemerken, daß ich es nicht trug. Aber ich hatte kein Glück. Mr. Donegal kam herüber und steckte es an meinen

Busen, wobei er mein Wildlederkleid ruinierte und eine kurze, aber unverkennbare Berührung erhaschte.

«Meiner geliebten Frau ein glückliches Thanksgiving», las Mrs. Donegal laut vor. «‹An diesem ganz besond'ren Tag, / meiner lieben Frau ein Hoch ich sag. / Denn Du machst jedes Fest zur Quelle / von Heiterkeit und froher Helle. / Das Leben ohne Dich wär grau, / drum grüß ich Dich, geliebte Frau. / Ein glückliches Thanksgiving von Deinem Dich liebenden Ven.›»

Auf sein Stichwort hin beugte sich Mr. Donegal nieder und küßte seine unbewegliche Frau.

«Oh, Ven», sagte sie. «Wie lieb.»

«Nicht so lieb wie du, meine Liebe», sagte Ven mechanisch.

«Was sind wir doch für eine liebevolle Familie!» sagte Mrs. Donegal.

Dem Gesichtsausdruck der beiden Männer war zu entnehmen, daß sie diese Scharade schon oft gespielt hatten.

Mrs. Donegal ging nun dazu über, die anderen Karten, die ihr Mann geschrieben hatte, laut vorzulesen; alle waren gleich zukkersüß und selbstgefällig. Sie schien aufrichtig entzückt von den zum Ausdruck gebrachten Gefühlen. Da ich nie zuvor Leute getroffen hatte, die Grußkarten ernst nahmen, staunte ich. Ich war in einer Welt aufgewachsen, in der solche Gefühle Anlaß zu wilden Heiterkeitsausbrüchen gaben. Am Eßtisch meiner Familie waren, wenn ich so sagen darf, bösartiger Humor und satirische Nörgeleien die Regel. Ich hatte mich immer gefragt, wer eigentlich solche Grußkarten kaufte – jetzt wußte ich es.

Irgendwann vor dem Essen verschwand Dart in den oberen Gemächern des Stadthauses und kam eine Weile nicht wieder.

Ich blieb da und strengte mich an, mit Muffie und Ven Konversation zu machen.

Das Merkwürdigste an ihnen beiden war, daß ihr gesamter Gesprächsstoff sich um Dinge zu drehen schien, die vor 1947 passiert waren. Sie redete gern über Miss Porters Schule, ihre erste Party und ihre Flitterwochen – eine zweijährige Einkaufstour in Europa –, und er redete gern von den alten Tagen in Princeton, seinem Clubrestaurant, den lustigen Streichen seiner Klassenkameraden und davon, wie er an der juristischen Fakultät von Harvard beinahe die Studentenzeitung herausgegeben hätte. Ein Haus, in dem die Zeit stehengeblieben war. Miss Havisham aus dem Roman von Charles Dickens hätte zur Tür hereinspazieren können, von Mr. Micawber, dem ewigen Optimisten, ganz zu schweigen. Kein Wunder, daß ihr einziger Sohn ins Badezimmer verschwunden war und anscheinend gar nicht mehr wiederkommen wollte.

Mein Herz flog Dart zu, der sich aus diesem so wenig verheißenden elterlichen Material ein Leben hatte aufbauen müssen. In Wirklichkeit war er ein Waisenkind. Es war nämlich keiner zu Hause gewesen, um ihn großzuziehen. Seine Eltern waren beide in der Vergangenheit gefangen.

«Wir haben viele Künstler in der Familie», sagte Mr. Donegal. «Es überrascht mich gar nicht, daß Sie und Trick so gut miteinander auskommen. Außer Trick war da noch Onkel Wesley – nicht wahr, Muffie? –, ein bekannter Landschaftsmaler in Vermont.» Ven zeigte auf die gequälte kleine Studie einer überdachten Brücke, die über dem Kamin hing. «Und dann war da noch Tante Millicent, die Akte malte.»

«Und das ist noch nicht alles», sagte Muffie und ließ entrüstet die Augen rollen. «Sie tat auch noch andere Dinge.»

«Mrs. Donegal spielt auf ihre lesbische Periode an, nehme ich an, in der sie Damen in verschiedenen, nun, sagen wir, kompromittierenden Posen darstellte», unterrichtete Mr. Donegal mich.

«Das kann man wohl sagen», sagte Mrs. Donegal.

«Mrs. Donegal glaubt, daß oraler Sex eine Laune ist, die aus der Mode kommt», sagte Mr. Donegal und stierte mich lüstern an. «Was meinen Sie?»

Ich errötete. (Aus irgendeinem Grund erinnerte Mrs. Donegal mich an Enid Bagnolds Zeile: «Zu meiner Zeit hatten nur Negerinnen Orgasmen.»)

«Nun ja, eh, er hat in allen Zeiten seine Anhänger gehabt. Tatsächlich haben die alten Griechen –»

«Sie paßt perfekt zu Trick», sagte Mrs. Donegal. «Außer ihr ist er der einzige Mensch, der im gleichen Atemzug über die alten Griechen und oralen Sex reden würde.»

Genau in diesem Augenblick erschien Trick (oder Dart) wieder und sah so glänzend aus wie ein Weihnachtsschinken. Was immer er sich im Badezimmer zu Gemüte geführt hatte, es war nichts, was man im Laden kaufen kann.

«Ist das Dinner fertig, Ven?» fragte Mrs. Donegal.

«Noch nicht ganz, meine Liebe», sagte Mr. Donegal. «Die Mädchen flattern noch herum.»

Die Konversation geriet ins Stocken. Im Zweifelsfalle nichts sagen, ermahnte ich mich. Normalerweisc bin ich nicht auf den Mund gefallen, aber hier fiel mir kein einziges verdammtes Wort ein. Vielleicht lag es an dem durchdringenden Geruch von WASP-tum, den Katzen, der Konversation oder dem puren Wodka, den ich zum Kaviar getrunken hatte, aber alles, was mir einfiel, waren Sprüche wie: «Ordnung lehrt euch Zeit gewinnen», oder «Wer rastet, der rostet», oder «Wer den Pfennig nicht ehrt, ist des Talers nicht wert.» Was hatten die Donegals an sich, daß ich mich fühlte wie in einem Lebenshilfe-Buch aus dem vorigen Jahrhundert? Ich war im Laufe meines Wanderlebens einmal mit einem WASP-Erben verheiratet gewesen, aber das war in den Sechzigern, als jeder damit beschäftigt war, alle Spuren von Erbe abzuwerfen. Jetzt, in den Reagan-Jahren, nahm man diesen Kram wieder ernst. Merkwürdigerweise reagierte ich darauf.

Das Mädchen erschien, um mitzuteilen, das Dinner sei serviert. Sie war eine mürrisch dreinblickende Brünette von vielleicht achtzehn Jahren und trug ein Minikleid aus Polyester mit krummem Saum. An den Füßen hatte sie weiße Cowboystiefel aus Plastik, und ihr langes wirres Haar war durch einen großen, weißen Haarreifen zusammengehalten. Sie sah aus, als sei sie über das Stellenvermittlungsbüro der örtlichen Erziehungsanstalt angeworben worden.

«Dinner ist serviert», sagte sie zwischen zwei Bissen auf ihren Kaugummi.

Mr. Donegal stand auf (er hatte neben seiner Frau auf der durchhängenden Couch gesessen), und dabei fiel ihm ein Päckchen Kondome aus der grünsamtenen Hausjacke. «Excita», stand in knallrosa Buchstaben darauf. Ich sah sie. Er sah, daß ich sie sah. Und er schaute mir herausfordernd in die Augen, während er sie wieder einsteckte. Das saß, wie sie im Theater sagen.

Zum Dinner also. Wir begaben uns in das unordentlich vollgestellte Speisezimmer, wo der Tisch erlesen gedeckt war mit einem ganzen Wald von geschliffenen Kristallgläsern, einer verwirrenden Vielfalt silberner Gabeln und Löffel und einem Paar Silberkandelabern, die mit kleinen grünen und roten Weihnachtskugeln geschmückt waren.

«Sprechen wir das Tischgebet», sagte Mr. Donegal und nahm meine Hand und die seines Sohnes. Meine andere Hand umklammerte die von Muffie, und sie wiederum hielt Darts.

Wir senkten die Köpfe.

«Himmlischer Vater, gib, daß wir aufrichtig dankbar sind für das, was wir gleich empfangen werden, und nie die Bedürftigkeit anderer vergessen. Wir danken Dir für alle Gaben, die Du uns im vergangenen Jahr geschenkt hast und uns im kommenden Jahr schenken wirst . . . Amen.»

Ich dachte an die Kondome. Mr. Donegal blickte auf und blitzte mich mit seinen boshaften blauen Augen an. Er verließ sich darauf, daß ich nichts sagen würde. Dies war kein Haus, in dem Leute ihre Seele entblößten. Ein unsichtbares Gas durchdrang die Luft und hielt einen davon ab, irgendwelche störenden Wahrheiten auszusprechen. Die Konversation schleppte sich dahin über Melonenbällchen, Weihnachtskugeln, Brot und Butter. Mr. Donegal wandte sich wieder dem Thema Kunst zu, von dem er etwas zu verstehen behauptete. Er fragte mich, was ich von Elisabeth Vigée-Lebrun, Mary Cassatt, Berthe Morisot, Rosa Bonheur halte. Ich räumte ein, daß ich sie sehr bewundere. Er fragte, ob weibliche Künstler noch immer diskriminiert würden. Und ich sagte, die Diskriminierung gebe es noch, aber sie habe neue Formen angenommen.

Dart betrachtete mich bewundernd. Wenn ich es mit seinem Vater aufnahm, kannte seine Liebe keine Grenzen. Wie so oft hatte ich das Gefühl, auf einer Bühne zu stehen, in irgendeinem surrealistischen Stück. Das Leben kommt mir manchmal ungeheuer seltsam vor, und die gewöhnlichsten Dinge – Thanksgiving-Dinners beispielsweise – können fremdartiger sein als Reisen im Weltraum. Ich bin ein Besucher von einem anderen Stern, der die menschlichen Rituale erstaunt und ungläubig beobachtet.

«Ich licbe dich», sagten Darts Lippen stumm über den Tisch hinweg zu mir.

«Ich liebe dich», erwiderte ich lautlos.

«Nun, Junge, was hast du in letzter Zeit gemacht?» fragte Mr. Donegal seinen Sohn. «Außer Leila glücklich zu machen?» Das klang eher wie eine Anklage. Mr. Donegal beschuldigte seinen Sohn, ein Gigolo zu sein; dabei war der Apfel nicht weit vom Stamm gefallen. Dart sah unbehaglich und abwehrend aus.

«Ich habe versucht, Leilas geschäftliche Angelegenheiten in Ordnung zu bringen», sagte er. «Wir denken daran, in der Greene Street eine Galerie einzurichten.»

«Was für eine großartige Idee», sagte Mr. Donegal. «Ausgezeichnet, ausgezeichnet. Für eine Künstlerin bedeutet eine eigene Galerie, die Sache wirklich im Griff zu haben.»

«Ich hatte eigentlich nicht an meine Arbeiten gedacht», sagte ich. «Ich habe eine Galerie, die meine Sachen verkauft – die McCrae-Galerie. Ich dachte vielmehr an Tricks Arbeiten und die anderer junger Künstler – um ihnen einen Start zu verschaffen.»

«Wie fabelhaft», sagte Mr. Donegal. «Sie klingen wie eine richtige Geschäftsfrau, Leila – eine bewundernswerte Eigenschaft, vor allem bei einer Künstlerin.» Mr. Donegal sagte Dinge oft so, als habe er darüber das letzte Wort. «Was würden Sie sagen, wenn ich Ihnen erzählte, daß ich Ihnen einen sehr interessanten geschäftlichen Vorschlag zu machen hätte?»

«O nein», sagte Mrs. Donegal. Aber Mr. Donegal redete munter weiter.

«Wenn Sie mir von heute bis Januar nur fünfzigtausend Dollar gäben, könnte ich Ihr Geld sicher verdreifachen.»

Dart stöhnte und sah seine Mutter an. Mrs. Donegal wirkte jetzt noch blasser als gewöhnlich.

«Wieder einer dieser unsinnigen Pläne, uns ins Armenhaus zu bringen», sagte sie.

«Unsinn, meine Liebe. Das ist meine Art, dein Kapital zu bewahren. Wenn man wirklich reich werden will, muß man hin und wieder eine Chance nutzen. Mrs. Donegal glaubt, diese ausgestopften Hemden in der Morgan Bank wüßten, wie man mit Geld umgeht. Dabei schaffen sie es kaum, mit der Inflationsrate

Schritt zu halten.» Mir gefiel die Art, wie Mr. Donegal das Wort «Hemden» aussprach; er gab ihm eine zusätzliche Silbe, so daß «He-emden» daraus wurden. Er hatte eine Stimme voller Geld – die Art von Stimme, die Gatsby sich wünschte und nie kaufen konnte.

«Was würden Sie mit dem Geld machen?» fragte ich.

«Tja, ich könnte es binnen drei Monaten verdreifachen, wenn ich alles in Ölwerte investiere, die schwer im Kommen sind, wie ich das auch mit meinem eigenen Geld mache ...»

«Nur über meine Leiche», flüsterte Mrs. Donegal kaum hörbar. «Du hast schon genug von meinem Geld verloren.»

«Müssen wir beim Thanksgiving-Dinner von Geld reden?» flehte Dart. «Ich jedenfalls finde das geschmacklos.»

Mrs. Donegal nahm ihre kristallene Tischglocke zur Hand und läutete nach Miss Besserungsanstalt. Das Thanksgiving-Dinner war in vollem Gange.

Nach den Melonenbällchen wurde ein riesiger Truthahn hereingerollt. Der Abend dehnte sich vor uns wie die unendliche Sahara. Mr. Donegal tranchierte den Truthahn mit Inbrunst. Es hatte etwas Pornographisches, wie er die Keulen anfaßte, sie in den Gelenken drehte und dann mit einem scharfen Messer rasch abtrennte.

Unglücklich mit dem, was in der Gegenwart vor sich ging, fiel Mrs. Donegal wieder in die vierziger Jahre zurück, das letzte Jahrzehnt, in dem sie sich wohl gefühlt hatte, und fing an, uns zu erzählen, wie sie während des Krieges Poster-Girl für die Truppenbetreuung gewesen war.

«Ja», sagte Mr. Donegal, «während ich auf dem pazifischen Kriegsschauplatz mein Leben für mein Land riskierte, stand Mrs. Donegal unbekleidet für laszive Künstler Modell.» Der Gedanke an Mrs. Donegal, die nackt posierte, schien zu keinerlei Art von Laszivität zu passen.

«Er wollte nur, daß ich nackt posiere», sagte Mrs. Donegal. «Ich habe es ja gar nicht getan.»

«Ja, ja, meine Liebe», sagte Mr. Donegal, den eifersüchtigen Ehemann mimend – wenn auch wenig überzeugend.

Mrs. Donegal berührte kokett ihr Haar, verdreifachte ihr Kinn und lächelte bezaubernd. Mr. Donegal zwinkerte ihr zu, einen Flirt im Kino der vierziger Jahre parodierend. Die vorherige Diskussion über Ölwerte, die stark im Kommen waren, war vergessen. Der rituelle Tanz ihrer Ehe war schon vor langer Zeit choreographiert worden; er würde sich ebensowenig ändern wie die Routine eines ausgeleierten, aber lange laufenden Musicals. Sie waren Eßkumpane, Grußkartenkumpane und Partner in Selbsttäuschung. Jede gute Ehe ist teilweise eine *folie à deux,* aber diese hier hätte einen Preis für lebenslange Meisterleistung verdient. Es war, als habe sich Miss Havisham mit Mr. Micawber zusammengetan.

Nach dem Dinner bestand Mr. Donegal darauf, mir die Familienerbstücke zu zeigen. Während Dart sich vertraulich mit seiner Mutter unterhielt, folgte ich Mr. Donegal von Zimmer zu Zimmer mit Pappkartons, durchhängenden Bücherregalen, beladen mit staubigen Büchern, und Schränken, die von allem möglichen unidentifizierbaren Zeug barsten. Jeder Gegenstand, vor dem Mr. Donegal verweilte, sollte die Glorie seiner Familie widerspiegeln. Da waren der Helm seines Vaters aus dem Ersten Weltkrieg, das Hochzeitsporträt seiner lächelnden irischen Mutter, die Kühlerfigur des berühmten Delahaye, der in den Alpen den Geist aufgegeben hatte, eine Luftaufnahme der früheren Ziegelwerke der Familie in Philadelphia. Schließlich stiegen wir hinauf in den Speicher, ein muffiges Warenlager unter dem Dach, voll staubiger Kleiderständer. Es war buchstäblich ein Kostümmuseum, all den körperlos gewordenen Kleidern der Donegal-Vorfahren gewidmet: Charlestonkleider, Uniformen aus dem Ersten Weltkrieg, Brautgewänder, Fräcke. Wenn die Kleider sich durch Zauberei mit den entschwundenen Formen all der entschwundenen Venables, Donegals und Dartons gefüllt hätten – was für eine *danse macabre* hätten sie aufgeführt!

Mr. Donegal hielt ein hauchdünnes Charlestonkleid hoch, an dem schwarze, röhrenförmige Glasperlen glitzerten.

«Von meiner Mutter», sagte Mr. Donegal. «Würden Sie's gern anprobieren?»

«O nein, vielen Dank», sagte ich.

«Bitte», sagte Mr. Donegal. «Es würde mir solche Freude machen, es an jemandem zu sehen.»

«Ich glaube nicht, daß es mir passen würde», sagte ich.

«Natürlich paßt es», sagte Mr. Donegal. «Sie war klein wie Sie – und auch tizianblond. Venezianisches Blond, so nannte sie das. Es wäre mir eine Ehre, Ihnen das Kleid zu vermachen.»

Er war aufdringlich, und ich hatte Angst, unhöflich zu erscheinen. Also nahm ich das Kleid, verschwand hinter einem vollen Kleiderständer, zog mein Wildlederkleid aus und hob vorsichtig den staubigen, schimmernden Stoff über den Kopf. Ich war so damit beschäftigt, das Erbstück nicht zu zerreißen, daß ich nicht sah oder hörte, wie Mr. Donegal sich anschlich. Ehe ich wußte, wie mir geschah, lag eine seiner Hände auf meiner Brust, und die andere fummelte zwischen meinen Beinen. Rasch schob er einen Zeigefinger unter den Verschluß meines cremefarbenen Spitzenteddys und fuhr spielerisch an meiner Klitoris entlang. Ich stieß einen kleinen Schrei aus, konnte mich aber nicht bewegen, da ich beide Arme gehoben hatte und das Kleid nicht beschädigen wollte.

«Bitte!» sagte ich durch den zarten Stoff, aber Mr. Donegal ignorierte mich. Er drückte sich jetzt an mich, ich konnte seinen erigierten Schwanz spüren, merkwürdig gekrümmt wie der seines Sohnes. Ich ließ das Kleid fallen, ein Häufchen staubiger Mondstrahlen, und sprang hinter einen anderen Kleiderständer, wo ich reglos stehenblieb und darauf wartete, daß Mr. Donegal mich hervorholte. Bilder von Fuchsjagden fielen mir ein, und ich war der verängstigte Fuchs und wartete darauf, daß die Hunde meine Angst witterten. Vierzig Sekunden vergingen, aber Mr. Donegal kam nicht. Mein Atem ging schnell und stoßweise: eine Mischung aus Angst und – wage ich, es zu sagen? – sexueller Erregung. Zitternd wartete ich in meinem Spitzenteddy, bis ich endlich merkte, daß ich allein im Raum war.

Bebend, gedemütigt suchte ich mein Wildlederkleid, zog es an, sammelte mich und ging nach unten.

Im Wohnzimmer fand ich die Familie Donegal wie ein Bild von Hogarth, traulich am Feuer plaudernd, als wäre überhaupt nichts geschehen.

Mr. Donegal fingerte an dem Kleid seiner Mutter herum, das er auf dem Schoß hielt wie ein Haustier. Mir wurde plötzlich klar, daß diese ganze Familie ziemlich verrückt war – gefährlich verrückt – und daß ich sofort fliehen sollte. Aber ach, ich beachtete meinen Instinkt nicht.

Mr. Donegal stand auf und überreichte mir das schimmernde Kleid.

«Ein kleines Andenken an unsere Begegnung», sagte er und sah mir in die Augen.

«Aber ich kann doch nicht ...» sagte ich.

«Unsinn», sagte Mr. Donegal. «Sie müssen. Es paßt Ihnen perfekt.»

Ich nahm das Kleid und hatte das Gefühl, gefährlich den Boden unter den Füßen verloren zu haben.

Auf der langen Rückfahrt von Philadelphia nach Roxbury war Dart untröstlich und nicht wenig zerknirscht.

«Es ist mir entsetzlich peinlich, daß er Geld von dir haben wollte», sagte Dart.

«Mach dir nichts draus», sagte ich. «Ich verstehe jetzt, was du über ihn gesagt hast. Er ist wirklich eine Nummer.»

«Du weißt bei weitem noch nicht alles», sagte Dart. «Erstens hat er nie auf dem pazifischen Kriegsschauplatz gekämpft – das ist eine reine Erfindung. Und außerdem – weißt du, daß er im Gefängnis war?»

«Es überrascht mich nicht», sagte ich. Aber nachdem ich Darts Geschichte über die Missetaten seines Vaters gehört hatte – er hatte Geld veruntreut, das einem Klienten gehörte, und war aus der Anwaltskammer ausgeschlossen worden –, hatte ich nicht das Herz, ihm zu erzählen, was auf dem Speicher passiert war. Ich fragte mich fast, ob es wirklich passiert sei oder ob ich es mir nur eingebildet, es aus Staub und Mondstrahlen heraufbeschworen hatte.

«Ich möchte dir ein guter Mann sein», sagte Dart/Trick, während ihm Tränen über die Wangen liefen. «Ich will nicht so sein wie mein Vater.» Und ich glaube, das war in jeder Hinsicht wahr. Aber zwischen Männern und ihren Vätern sind Absichten das letzte, das zählt.

No father to guide me,
No mother to care,
Must bear my troubles all alone.
Not even a brother to help me share,
This burden I must bear alone.

BESSIE SMITH

3 Strong Woman's Blues – Der Blues der starken Frau

Ich war nicht immer die Königin von SoHo und Litchfield County. Ich bin arm aufgewachsen, in Washington Heights, mit einer Mutter, die die Angewohnheit hatte, sich an peinlichen Orten verhaften zu lassen – Weißes Haus, Vereinte Nationen, russisches Konsulat, Demonstrationen für die Rosenbergs –, und einem Vater, der in der Achten Straße Silberschmuck anfertigte, Beatnik und Hippie war, bevor einer dieser Begriffe erfunden wurde, und außerdem Alkoholiker.

Ich kam also aus «gestörten Familienverhältnissen», um einen Ausdruck zu gebrauchen, der heutzutage so en vogue ist. Manchmal frage ich mich, ob es überhaupt andere Familienverhältnisse gibt. Jedenfalls kommt kaum einer, den ich kenne, aus einer nicht gestörten Familie, worin auch immer die Anomalie bestehen mag.

Mein Vater war seit den dreißiger Jahren im Village und in Provincetown eine bekannte Figur: Dolph Zandberg, geboren 1900, gestorben 1982 – in dem Jahr, in dem ich Dart kennenlernte. Dolph war in den dreißiger Jahren Marxist, in den vierziger Jahren Kriegsgegner, in den Fünfzigern starker Konsument von Marihuana, Alkohol und Peyote, in den Sechzigern eine Legende im Village. Er kannte jeden – von Edmund Wilson bis Ken Kesey, von Henry Miller bis Jackson Pollock. Er stand am Rand jeder Randbewegung des 20. Jahrhunderts und konnte von jeder Heldin der Gegenkultur, von Louise Nevelson bis Margaret Mead, sagen: «Schätzchen – ich hatte mal was mit ihr.» Er und meine Mutter Theda (benannt nach Theda Bara, klar) führten eine der ersten «offenen Ehen». Ihre funktionierte kein bißchen besser als die späteren. Zusammengehalten wurde sie durch den zweifelhaften Kitt von Alkohol und marxistischer Theorie und durch mich – das einsame Einzelkind, geboren, als mein Vater vierundvierzig und meine Mutter neunundzwanzig war, für ihre Generation fast eine alte Jungfer.

Oh, ich weiß, Dolph und Theda müssen mich angebetet haben, wie ich meine eigenen Zwillingsmädchen anbete, Edwina und Michaela, aber deswegen war ihnen nicht automatisch klar, wie sie mich lieben sollten, damit ich zu einem gesunden Kind heranwuchs. In ihrem Narzißmus waren sie vollkommen in Anspruch genommen vom Drama ihrer eigenen stürmischen Ehe, und abwechselnd ignorierten sie mich oder behandelten mich wie das Wunderkind der westlichen Welt.

Seit ich vier war, habe ich gezeichnet, gezeichnet, gezeichnet; ich kann mich fast an keine Zeit erinnern, in der ich *nicht* gezeichnet hätte. Ich konnte immer «eine gewisse Ähnlichkeit» herstellen – wie mein Vater das nannte. Und von Anfang an übernahm ich alle seine Tricks: Origami-Papierskulpturen, Silberdraht, biegsam wie Toffee, Collagen aus Stoff und Papier, Zeitungen, Plastik und Seide.

Als ich die Aufnahmeprüfung für die Kunst- und Musikschule ablegte, mit zwölf, war ich eine bessere Künstlerin als die meisten Lehrer, und sie wußten das. Die Ahs und Ohs über meine Vorzeigemappe wollten gar nicht verstummen. Ich besuchte die Kunstschule in den mythischen alten Zeiten, als meine Klassenkameraden zukünftige Legenden waren wie Charlie Gwathmey, Isadora Wing und Tony Roberts. Ich war nicht besonders glücklich dort – aber wer ist mit fünfzehn schon glücklich dort?

Isadora: Das solltest du besser richtigstellen, Kindchen, falls du die Unsäglichkeit begehen solltest, mich *als wirkliche Figur in dieses Buch einzuführen!*
Leila: Wer ist denn hier der Töpfer und wer der Topf?
Isadora: Im Zweifelsfalle immer Omar Khayyám zitieren! In Wirklichkeit weißt du aber doch verdammt genau, daß du «Unserer Heldin» eine umgekehrte Version deiner eigenen *High-School-Jahre verpaßt hast. Du warst das brave Mädchen, also machst du sie* schlecht. *Jeder Leser wittert diese erfundene Umkehrung aus einer Meile Entfernung. Du wirst dir was Besseres einfallen lassen müssen.*
Leila: Warte nur. Es wird schon noch besser.

Die Kunstschule befand sich damals oben auf einem Hügel an der Hundertfünfunddreißigsten Straße und Convent Avenue, wo viele Penner herumlungerten. Ich fuhr von der Dyckmann Street aus mit der Untergrundbahn hin, in der es von Exhibitionisten wimmelte. Die Schule war in einem gemütlichen Dunst aus Marihuana und schwarzem Jazz gehüllt.

Auf der Kunstschule habe ich vier Dinge gelernt: daß Bessie Smith alles wußte, was es über Weiblichkeit zu wissen gibt; daß Schwarze den geheimen Schlüssel zu Amerikas dunklem Herzen besitzen; daß das Land des Ficks teuer, aber seinen Preis wert ist; und daß ein Künstler im bourgeoisen Amerika immer ein Außenseiter und Rebell ist – ganz gleich, was die Leute sagen.

Auf der Kunstakademie kleidete ich mich ganz in Schwarz, von den Strümpfen bis zur Mütze, rauchte Gauloises und hatte einen großgewachsenen Freund aus Harlem namens Snack – ein Saxophonspieler, der mir alles über Jazz und Hasch und Sex beibrachte. Ich änderte meinen Namen von Louise Zandberg in Leila Sand (zum Entsetzen meines Vaters und zur Wonne meiner Mutter – George Sand war eine ihrer Heldinnen) und lernte, meine

Augen mit Kohlestift zu umranden und meine Brustwarzen mit Rouge zu schminken. Ich schnitt mein Haar zu einem schimmernden Helm à la Louise Brooks, eines meiner frühen Idole. Das Haar war präraffaelitisch rot, venezianisch, wie Mrs. Donegal sich auszudrücken beliebte, aber der Stil war pure zwanziger Jahre. Ich war das typische Greenwich-Village-Kind. Stammgast im Peacock, im White Horse und im Lion's Head, während ich hin- und herpendelte zwischen Dyckman Street, wo meine Mutter in zunehmendem Chaos und Verwahrlosung lebte, und der Achten Straße, wo mein Vater über dem Laden wohnte.

Als ich ein Teenager war, hatte Thedas Verrücktheit Dolph schon lange vertrieben. Er hatte eine Geliebte namens Maxine, die manchmal bei ihm über dem Laden wohnte und die vergeblich versuchte, mich mit pseudomütterlicher Zuneigung zu umgarnen. Aber ich war unerbittlich und muß es ihr schrecklich schwergemacht haben – fast so schwer wie meiner Mutter. So sehr ich meine Mutter auch haßte, bei Dolph und Maxine war ich ihr gegenüber von vehementer Loyalität.

Verdrossen, schweigsam, ganz in Schwarz gekleidet, von einem schwarzen Freund eskortiert, war ich der Alptraum aller Teenager-Eltern. Ich ging die Achte Straße entlang in einer Wolke von Gauloise-Rauch, ein Exemplar von «Das Sein und das Nichts» unter einen Arm geklemmt, den anderen um Snack geschlungen, während er seinerseits sein Saxophon und ein Springmesser trug. Snack war fast einsneunzig groß (ich habe große Männer immer gemocht), ich damals wie heute bloß einszweiundsechzig (wie Elizabeth Taylor, auch eine Heldin von mir). Meine Titten waren groß, meine Hüften breit, meine Taille fast so schmal wie die von Scarlett O'Hara. Ich galt als sexy auf eine jungenhafte Weise; ich selbst fand mich nie wirklich hübsch, aber die Jungen waren hinter mir her, weil ich augenscheinlich das gewisse Etwas hatte. Das Aroma von Sex ist ein machtvolles Aphrodisiakum, und manche Mädchen haben es, während andere – sogar sehr hübsche – es ausgesprochen nicht haben. Es hat weniger mit dem Aussehen als mit dem Geruch zu tun, denn menschliche Wesen stehen der Welt der Insekten und der wirbellosen Tiere näher, als ihre Hybris sie erkennen läßt. Bei all diesem Sex-Appeal seit den Teenagerjahren hatte ich gewöhnlich mehr Mühe, mich vor dem anderen Geschlecht zu schützen, als es anzulocken.

Die weißen Jungen vertrieb ich mit meinem bösartigen Sarkasmus und meinem ungewöhnlichen Talent – das ich stolz zur Schau trug – und hielt mich statt dessen an die Rebellen, Außenseiter und Schwarzen. Ich schloß die Kunstschulausbildung 1961 ab, ging an die Yale School of Fine Arts, und der Sommer 64 fand mich in Mississippi mit Goodman, Schwerner und Chaney. Daß ich nicht umgebracht wurde, ist nicht meiner Vorsicht, sondern der Vorsehung oder schierem, dummem Glück zu verdanken – demselben Glück, das mich auf geheimnisvolle Weise während meiner Trinker-, Drogen- und Autofahrerzeiten beschützte. Die Götter müssen mich für irgendeine schreckliche Aufgabe aufgespart haben, denn mit meinem eigenen Leben ging ich bestimmt achtlos genug um. Worin diese schreckliche Aufgabe bestand, wußte ich nicht, aber was immer es war, ich würde es mit meinen beiden eigenen, tüchtigen Händen gestalten.

Von meinem Vater erbte ich ein immenses Geschick, Dinge zu machen: Handwerkerhände, ein Auge, das sofort die richtige Zusammenstellung von Formen und Farben erkannte. All das ist angeboren, glaube ich. Man bringt uns nichts bei; wir wachsen bloß in unser wirkliches Selbst hinein, wenn unser wirkliches Selbst nicht blockiert wird. Von meiner Mutter erbte ich eine theatralische Begabung, die an Verrücktheit grenzte. In der High School war ich ein schlimmes Ding und im College noch schlimmer. Ich hatte schon damals eine Begabung für Publicity. In Yale, Jahre vor dem Aufkommen der Guerilla Girls, meuterte ich gegen die von Männern dominierte Kunstwelt (das war in den frühen Sechzigern, bevor der Feminismus schick war oder auch nur toleriert wurde), aber ich war ganz und gar nicht dagegen, Kunstkritiker mit meinem Sex-Appeal einzuwickeln, wenn das meiner Karriere nützlich sein konnte. Schon damals meinte ich – vielleicht davon angeregt, wie mein Vater meine Mutter zum Opfer machte–, daß Frauen als Klasse so diskriminiert werden, daß in Liebe und Krieg alles erlaubt ist: Ich dachte weiterhin so, bis Dart kam.

Weil ich so stark war und das andere Geschlecht mir nichts

anhaben konnte, war totale Offenheit und Preisgabe, eine Art Häutung, das, was ich suchte. Die meisten Jungen waren zu schwach für mich. Ich konnte sie zu leicht manipulieren. Eine junge Frau, die ihre eigenen sexuellen Kräfte kennt, ist in der Tat eine Seltenheit, aber sie ist unschlagbar. Und wenn sie zufällig auch noch intelligent und begabt ist und die unglaubliche Tollkühnheit besitzt – als Selbstvertrauen kann ich das nicht bezeichnen –, die eine verrückte Mutter und ein Alkoholikervater ihr mitgegeben haben, dann ist sie nicht aufzuhalten. Genau das war ich. Unversenkbar, unschlagbar, nicht zu bremsen.

Nachdem ich in High School und College die vorgeschriebene Anzahl von Herzen gebrochen hatte, tat ich auf der Universität das, was niemand von mir erwartete: Ich heiratete einen Erben. Thomas Winslow war der Sprößling einer Familie, die genauso alkoholisch war wie meine, aber viel reicher. Er studierte in Yale englische Literatur mit besonderem Interesse an der Lyrik der Romantik. Ich weiß nicht, ob ich ihn geheiratet habe, weil er der größte Junge war, mit dem ich mich je verabredet hatte (einsachtundneunzig), oder weil er blond und blauäugig war oder weil er die erklärte Absicht hatte, sein gesamtes Erbe einer Bürgerrechtsbewegung zu vermachen, oder weil er auf Kommando die «Ode an eine Nachtigall» rezitieren konnte: «Mir brennt das Herz, mein Geist kämpft schlafbeschwert,/ Als hätt' mit Schierling ich den Durst betäubt,/ Bis auf den Grund ein Opiat geleert» – als Vorahnung nicht übel, was? Es hätte jeder dieser Gründe sein können. Vielleicht war ich es auch einfach nur leid, Männer abzuwehren, und heiraten schien eine Lösung zu sein. Zumindest würde es mir erlauben, mich auf meine Arbeit zu konzentrieren.

Thom und ich wurden von seinen Eltern in einer Villa in Southport untergebracht, und wir machten uns daran, sie mit Radikalen, militanten Schwarzen und Kriegsgegnern zu füllen. Wir malten die Fensterscheiben schwarz an, hängten Pop-art in alle Räume und verspielten mit Trinken und Drogen das Wohlwollen einer Gemeinde, die Thoms Familie fast ein Jahrhundert lang beherbergt hatte. Wir übernahmen eine herrliche Villa im klassisch-griechischen Stil und machten sie zum Slum – alles im Namen der Kunst und der sozialen Revolution. Denn dies waren die

Zeiten der Beatles, des Vietnamkrieges, der Happenings, Friedensmärsche und Liebessommer. Thom war, wie jeder Mann, den ich je liebte, zu schwach für mich, aber er bewunderte meine Arbeit und war bereit, alles zu tun, um sie zu fördern. Damals war mein Stil eklektisch, um es gelinde auszudrücken. Ich veranstaltete Happenings mit Yoko Ono (als sie noch mit Tony Cox zusammen war, bevor sie sich ihren Beatle schnappte) – zweifelhafte Performances, bei denen die bourgeoisen Teilnehmer gezwungen wurden, sich nackt auszuziehen und durch Leinwandröhren zu kriechen oder die Hosen herunterzulassen und ihren Hintern von altmodischen Kameras fotografieren zu lassen. Schon damals interessierte ich mich für Fotorealismus – der später in meiner Beziehung zu Dart eine so große Rolle spielte.

Thom Winslow unterstützte und ermutigte mich bei all diesen Unternehmungen: Er kaufte die Kunstwerke, unterstützte die Radikalen und ihre Bewegungen, mietete die Lofts, finanzierte all meine ungestümen, hirnrissigen Projekte. Weil er so gefällig war, verachtete ich ihn. Ich wußte, daß er hoffnungslos in mich verliebt war – und das machte mich sorglos. Aber die Sechziger damals waren sorglose Zeiten. Jeder wußte, daß alles unbezahlbar und nichts etwas wert war. Im Gegensatz zu unseren jüngeren Geschwistern, den Yuppies, behaupteten wir, Geld zu verachten – aber was wir wirklich verachteten, waren Mühe und Schmerz. Wir erwarteten, die Welt werde uns auf einem silbernen (wenn auch mit Graffitti bedeckten) Tablett serviert – und eine Zeitlang wurde sie das tatsächlich.

Thom Winslow war ein guter, netter, bekiffter Junge. Ich war sein Zorn – die Rebellion, die er selbst nicht zu leben wagte. Einmal, bevor wir uns trennten, hörte ich mit an, wie er auf einer Dinnerparty zu einem berühmten Kunsthändler sagte: «Mein ganzes Leben lang habe ich die richtigen Schulen, die richtigen Clubs, die richtigen Debütantinnenbälle besucht, und dann habe ich Leila Sand geheiratet, geborene Louise Zandberg!» Thom sagte dies mit beträchtlichem Stolz – es war damals tatsächlich seine größte Lebensleistung –, aber ich war sauer, weil er meinen richtigen Namen verraten hatte. Vielleicht hörte ich auch den Unterton von Wut, der uns bald trennen sollte.

Was für einen Unterschied können zwanzig Jahre ausmachen! Thom ist heute mit einer verbissenen Debütantin seines Glaubens (gottloser Protestantismus) und seiner sozialen Klasse (Treuhandfonds-Radikalismus) verheiratet, die vielleicht sogar in Southport mit ihm in die Tanzstunde gegangen ist. Sie leben in Vermont und stellen umweltfreundliche Toiletten her, die Scheiße in Rosendünger verwandeln. Ihm brach das Herz, als ich mit Elmore Dworkin durchging, dem abstrakten Expressionisten, und er war in der Lage, auch daraus Dünger zu machen. Man braucht *merde,* um Rosen zu züchten, wie die Franzosen sagen.

Was uns auf die Häutung zurückbringt – nach der ich suchte, als ich mich in Elmore verliebte; er war älter, wesentlich etablierter und wußte alles, was es zu wissen gibt, über Cunnilingus (Zungentricks, die er in Paris gelernt hatte, als er noch feucht hinter den Ohren war, um mal die Metaphern zu vermischen). Ich lernte Elmore kennen und verliebte mich in seine Gemälde und seine Zunge – wenn auch vielleicht nicht in dieser Reihenfolge. Das war 1974; ich bekam genug Anerkennung als Malerin, um gut von meiner Arbeit leben zu können und im *New Yorker* und in *Vogue* lobend besprochen zu werden. Es war nicht der grelle Ruhm, von dem alle reden, sondern eine feinere und diskretere Art – man kannte mich in der Kunstszene, bevor die Kunstszene zum totalen Medienzirkus verkam.

Ich traf Elmore bei einer Dinnerparty in New York, zu der Thom nicht mitgegangen war, weil er eine schreckliche Grippe hatte. Was war ich für eine Ehefrau! Um sieben Uhr ließ ich meinen Mann allein, der sich in der Park Avenue die Seele aus dem Leib hustete, und um elf verließ ich die Dinnerparty mit einem zottigen Künstler, der zwanzig Jahre älter war als ich. Um Mitternacht ließ ich mir in einem Loft in der John Street die Möse lecken bis zu schmachtender Ekstase. Um halb vier morgens war ich wieder zu Hause im Bett in der Park Avenue und umarmte meinen angehenden Exgatten, ohne auch nur den Anstand zu haben, mich schuldig zu fühlen. In der Zwischenzeit hatte ich aus den Fenstern von Elmores Loft den Anblick des Himmels bewundert, der bei einem Schneesturm so rosa werden kann wie ein Babypopo, und hatte gleichermaßen Elmores Schwanz und seine

Bilder bestaunt. In einer einzigen Nacht lernte ich den vielversprechendsten jüngeren Künstler der New Yorker Schule, multiple Orgasmen und Sinsemilla-Gras aus Humboldt County kennen.

«War's schön, Schatz?» fragte Thom, rollte sich auf die Seite und hustete krampfhaft.

«Mmmmm», sagte ich, und er zog meine Hand an seinen Penis. Dann fickten wir wie verrückt, vielleicht, weil die unverkennbare – wenn auch geisterhafte – Anwesenheit einer dritten Person in unserem Bett unsere Leidenschaft anfachte. Nie hatte ich Thom mehr genossen. Aber noch immer hatte ich nicht meine Haut abgestreift.

Meine Ehe mit Elmore, die Geburt der Zwillinge, unsere unvermeidliche Trennung lassen sich nicht so bündig schildern. Ich habe immer das Gefühl, wenn die angehenden Eltern außergewöhnlicher Kinder sich kennenlernen – sei es bei einer Dinnerparty, in einem Fitneßraum, bei den Anonymen Alkoholikern oder wo immer es für die Jungen und Heiratsfähigen heutzutage «in» ist –, dann schweben Engel, Parzen und Sibyllen auf Wolken über ihnen und schubsen sie auf die passendste Steppdecke. Die ganze Natur ist in einem Fortpflanzungsrausch. Warum sollten Menschen glauben, sie seien davon ausgenommen? Elmores Loft, Elmores Zunge und Elmores Drogen (von Thoms Grippe ganz zu schweigen) waren nur eine Falle, um die Zwillinge so schnell wie möglich aus dem Äther und auf den Planeten zu bekommen.

In dem Augenblick, in dem man seine Kinder empfängt, hört man auf, ein Ego zu sein, und ist nur noch ein kosmisches Gefäß, eine Öffnung in die Zeitlosigkeit. Das, so nehme ich an, ist der Grund, warum das Kinderkriegen ein so kritisches Stadium in der eigenen Entwicklung ist. Mit der Elternschaft bekommen wir zum ersten Mal einen Vorgeschmack von der Ichlosigkeit, von dem Eintritt in den kosmischen Tanz. Von dem Augenblick an, in dem ich in diesem Loft in der John Street für Elmore Dworkin die Schenkel öffnete, war meine Ehe mit Thom Winslow zum Untergang verurteilt. Vielleicht war sie ohnehin verurteilt – denn die Zwillinge brannten darauf, geboren zu werden –, und es waren ebensosehr die Zwillinge wie ich, die sich ihren Vater aussuchten.

Wenn ich heute, wo die Zwillinge zehn sind, zurückschaue,

dann erkenne ich, daß ein zottelhaariger Jude meiner eigenen Rasse ihr Vater werden mußte – genauso ein dunkelhäutiger Anarchist mit ukrainischen Vorfahren. Ich hätte ebensowenig WASP-Babys auf die Welt bringen können, wie ich hätte aufhören können zu zeichnen oder zu malen.

War meine Ehe mit Elmore gut? Am Anfang war sie himmlisch. Am Ende ähnelte sie eher dem Fegefeuer – wenn nicht sogar der Vorhölle. Die Hölle würde später kommen, mit Dart. Was konnte erfreulicher sein als zwei Künstler, die zusammenlebten, ihre Arbeit taten, ihre Babys ernährten, kochten, sich liebten, durch die Kirchen und Kunstgalerien Italiens spazierten?

Wir lebten im Bauernhaus eines Freundes in Chianti, schauten hinaus auf Felder voll silbriger Olivenbäume und Weinreben, die sich über die Hügel schlängelten. Wir schliefen jede Nacht in enger Umarmung – bis meine Schwangerschaft das unmöglich machte –, und dann schliefen wir in Löffelstellung, Elmores Brust an meinem Rücken und sein Schwanz in meinem Hintern, wo er mich von hinten schubste und oft in mir aufwachte.

Oh, wie süß die Liebe ist, wenn sie noch süß ist! Zwei salzige, verschwitzte Liebende, aufwachend in einem von Liebe zerwühlten Bett. Und wie selten ist das! In den Zeiten unseres Lebens, in denen wir das besitzen, wissen wir es kaum zu würdigen. Es wird im Verlust höher geschätzt als im Besitz – wie so viele Dinge, die wir unbekümmerten Menschen haben, unser Leben eingeschlossen.

Ich sehe uns noch, wie wir damals waren: Elmore war zweiundfünfzig, ich vierunddreißig, und er war ebenso betört von mir wie ich von ihm.

Wir verlebten jenes Jahr in einem Tohuwabohu von Schenkeln, Kunstgeschichte und *extra-vergine*-Olivenöl. Wir tranken den Wein unserer eigenen *campagna;* wir träufelten Olivenöl auf unsere eigenen Tomaten. Wir tuckerten in unserem alten Fiat nach Florenz hinunter, streiften Arm in Arm durch die Uffizien, die Accademia, den Palazzo Pitti; wir aßen *bistecca fiorentina* (den Babys zuliebe) und riesige gegrillte *porcini* (uns selbst zuliebe); und wir malten uns im gleichen zugigen Atelier die Seele aus dem Leib, während aus dem Radio Vivaldi und Monteverdi dröhnten.

Wir lebten für Liebe, Kunst, Bett und Babys. In Italien ist das einfach, einem Land, dessen Prioritäten geordnet sind – und dieselbe Reihenfolge haben. Ich erinnere mich noch an die Verzückung in Elmores dunklen Augen, wenn er dalag und an meinem Bauch horchte wie nach dem Geräusch des Meeres an einer Riesenmuschel. Unsere Arbeit gedieh, unsere Babys gediehen, unsere Liebe gedieh. Unser Lied war «Our Love Is Here to Stay» – und wir zweifelten nicht einen Augenblick daran, daß das stimmte. Ach, die Rockys mochten zusammenfallen, Gibraltar mochte einstürzen, aber unsere Liebe würde bleiben. Jedenfalls dachten wir das damals. Tatsächlich waren es unsere Babys, die bleiben würden.

Ich erinnere mich noch an den Tag im Juli, als wir den Fiat mit Lebensmitteln, Kleidern, dem Radio und dem Hund beluden, um die Fahrt in die Schweiz und in die Klinik in Lausanne anzutreten, wo die Zwillinge, wie wir beschlossen hatten, zur Welt kommen sollten. Wir sangen beide (wir sangen oft). Das Leben, so dachten wir, kann nicht schöner sein – und wir hatten recht.

Wir brauchten drei Tage, um in die Schweiz zu gelangen. Wir ließen uns Zeit, denn wir hatten längst beschlossen, daß wir, wenn ich im achten Monat war, in die Schweiz fahren und in einem Hotel in der Nähe der Klinik wohnen würden. Zwillinge kommen oft frühzeitig zur Welt. Ich mochte zwar in Italien leben und malen, aber ich wollte, wie Sophia Loren, meine Babys in der Schweiz zur Welt bringen. Tatsächlich begann ich etwa eine Woche nach unserer Ankunft das Fruchtwasser zu verlieren. Es erwies sich als ratsam, mich in der Klinik ins Bett zu legen, um die Schwangerschaft zu retten. Elmore und Boner (unser Hund) zogen sozusagen mit mir in die Klinik ein – wie üblich wurden die Regeln für Prominente gebeugt –, und Elmore las mir vor, während wir darauf warteten, ob ein Kaiserschnitt nötig oder eine «natürliche» Geburt möglich sein würde.

Es war die großartigste Zeit meines Lebens! Ich lag im Bett wie eine Königin, wartete darauf, meine Prinzessinnen zu gebären (die Fruchtwasser-Untersuchung hatte mich über ihre Gesundheit und ihr Geschlecht unterrichtet), und Elmore las mir vor. Wir schrieben Tagebücher. Und wir beide zeichneten. Ich führte ein

Schwangerschaftstagebuch, in dem sich viele Skizzen von Elmore befinden: wie er mir vorliest, meinen Bauch abhört, in seinem Atelier malt. Auch er führte ein Schwangerschaftstagebuch, in dem viele Skizzen von mir in verschiedenen Stadien der Schwangerschaft sind. Ich habe beide Bücher Rücken an Rücken – oder Bauch an Bauch – in einem Regal in meinem Atelier in Connecticut, und ich kann sie noch immer nicht anschauen, ohne daß es mir einen Stich gibt. Was für eine glückliche, gesegnete Zeit war das! Wie konnte sie zu Ende gehen?

Ihr Ende begann am 1. August, als die Schwangerschaft durch das Brechen der Fruchtblase akut gefährdet war und wir zusammen mit unserem surrealistischen Arzt – Dr. Breton, ob Sie es glauben oder nicht! – beschlossen, die kleinen Lieblinge durch Kaiserschnitt zur Welt zu bringen.

Ich betrat den OP als Künstlerin und Liebende und kam heraus als Künstlerin und Mutter. Von dem Augenblick an, in dem mir diese winzigen rosa Zwillinge in ihren winzigen rosa Decken übergeben wurden, begann das Universum sich zu verschieben – unwiderruflich.

Vielleicht war es auch nicht nur die Elternschaft, die die Ehe zu untergraben begann. Vielleicht lag es daran, daß mein Stern im Aufsteigen war, während Elmores niederging. Auf dem Gipfel des Interesses an weiblicher Kunst, das die Frauenbewegung erzeugt hatte, begannen meine Bilder – Muscheln, Blumen, Steine, Knochen, in der Art an Georgia O'Keeffe erinnernd, zu monumentalen Ikonen gemacht – großes Aufsehen zu erregen. Gleichzeitig schienen Elmores Hans Hofmann ähnelnde Abstraktionen allmählich passé zu sein. Vielleicht lag es auch am Alkoholismus, denn Elmore trank immer mehr. Oder er trank genau wie immer, hatte aber jene unsichtbare Linie überschritten. Es ist schwer zu sagen, welcher dieser drei Faktoren schließlich den *coup de grâce* bewirkte.

Wir zogen zurück nach New York, richteten Wohnung, Atelier und Kinderstube in dem Loft ein, den Dart jetzt für seine Liaisons benutzt, und nahmen die Herausforderung in Angriff, Zwillinge großzuziehen, Zwillingskarrieren zu managen und uns in der New Yorker Kunstszene zu behaupten.

Mit einem Mal war ich *die* beispielhafte Künstlerin des Augenblicks, die Ausnahme, die die Regel bestätigte, die Besonderheit des Monats. Vaginalkunst war «in», und meine Formen – Muscheln oder Knochen, Blumen oder Steine – schienen das zu sein, was alle haben wollten. Die Tatsache, daß ich zwei süße Zwillingstöchter hatte, war auch kein Schaden. Fotografiert wie eine zweifache Madonna vor den gemalten Lippen einer Feuerlilie in meinem Atelier, repräsentierte ich die perfekte Vorstellung einer Künstlerin dieses vaginalen Zeitalters. Ich blühte auf, und Elmore schmollte. Seltener und seltener spürte ich seine Zunge auf meiner Klitoris. Seltener und seltener sangen wir «Our Love Is Here to Stay». Immer häufiger fanden wir Entschuldigungen, allein zu Dinnerpartys zu gehen, uns bei Freunden übereinander zu beklagen, einander in der Küche, im Bad, im Kinderzimmer anzufahren.

Wer kann sagen, warum eine Ehe zerbricht? Die Gründe dafür sind so unbeschreibbar wie die Gründe, warum ein Paar überhaupt zusammengekommen ist. Wir leben in einer Welt, in der alle Regeln für Liebe und Ehe sich drastisch verändert haben und sich weiterhin in immer kürzer werdenden Zyklen verändern. Früher gab es die Ehe, um Kinder zu bekommen und großzuziehen; heute gibt es nur wenige Ehen, die dem Druck dieser Geschehnisse standhalten können. Kinder sind vertrackte Störungen der Sucht und des Narzißmus, der Zwillingsobsessionen unserer Zeit. Und wenn schon ein Kind eine Störung ist – stellen Sie sich erst zwei vor! Tatsächlich hat die Natur die Menschen komplexer und intelligenter gemacht, als ihnen guttut. Wir sind Kreaturen, die unbedingt Prioritäten brauchen, um zu gedeihen, ja, um überhaupt zu überleben. In der modernen Zeit sind unsere Prioritäten zu verschwommen geworden. Liebe ist zu veränderlich, um für sie zu leben. Und Kunst ist zu einsam. Liebe und Kunst reichen aus. Aber wenn der eine Künstler eine Frau und der andere ein Mann ist, welches Werk kommt dann zuerst? Das männliche Ego, der Ansturm von Testosteron und die meisten Regeln der Gesellschaft diktieren, daß der Mann der Mittelpunkt ist; andernfalls schmollt er. Aber was, wenn für den Augenblick das Werk der Frau im

Aufstieg begriffen ist? Und was, wenn sie diejenige ist, die sowohl das Essen auf den Tisch stellt als auch die Titten in die Münder der Babys steckt? Kann sie seinem Ego zuliebe glauben machen, sie tue diese Dinge nicht, während sie noch damit beschäftigt ist? Ich habe es wirklich versucht. Aber ich konnte die Illusion nicht aufrechterhalten. Als die Babys zwei waren, hatte ich meine erfolgreichste Ausstellung überhaupt, im gleichen Jahr, in dem Elmore einen Streit mit seinem Kunsthändler anfing und seine Galerie verließ, und es waren diese Zwillingsereignisse, die der Ehe den Rest gaben.

Elmore zog aus, ließ mich allein mit meinem Erfolg, den schrecklichen doppelten Kindern (denn Mike und Ed waren keine einfachen Babys), dem großen braunen Hund Boner (benannt nach Michelangelo Buonarotti und Rosa Bonheur) und den leicht zugänglichen Schmerzmitteln Gin, Wodka, Wein und Marihuana. Damals fingen meine Schwierigkeiten mit Trinken und Drogen an.

Ich war allein mit meinen Babys und meiner Arbeit, und mein Verlassenheitsgefühl war stark. Ich hatte das Gefühl, für meinen Erfolg bestraft zu werden – und das wurde ich auch. Zum ersten Mal in meinem Leben fiel es mir schwer, etwas zu bewältigen. Mit anderen Worten: Zum ersten Mal in meinem Leben ergab ich, die sich immer für eine Ausnahme gehalten hatte, mich dem Schicksal der meisten Frauen: Ich begann, mich als Opfer zu fühlen.

Wie ich dieses Gefühl haßte! Mein ganzes Leben lang hatte ich Frauen verachtet, die jammerten, Frauen, die das Los der Frauen verfluchten, Frauen, die behaupteten, mit der Liebe fertig zu sein. Ich hatte mich nie als Feministin bezeichnet. Ich verabscheute das Etikett. Aber die Mutterschaft hatte mich auf eigenartige, neue Weise radikalisiert. Und die Tatsache, mit zwei weiblichen Babys im Stich gelassen zu sein, hatte so entsetzliche Gefühle freigesetzt, daß ich nicht wußte, was ich damit machen sollte. Also trank ich.

An der Oberfläche ging das Leben weiter. Ich war nicht gerade mittellos. Ich hatte einen phantastischen Loft, ein Haus auf dem Land, eine Assistentin, ein Kindermädchen. Ich fühlte mich verlassen, obwohl ich über diese Hilfen verfügte; stellen Sie sich vor, wie andere Frauen sich fühlen müssen! Ein schwerer Schlag hatte mich in meinem Innersten getroffen. Ich hatte mein Schicksal als Künstlerin und Frau erfüllt, und um mich dafür zu bestrafen, hatte Elmore mich verlassen.

Seien wir fair. Elmore hatte seine eigenen Probleme. Die Nationale Frauenorganisation sollte den Punkt in ihr Programm aufnehmen, daß Männer, die fünfzig werden, einen besonderen Dispens erhalten. Elmore wurde schon fünfundfünfzig. Er machte sich viele Sorgen. Sein Herz, sein Penis, seine Karriere, alle ließen nach – und da war ich, mit sechsunddreißig ganz oben; jedenfalls sah es so aus. Das konnte er nicht ertragen, und anscheinend konnte ich es auch nicht.

Um alles noch schlimmer zu machen, trennten wir uns. Und wir tranken beide immer mehr. Und wir vögelten beide herum. Wegen all dem fühlten wir uns nur noch schlechter (hinterher hat man leicht reden). Die Kinder litten unter unserer Selbstsucht.

Ich hatte eine Reihe von Liebhabern – jüngere, ältere, gleichaltrige –, aber nichts klappte wirklich. Ich suchte nach Ekstase, wollte meine Haut abstreifen. Die Ehe mit einem anderen Künstler ist tatsächlich die größte Ekstase überhaupt, und ich hatte sie verloren. Ich betrauerte einen Tod – den Tod meiner hübschen kleinen Familie –, und nichts konnte sie ersetzen. Ein paar Jahre lang dümpelte ich so dahin, versuchte, meine Arbeit zu tun, versuchte, meine Kleinen großzuziehen. Der Alkohol wurde ein immer größeres Problem – obwohl ich leugnete, daß er überhaupt ein Problem war. Dann lernte ich Dart kennen.

Dart war nicht bloß fabelhaft im Bett; er war der Ritter auf dem Schimmel. Er fand mich, als mein Selbstvertrauen auf dem Tiefpunkt war, und er möbelte mich auf. Er vögelte mich auf – oder möbelte mich auf; in Wirklichkeit ist das dasselbe, denn das, was er mir gab, war nichts Geringeres als eine Infusion von Lebenskraft, und die verströmte er sowohl aus seinem Penis als auch aus seinen Poren.

Ich liebte ihn. Wie ich ihn liebte! Die fotorealistischen Bilder wurden aus meiner Liebe zu ihm geboren – und die Cowboygemälde auch. Denn aus meiner Anbetung für diesen schönen Mann heraus tat ich das, was Rembrandt für Saskia tat, Wyeth für Helga, da Vinci für Mona Lisa: Ich malte ihn (oder fotografierte ihn) und machte ihn als meine Muse berühmt.

Die fotorealistischen Bilder entstanden aus meiner Liebe und meinem Verlangen, ihn in meiner Nähe zu halten. Wenn er Modell stand, war er wenigstens da. Sein Narzißmus verlangte das, meine Kunst verlangte das – und sie hatten einen Platz gefunden, wo sie zusammenpaßten, genausogut, wie unsere Körper zusammenpaßten.

Von dem Augenblick an, in dem ich Dart traf, zeichnete ich ihn. Er verführte mich dazu. Ich war fasziniert von ihm im archaischen Sinn des Wortes – verzaubert –, an ihn gebunden durch Magie, durch Betörung, durch unsichtbare Stricke der Verlockung.

Aus den Skizzen von Dart entwickelte ich die Cowboybilder – riesige Mixed-Media-Großaufnahmen von Dart als Lone Ranger, Dart als Roy Rogers, Dart als Gary Cooper in «Zwölf Uhr mittags». Ich nahm die kulturellen Ikonen meiner Kindheit und pfropfte ihnen diesen schönen jungen Mann auf. Ich kreuzte diesen Mann, der in den Fünfzigern geboren war, mit den Bildern aus meiner Fünfziger-Jahre-Kindheit, und der Leidenschaft, mit der ich das tat, konnte sich keiner entziehen.

Natürlich mochte nicht jeder diese Gemälde. Ein paar Leute haßten sie – ein Beweis dafür, daß sie lebendig waren. Aber die Leidenschaft war nicht zu leugnen – und Leidenschaft ist der Schlüssel zur Kunst, wie sie der Schlüssel zu allem im Leben ist. Menschen, Bilder, Pflanzen, Bücher, Babys sterben ohne sie.

Dart hatte mir das Geschenk des Lebens zurückgegeben, und so erwiderte ich die Gunst. Nachdem die Cowboybilder ausgestellt – und fast sofort verkauft – worden waren, suchte ich nach anderen Mitteln, um meinem Geliebten ein Denkmal zu setzen, und so verfiel ich auf die fotorealistischen Bilder.

Fotografie hat mich immer fasziniert; ich habe sie nicht als mindere Kunst betrachtet, sondern als ebenso eigenständig wie Malerei oder Bildhauerei.

Auf der Kunstschule hatte ich mit einem Schüler von Moholy-Nagy studiert, der mir die Augen für die Möglichkeiten der Fotografie geöffnet hatte – Silberbromiddrucke, goldgetönte Platindrucke und das ganze Arsenal fotografischer Effekte, das dem

Künstler zur Verfügung steht, der die Fotografie als Kunst betrachtet. Ich hatte diese Lektionen in meinem Gehirn zur späteren Verwendung aufgehoben – und jetzt, in meiner Leidenschaft, Dart ein Denkmal zu setzen, erinnerte ich mich an sie.

Ich verschaffte mir eine altmodische Kamera von ca. 1910 (nicht unähnlich der, mit der ich in meinen Yoko-Ono-Tagen experimentiert hatte) und fing an, Dart in verschiedenen Kostümen zu fotografieren, die Metaphern für seine vielfältige Persönlichkeit waren: Harlekin im Narrenkostüm; immer wieder der Lone Ranger; der Rock-Star als Idol (das Becken wie Elvis Presley zur Kamera gereckt); der Trucker der fünfziger Jahre im T-Shirt, mit einer Bierdose in der Hand; der junge WASP im Abendanzug; St. Sebastian, von Pfeilen durchbohrt; Hell's Angel in schwarzem Leder; Jesus mit dem Lendentuch am Kreuz. Ich fotografierte ihn in meinem Atelier (wo ich den Hintergrund und die Beleuchtung perfekt kontrollieren konnte), und je nach der Wirkung, die ich anstrebte, druckte ich diese Bilder entweder in Platin oder in Silber. Die besten Drucke wurden dann überlebensgroß vergrößert wie Filmplakate. Diese Serie, schlicht «Standfotos von Dart/Trick Donegal» genannt, war noch erfolgreicher als die Cowboybilder und machte Dart durch meine Hand zum Star.

Die Pygmalion-Geschichte ist viele Male erzählt worden – aber nie mit der Frau als Künstlerin und dem Mann als Galathee! Eliza Doolittle wird zwar eine Dame, aber sie ist schließlich doch noch immer ein braves Mädchen («I'm a good girl, I am»), und ob in Shaws Version oder in der von Lerner und Loewe, wo sie Freddy Eynsford-Hill für die Rex-Harrison-Vaterfigur verläßt, am Ende ist sie doch loyal gegenüber einem einzigen Mann – kurz, sie weist die Richtung für jede Frau in der Gesellschaft.

Aber was passiert mit Pygmalion, wenn unser Schöpfer eine Frau und ihr Geschöpf ein Mann ist? Ganz einfach: Das Geschöpf betrügt die Schöpferin mit so vielen mannbaren jungen Groupies wie möglich.

Es war nicht so, als hätte Dart/Trick mich betrügen wollen. Es lag einfach daran, daß er jetzt, durch meine liebende Nach-Schöpfung seiner Person ein Star geworden, von hübschen jungen Dingern belagert wurde. Die Sexualität, die ich in ihm gefunden hatte, strahlte von diesen Drucken aus, von den Cowboybildern, und jeder Betrachter konnte sie spüren. Dart war zum allgemeinen Besitz geworden, und alle wollten ihn vögeln. Ich war verdammt noch mal selber schuld. Als *aficionado* von Bessie Smith hätte ich so klug sein müssen, den Rat zu befolgen, den sie in «Empty-Bed Blues», dem Blues vom leeren Bett, gibt.

When you git good lovin'
Never go and spread the news –
Gals will double-cross you
And leave you with them empty-bed blues...

Wenn du gut geliebt wirst,
Dann posaun es nicht hinaus,
Sonst besorgen dir's die anderen Weiber,
Und du bleibst zurück mit dem Blues vom leeren Bett...

Aber ich war meinen eigenen Geschossen zum Opfer gefallen: Die Künstlerin in mir war stärker als die Frau. Eine glühende Geliebte hätte ihren schönen Mann unter Verschluß gehalten. Eine glühende Künstlerin machte statt dessen einen Star aus ihm – und daraus folgte Chaos.

Die Kunst formt noch stärker das Leben, als das Leben die Kunst formt. Stellen Sie sich vor, Helga wäre aus den Titelbildern von *Time* und *Newsweek* heraus und in die Arme jedes jungen Mannes spaziert, den es nach ihr gelüstete. Was hätte Wyeth getan? Wäre er verrückt geworden? Hätte er getrunken und Drogen genommen? Aber Frauen kümmerten sich um ihn – seine Ehefrau und sein Modell. Sie schirmten ihn ab, sie verhätschelten ihn. Und die Zeit, die große Heilerin, griff ein. Er hatte Helga – in welchem Sinn auch immer er sie hatte –, und er hatte außerdem Mrs. Wyeth. Anders das Schicksal des weiblichen Künstlers. Ich hatte meine Zwillinge, ich hatte Dart, und nun hatte ich alle diese Weiber am Hals, die anriefen und Dart sprechen wollten.

Nun ja, ich dachte, ich sei stark. Ich würde die Krisen durchstehen. Sexuelle Untreue war nicht das Schlimmste auf der Welt.

Soll Dart doch seine Zippen vögeln, solange er immer zu mir nach Hause kommt. So dachte ich jedenfalls. Doch wie sich zeigte, war das leichter gesagt als getan.

Was uns zu dem fraglichen Sommer bringt, in dem Leila (ich rede nur im Spaß – oder in extremen Krisen – von mir selbst in der dritten Person) neben dem Telefon darauf wartet, daß Dart auf seinem Motorrad erscheint. Die Zwillinge sind bei ihrem Vater in Kalifornien. Und ich bin in Connecticut und versuche, ein paar Gemälde für eine neue Ausstellung zusammenzukriegen. Aber meine Konzentration ist total im Eimer – meine Muse ist abgehauen. Ich sage mir, die Muse sei in mir selbst, und ich sollte fähig sein zu arbeiten, aber in Wirklichkeit tue ich nichts anderes, als auf das Geräusch von Darts Motorrad auf dem Kiesweg zu lauschen, auf das Läuten des Telefons, das seine Ankunft ankündigt.

Connecticut ist so grün und schön, wie nur Connecticut sein kann – und mir ist sterbenselend. Allein mit meinem Hund in meinem Silo-Atelier, sogar ohne Mike und Ed, um mich abzulenken, kann ich nichts weiter tun als horchen, ob der Kies knirscht unter den Rädern von Darts Motorrad, die geradewegs über mein Herz zu fahren scheinen.

The meanest things he could say would
thrill you through and through,
The meanest things he could say would
thrill you through and through,
And there wasn't nothing too
dirty for that man to do.

BESSIE SMITH

4 *Penelope*

Penelope, die Odysseus liebte, wußte es: Jahrelanges Warten auf die Heimkehr eines Mannes macht eine Frau verrückt.

Ich warte. Ich warte. Und während ich warte, versuche ich zu malen. Unfähig zu malen, trinke ich. Und nachdem ich getrunken habe, verfalle ich in Verzweiflung. Es ist ein Freitag und Mitternacht, als er zurückkommt. Er war ein, zwei oder drei Tage in der Stadt – ich habe den Überblick verloren. Ich habe die Zeit überstanden, indem ich am Telefon mit Emmie redete, und das tue ich auch jetzt.

«Er ist zurück», sage ich und kraule mit einer nackten Zehe Boners Bauch. Der Hund, der meine Stimmung widerspiegelt, wie Hunde das tun, wirkt genauso deprimiert wie ich. «Was soll ich machen?»

Seltsam, nicht, wie alle Beziehungen rückwärts laufen, wenn sie sich auflösen? Als ich Dart vor fast fünf Jahren kennenlernte, fuhr er ein Motorrad, das er für den roten Mercedes aufgab, den ich ihm kaufte. Jetzt benutzt er aus irgendeinem Grund wieder das Motorrad und läßt den Mercedes in der Garage. Er hat schreckliche Schuldgefühle wegen irgend etwas – selbst er, der im Vergleich zu normalen Menschen so wenig Schuld empfindet.

Das Motorrad hält röhrend und knatternd an, und ich höre seine Stiefel auf dem Kiesweg.

Ich besprühe mich mit *Lumière,* plustere mein Haar auf und renne zur Tür. Er soll nicht sehen, daß ich mit Emmie telefoniert habe. Er mag sie nicht, weil er weiß – alle Männer wissen das instinktiv –, daß wir über ihn reden. Daß solche Gespräche eine Überlebensfrage sind, versteht kein Mann. Oder vielleicht doch – und deshalb mögen sie sie nicht. Sie wissen nur, daß wir etwas haben, das sie nicht antasten und in das sie auch nicht eindringen können: eine Schwesternschaft geteilter Zuneigung, ein Sicherheitsnetz, das uns auffängt, wenn sie uns fallen lassen und wir abstürzen.

«Baby», sagt Dart, während er seinen Darth-Vader-Helm abnimmt und nach meinem Hintern grapscht.

«Hallo, Liebling», sage ich und blicke zu ihm auf, um mich küssen zu lassen. Kein «Wo zum Teufel bist du gewesen?» oder «Warum hast du mich nicht angerufen?». Wenn eine Frau ein Tier wie Dart will, dann muß sie diszipliniert und schlau sein, niemals Eifersucht erkennen lassen, niemals besitzergreifend werden.

Aber das ist unmöglich. Auch Frauen sind nur Menschen.

Kein Kuß erfolgt. «Hast du gearbeitet?» fragt er fast so, als wisse er, daß er meine Konzentration zerstört hat, und als freue er sich darüber.

«Ja», lüge ich. «Eine neue Serie von Bildern.»

«Von mir?» fragt er, begierig, meine Muse zu sein, obwohl er seinen Teil des Handels nicht mehr einhält.

«Natürlich, Liebling.»

«Lügst du?» fragt er. «Ich habe das Gefühl, du lügst. Du weißt, was passiert, wenn du lügst, böses Mädchen, oder?»

«Ja», sage ich, sehr jungenhaft, sehr erregt.

«Komm ins Atelier. Ich will sehen, was du gemacht hast.»

Und er geht aus der Hintertür, über das Gras, in mein Atelier-Silo; der Geruch von schwarzem Leder und Straßenstaub weht hinter ihm her.

In meinem Atelier herrscht Chaos. Leere Leinwände, an die Wände gelehnt, abgelehnte Vergrößerungen der Standfoto-Ausstellung – auf einigen habe ich mit Acrylfarben herumgemalt und die Fotos mit Warholschem Gekrakel bedeckt –, ausgesonderte Bilder aus der Cowboyausstellung, eine Leinwand mit einem Doppelporträt von den Zwillingen, betitelt «Doppelgänger-Töchter», das ich aufgegeben habe, weil ich es nicht gut genug fand, und die üblichen Selbstporträts, die ich anfange, wenn kein anderes Modell zur Hand ist.

Das Chaos in meinem Atelier spiegelt das Chaos in meiner Seele wider – eine Million Dinge begonnen und nicht beendet –, ein wildes Herumsuchen, um Inspiration in der Vergangenheit, in meinen Kindern, in mir selbst zu finden.

«Aha – du lügst also», sagt er. «Du kennst die Strafe.»

«Ja», sage ich, jetzt sehr erregt.

«Beug dich über die Staffelei und zieh deine Jeans herunter.»

Isadora: Ich kann einfach nicht glauben, daß Leila das tun würde. Schließlich ist sie eine Künstlerin, eine Heldin, eine Feministin. Warum sollte sie sich von diesem putz *mißhandeln lassen?*

Leila: Liebe. Du erinnerst dich doch sicher an Liebe?

Isadora: Was hat Liebe damit zu tun?

Leila: Alles. Dies ist eine Geschichte über die feine Linie zwischen Liebe und Selbstvernichtung. Wir reden hier von Häutung. Sicher hast du selbst sie auch manchmal gesucht – oder träume ich?

Isadora: Ich habe Die Geschichte der O. *gelesen, aber ich bin nicht französisch genug, um sie ihr abzukaufen.*

Leila: Warte ab.

Er fängt an, meinen Reißverschluß zu öffnen. Ich habe diesen Moment vorausgesehen und trage unter meinen Jeans einen schwarzen Spitzenbikini. Er zieht den Jeansstoff von meinem

Hintern, nicht aber das Spitzenhöschen. Dann, nachdem er eine schwarze Reitpeitsche aus einem seiner hohen schwarzen Lederstiefel gezogen hat, beginnt er, spielerisch auf mein Gesäß einzuschlagen, wobei ihm die Tatsache, daß ich über meine eigene Staffelei gebeugt bin, auf der ein unfertiges Selbstporträt steht, besonderes Vergnügen macht.

Das Prasseln der ledernen Hagelkörner auf mein Gesäß erregt mich so, daß ich keine Kraft mehr habe, ihm zu widerstehen. Die Demütigung ist eher seelisch als körperlich, denn es ist nicht so sehr die Peitsche, die mich schmerzt, als vielmehr das Wissen, daß er mit einer anderen Frau zusammen war, wie viele Tage auch immer er fort war. Ich sporne ihn mit Schreien und Entschuldigungen an, während er meinen Hintern versohlt. Ich entschuldige mich für seinen Fehler – wie das bei verliebten Frauen üblich ist. Während er mich peitscht – zuerst leicht, dann fester und fester –, beginnt meine Möse nach ihm zu verlangen, sich für ihn zu erwärmen, für ihn anzuschwellen. Keinen Augenblick zu früh zieht er mich auf den Boden und legt sich auf mich – schwarzes Leder an schwarzer Spitze, kalter Metallreißverschluß an warmem weißem Bauch; endlich dringt sein harter, krummer Schwanz in mich ein, findet meine Mitte, findet sein Heim.

«Hexe», zischt er.

«Mein Mann, mein Liebster, mein Freund», stöhne ich.

Ich beiße in sein Ohr, bis es blutet, beiße in seine Lippe, knurre, kralle mich in seinen Rücken unter dem weißen Rollkragenpullover mit Lippenstiftflecken, den er unter der Motorradjacke trägt.

Als er tief in mir ist, hält er inne, hält mich sehr fest, beißt in meinen Hals, bis er blutet, und fängt dann wieder an, sich in mir zu bewegen.

«Meine Hexe, meine Frau», murmelt er, während er immer wieder in mich stößt. Und ich sehe den verzerrten Ausdruck, den sein Gesicht immer annimmt, wenn er gleich kommt.

«Gib mir alles, Baby, gib mir alles», ächze ich, und er kommt in mir mit einer so starken Konvulsion, daß die Leinwand über uns wackelt.

«Ich liebe dich, Leila.»

«Ich weiß.» Ich umfasse seinen Kopf wie den eines Babys. Und ich weiß es wirklich. Ich weiß, daß ich immer seine Lady, seine Liebste sein werde. Aber ob ich den Schmerz ertragen kann, der damit verbunden ist, weiß ich nicht.

Und ein kleiner Teil von mir – der Teil vielleicht, der noch immer Louise Zandberg ist, der Teil, den meine Analytikerin als meinen gesunden Menschenverstand bezeichnen würde – steht in einiger Entfernung daneben und sagt: Das muß aufhören, das überlebe ich nicht.

Er bleibt das ganze Wochenende bei mir. Und es ist so sündhaft schön wie die Wochenenden ganz am Anfang unseres Idylls. Wir verbringen Stunden im Bett und hören abwechselnd Mozart und Tom Waits, während der Hund – jetzt nicht mehr so deprimiert – sich an unsere Füße kuschelt. Wir kochen zusammen, machen lange Spaziergänge – nur, um an einem Fluß haltzumachen und in den Wäldern zu vögeln. Wir schwimmen in einem schönen See in der Nähe meines Besitzes. Wir machen Picknick. Wir reden. Wir unterhalten uns vertraulich.

Ich fange an, mich zu entspannen, mich wieder geliebt zu fühlen, zu denken, das Leben sei doch gar nicht so schlecht. Vielleicht kann ich wieder arbeiten, wieder fühlen. Die geballte Faust meiner Psyche beginnt sich zu entkrampfen.

Und genau das nimmt Dart mit seinem teuflischen sechsten Sinn augenblicklich wahr. Er fühlt, daß ich mich ihm öffne, ihn liebe, mich selbst liebe – und so schaut er auf die goldene Rolex, die ich ihm gekauft habe (wir haben uns gerade auf der Couch im Wohnzimmer vor einem offenen Feuer zärtlich geliebt, und es ist zehn Uhr abends am Sonntag), und sagt: «Baby, ich muß gehen.»

Außer mir vor Trennungsschmerz, gepeitscht und voller Striemen, stehe ich mit ihm auf – mein Gesicht so verzerrt vor Schmerz wie seines, als er kam. Ich gehe mit ihm ins Badezimmer, ich sehe zu, wie er sich rasiert und sein eigenes Gesicht durch meine Augen bewundert, während ich ihn beobachte, wie er sich mit *Vetiver* bespritzt und seine Lenden in schwarzes Leder gürtet, um mich wieder zu verlassen.

Ich protestiere nicht. Ich bin entschlossen, die Hand zu öffnen, um ihn gehen zu lassen, weil ich weiß, daß er nur, wenn ich ihn nicht festhalte, vielleicht aus eigenem, freiem Willen zurückkommt. Das weiß ich.

Er wartet darauf, daß ich ihn bitte und anflehe, aber die Genugtuung gebe ich ihm nicht. Er wartet darauf, daß ich ihn frage, wohin er geht, aber das werde ich nicht. Mit zusammengebissenen Zähnen sehe ich nur zu, wie er Toilette macht, helfe ihm beim Anziehen und weiß, daß er höchstwahrscheinlich von einer anderen ausgezogen werden wird.

All meine beträchtliche Willenskraft und Disziplin sind darauf konzentriert, ihn gehen zu lassen, meinen Schmerz nicht zu zeigen – obwohl mir schleierhaft ist, wie er ihn übersehen kann, da er mich doch so gut kennt.

Ich sehe zu, wie Dart schwarze Lederjeans ohne Unterwäsche anzieht. («Ich hasse Unterwäsche – sie engt so ein», sagte er mir einmal. Oh, hütet euch vor Männern, die keine Unterwäsche tragen.) Ich sehe zu, wie er einen schwarzen Seidenrolli überstreift. Den weißen mit den Lippenstiftflecken hat er mir dagelassen, damit ich ihn wasche. Und ich konzentriere mich auf meinen eigenen Mut, ihn nicht einzuschränken. Manchmal ist es das Schwerste auf der Welt, jemanden gehen zu lassen.

Im letzten möglichen Augenblick, als er mich zum Abschied küßt und den Helm aufsetzt, platzt irgendein Kobold in mir, irgendein Geschöpf, das ich nicht gemacht habe, irgendein *dybbuk,* von dem ich besessen bin, heraus: «Aber wo kann ich dich erreichen, wenn ich dich brauche?» Kaum sind die Worte gesprochen, bereue ich sie auch schon, wünsche mir, ich könnte sie zurücknehmen, verzweifelt wie einer der Unglückseligen in Dantes «Inferno», die den fatalen Akt endlos wiederholen.

Und er dreht sich zu mir um und spuckt die folgenden Worte fast aus: «Du erwartest doch wohl nicht, daß du mich noch erreichen kannst, nachdem du mich rausgeworfen hast!» Und fort ist er, schwingt sich auf das Motorrad und startet wieder nach New York – oder wohin auch immer.

Ich gieße mir noch ein Glas Wein ein und rufe Emmie an.

Meine beste Freundin, Emmie Quinn, rettet mir seit mehr Jahren das Leben, als ich im Gedächtnis behalten möchte. Sie ist das

Produkt von Klosterschulen und einer Oberklassenkindheit in Manhattan und Virginia. Heute verdient sie ihren Lebensunterhalt als Autorin von Sachbüchern über im Trend liegende Themen. «Frauenfreude» machte sie in den Siebzigern reich. Eine penibel recherchierte Biographie von Victoria Woodhull verschaffte ihr in den Achtzigern Respekt; jetzt schreibt sie für die Neunziger das erste rückhaltlos offene Buch über die Menopause.

«Hättest du je gedacht, wir würden erleben, daß die Wechseljahre schick werden?» fragte sie mich vor ein paar Tagen – die mir jetzt wie Jahre vorkommen.

«Wir werden noch ganz andere Sachen erleben», sagte ich zu ihr. Jetzt bin ich da nicht mehr so sicher. Darts Fortgang hat mich auf eine neue Weise zerstört. Ich dachte, ich sei ein Überlebenstyp – um dieses abgenutzte Wort zu gebrauchen. Heute abend bezweifle ich das.

Emmie ist zäh, aber tröstlich; sie begleitet mich mit unendlicher Zartheit durch diese Trennung von Dart. Während ich sie anrufe, stelle ich mir Emmie vor mit ihrem schulterlangen, kastanienbraunen Haar, gekrönt von einem schwarzen Samtreifen, mit ihren erstaunlichen Wangenknochen, ihrer schlanken Taille und ihrem hübschen, hohen Busen. Sie sieht so aus, wie jede mit fünfzig aussehen sollte. Heiter, weise, biegsam, klaräugig, mit gerade genug Falten, um fraulich zu sein – und unendlich lieb. Emmie hat einen eisernen Willen. Und sie kann komisch sein. Wir sagen oft, daß wir lachend auf die Apokalypse zugehen. Wir rechnen damit, daß wir beide mit siebzig noch arbeiten, kichern und aufs Kreuz gelegt werden.

Aber Emmie ist heute abend nicht schreibend zu Hause wie sonst so oft an Sonntagen. Sie hat einen verheirateten Liebhaber in Paris, einen griechischen Großreeder; er läuft gerade oft genug in den New Yorker Hafen ein, um ihr Glück zu erhalten, und reist oft genug wieder ab, um ihr Zeit zum Schreiben zu lassen – ein neues Arrangement, für die berufstätige Frau des *fin de siècle* gar nicht so unangenehm.

Das Telefon läutet und läutet. Endlich klickt es, und Emmies Anrufbeantworter meldet sich.

Ein Schmettern von Bach, dann: «Sie haben die Nummer 789-

2727 gewählt. Nach dem blöden kurzen Piepston können Sie eine Nachricht hinterlassen.»

«Hilfe!» schreie ich in den Hörer, und dann fällt mir noch ein: «Ich bin in Connecticut!» Ich lege den Hörer auf.

Die perfide Grausamkeit von Darts Fortgang an einem Sonntagabend ist an mich nicht vergeudet. Und auch nicht die Grausamkeit, mich zu vögeln, mich zu verhätscheln und dann zu verschwinden. Ich denke an all die Krisen, die wir in den letzten sechs Monaten überstanden haben – und mir ist klar, daß ich mit Dart werde brechen müssen, und zwar vollkommen, wenn ich überleben will. Der Schmerz ist zu groß. Jedesmal, wenn ich irgendein Verhalten von ihm akzeptiere – vorige Woche bekam ich Kreditkartenrechnungen für ein Hotel, in dem er mit einem anderen Mädchen wohnte; in der Woche davor Fotos von irgendeiner miesen kleinen Blonden, die aussah wie die Bedienung in einem zweitklassigen Autokino; und in der Woche davor Liebesbriefe von einer Rothaarigen, die früher in der Galerie arbeitete –, erhöht er den Einsatz. Ich weiß, es ist sein eigenes Minderwertigkeitsgefühl – immer das Modell, nie der Künstler –, das ihn zu diesen Exzessen treibt. Ich weiß, auf seine Art liebt er mich. Aber das ist nicht mehr genug. Ich muß mich selbst lieben. Das gute Schiff Leila muß weitersegeln, und wie kann es segeln mit diesem Piraten unten im Laderaum, der Löcher in den Rumpf schlägt? Wo zieht man den Trennungsstrich zwischen Vergebung und Selbstschutz? Ich wünschte, ich hätte einen Penny für jede verliebte Frau, die jemals diese Frage gestellt hat.

Allein mit dem schweigenden Telefon, meiner Flasche, meinem Hund und meinem Chaos von Atelier, breche ich zusammen. Ich scheine die Kontrolle über den Rest meines Lebens zu verlieren. Mein ganzer Erfolg ist neben diesen Verheerungen nichts wert. Kinder reißen einen da heraus – und meine Kinder sind nicht hier.

Ich denke an Dart: Er selbst ist seine beste Schöpfung. Wenn er nicht malen und bildhauern kann, so liegt das daran, daß all seine künstlerischen Fähigkeiten in die Schaffung seiner eigenen Person geflossen sind. Eine beträchtliche Leistung. Er erfindet immer sich selbst – wie kann er da bloße Gemälde erfinden? Ein Künstler muß ein Kanal von der Muse zur Materie sein. Dart ist sowohl

Muse als auch Selbstschöpfung. Ich habe nur fotografiert, was ich sah. Vielgestaltig, veränderlich – jetzt Lone Ranger, jetzt Harlekin, jetzt Elvis Presley –, war Dart unendlich inspirierend, unendlich betörend, unendlich verlockend. Es war nicht nur sein Schwanz – es war seine Phantasie. Und die Art, wie sie sich mit meiner Phantasie verband. Die besten Liebhaber können mit ihrer Phantasie genausogut umgehen wie mit ihren Schwänzen. Wobei die ersteren seltener sind als die letzteren.

Ich falle auf mein Bett und lasse alle Lampen brennen. Ich denke an all die grausamen Dinge, die er letzthin getan hat, die Lügen – nutzlose Lügen in kleinen Sachen und große Lügen in großen Sachen. Ich denke daran, wie ich sein Motorrad am Bahnhof geparkt sah an einem Tag, an dem er gesagt hatte, er wolle einem Nachbarn helfen, sein Haus zu streichen. Ich denke an die vielen Male, wo ich ans Telefon ging und der Anrufer meine Stimme hörte und auflegte. Ich denke an die Fotos von anderen Frauen, die er liegen ließ, die Rechnungen, die Liebesbriefe, die Kreditkartenabrechnungen. Nächstes Wochenende wird Dart dreißig. Wird all das aufhören – oder hat es gerade erst angefangen? Soll ich es durchstehen, oder soll ich die Schlösser auswechseln und ihm einen Tritt geben? Wer kann mir raten – wer außer meiner eigenen inneren Stimme?

Das ist die Stimme, die Sybille, meine Psychoklempnerin, als Stimme meines gesunden Menschenverstandes bezeichnet. «Aber wie denkst du mit dem gesunden Menschenverstand darüber?» fragt sie immer. Und ich weiß genau, was sie meint. Sie meint die Stimme dieses hitzigen Advokaten in mir, den gesunden, in sich ruhenden Teil meiner selbst, der auf meiner eigenen Seite steht, diesen glänzenden kleinen Kern von Selbstliebe, umgeben von unermeßlicher Finsternis. Ich horche vergeblich auf die Stimme meines gesunden Menschenverstands – ich kann sie nur ab und an durch das monotone Rauschen der Besessenheit hören.

Ich krieche in mein großes, zerwühltes Bett und ziehe die Decken hoch. Boner läßt sich zu meinen Füßen nieder und stößt einen tiefen Hundeseufzer aus. Mein Bett ist mein Heiligtum. Ein Monument sowohl der Leidenschaft als auch des Zölibats. Es ist eine weiß lackierte antike Eisenbettstatt mit Schnörkeln aus Stahl und

Messing, bedeckt mit einem leuchtenden Amish-Quilt, auf dem ein kaleidoskopischer Stern prangt, und geschmückt mit Kissen aller Größen mit antiken Spitzenbezügen in Creme und Weiß.

In diesem Bett fühle ich mich sicher. Wenn ich hineinsteige, denke ich oft: Sie zog sich ins Bett zurück – und verstehe genau die Bedeutung von Zuflucht, die in diesem Ausdruck liegt. Draußen vor dem großen Panoramafenster, das in die Wand aus dem 17. Jahrhundert gebrochen wurde, liegt das träumerische, grüne Connecticut, jetzt in Dunkelheit gehüllt. Vor meinem geistigen Auge sehe ich seine busenähnlichen Hügel, seine roten Scheunen, seine silbernen Silos, aneinandergeschmiegt unter dem goldenen, fast vollen Mond, den treibende Wolkenfetzen halb verdecken.

Ich liebe diesen Staat. Ich fühle mich sicher und bemuttert zwischen diesen Hügeln. Ich liebe es, hier zu arbeiten: weit genug von dem monströsen New York entfernt, um seine psychischen Störgeräusche nicht zu hören, ihm nahe genug, um mich durch sein Blitzen wieder aufladen zu lassen. Aber ich bin ohnehin süchtig nach sanften, mutterbrustähnlichen Hügeln – ob in der Toskana oder in Litchfield County, in Umbrien oder Venetien. Das einzige, was ich noch lieber mag, ist das Meer. Mittelmeer, Pazifik, Atlantik, Ägäis, Karibik – mir ist jedes Meer recht.

Das Meer, das Meer. Früher träumten Dart und ich davon, zwischen den «Zuckerinseln» zu segeln, wie die Piraten des 18. Jahrhunderts sie nannten. Wir liebten die Karibik, und auf der Höhe unseres Idylls flohen wir oft nach Barbados, Jamaica, Tortola, Saint Kitts oder Saint Barts. In Jamaica, an einem weißen Sandstrand in der Nähe von Port Antonio, brachte Dart mir das Schwimmen bei. Wenn ich an ihn denke, sehe ich ihn noch immer wie einen blonden Meerjüngling – ein großer, kräftiger WASP (aufgewachsen mit Tennis und Schwimmen und Schießen), der einem kleinen, flammend rothaarigen jüdischen Mädchen (das mit körperlicher Feigheit aufwuchs) beibringt, nicht vor Hammerhaien zurückzuschrecken, körperlich mutig zu sein, die Natur als Freund und das Meer als ihr natürliches Element zu betrachten; sich im Wasser auszudehnen, statt sich verängstigt zusammenzuziehen.

Er brachte mir vieles bei. Er gab mir viel. Ich war auch nicht kleinlich. Ich gab ihm Geschenke, machte ihn zum Star. Auch er machte mir Geschenke – vor allem das, mich von den Toten aufzuwecken. Liebende schenken einander Leben. Das macht die Liebe so unwiderstehlich – ganz gleich, was die Spielverderber sagen. Wer kann demjenigen widerstehen, der ihm das Gefühl gibt, lebendig zu sein? Denn die Liebe ist nichts Geringeres als die Gabe des Lebens – obwohl man sie manchmal mit dem Tod bezahlen muß. Und wenn Künstler so oft und so heftig lieben, dann liegt es an ihrer Lebenswut.

Ich trinke meinen Wein und weine. Darts Verlust scheint tief, abgründig, tödlich. Wenn ich die Telefonnummer der kleinen Kellnerin hätte, würde ich anrufen, mich demütigen, ihm alles anbieten, damit er zurückkommt. Gott sei Dank habe ich sie nicht.

Ich stehe auf und lege Bessie Smith auf. Während sie Blues um Blues singt und sämtliche Lampen brennen, weine ich mich in den Schlaf.

Yes I'm mad
and have a right to be
after what my Daddy did to me.
I lavished all my love on him.
But I swear I'll never love again.
All you women understand
what it is to be
in love with a two-time man.
The next time he calls me sweet mama in
his lovin' way
This is what I'm going to say:
I used to be your sweet mama, sweet papa –
but now I'm just as sour as can be...

Ja, ich bin verrückt,
und ich hab ein Recht dazu
nach dem, was mein Daddy mir angetan hat.
Ich hab meine ganze Liebe an ihn vergeudet.
Aber ich schwöre, ich werde nie wieder lieben.

Ihr Frauen, ihr versteht alle,
was es heißt,
'nen betrügerischen Kerl zu lieben.
Wenn er mich nächstes Mal liebevoll
seine süße Mama nennt,
dann werd ich sagen:
Früher war ich deine süße Mama, süßer Daddy,
aber jetzt bin ich so sauer, wie man nur sein kann.

Good morning blues, blues how do you do?
Well I just come here to have a few words with you.

BESSIE SMITH UND CLARENCE WILLIAMS

5 *Der Blues aller Frauen*

Ich bin wieder in Yale – oder irgendeiner Mischung zwischen Yale und der Musik- und Kunstschule. Hoch über dem Park in der Convent Avenue hat jemand einen Käfig gebaut, der auf gekreuzten Stahlträgern steht wie die alte Elektrobahn in der Third Avenue, die an Bloomingdale's vorbeiratterte, als ich ein Kind war. Dort, hoch oben im Himmel, ist ein besonderer, käfigähnlicher Raum, wo Liebende sich treffen, wenn sie das Land des Ficks betreten wollen.

Ich bin dorthin gegangen – habe alle möglichen Stunden geschwänzt und riskiere, meine Punkte für das Jahr zu verlieren –, und als ich ankomme, lasse ich als erstes die Rolläden herunter – eigentlich sind es Jalousien: Was sonst sollte es im Land des Ficks geben?

In einem Zustand starker Erregung warte ich darauf, daß mein Liebhaber – Dart – kommt.

Im Traum bin ich feucht, zittrig, schrecklich erregt. Ich weiß irgendwie, daß mein ganzes Leben von diesem Treffen abhängt.

Er kommt, nicht in schwarzes Leder gekleidet, sondern in weiße Seide. Tatsächlich ist er Elvis Presley und nicht Dart – dunkles Haar, ein schwammiges, aufgedunsenes Gesicht, aufgeworfene Puppenlippen, die sich mechanisch öffnen und schließen, als seien sie aus Plastik. Vielleicht ist er tatsächlich eine riesige Puppe und kein Mensch. Und trotzdem begehre ich ihn – und wie ich in begehre! Ich öffne den Reißverschluß seiner weißen Seidenjeans, knöpfe das weißseidene Cowboyhemd auf, halte ihn, streichle ihn, murmle ermutigende und liebevolle Worte. Und dann, als ich den Schlitz seiner Satinjeans öffne, sehe ich, daß er anstelle eines Penis eine klaffende Wunde hat, die von Würmern, Maden und Schnekken wimmelt. Angeekelt – aber auch merkwürdig erregt – versuche ich, den Reißverschluß wieder zu schließen, aber das kann ich nicht. Die Würmer und Schnecken schlängeln sich heraus. Eine Schnecke kriecht, eine Schleimspur hinterlassend, an einem glänzend weißen Hosenbein herunter. Würmer werden geköpft, als ich an dem Reißverschluß zerre. Ich blicke auf in Darts Gesicht und sehe, daß das Puppengesicht verschwunden ist. Darunter ist Leere – weiße Leere. Augen, Mund und Nase ohne jeden Ausdruck wie ein hölzerner Puppenkopf, den das Meer reingewaschen hat.

Bitter enttäuscht stoße ich den Puppenmann zur Seite und suche nach dem Ausgang aus dem Land des Ficks. Es gibt keine Tür. Nur diesen Käfig hoch über der Stadt – New York? New Haven? –, in dem ich für immer gefangen bin. Ich höre die Stimme meiner Mutter sagen: «Louise, du glaubst immer, die Regeln, die für andere Leute gelten, würden für dich nicht gelten!» Und mein gesunder Menschenverstand ist nirgends in Sicht.

Ich erwache im grünen, wohltuenden Connecticut; alle Läden sind offen, die Lichter brennen, die Stereoanlage ist eingeschaltet. Draußen vor meinem Panoramafenster wiegen sich Pappeln und Hemlocktannen. Unterhalb meines Hügels liegen die roten

Scheunen und silbernen Silos des friedlichen Litchfield County. Ich bin in meinem weißen Eisenbett, aber der Nachgeschmack des Traums will nicht weichen.

Ich strecke mich in der Mitte des Bettes aus und überlasse mich wieder dem Traum. Jetzt fangen die Bilder an, sich aufzuribbeln wie die Maschen eines Pulloverärmels, die man von der Rundstricknadel gleiten läßt. Ich versuche, wieder in den Traum zurückzukriechen, und sei es nur, um ihn zu verstehen – aber er ist fort. Ich bin allein in meinem Bett in den grünen Hügeln von Connecticut, und wo Dart ist, weiß Gott allein.

Ich stelle mir mein Bett als intergalaktisches Raumschiff vor. In diesem weißen Eisenbett in diesem weißen, mit Schindeln gedeckten Haus segle ich durchs Universum. Unter mir blitzen Sterne im schwarzen Raum. Rings um mich herum, auf Asteroiden, sind die Leute, die mein Leben berührt haben: meine Zwillinge, die winken wie zwei kleine, von Saint-Exupéry gezeichnete Prinzessinnen; meine Mutter, Theda, die von ihrem intergalaktischen Irrenhaus aus winkt; mein Vater, der Origami-Vögel macht und sie durch den Raum zu meinen Zwillingen segeln läßt (den Zwillingen, die er nie kennengelernt hat, aber jetzt natürlich *sieht*). Snack, Thom, Elmore, Dart – jeder winkt von seinem eigenen Asteroiden. Emily legt auf ihrem Asteroiden einen Rosengarten an und preist die erstaunliche Energie postmenopausaler Frauen.

Die Erde ist eine winzige Spore, die durch den tiefen Raum wirbelt. Von meinem vorteilhaften Standpunkt im intergalaktischen Bett aus – das jetzt die Erde verlassen hat und mühelos allein, mit mir darin, durch den Kosmos segelt – sehe ich nicht nur die Winzigkeit der Erde, sondern auch ihre erstaunliche Verletzlichkeit. Erde, Mond und Sterne, alle könnten binnen einer Sekunde von einem Hauch des kosmischen Atems davongeblasen werden. Und auch ich in meinem Bett, das durch Raum und Zeit wirbelt, nur mit einem Hund, um mich zu trösten. Einsamkeit ist der letzte Aufenthalt, sagte irgendein weiser alter *roshi*. Und doch ist es eine bevölkerte Einsamkeit, eine Einsamkeit, in der es sowohl Geister als auch Menschen aus Fleisch und Blut gibt. Von meinem Bett aus winke ich jedem zu, den ich je geliebt habe. Diese Vision tröstet mich. Ich rapple mich auf, steige aus dem Bett, lasse Boner vor die Tür und reibe mir die Augen.

Ab in die Küche – mit einem kurzen Zwischenstopp an der Stereoanlage, um eine andere Platte von Bessie Smith aufzulegen. Während Bessie «My Sweetie Went Away» singt, klappre ich mit meinen Töpfen und Pfannen, mache Kaffee, fange an, mir einen Topf Hafergrütze zu kochen, auf die ich eigentlich keine Lust habe.

My sweetie went away
but he didn't say where,
he didn't say when,
he didn't say why,
or bid me goodbye –
I'm blues as can be . . .
I know he loves another one
but he didn't say who . . .
I know I'll die.
Why don't he hurry home?

Mein Süßer ging fort,
aber er sagte nicht wohin.
Er sagte nicht wann,
er sagte nicht warum,
nicht mal Lebewohl . . .
Ich bin so traurig, wie man nur sein kann,
ich weiß, er liebt eine andere,
aber er sagte nicht, wen . . .
Ich weiß, ich werde sterben.
Warum kommt er nicht schnell zurück?

Wenn man Bessie Smith zuhört, kommt einem alles so einfach vor. Die Stimme weiblichen Schmerzes, die die männliche Unberechenbarkeit vorhersagt, die in Liedern erklärt, daß es zwischen Mann und Frau nichts Neues unter der Sonne gibt. Du denkst, es bricht dir das Herz, du denkst, niemand hat je zuvor so gefühlt? Nun, da ist Bessie und erinnert dich daran, daß Millionen von

Frauen – schwarz, weiß, gelb und braun – vor dir so geweint haben, diese Trauer in reichen, widerhallenden Gesang verwandelt haben. Tröstet mich das? Nicht sehr.

In der Küche, auf dem Tresen, steht eine Menge leerer Flaschen, die mir einen Schrecken einjagt. Habe ich all diese Flaschen Pomerol, Meursault, Pinot Grigio getrunken? Das scheint kaum möglich. Sicher haben Dart und ich sie zusammen geleert. Aber das Pochen in meinem Kopf und die Trockenheit im Mund überzeugen mich davon, daß ich mit diesen leeren Flaschen durchaus etwas zu tun gehabt haben muß. Mein Kopf hämmert, meine Koordination ist alles andere als gut. Ich trinke meinen Kaffee, als wäre er das Lebenselixier, und stolpere dann ins Badezimmer, um mir die Zähne zu putzen. Unterwegs verschütte ich Kaffee auf den eichenen Dielen, rutsche beinahe darauf aus, knie nieder, um ihn mit meinem Bademantel aufzuwischen.

Ich betrachte mein Gesicht im Badezimmerspiegel. Es ist voller Schmerz, Ringe unter den Augen, der Mund aufgeschwollen und traurig, die Wangen aufgedunsen und weiß. Mein Gesicht ist der Spiegel meines Lebens; stärker als die meisten Gesichter enthüllt es alles. Es ist das Gesicht einer Frau mit großen Problemen.

Ich habe immer zehn Jahre jünger ausgesehen, als ich war – nun sehe ich zehn Jahre älter aus.

Mein Gesicht ist wie meine Palette – ich kenne jeden Zentimeter – jede vergrößerte Pore, jede schlaffe Stelle, jede Verfärbung. Meine einst braungrünen Augen sind jetzt nur noch schlammfarben. Meine rotblonden Locken sind unscheinbare Strähnen auf meinen Wangen. Ich öffne meinen Bademantel und betrachte meinen Körper. Selbst meine Brüste sind besiegt und scheinen zu hängen. Die großen rosa Brustwarzen, von allen meinen Männern, von Snack bis Dart, gepriesen, sind anscheinend in der Niederlage geschrumpft. Und die Narbe meines Kaiserschnitts ist jetzt wieder zornig und entzündet. Ich drehe mich um und sehe rote Striemen auf meinen Gesäßbacken. Woher habe ich die? Ich erinnere mich nicht.

Brandgeruch erreicht meine Nase. Ich renne in die Küche und finde den Topf mit der Hafergrütze rauchend und brennend auf dem Herd. Ein bitterer Geruch von verbrannten Haferflocken füllt den Raum. Ich schalte den Herd aus und schleudere den Topf in den Ausguß. Er zischt bösartig. Ich lasse kaltes Wasser in den Topf laufen, und eine Wolke von Hafergrützenrauch attackiert meine Nase. Ach, wer will denn schon Hafergrütze?

Das Telefon läutet.

«He, was ist los?» Es ist Emmie, die, für den Augenblick, so nahe ist, wie ich der Stimme meines gesunden Menschenverstandes kommen kann.

«Ich hab die verdammte Hafergrütze verbrennen lassen», sage ich.

«Was war mit Dart gestern abend?»

«Er ist gegangen. Zuerst hat er es geschafft, daß ich ganz entspannt und weich und warm und offen für ihn war, und dann ist er gegangen – der Bastard. Ich könnte ihn umbringen – sie alle umbringen. Sie sind Marsmenschen. Sie können uns nicht einfach bumsen. Sie müssen uns weich machen, uns verliebt machen, uns ficken, und dann gehen sie weg. Ich bin soweit, daß ich in die Lesbische Kommune eintreten könnte. Wie wär's, Emmie – willst du mein Mädchen sein?» Die Lesbische Kommune ist ein alter Scherz zwischen uns. Da werden wir hingehen, wenn wir endlich mit den Männern fertig sind. Bald.

«Einen Augenblick. Noch mal von vorne. Sag mir, was wirklich passiert ist.»

Und ich versuche es. Geduldig versuche ich, alles zu erklären, was mit Dart und mir zwischen seiner Ankunft und seinem Fortgehen passiert ist. Ich erzähle ihr alles, lasse nur die roten Striemen auf meinem Hintern und die Parade leerer Flaschen aus. Kurz, lasse alles aus.

«Und wie hast du dich gefühlt, als du heute morgen aufgestanden bist?» fragt sie.

«Wieso?»

«Sag's mir einfach.»

«Ich bin in Panik aufgewacht, nachdem ich diese schrecklichen Sachen geträumt hatte. Das erste, was ich empfand, war Verzweiflung – mein ganzes Leben schien verrückt, wahnsinnig, außer Kontrolle. Mir war nach Selbstmord. Dann habe ich mich zusammengenommen und hatte Visionen, wie ich in meinem Bett durch den Kosmos schwebe . . .» Ich fange an zu weinen. «Emmie, ich kann so nicht weiterleben. Ich kann es nicht aushalten. Alles tut weh, weh, weh.»

«Und warum, glaubst du?»

«Weil das Leben Schmerz ist, Schmerz, Schmerz.»

«Und wundervoll. Ein Geschenk. Ein Segen.»

«Erzähl mir nicht diesen simplen Polyanna-Scheiß –»

«Es ist zwar einfach, aber es ist kein Scheiß. Du kannst dir aussuchen, wie du dein Leben siehst. Ob du in Düsternis oder im Sonnenschein lebst. Wer soll denn die Entscheidung treffen, wenn nicht du? Welchen anderen Grund gibt es für dieses Erdenleben als Freude?»

«Kacke.»

«Weißt du, warum die Leute deine Arbeit lieben? Wegen der Freude, der Lebenskraft, die sich mitteilt –»

«Welche Arbeit? Ich kann nicht arbeiten, ich arbeite nicht. Alles, was ich tue, ist hier sitzen und an Dart denken. Und trinken.»

«Leila, willst du damit aufhören? Geht es darum? Willst du wirklich aufhören und dein Leben wieder in die Hand nehmen?»

«Ja.»

«Denk darüber nach. Es gibt kein Gesetz, das dir vorschreibt, dein Leben wieder in die Hand zu nehmen. Du kannst den Weg weitergehen, den du gehst. Du kannst dich umbringen, wenn du willst. Ich würde dich vermissen – aber du hast dieses Recht. Du kannst deine Zwillinge zurücklassen als Erbinnen einer weiteren Künstlerin, die sich das Leben genommen hat. Du kannst aber auch etwas anderes tun.»

«Was?»

«Soll ich es dir zeigen? Willst du mir vertrauen?»

«Ich hab ja keine Wahl. So kann es nicht weitergehen.»

«Dann warte auf mich. Ich bin gleich da.»

Während ich auf Emmie warte, trinke ich eine ganze Flasche Pinot Grigio. Zuerst entspannt der Wein mich und gibt mir ein ruhiges, wohliges Gefühl, während ich Bessie Smith zuhöre. Aber dann, als das verschwommene Gefühl hämmernden Kopfschmerzen weicht, fange ich an, mir Arten auszudenken, mich umzubringen. Ich könnte mir in der Badewanne die Pulsadern öffnen. Ich könnte eine Reihe von Fotos von mir machen, während mein Leben verebbt. Die Kamera auf Zeituhr und Selbstauslöser schalten, in die Wanne steigen und ... Wenn sie kämen und mich suchten, würden sie nicht nur meine Leiche finden, sondern auch einen Fotoreport des Akts, der mich getötet hat. Von wegen postmodernistischen Bildern! Oder ich könnte mir in die Venen stechen und frisches Blut auf eine Leinwand schmieren. «Dart gegangen», würde ich das Bild nennen. Oder ich könnte den Backofen öffnen, das Gas einschalten und es machen wie Sylvia Plath. (Aber ich habe einen Elektroherd!) Oder mich in Thedas alten Nerzmantel wickeln, den ich seit dem Tod meiner Mutter im Garderobenschrank aufbewahrt habe, in den ochsenblutroten Mercedes namens DART steigen und Kohlenmonoxyd einatmen à la Anne Sexton (aber der Mercedes ist ein Kabriolett).

Als die Wirkung des Weins nachläßt, schlucke ich Valium und Aspirin. Dann krame ich unter dem Bett herum und suche die Packung mit Marihuana, aus der ich Dart gestern abend Zigaretten drehen sah, bevor er ging. Verdammt – er hat sogar das mitgenommen.

«Der Bastard hat sogar das Marihuana mitgenommen!» kreische ich.

Als ich eine kaum noch rauchbare Kippe unter dem Bett entdecke, lege ich mich flach auf den Boden, um sie zu erreichen. Endlich erwische ich sie mit den Fingerspitzen und ziehe mich hoch. Ich fange an, nach einem Streichholz zu suchen, durchstöbere das Haus vom Kamin im Wohnzimmer bis zum Holzofen in der Küche. Ich suche im Haus herum, fluchend, unfähig, ein Streichholz, ein Feuerzeug, irgend etwas zu finden – und das Telefon läutet.

Dart! Dart will zurückkommen. Er liebt mich. Es tut ihm leid. Er war mit irgendeinem kleinen Pipimädchen zusammen und vermißt mich schrecklich. Er erkennt meinen wahren Wert. Ich rase zum Telefon. Vielleicht ist es die Stimme meines gesunden Menschenverstandes.

«Ms. Sand?» Eine fremde Stimme.

«Ja?»

«Ms. Sand, mein Name ist Wesley Hunnicut, und ich vertrete die Paugussett Memorial Gardens von Paugussett, Connecticut –»

«Die *was*?»

«Die Paugussett Memorial Gardens. Wir kontaktieren alle Hausbesitzer in diesem Bezirk, weil wir eine einmalige Gelegenheit zum Erwerb von Grabstellen haben, auf die wir Sie gern aufmerksam machen möchten –»

«Zum Erwerb von *was*?»

«Von Grabstellen für Sie und Ihre Lieben.»

«Woher haben Sie meinen Namen?»

«Als Hausbesitzerin in der Stadt Roxbury sind Sie im Rathaus registriert. Wenn Sie mir einen Augenblick Ihrer –»

«Eine Grabstelle!»

«Nun, wir sehen das als Investition für Ihren Seelenfrieden, ein Stück Gelassenheit.»

Ich knalle den Hörer auf die Gabel.

Und falle schluchzend auf den Boden. Boner kommt zu mir und leckt mein Gesicht. Ich denke an den Mann mit der Kapuze in «Amadeus», der zu Mozart kam, um das Requiem zu bestellen, und seinen Tod ankündigte. Genau das ist gerade mir passiert. Der Tod hat eine Verabredung getroffen. Und nicht gesagt, wann er wiederkommt.

Ich schlage mit der Stirn auf den Boden wie eine Wahnsinnige. Ich schlage, bis ich blute, ohne Schmerz zu fühlen. Endlich beginnt der Schmerz, und mit ihm irgendein neues Bewußtsein.

«Gott», sage ich laut, «ich will nicht sterben. Ich will mein Leben wiederhaben. Bitte, Gott, gib mir mein Leben zurück.»

Ich knie noch immer auf dem Dielenboden, die Stirn blutverkrustet, den Hund neben mir, als zwei Stunden später Emmie die Haustür öffnet und hereinkommt.

Isadora: Du hast Leila wirklich zu einem hoffnungslosen Fall gemacht. Alle werden denken, sie sei ich. *Alle werden sagen, ich hätte meinen Kopf auf den Boden geschlagen und Sado-Maso-Praktiken geübt und mich für irgendeinen Blödian erniedrigt.*

So *schlecht ging es mir nie. Warum machst du so eine klägliche Figur aus ihr?*
Leila: Jede Frau hat das Potential dazu.
Isadora: Ich nicht. Du nicht.
Leila: Deine Erinnerung ist sehr selektiv. Hast du nicht auch mit dem Kopf auf den Boden geschlagen?
Isadora: Niemals.
Leila: Und getrunken bis zur Bewußtlosigkeit?
Isadora: Na ja – ein- oder zweimal.
Leila: Und hast dich Alkohol, Drogen, Schwänzen ergeben?
Isadora: Schon wieder dieses Wort. *Ich will nicht, daß du dieses Wort je wieder benutzst.*
Leila: Schwanz? Soll ich mit meinen Schwanzliedern fortfahren?
Isadora: Spielt es wirklich eine Rolle, was ich sage? Du bist mein Geschöpf, aber wie mein Kind scheinst du inzwischen ein eigenes Leben zu haben.
Leila: Und war es nicht das, was du wolltest?
Isadora (seufzend): Wir kennen die Dinge schlecht, um die wir beten.

Gimme a reefer and a gang o'gin.
Slay me, 'cause I'm in my sin.
Slay me, 'cause I'm full of gin.

WESLEY WILSON

6 *Erfahrung, Stärke, Hoffnung*

Und so kam ich zu meiner ersten AA-Versammlung.

Stellen Sie sich eine kleine Kirche in neugriechischem Stil im ländlichen Connecticut vor, bei der niemand durch die Vordertür eintritt. Alle diese Leute kommen durch die Hintertür. (Ach, die Rückkehr in die Kirche durch die Hintertür!) Mein Klempner, Mr. Raffella, ist einer von ihnen; ein runzliger, graubärtiger Künstler aus New Milford, den ich einmal bei einer Dinnerparty kennengelernt habe und an dessen Namen ich mich nicht erinnere; die örtliche Bibliothekarin; ein paar zerlumpte und ein paar aufgeputzte Teenager; ein alter zahnloser Schwarzer; eine Reihe solide aussehende Bürger, Hausfrauen und andere Yankees aus dem Sumpf von Connecticut in ihren Schnürschuhen, Cordhosen und Madrashemden. Warum zittere ich?

Emmie führte mich in den Freizeitraum im Untergeschoß der Kirche, als sei ich eine Zweijährige, die zum ersten Mal in den Kindergarten gebracht wird. Leute sitzen auf Klappstühlen oder stehen neben dem einzigen Tisch, kaffeetrinkend, kettenrauchend, keksessend, einander umarmend, sich miteinander unterhaltend. Mein erster Impuls ist, mich davonzumachen. Was zum Teufel tue ich hier?

Mein Klempner nickt mit dem Kopf und sagt: «Willkommen.» Ich bin zu aufgeregt, um zu antworten. Emmie führt mich zur Kaffeemaschine, macht mir einen Kaffee mit viel Milch und Zukker zurecht, bringt mich zu einem Stuhl in der vorderen Hälfte des Raumes.

«Woher wußtest du von diesem Treffen? Du bist ja nicht mal aus Connecticut.»

«Es gibt ein Adreßbuch der AA.»

«Du bist so verdammt tüchtig», sage ich.

Sie sieht mich an und lächelt. Freundlich. «Ich war absolut starr vor Angst, als ich zum ersten Mal hinging. Das ging uns allen so.»

«Was muß ich machen?»

«Nichts.»

«Du weißt, das fällt mir am allerschwersten.»

«Deshalb hab ich dich hergebracht. Wenn es dir nicht gefällt, brauchst du nicht wiederzukommen.»

«Nie?»

Emmie lacht.

An den Wänden des Freizeitraums hängen Zettel. «Das Wichtigste zuerst.» – «Denke!» – «Eile mit Weile!» Platitüden. Außerdem gibt es zwei riesige Schriftrollen. Eine ist überschrieben: «Die zwölf Schritte». Die andere heißt: «Die zwölf Traditionen». Die erste Zeile der «Zwölf Schritte» lautet: «Wir gaben zu, daß wir dem Alkohol gegenüber machtlos sind – und unser Leben nicht mehr meistern konnten.» Ich lese nicht weiter.

«Wo führen die Schritte hin?» frage ich Emmie.

«Auf deinen eigenen Berg», sagt sie. «Wie immer du ihn nennst.»

«Mount Leila», sage ich.

«Ist das ein Substantiv oder ein Verb?»

«Ein Verb», sage ich frivol, um meinen Schrecken zu verbergen.

Ich hasse den Jargon. Ich will weg.

«Ich gehöre hier nicht hin», sage ich zu Emmie.

«Versuch mal, den ersten Schritt so zu lesen: ‹Ich gab zu, daß ich Dart gegenüber machtlos bin – und mein Leben nicht mehr meistern konnte.› Und dann hör zu und warte, ob dir gefällt, was du hörst.»

Ich schaue mir den ersten Schritt an und ersetze «Alkohol» durch «Dart». Allerdings ist mein Leben nicht mehr zu meistern. Mein Leben ist . . . Ich breche in Tränen aus. Niemand scheint es zu bemerken außer einer Frau, die zu mir kommt und mich umarmt. «Sie sind an der richtigen Stelle», sagt sie und gibt mir ihre Telefonnummer auf einem kleinen, gelben Zettel. Ich habe eine Welt betreten, in der Freundlichkeit die Regel scheint und nicht die Ausnahme, und ich möchte gehen.

Die Versammlung beginnt.

Jemand eröffnet sie und liest eine Präambel voller Worte wie «Kraft», «Hoffnung», «Bruderschaft» und «Nüchternheit» vor, dann steht eine Frau auf, vorgestellt als Fleur aus Boston, und beginnt zu sprechen.

Ich finde, daß Fleur aus Boston, eine kleine, erschrocken aussehende Seele Mitte vierzig, die perfekte Besetzung der Blanche DuBois in «Endstation Sehnsucht» wäre. Sie hat dünnes, aschblondes Haar, einen entrückten Blick in den grünlichen Augen und eine vogelartige Magerkeit, die fast zerbrechlich wirkt. Ihre Handgelenke sind so zart, daß man meint, sie könnten bei bloßer Berührung brechen.

«Man sagt», beginnt sie, «daß Alkoholiker das Leben der Menschen deformieren, die sie umgeben. Ich habe mich nie in einen Mann verliebt, der kein Alkoholiker war, und ich habe selten getrunken, ohne daß es mit den Männern in meinem Leben zusammenhing. Sie tranken, also trank ich auch. Ich trank nicht, um zu trinken, verstehen Sie, sondern um geliebt zu werden.»

Das letzte, was ich hören will, ist die Geschichte einer Frau, die sich von der Liebe befreit. Ich habe schreckliche Angst – nicht, das Programm könne bei mir versagen, sondern, es könne möglicherweise Erfolg haben. Ich hasse all die Milde und Freundlichkeit in diesem Raum. Ich will das Brüllen wiederhaben: das Brüllen in mir.

«Ich bin in einer Menge Betten aufgewacht, ohne zu wissen, wie ich da hereingekommen war, und ich habe eine Menge schnarchender Männer gesehen, deren Namen ich nicht wußte», sagt Fleur. «Zuerst waren es Männer, mit denen ich zur Schule ging, Männer, deren Familien ich kannte, Männer, deren Eltern in meine Kirche gingen, aber am Schluß waren es Männer, die überhaupt keine Schule besucht hatten, die keine Familie oder Mütter mehr hatten, die niemals auch nur eine Kirche betreten hatten.»

Ist es das, wohin mein Leben mich führen wird – ein Kirchenkeller, in dem ich mir Platitüden anhöre? Ich bin Künstlerin. Mein Leben ist nie so gewesen wie das anderer Leute. Sogar jetzt bin ich in Dubrovnik mit Dart, holpre in dem Zastava eine rutschige Straße runter. Es ist Mitternacht. Juli. Wir können kein Hotel finden. Wir haben den ganzen Tag flaschenweise den hiesigen Wein getrunken – und als der Wagen auf einer fast senkrechten Straße außer Kontrolle gerät, verfehlen wir nur knapp die massive Mauer einer Festung. Ich kreische. «Da war noch jede Menge Platz, Baby», sagt Dart.

«Als die Polizei kam und mein kleines Mädchen fand», sagt Fleur, «lag ich bewußtlos im Schlafzimmer . . .»

Ein Kind ist gestorben, während ich mit Dart in Dubrovnik war. Ein kleines Mädchen, Ich habe zwei kleine Mädchen.

Ich versuche zuzuhören, kann mich aber nicht auf Fleurs Worte konzentrieren.

Statt dessen betrachte ich die Schriftrolle mit dem Titel «Die zwölf Schritte».

1. Wir gaben zu, daß wir dem Alkohol gegenüber machtlos sind – und unser Leben nicht mehr meistern konnten.
2. Wir kamen zu dem Glauben, daß eine Macht, größer als wir selbst, uns unsere geistige Gesundheit wiedergeben kann.
3. Wir faßten den Entschluß, unsern Willen und unser Leben der Sorge Gottes – wie wir ihn verstanden – anzuvertrauen.

Vielleicht ist «Gott» in Wirklichkeit der gesunde Menschenverstand, denke ich.

«Mein anderes Kind wurde mir weggenommen und zu Pflegeeltern gegeben», sagt Fleur. «Ich kam ins Gefängnis, wo ich dreimal versuchte, mir das Leben zu nehmen, und in eine psychiatrische Anstalt, bevor ich endlich nüchtern wurde und anfing, mein Leben zu ändern.»

Gönnt mir eine Pause, denke ich, während mir Tränen übers Gesicht laufen.

«Warum ich? schrie ich zu Gott – und warum meine Tochter? Jahrelang konnte ich keine befriedigende Antwort finden. Betrunken nahm ich Fremde mit nach Hause. Ich hätte meine Kinder und mich genauso leicht bei einem Autounfall oder einem Feuer umbringen oder sie versehentlich mit der Pistole erschießen können, die ich hatte, um Einbrecher zu vertreiben – Einbrecher, die ich unter dem Vorwand der Liebe selbst in mein Haus einlud.»

Ich möchte Fleurs Geschichte ebenso gern ausblenden wie hören. Ich bin rastlos, aufgewühlt – und merkwürdig gefesselt. Ich zittere und zapple zwischen Bruchstücken von Fleurs Geschichte und Träumen von Dart hin und her. Ich stehe auf, hole mir eine Handvoll Kekse und gehe dann zu meinem Klappstuhl zurück.

4. Wir machten eine gründliche und furchtlose Inventur in unserem Inneren.
5. Wir gaben Gott, uns selbst und einem anderen Menschen gegenüber unverhüllt unsere Fehler zu.
6. Wir waren völlig bereit, all diese Charakterfehler von Gott beseitigen zu lassen.

Dann folgt eine lange, ermüdende Aufzählung der Schritte von Fleurs Genesung, einer Genesung, zu der auch ihr Kampf gehörte, das verbliebene Kind zurückzubekommen. Fleur ist jetzt seit zehn Jahren «trocken». Die Tochter, die sie verloren hat, wäre heute neunzehn. Fleur arbeitet für ein minimales Gehalt in einem Kinderkrankenhaus und hat «besondere Freude» daran, halbwüchsige Mädchen zu pflegen. Sie berichtet, seit mindestens sieben dieser zehn trockenen Jahre habe sie den Sex aufgegeben –

gönnt mir eine Pause! –, aber kürzlich habe sie einen Mann kennengelernt, «der mich für das liebt, was ich durchgemacht habe, und für den Seelenfrieden, den ich gefunden habe». Er hat eine Tochter mitgebracht, in der sie eine Chance sieht, «ihr Karma aufzuarbeiten».

Jesus, ich hasse überzeugte Optimistinnen. Und das Schlimmste kommt erst noch.

«Wegen des Programms», sagt Fleur, «bin ich froh, am Leben zu sein. Ich beginne jeden Tag damit, daß ich Gott um Anleitung bitte, und wenn ich abends schlafen gehe, danke ich Ihm. Meine Aufgabe im Krankenhaus ist es, heranwachsende Mädchen zu beraten. Ich versuche, ihnen klarzumachen, daß zur Liebe auch die Fähigkeit gehört, sich selbst zu lieben, und daß jede von ihnen in ihrem Inneren einen Garten hat; daß sie keine Männer brauchen, um ihrem Dasein einen Wert zu geben. Ich glaube, daß Mädchen das sogar in diesen angeblich so feministischen Zeiten nicht wissen. Sie glauben, ohne einen Mann wären sie nichts, und sie opfern sich auf dem Altar romantischer Liebe, sexueller Liebe – und vergessen Gott, vergessen die göttliche Liebe, vergessen alles außer dem blinden Drang, durch die Aufmerksamkeit eines Mannes in ihrem Wert bestätigt zu werden. Kurz gesagt, sie suchen überall nach einem Liebesobjekt, während das Objekt, das die Liebe am meisten verdient, die ganze Zeit da ist – in ihnen selbst.»

«Verdammt, bloß raus hier», sage ich zu Emmie.

«Gleich», sagt Emmie.

«Nach all meinen Selbstmordversuchen», sagt Fleur, «habe ich entdeckt, daß ich dem Tod meiner kleinen Tochter nur dadurch einen Sinn geben konnte, daß ich sie überlebte und mein Leben in den Dienst anderer Mädchen stellte. Und ich habe in dieser Arbeit dauerhafte Freude – und Schmerz – gefunden, die alles verändert haben, was ich vorher zu wissen glaubte. Ich weiß nicht, warum Gott mit eine so bittere Lehre erteilen wollte; vielleicht habe ich sie mit meiner extremen Dickköpfigkeit selbst heraufbeschworen. Ich glaube nämlich, daß wir uns unsere Lektionen selbst fabrizieren, den eigenen Bedürfnissen angepaßt.»

Verblüfftes Schweigen nimmt ihre Worte auf. Dann erwacht der

Raum langsam zum Leben. Einer nach dem anderen stehen Leute auf, applaudieren und umarmen Fleur.

Es gibt eine fünfminütige Kaffeepause, bevor die Aussprache beginnt.

«Sind alle Meetings so?» flüstere ich.

Emmie lacht. «Durchaus nicht. Das hier war speziell für dich geschickt. Das Programm ist wie Mary Poppins' Elixier: Es wird zur spezifischen Medizin für das, was dich gerade drückt. Du hast nach einem Heilmittel für die Sucht nach Sex gefragt? Da hast du es.»

«Geheilt werden ist das letzte, was ich will», sage ich.

«Ich weiß», sagt Emmie. «Sich gegen die Heilung wehren, ist der erste Schritt zur Heilung.»

«Muß ich sprechen?»

«Nur, wenn du willst, daß es dir bessergeht.»

Während des größten Teils der Aussprache schnüffle ich vor mich hin und studiere die Schritte.

7. Demütig baten wir Ihn, unsere Mängel von uns zu nehmen.
8. Wir machten eine Liste aller Personen, denen wir Schaden zugefügt hatten, und wurden willig, ihn bei allen wiedergutzumachen.
9. Wir machten bei diesen Menschen alles wieder gut – wo immer es möglich war –, es sei denn, wir hätten dadurch sie oder andere verletzt.
10. Wir setzten die Inventur bei uns fort, und wenn wir unrecht hatten, gaben wir es sofort zu.
11. Wir suchten durch Gebet und Besinnung die bewußte Verbindung zu Gott – wie wir Ihn verstanden – zu verbessern. Wir baten Ihn nur, Seinen Willen für uns erkennen zu lassen und um die Kraft, ihn auszuführen.
12. Nachdem wir durch diese Schritte ein geistiges Erwachen erlebt hatten, versuchten wir, diese Botschaft an Alkoholiker weiterzugeben und unser tägliches Leben nach diesen Grundsätzen auszurichten.

Am Ende, nachdem ein Korb herumgegangen ist und unmittelbar vor dem Schluß der Versammlung, ruft Fleur mich auf.

«Die Dame mit dem roten Haar», sagt sie und zeigt auf mich.

Ich sehe hilfesuchend Emmie an. Vielleicht meint die Sprecherin eigentlich sie.

Sie zuckt die Achseln.

«Ich bin Leila», sage ich. «Ich hatte seit einer Stunde keinen Drink.»

«Willkommen», sagt Fleur. «Es wirkt, wenn Sie es wirken lassen.»

Fast alle im Raum drehen sich um und fangen an, mich zu beklatschen, als sei ich eine Heldin.

Nach der Versammlung stehen die Leute bei Kaffee und Keksen herum. Mehrere Frauen kommen zu mir und geben mir Telefonnummern. Ich nehme all die kleinen Papierstreifen und stopfe sie in meine Tasche. Ich nehme mir vor, sie wegzuwerfen, sobald ich zu Hause bin. Wenn ich sie annehme, komme ich wenigstens hier raus.

Als Emmie mich in ihrem alten silbernen Volvo-Kombi nach Hause fährt, sagt sie: «Weißt du, daß ich das ganze erste Jahr über bei Versammlungen überhaupt nichts gesagt habe? Ich saß einfach im Hintergrund und lauerte.»

«Ich mußte was sagen.Ich weiß nicht mal, warum. Meistens hab ich zugehört. Ich hab die ‹Zwölf Schritte› angestarrt und daran gedacht, wie sehr sie den ‹Regeln der Liebe› gleichen.»

«Was sind ‹Die Regeln der Liebe›?»

«‹Die Regeln der Liebe› der provenzalischen Dichter sind nichts Geringeres als eine vollständige Kodifizierung der Liebe. Sie wurden schon vor Jahrhunderten geschrieben. Und es hat sich überhaupt nichts verändert.»

«Und wie fandest du das Meeting?» fragt Emmie.

«Fade», sagte ich. «Es sollte ein stärkeres Wort geben: *fadissimo*.»

«Ich weiß, was du meinst. Manche Meetings scheinen so langweilig, daß man meint, man würde sterben. Und der Rauch setzt einem zu. Und die Platitüden! Und trotzdem wirkt es. Wie sie sagen, es wirkt, wenn man es wirken läßt. Ich weiß nicht mal, warum es wirkt. Wahrscheinlich Gnade.»

«Wie lange machst du das schon, Emmie? Und warum hast du mir nie etwas gesagt?»

«Du hast nie gefragt.»

«Aber du hättest es mir sagen können.»

«Warum? Solange Trinken und Drogen dir noch Spaß machten, wieso hättest du es dann wissen wollen? Du wolltest es nicht wissen, sonst hättest du gefragt.»

«Wie lange bist du schon Mitglied?»

«Ungefähr zehn Jahre. Ich kam in Paris dazu, als ich am Boulevard Raspail wohnte. Du erinnerst dich, meine Orgienzeit in Paris? Ah, Ende der sechziger, Anfang der siebziger Jahre . . .»

Emmie hatte von 1969 bis 1979 in Paris gelebt, eine gute Zeit, um in Paris zu leben. Sie hatte dort ihr erstes Buch geschrieben – ein Buch über sexuelle Befreiung für Frauen, das in Wirklichkeit von ihrer eigenen Befreiung handelte. In Paris gehörte sie zu einer Clique, die Orgien feierte und der so ungefähr jeder angehörte, der in der Intellektuellen- und Filmwelt jemand war, mit Drogen und Sex und Rock and Roll bis zum Exzeß. Für eine Klosterschülerin genau die richtige Art, die siebziger Jahre zuzubringen. Weil ich damals ein anderes Leben führte – zuerst mit Thom, dann mit Elmore, dann mit Elmore und den Zwillingen –, sah ich sie nur auf meinen seltenen Reisen nach Paris. Ich hatte nie gewußt, daß sie noch von etwas anderem abhängig war als von Sex und Schokolade. Ganz gewiß entsprach sie nicht meiner – oder sonst jemandes – Vorstellung von einer Alkoholikerin.

«Du bist also trocken geworden, ohne mir etwas zu sagen. Wußtest du, daß ich ein Problem hatte?»

«Ich wußte, daß du dachtest, du könntest alles in deinem Leben kontrollieren. Was in sich schon ein Problem ist, weil wir das nicht können.»

«Glaubst du, daß ich Alkoholikerin bin?»

«Was *ich* glaube, spielt keine Rolle. Glaubst *du* es? Das ist eine der wenigen Krankheiten, die man selbst diagnostiziert – wie die Liebe. Es ist egal, was ich – oder sonst jemand – denke. Vielleicht hast du bloß eine Spielart von Liebessucht und trinkst nur mit Männern. *Ich* weiß das nicht. Ich weiß nur, daß das Programm *mir* das Leben gerettet hat.»

«Ach komm, Emmie, jetzt übertreibst du.»

«Nein, tue ich nicht. Tatsache ist, daß ich dich nie sturzbetrunken gesehen habe, und Tatsache ist auch, daß du einigermaßen vernünftig durch dein Leben stolperst und dich um alle kümmerst – mich eingeschlossen. Aber du scheinst nicht viel Spaß daran zu haben. Da bist du mit deinen süßen Zwillingen, deiner kometenhaften Karriere, deiner ganzen Intelligenz, deinem Witz und deiner Vitalität – und bist bereit, wegen eines ziemlich kaputten jungen Mannes das Handtuch zu werfen.»

«Eines was?»

«Eines Dart.»

«Aber ich *liebe* Dart. Ich hatte nie das Gefühl –»

«Ich weiß, wie sehr du Dart liebst. Aber wie sehr liebst du Leila?»

Betroffen über die Frage, beantworte ich sie.

«Nicht sonderlich.»

«Dann stimmt was ganz und gar nicht. Weil Leila liebenswert ist.»

«Ja?» frage ich, während mir die Tränen kommen. «Wirklich?»

«Oh, Schätzchen, was in aller Welt glaubst du, warum ich die ganze Zeit da bin – weil du nicht liebenswert bist? Selbst bei all deiner Verrücktheit, deiner *mischegoss*, wie du das nennst, bist du der beste Mensch, den ich kenne. Du gibst und gibst und gibst. Jedem. Nur Leila nicht. Jetzt ist sie an der Reihe.»

«Aber bin ich Alkoholikerin?»

«Ich weiß nicht», sagt Emmie. «Frag mich nicht, frag dich selbst.»

Wir bummeln durch das grüne Connecticut und kaufen ein. Blumensträuße. Tomaten. Knoblauch, Nudeln. Dann fahren wir zurück in mein Haus und kochen.

Wir machen frische Tomatensauce für die Nudeln und grillen Schwertfischsteaks und Maiskolben. Während wir in der Küche und am Gartengrill herumhantieren, sind wir glücklich.

«Um fünf Uhr«, sagt Emmie, «essen wir süße Brötchen und trinken Tee mit Honig.»

«Ich werde fett werden wie ein Schwein.»

«Das bezweifle ich», sagt Emmie.

Für eine Stunde oder so, während ich mit Emmie und dem Hund im frühsommerlichen Grün des lieblichen Connecticut sitze, habe ich Frieden. Nach dem Mittagessen legen wir uns auf meinen Hügel und sehen die Wolken vorüberziehen, geben ihnen Namen, je nachdem welchen Tieren und Vögeln sie gleichen. Irgend etwas scheint schrecklich verkehrt, etwas fehlt.

«Dart – ich frage mich, wann ich von Dart hören werde.»

«Nie, hoffe ich. Aber ich bezweifle, daß er wegbleiben kann.»

«Wie kannst du das sagen?»

«Leila, du brauchst Dart so nötig, wie ein Fisch ein Fahrrad. Dart braucht dich viel mehr als du ihn.»

«Wenn er mich so sehr braucht, wo ist er dann?»

«Weg, um dich zu provozieren. Wenn du dich nicht mehr provozieren ließest, würde er verrückt. Das ist ein Tanz, den ihr da aufführt. Du brauchst es, am Haken zu hängen, und er braucht es, dich am Haken zu haben.»

«Und was ist mit dem Sex?»

«Was soll damit sein?»

«Ich hatte noch nie mit jemand so guten Sex. In Wirklichkeit ist es doch so: Wenn ich mich mit mir selbst so gut fühle, dann lasse ich mich von Dart nicht mehr herumschubsen, und wenn ich das nicht tue, dann vögelt er mich nicht...»

«Das hast du gesagt, nicht ich.»

«Ich glaube nicht, daß es möglich ist, ohne Beherrschung und Mißbrauch tollen Sex zu haben – das ist irgendwie eingebaut. Wenn wir sie anbeten, geben wir alles aus der Hand. Mein ganzer Intellekt lehnt sich dagegen auf, aber meine *kischkes* wissen, daß es stimmt. Wenn Dart mich vögelt, fühl ich mich lebendig. Wenn er's nicht tut, verwelke ich.»

«Ist dir je der Gedanke gekommen, daß Gefühle keine Fakten sind?»

«Ich habe nie ohne Mann gelebt. Ich brauche Sex, um meine Kreativität anzutreiben. Ich brauche dieses Gefühl, keine Haut zu haben, um mit der Muse in Kontakt zu kommen.»

«Du brauchst *dich*, um deine Kreativität anzutreiben. Dart nimmt dich dir weg. Den Zwillingen. Deiner Arbeit. Wenn du dich selbst zum Zentrum deines Lebens machst, wenn du aufhörst, deine Macht wegzuwerfen, dann wirst du eine andere Art Männer anziehen – gleichwertige Männer, keine Beherrscher oder Waschlappen.»

«Wie wer? Thom war ein Waschlappen. Elmore, trotz all seines aufgesetzten Geredes über Gleichheit, war Beherscher *und* Waschlappen in einer Person. Selbst die Zwillinge wissen das. Als ich sie zum Flughafen fuhr, sagte Ed zu mir: ‹Warum müssen wir zu Daddy, Mami? Daddy ist ein großes Baby. Du sorgst für uns. Du kümmerst dich um uns. Er kommandiert uns nur rum.› Ich sagte: ‹Er ist euer Vater, und ihr liebt ihn›, und Mike sagte: ‹Bist du *sicher*, daß er unser Vater ist?› – ‹Absolut sicher›, sagte ich. ‹Okay, Mami›, sagte Ed, ‹wir glauben's dir.›

Sie wissen, daß er ein Waschlappen und Schwächling ist. Sie wissen, auf wen sie sich verlassen können und auf wen nicht. Ich versuche ihnen zu sagen, wie fabelhaft Elmore ist, und sie lachen mich aus. Zehn Jahre alt, und sie wissen alles. Sie haben mich sogar mal gefragt, ob ich es je in einem Flugzeug getrieben hätte. ‹Ja›, habe ich gesagt. ‹Naß oder trocken?› Ich dachte eine Minute nach und sagte dann: ‹Trocken.› – ‹Oh›, sagte Ed, ‹das zählt nicht, Mami. Wir haben wegen dem *Mile High Club* gefragt.› – ‹Was wißt ihr kleinen *pischers* über den *Mile High Club*?› fragte ich. ‹Wir lesen›, sagte Mike. ‹Und sehen uns deine Videos an.› Das war ein Schock, aber ich tat so, als sei ich ganz gelassen. ‹Nun ja›, sagte ich, ‹wenn ihr jemals Fragen über Sex habt, dann kommt zu eurer Mutter. Fragt keine Fremden, okay?› – ‹Okay, Mami›, sagte Ed, ‹aber wir wissen schon alles.› Und dann rannten sie davon, um mit ihren Barbie-Puppen zu spielen.»

Emmie lacht und lacht. «Was spielen sie?»

«Vermutlich, wie Barbie in den *Mile High Club* kommt. Bei Zwillingen weiß man nie – sie haben ein richtiges Geheimleben.»

Im Lauf des Abends holt mich Fleurs Geschichte wieder ein. Etwas davon fängt sogar an, einen Sinn zu bekommen.

«Ich denke dauernd an Fleur», sage ich, «und Frauen, die ihre Töchter nicht so sehr lieben können, daß sie gesunde Menschen werden, weil sie sich selbst nicht so lieben können, daß sie gesunde Menschen werden – weißt du, was ich meine?»

«Ich weiß», sagt Emmie.

«Und das erinnert mich an Theda, die sich ganz bestimmt nicht liebte – und trotzdem hat sie mir diesen verrückten Mut mitgegeben, diese Vorstellung, daß ich *alles* schaffen kann. Und Dolph auch. Ich bin so sehr die Tochter meines Vaters. Der Wahnsinn meiner Mutter hat auf eine seltsame Weise auch meinen Ehrgeiz befeuert. Ich möchte ihr Leben einlösen und ihren Schmerz der Mühe wert machen. Wenn sie nur hätte aufhören können zu trinken.»

«Erzähl mit von den ‹Regeln der Liebe›», sagt Emmie.

«Laß mich das Buch suchen.»

Ich laufe nach oben auf den Speicher und suche in den Regalen, in denen ich die Bücher aus meiner Yale-Zeit aufbewahre. Da ist es, ein staubiger, grünlicher Band mit dem Titel «Soziale Bräuche im Italien des 16. Jahrhunderts», den ich die ganzen Jahre aufgehoben habe, weil er die Traditionen höfischer Liebe und deren Überleben bis in die Renaissance hinein schildert. Ich ziehe das Buch so vorsichtig heraus wie eine alte Schriftrolle, die in einem Grabmal versiegelt und vor der gewöhnlichen Luft geschützt war. Wie durch Zauberhand öffnet es sich auf der Seite, auf der die Überschrift «Die Regeln der Liebe» steht. Ich bin allein auf dem Speicher und lese im staubigen Sonnenlicht, das durch die Giebelfenster fällt:

I. Heirat ist keine rechtmäßige Entschuldigung, um nicht zu lieben.
II. Wer nicht eifersüchtig ist, kann nicht lieben.
III. Niemand kann gebunden sein durch eine doppelte Liebe.
IV. Liebe nimmt immer zu oder ab.
V. Was der Liebende gegen ihren Willen von der Geliebten nimmt, hat keine Würze.
VI. Ein Mann kann nur lieben, wenn er volle Mannbarkeit erreicht hat.
VII. Ein toter Geliebter muß von der Überlebenden zwei Jahre betrauert werden.
VIII. Niemand sollte ohne ein Übermaß an Gründen der Liebe entbehren müssen.

IX. Niemand kann lieben, wenn ihn nicht die Macht der Liebe dazu zwingt.
X. Die Liebe pflegt den Geiz zu vertreiben.
XI. Es ist unziemlich, diejenigen zu lieben, die zu heiraten man sich schämen würde.
XII. Ein wahrhaft Liebender will sich der Liebe keiner anderen als seiner Geliebten erfreuen.
XIII. Liebe dauert selten an, nachdem sie ausgeplaudert wurde.
XIV. Leicht gewonnene Liebe wird verachtenswert; schwer errungene Liebe wird wertgeschätzt.
XV. Jeder Liebende pflegt beim Anblick seiner Geliebten zu erbleichen.
XVI. Das Herz eines Liebenden erzittert beim plötzlichen Anblick der Geliebten.
XVII. Eine neue Liebe vertreibt die alte.
XVIII. Redlichkeit allein macht einen liebenswert.
XIX. Wenn die Liebe abnimmt, endet sie bald und lebt selten wieder auf.
XX. Ein Liebender ist immer schüchtern.
XXI. Die Zuneigung eines Liebenden wird durch wahre Eifersucht immer gesteigert.
XXII. Eifer und Zuneigung eines Liebenden werden durch Argwohn gegen die Geliebte gesteigert.
XXIII. Der ißt und schläft weniger, den der Gedanke an Liebe mit Sorge erfüllt.
XXIV. Jede Handlung des Liebenden ist umgeben von Gedanken an die Geliebte.
XXV. Ein wahrhaft Liebender hält nichts für gut als das, von dem er meint, es werde die Geliebte erfreuen.
XXVI. Liebe kann Liebe nichts abschlagen.
XXVII. Ein Liebender kann der Gunst seiner Geliebten nicht müde werden.
XXVIII. Die leiseste Andeutung zwingt den Liebenden, seine Geliebte zu verdächtigen.
XXIX. Wen Lüsternheit quält, der pflegt nicht zu lieben.
XXX. Ein wahrhaft Liebender verweilt in ununterbrochener Betrachtung der Geliebten.

XXXI. Nichts verbietet einer Frau, von zwei Männern, und einem Mann, von zwei Frauen geliebt zu werden.

«Liebe nimmt immer zu oder ab», sage ich laut. «Ein toter Geliebter muß zwei Jahre betrauert werden.» Ich halte mich an diesen Gedanken fest, als seien sie die Stützpfeiler meines gesunden Menschenverstandes.

Ich laufe nach unten, um Emmie die «Regeln der Liebe» vorzulesen. Sie hört aufmerksam zu.

«Warum erinnern sie dich an die ‹Zwölf Schritte›? fragt sie.

«Weil Menschen das Bedürfnis haben, alles in Regeln zu pressen, sogar zerbrochene Herzen, sogar Verzweiflung. Die ‹Regeln der Liebe› und die ‹Zwölf Schritte› sind parallele Universen. Sie sind wie schwimmende Masten für einen Ertrinkenden. Es ist tröstlich zu wissen, daß schon andere vor einem diesen Weg gegangen sind.»

«Du meinst, daß du nicht der einzige Mensch bist, der stolpert, die einzige Liebende, die stolpert?» fragt Emmie nicht ohne Ironie. «Du meinst, daß du unvollkommen sein darfst?»

«Genau», sage ich und tue so, als befände ich mich bei gesundem Verstand. Das ist eines der ersten Prinzipien des Programms, habe ich von Emmie gelernt: «Handle, als ob.» Vielleicht kann ich, wenn ich meinen gesunden Verstand nicht finden kann, doch wenigstens *so tun*, als hätte ich ihn gefunden. Und wenn ich das lange genug gemacht habe, brauche ich am Ende vielleicht nicht mehr so zu tun als ob.

Emmie bleibt bei mir in dieser Nacht und in der nächsten und übernächsten. Die ersten drei Tage ohne Alkohol sind hart. Jeden Tag um fünf bekomme ich ein so heftiges Verlangen nach Wein, daß ich denke, ich könnte ohne nicht leben – statt dessen gehen wir dann zu einem Meeting, und wenn wir nach Hause kommen, schwelgen wir in Eiscreme. Etwas scheint in meinem Leben zu fehlen. Die Tage kommen mir dreimal so lang vor wie vorher. Das Haus ist leer ohne Dart, ohne die Zwillinge, ohne das Ritual des Trinkens.

Emmie und ich schaffen allen Wein nach unten in einen Vorratsschrank im Keller, schließen ihn ab und vergraben den Schlüssel irgendwo in der Erde in der Nähe meines Silos.

«Wenn du jemals trinken willst, wirst du einen Schlosser rufen müssen», sagt Emmie. «Im Idealfall sollten wir das Zeug eigentlich wegschütten – aber vielleicht gibst du mal eine Party und brauchst es.»

«Wie lange wird es dauern, bis ich nicht mehr jeden Tag um fünf Verlangen nach Wein habe?»

«Ich glaube, du bist wie viele Frauen – du trinkst mit Männern.»

«Und weil es keinen Sex in meinem Leben gibt, brauche ich nicht zu trinken, stimmt's?»

«Ich habe nicht gesagt, daß du nie –»

«Oh, Emmie, warum hab ich mich je von dir zu diesem verdammten Meeting mitschleppen lassen?»

«Ich – dich mitgeschleppt? Du hast mich hingeschleppt. Glaubst du, ich wäre den ganzen Weg hierhergekommen, bloß um zu einem Meeting zu gehen?»

Am vierten Tag gehe ich in meinen Silo und fange ein Stilleben an. Emmie ist im Gästezimmer, hat sich auf dem Wasserbett ausgestreckt und liest ein halbes Dutzend Bücher über Osteoporose, während sie gleichzeitig mit Nase und Ohr die Tomatensauce überwacht, die sie literweise in der Küche kocht. Das ganze Haus riecht wie ein italienisches Restaurant. Die Kochdüfte geben mir Trost – ebenso wie Emmies Anwesenheit.

Draußen in meinem Silo lege ich mein Stilleben an. Ich wähle die Elemente sorgfältig: ein Dutzend riesige weiße Eier in einer Kristallschale von Lalique, auf deren Rändern Mänaden tanzen, ein klares Kristallei, eine weiße Milchkanne aus Porzellan in Form einer Kuh, eine zylindrische, durchsichtige Glasvase mit weißen Rosen und Callas und unter all dem ein altes weißes Spitzentischtuch, so drapiert, daß es aussieht wie verschneite Berge.

Ich stelle meine kleine Reisestaffelei in der Nähe des Stillebens auf, setze eine frisch gespannte Leinwand darauf, drücke meine Ölfarbentuben in Umbra, Ocker, Blau, Grün und jeder Schattierung von Weiß aus und fange an, mich der Herausforderung zu überlassen, meine Farbskala innerhalb des Wortes «weiß» zu finden.

Ganz glücklich, ganz zufrieden – ich habe das Gefühl, wieder zehn zu sein und mein wahres Selbst wiedergefunden zu haben, das ich kannte, bevor der Tanz des Sex und die Gezeiten der Hormone mein Leben übernahmen. Ich bin glücklich – glücklicher als seit Jahren.

Es wird fünf Uhr und später, und ich brauche weder einen Drink *noch* ein Meeting. Ich male wie in Trance, vollkommen versunken in das Drama des weißen Tischtuchs, die Winkel sich verändernden Lichts auf dem Kristall, die Mänaden, die tanzen, wie sie jahrhundertelang getanzt haben, die fraulichen Eier, die Kuh voller Milch, die regenschwangeren Wolken am sich verdunkelnden Himmel.

Diesmal habe ich nichts dagegen, daß die Sonne untergeht, denn ich male dieses Stilleben nicht in realem Licht, sondern im Licht des Geistes. Ich schalte die starken Leuchtröhren ein, die ich für meine Fotografien benutze, und male weiter. Die Täler des Tischtuchs schimmern wie alpiner Schnee. Die Eier weisen kleine, verkalkte Knötchen auf wie Ovarien, die gleich platzen und ihre Follikel freisetzen werden. Das Kristallei scheint in seinen Tiefen die Zukunft zu enthalten. Die Rosen und Callas öffnen sich vor meinen Augen.

In Trance male und male ich. Mein Kopf ist klar, das Herz singt in meiner Brust, ich bin in Ekstase.

Gegen elf kommt Emmie herein mit einem Teller Nudeln, einem Glas geeistem Kamillentee mit Honig und einer Schüssel voll aufgeschnittener Pfirsiche.

Wir setzen uns an meinen Zeichentisch, und sie sieht mir beim Essen zu.

«Vier Tage nüchtern», sagt sie. «*Mazel tov*. Und die Weiße Göttin schickt dir zur Feier des Tages ein Geschenk.»

Wir drehen uns beide um und betrachten das Stilleben, das tatsächlich fertig aussieht. Es hat eine Klarheit, die meine Arbeit nie zuvor besaß. Ich weiß, daß ich auf dem Weg zu etwas Neuem bin – etwas, das über Cowboys und Selbstporträts hinausgeht, etwas, das so rein, klar, komplex und glitzernd ist wie Schnee.

«*L'chaim*!» sagt Emmie und trinkt mir mit ihrem Glas Tee zu. Wir stoßen miteinander an, und dann lachen und lachen wir.

Spät in dieser Nacht ruft Dart an. Es ist ungefähr ein Uhr, und Emmie schläft.

Als ich seine Stimme am Telefon höre, führt mein Herz einen komischen kleinen Tanz auf. Ich denke, ich sehnte mich nach seinem Anruf, doch jetzt bin ich ein bißchen unschlüssig. Ich möchte die Klarheit behalten, die ich habe.

«Was machst du so, Baby?» fragt er.

«Oh, bloß malen», sage ich. «Das Übliche.»

«Vermißt du mich?»

«Natürlich.»

«Ich vermisse dich schrecklich, Baby», sagt er mit brüchiger Stimme. «Keine ist wie du – so süß und wild und sexy. Ich komm nach Hause, Baby.»

In vier Tagen bin ich eine Königin geworden; jetzt werde ich wieder zur Marionette. Wenn Dart erscheint, verschwindet Leila.

Ich drehe und wälze mich in meinem Bett, kann nicht schlafen, warte auf ihn. Ich stehe auf und lege Make-up auf, parfümiere mich, ziehe ein seidenes Nachthemd an, setze mein Pessar ein, lege mich wieder ins Bett. Ich wünsche mir, ich wäre stark genug, ihm zu sagen, er solle nie wieder über meine Schwelle treten, aber ich bin es nicht. Emmie schläft im Gästezimmer; meine feuchte Leinwand glänzt im Atelier. Ich warte im Bett wie auf einen *dybbuk*, der nach mir ruft. Vor meinem Fenster schwebt der Vollmond mit einem Hof über den Hügeln. Ich schlummere ein, wache wieder auf und stelle fest, daß es jetzt drei Uhr ist. Ich stehe auf, wasche mir das Gesicht, putze mir die Zähne, ziehe einen Pullover über das Nachthemd und gehe hinaus auf meinen Hügel.

Der Mond, dessen Hof jetzt verschwunden ist, hat seine Bahn fast vollendet. Er steht tief an der anderen Seite des Horizonts. Ich betrachte ihn, neige dann neunmal den Kopf und versuche, an meinen größten Wunsch zu denken. Vorher galt dieser Wunsch immer Dart. Jetzt gilt er mir: Ich wünsche mir die Kraft, die Klarheit zu bewahren, die diese vier Tage gebracht haben.

Kaum habe ich den Wunsch getan, da höre ich auch schon das Knattern von Darts Motorrad und das Spritzen der Kieselsteine in der Einfahrt. Der Hund bellt. Ich knie auf dem Hügel nieder und hebe die Hände zum Mond.

Worum ich bete? Ich glaube, ich bete um die Wiederkehr meines gesunden Verstandes.

Ich liege auf den Knien, reglos im Mondlicht, während er mit seinem Schlüssel aufschließt, das Haus betritt, ins Schlafzimmer stürmt, mich sucht, dann wieder hinausstürmt in Richtung auf meinen Silo.

Panik ergreift mich – irgendwie bin ich überzeugt, wenn er das kristalline Stilleben sieht, wird er es zerstören – so deutlich wird es ihm zeigen, daß er als meine Muse abgesetzt ist. Ich laufe ihm nach, rufe «Dart, Dart» und hole ihn in dem Moment ein, als er mein Atelier betreten will.

Ich umarme ihn, ziehe ihn wieder auf den Grasabhang hinaus. Hier, unter dem spöttischen Mond, paaren wir uns wie Hexe und Hexenmeister, schreien und weinen im taufeuchten Gras, rollen lachend herum wie Verrückte und rollen sogar den Hügel hinunter bis an die Grenze meines Grundstücks. Dort bleiben wir neben dem Graben liegen und vögeln wieder, angespornt von der blauen Völle des Mondes.

«Baby, du bist wild – wild», sagt Dart, der nicht weiß, daß alle meine Wildheit dazu diente, ihn von meinem Stilleben fernzuhalten, daß ich in meinen Schreien und Orgasmen ein kleines Stückchen meines Herzens zurückbehalte – eine kleine, gesunde, nüchterne Ecke, die sich nie wieder wird verschenken können.

Ich führe Dart ins Bett, wo er erschöpft zusammensinkt, seine Arme um mich schlingt und an meiner Brust einschläft wie ein Baby. Dadurch unbeweglich gemacht, liege ich wach und sehe zu, wie das rosa Licht der Morgendämmerung hinter meinen Bäumen aufzusteigen beginnt.

Dart stöhnt und dreht sich um, läßt mich los, und plötzlich kann ich frei atmen. Ich strecke mich auf dem Rücken aus; meine Gedanken rasen. Ich weiß, daß er stundenlang schlafen wird, weiß, daß er ein Schlafbedürfnis hat wie ein kleiner Junge, vor allem nach Sex.

Ich schlüpfe aus dem Bett, ziehe einen Trainingsanzug und Schuhe an und tappe leise hinaus, zurück in mein Atelier. Kann mein Stilleben überhaupt so gut sein, wie ich es in Erinnerung habe?

Das Atelier riecht nach Terpentin, der harzige, holzige Geruch von Erde. Ich schalte das Licht ein – und da, auf der Staffelei, steht mein schimmerndes Testament für ein neues Leben.

«Danke, Mond», sage ich.

Überschwemmt von Erregung wasche ich meine Pinsel aus, reinige meine Palette, hebe eine neue Leinwand auf die Staffelei und stelle das erste Gemälde zum Trocknen beiseite. Ich ordne die kristallinen Elemente meines Stillebens neu an und beginne eine zweite Version dieser Albino-Studie – viel phantastischer und abstrakter dicsmal; der Mond geht hinter den tanzenden Mänaden unter, die Eier sind in kleine, wirbelnde Planeten verwandelt.

Ich male und male – versunken, glücklich stelle ich mir eine ganze Serie von Bildern vor auf der Grundlage dieses kristallinen Themas, mit jedem dieser Objekte – Mond, Mänaden, Eier, Kuh, Milch – als Emblem eines neues Lebens für Frauen und Kinder, für den Planeten.

Ich sehe eine neue Ausstellung, einen neuen Weg, mein Leben widerzuspiegeln. Um acht Uhr früh male ich noch immer so – mein Geist galoppierend, mein Herz erfüllt –, als Dart mit einer Tasse Kaffee hereintrottet und sagt:

«Was ist los, Baby, magst du nicht mehr in meinen Armen schlafen?»

Ich drehe mich um und sehe ihn an, die rötlichen Lider, das zerzauste blonde Haar, einen Meter neunzig machohafter Männlichkeit – und bin leicht verärgert über die Störung. Und auch ein bißchen ängstlich.

«Was hältst du davon?» sage ich und zeige auf meine neue Leinwand.

Dart stolpert ein paar Schritte rückwärts. Ist er ein bißchen bekifft?

«Willst du das wirklich wissen, Baby?»

«Ja», lüge ich.

«Tja», sagte er. «Du weißt ja, ich halte dich für die größte Malerin seit Michelangelo, aber ich erinnere mich noch an die Zeit, als du die ganze Nacht in meinen Armen geschlafen hast und nichts dich von mir trennen konnte.» Er zieht einen hübschen Schmollmund; er weiß, daß mich Schuldgefühle plagen – als sei dieses Chaos zerbrochener Verbindungen ganz allein mein Werk. Und er dreht sich um, schreitet aus dem Raum und läßt mich die Form seiner schönen Waden bewundern.

Lawd, I really don't think no man's love can last;
They'll love you to death, then treat you like a thing of the past.

Bessie Smith

7 *Die Malerin und der Gigolo*

Emmie, Dart und ich sitzen ungehaglich beim Frühstück. Emmie hat es gemacht – Toast, Schinken, Eier, frischer Kaffee, Pfirsiche. Obwohl sie sich mit ihrer Gegenwart nicht zwischen mich und Dart drängt, spüre ich sie, und er spürt sie auch. Emmie ist auf meiner Seite. Sie sagt nichts, tut nichts (außer, uns ein köstliches Frühstück vorzusetzen), und doch hat vor allem Dart etwas gegen sie, weil er spürt, daß sie seine Macht über mich lockert. Er würde ihr gern sagen, sie solle gehen, aber das kann er natürlich nicht. Wenn ich allein im Haus bin, nur darauf wartend, daß er kommt und geht, wie es ihm paßt, bin ich ihm völlig ausgeliefert. Aber mit Emmie hier, bin ich das nicht.

Das ist das Paradox bei schwachen Männern und starken Frauen: Sie saugen uns unsere Kraft aus in der Hoffnung, den

Kampf dadurch auszugleichen. Aber da sie unsere Kraft nicht in sich aufnehmen können, ist sie schließlich vergeudet. In einer Gesellschaft, die die *offizielle* Macht den Männern gibt, ist die Trennlinie zwischen geistiger und physischer Mißhandlung sehr dünn. Wer kann feststellen, wo die eine aufhört und die andere beginnt? Dart hat mich nie geschlagen (außer im sexuellen Spiel) und mir auch nie die Pistole an den Kopf gesetzt. Aber gänzlich unberechenbares Kommen und Gehen erfüllten denselben Zweck.

Emmie: «Wie ist's denn so in New York, Dart?»

Dart (mürrisch): «Immer dasselbe.»

Emmie: «Was hast du gemacht?»

Dart (grollend): «Dies und das.»

Leila: «Erzähl Emmie von deinem neuen Projekt Dart.»

Dart (aufblickend): «Die Ausstellung junger Künstler? Das Haus, das wir kaufen?»

Leila: «Was auch immer.»

Dart: «Tja – das Haus bringt nichts als Schwierigkeiten. Keiner der Bauarbeiter erscheint pünktlich, die Bauaufsichtsleute erwarten immer dickere Trinkgelder, und die Stadt verfolgt uns mit Auflagen. Ich tue das bloß für dich, Baby.» (Seelenvoller Blick.)

Leila: «Ich weiß – und glaub nicht, ich wüßte das nicht zu schätzen.» (Diese absurde Aussage hätte mir im Hals steckenbleiben müssen, weil ich das ganze Projekt als den Schwindel durchschaue, der es ist: ein oberflächlicher Versuch, Darts Selbstwertgefühl aufzupäppeln.)

Emmie: «Aber ist es nicht aufregend, das Gebäude zu renovieren?»

Dart: «Für dich vielleicht, oder für sie – weil keine von euch dabei sein muß.»

Emmie: «Ich dachte, die Bauarbeiten machten dir Spaß.»

Dart: «Sicher. Ich arbeite gern, ohne Dank dafür zu bekommen . . .» (Ein vorwurfsvoller Blick – auf den ich tatsächlich mit Schuldgefühlen reagiere. Dart wollte, daß ich das Haus kaufe, über das er sich jetzt so bitter beklagt. Am Ende bin ich immer für alles verantwortlich, seinen Müßiggang und seine Mühen, seine Bekanntheit und seine Unbekanntheit, seinen Erfolg und seinen Mißerfolg.)

Leila: «Aber Liebling, du kannst das so gut.»

Dart: «Ich möchte der beste Mann für dich sein, aber du bist nie zufrieden. Was immer ich mache, es reicht nicht – ich bin immer der Verlierer!»

Leila: «Aber das stimmt nicht.»

Dart: «Doch, es stimmt – du bist so kritisch mir gegenüber. Du sagst es nicht, aber ich spüre das. Es ist immer da.»

Emmie: «Ich denke, ich werde mich wieder mit Osteoporose beschäftigen.» (Und entfleucht ins Gästezimmer.)

Leila: «Wovon in aller Welt redest du?»

Dart: «Ich versuche, alles für dich zu tun, was ich kann – ich stehe dir Modell, ich renoviere dein Haus –, und es ist nie genug. Nie. Du nimmst mich nicht ernst. Seit Jahren bitte ich dich, mich zu heiraten, und du willst nicht. Wie kann ich mich ernst nehmen, wenn du mich nicht heiraten willst? Du behandelst mich wie deinen Gigolo, nicht wie deinen Mann. Kein Wunder, daß ich mir vorkomme wie ein Lustknabe, ein Deckhengst, ein Beschäler. Du entmannst mich – und dann tanzst du davon und malst ein neues Stilleben.»

Ich stehe auf und lege die Arme um ihn. Die «Regeln der Liebe» dröhnen in meinem Kopf: «Es ist unziemlich, jemanden zu lieben, den zu heiraten man sich schämen würde.» Dart schiebt mich weg, als könne er das hören.

Dart: «Weißt du, was mir gestern passiert ist? Ich ging durch Harlem, um Baumaterial zu besorgen» – lies: Drogen –, «und ein riesiger Schwarzer schreit mir nach: ‹Du bist ein Gigolo, Junge, und du weißt es nicht mal. He, weißer Knabe – du bist der geborene Gigolo!›»

Dart sagt dies mit einer Mischung aus Stolz und Abscheu – eine einzigartige Kombination, die er von seinem Vater übernommen hat und meisterhaft beherrscht.

Leila: «Du bist kein Gigolo, Liebling – du bist mein Geliebter.»

Dart: «Ja, das bin ich, das bin ich, das bin ich. Solange du mich nicht heiratest, bin ich bloß dein Lustknabe, dein Gigolo. Alle wissen das – ich wollte, du wüßtest es auch!»

Ich weiß, daß «Gigolo» das ist, als was Dart sich betrachtet, aber was kann ich tun? Ich kann das Selbstbild dieses Mannes nicht neu schaffen, ihn nicht gesund, ganz, stark machen. Das muß er selbst tun.

Er nimmt mich bei der Hand und zieht mich ins Schlafzimmer. Er schließt die Tür ab. Auf dem weißen Eisenbett beginnt er mich zu lieben, mich zu lecken und zu liebkosen, bis ich komme und komme. Aber meine Orgasmen sind seltsam kalt und gefühllos. Reiner Reflex. Roboterhaft, nicht leidenschaftlich. «Liebe nimmt immer zu oder ab», höre ich meinen gesunden Menschenverstand sagen. Ich versuche, mich zu revanchieren, aber Dart läßt mich seinen Schwanz nicht berühren. «Nein, Baby – den Steuerknüppel habe *ich* in der Hand.» Und dann macht er, daß ich wieder und wieder komme – bis die Orgasmen fast schmerzhaft sind und ich ihn bitte aufzuhören.

Isadora: Aufhören!
Leila: Früher mochtest *du solche Dinge.*
Isadora: Ich mag es zärtlich und lieb, keine bloße Massage!
Leila: Dann mußt du dich seit dem letzten Buch verändert haben!

Dann zieht er mich auf die Knie, verlangt, ich solle einen Stapel Kissen umarmen, und fickt mich mechanisch von hinten.

Plötzlich hält er inne, spürt mit seinem harten Schwanz das Pessar in mir, greift in mich, zieht es heraus – und läßt es durch den Raum segeln wie eine Frisbee-Scheibe. Ich schreie auf, will aufstehen und es mir zurückholen, aber er hält mich fest und fickt und fickt mich, bis er mit wilden Zuckungen kommt und mich mit seinem Samen füllt.

«Baby, Baby, Baby», keucht er, zieht mich mit herunter aufs Bett, bedeckt mich mit seinem Körper, der naß ist von Schweiß und Sperma. Ich liege da mit ihm, besiegt, überwältigt, erschöpft – und hoffe gleichzeitig, zu empfangen und nicht zu empfangen, denn meine Ambivalenz ist jetzt vollkommen. Mit meiner neu gewonnenen Klarheit sehe ich, daß Sex für ihn eine Waffe ist, aber irgendein rudimentärer Teil von mir akzeptiert dies als Schicksal der Frau.

Dart fällt in tiefen Schlaf, und auch ich schlafe ein. In meinem Traum stille ich ein neugeborenes Baby, das zu mir aufsieht und sich plötzlich in eine kleine Porzellankuh verwandelt. Die Elemente meines Stillebens tanzen durch den Traum – Eier, Rosen, Lilien, Mänaden, Kristallschale –, und ich bin gelähmt durch Darts Gewicht auf mir, kann nicht aufstehen und malen. Das wird meine Version der Hölle sein, denke ich: gelähmt unter irgendeinem Mann – unfähig, aufzustehen und zu malen – in alle Ewigkeit.

Ich habe einen sonderbaren Traum über Professor Max Doerner, dessen Buch über die Materialien des Künstlers von einem meiner Lehrer in Yale über den grünen Klee gelobt wurde – dem gleichen Lehrer, der mich mit «Die Regeln der Liebe» bekannt machte. Im Traum ist es nicht dieser Lehrer, sondern Max Doerner selbst, der mir einen Vortrag hält:

«Ihre Gemälde fallen auseinander», sagt Professor Doerner. «Sie haben die Technik der alten Meister aufgegeben.» Er stolziert durch das Atelier. «Pigmente! Kreidegrund! Altes Leinen!» schreit er. «Alter, fetter, zerbröckelter Kalk, in der Grube gealtert! Benozzo Gozzoli! Benozzo Gozzoli! Benozzo Gozzoli!»

Professor Doerner ist ein Zwerg. Er öffnet seinen Hosenschlitz und winkt mit seinem Schwanz den Studenten zu. «Alter, fetter Kalk!» schreit er.

An irgendeinem Punkt dieser Tirade – das helle Sonnenlicht sagt mir, daß es fast Mittag sein muß – wache ich neben dem schlafenden Dart auf und hoffe, daß das Ergebnis des verrückten sexuellen Machtkampfes der letzten Nacht keine Schwangerschaft ist. Mit den Zwillingen habe ich genug zu tun. Jede Vorstellung, ich könnte mit Dart, den Zwillingen, einem weiteren Baby und meiner Kunst fertig werden, ist Wahnsinn. Jede Leinwand, die ich dem Chaos entrissen habe, entstand auf Kosten der Erdgottheiten, die nach Blut schreien, Blut, weiblichem Blut und Gebären um jeden Preis. Jede Frau, die irgendein Bild produziert, sollte Gefechtszulage bekommen – für die Schlacht, die im Himmel zwischen Rhea und Zeus ausgetragen wird. Ich würde niemals abtreiben lassen, denn trotz meiner politischen Überzeugungen betrachte ich jedes Ei als beginnendes menschliches Leben, und das könnte ich ebensowenig zerstören, wie ich meine eigenen Leinwände zerreißen könnte. Aber in gewisser Weise hatte ich Glück, denn ich bin keine so schrecklich fruchtbare Frau und wurde daher von Schwangerschaften nicht so geplagt wie manche anderen. Eine einzige Schwangerschaft brachte zwei schöne Töchter hervor, die mir bisher meist Freude und Lachen gebracht haben – der Schmerz wird sicherlich noch kommen, und ich hoffe, daß ich darauf vorbereitet sein werde.

Ich weiß, daß der Kampf zwischen Kunst und Leben nie aufhört. Schwer genug für einen Mann, der nicht an das eigentliche Überleben der Spezies gebunden ist. Aber für eine Frau – ein echtes Dilemma und Problem, das nie zu lösen ist – bis, vielleicht, die Freiheit der Menopause kommt, von der Emmie spricht. Glaube ich ihr? Emmie war schließlich nie Mutter und weiß nicht, wie Mutterschaft das Herz verwandelt. Aber bin ich Darts Mutter – oder die der Zwillinge? Wenn ich einen Sohn hätte, wäre Dart nie so lange in meinem Leben geblieben. Ich nicke für eine Weile wieder ein.

Als Dart erwacht, ist es Zeit zum Mittagessen. Mit der Angst, was er sich heute wieder leisten wird, wache ich plötzlich auf, heißer Schrecken durchfährt mich, ich will einen Drink, ein Meeting, alles, nur nicht Dart.

Dart rollt zu mir herüber und lächelt sein falsches, blauäugiges Lächeln.

«Baby, du siehst wundervoll aus.»

Er liebkost mein Haar, meine Brüste, meinen Nabel. «Gott – ich habe Kopfschmerzen und Watte im Mund, ich muß mir die Zähne putzen.»

Und er rappelt sich auf und wankt ins Badezimmer, um seine Waschungen zu absolvieren.

Ich liege da, vollkommen mir selbst überlassen, und gestehe mir ein, daß die letzten Tage ohne ihn leichter waren als die meisten Tage mit ihm.

Plötzlich habe ich den schrecklichen Gedanken: Was, wenn alle Frauen sich eingestehen würden, daß Männer mehr Schwierigkeiten machen, als sie wert sind? Denken Sie nur, wie frei wir sein könnten! Aber dieses Eingeständnis reißt solche Abgründe von Schrecken auf! Wenn eine auf sich allein angewiesene Frau mit so vielen Kindern, wie sie haben will, noch immer von Männern abhängig ist, dann muß dieses Bedürfnis tief und unergründlich sein. Es ist auch nicht nur ein sexuelles Bedürfnis. Kann es das Bedürfnis nach Bestätigung sein in einer Welt, in der es nicht Bestätigung genug ist, eine Frau zu sein? Und wann werden wir lernen, uns selbst zu bestätigen?

Dart kommt ins Bett zurück. Er küßt meinen Hals, meine Ohren, meine Brüste. Er scheint noch einmal mit mir schlafen zu wollen, aber wir halten uns beide zurück, als sei eine Entscheidung gefallen. Ich erinnere mich, wie Dart einmal zu mir sagte: «Du kannst alles haben, Baby.» In seinem Ton lag beträchtlicher Ärger, als störe seine «I can't give you anything but love, baby»-Einstellung sogar ihn. Er hat Sex immer als Waffe benutzt und dabei dauernd die Tatsache übelgenommen, daß er die einzige Waffe ist, die er hat.

Wenn der einzige Ort, an dem eine Beziehung wirklich stimmt, das Bett ist, dann werden schließlich beide Beteiligten nervös. Sie werden nervös, weil sie nie aus dem Bett aufstehen möchten. Sie werden nervös, weil sie aus dem Bett aufstehen müssen. Sie werden nervös, weil das Land des Ficks ein Ort ist, wo man all seine Grenzen verliert. Häutung ist das, was man sucht, aber sie macht angst.

Dart und ich scheinen ans Ende eines langen und gewundenen Weges gekommen zu sein. Der Sex beginnt seinen Reiz zu verlieren. («Ein Liebender kann der Gunst seiner Geliebten nicht müde werden.»)

«Baby», sagt Dart und spielt seine letzte Trumpfkarte aus. «Wir müssen mit dem Trinken und den Drogen aufhören. Ich bin bereit, es mit den AA zu versuchen – du auch?»

Nun ist das ein Thema, über das Dart und ich ab und zu gesprochen hatten, aber nicht in letzter Zeit. Es ist, als hätte Dart meine Unterhaltungen mit Emmie gespürt und sei bereit, alles zu versuchen, um unsere *danse macabre* in Gang zu halten. Meine Antwort ist allerdings nicht ganz so zynisch.

«Ach, Liebling», sage ich wie ein Roboter, «wie wunderbar!» Und die traurige Tatsache ist, daß ich es auch so meine.

So kommt es, daß Dart und Emmie und ich schließlich bei dem gleichen Meeting in der gleichen Kirche im griechischen Stil landen.

Dart fühlt sich unbehaglich, sitzt steif auf seinem Stuhl und sieht sich verzweifelt um.

Ich fühle mich unbehaglich, irgendwie verantwortlich für seine Reaktion auf das Programm. Was, wenn ihm das Meeting nicht zusagt? Was, wenn er das Programm aufgibt? Werde ich dann in Versuchung sein, es auch aufzugeben? Emmie hat recht. Ich denke, ich könne alles kontrollieren.

Irgendwo, tief in dieser Angst, liegt der Schlüssel zu dem Durcheinander, das ich aus meinem Leben gemacht habe. Könnte ich doch einfach nur *sein* und aufhören, immer diese alte, traurige Verantwortung für jedermanns Gefühle zu empfinden. Hingabe ist das, was ich suche. Ich dachte, ich suchte Häutung; was ich wirklich wollte, war Hingabe. Das Universum akzeptieren. Die Tatsache akzeptieren, daß Gott, nicht Leila, verantwortlich ist.

Das Meeting beginnt mit der Einführung und der Vorstellung des Sprechers, eines weißhaarigen Mannes um die Fünfzig, der zwanghaft raucht und dessen rechtes Auge zuckt.

Dart wirkt schrecklich nervös. Nun ja, warum sollte er nicht nervös sein? War ich das bei meinem ersten Meeting nicht auch?

Der Sprecher, der sich als Leo aus New York vorstellt, beginnt mit seinem Monolog.

«Wenn ihr wirklich wissen wollt, wie betrunken ich war im Vergleich zu heute, wo ich trocken bin, dann muß ich euch was erzählen: Früher wohnte ich auf einer Insel vor der Küste von Maine, und zwar mit meiner ersten Frau und meinen sieben Kindern. Das Festland konnte man nur mit einem kleinen Motorboot erreichen. Meine Vorstellung von Vergnügen war, mir das Boot zu nehmen, wochenlang zu verschwinden und meine Familie hilflos zurückzulassen. Immer, wenn meine erste Frau sich über diese Behandlung beschwerte, habe ich sie verprügelt. Ich bin nicht stolz darauf, aber ich kam nach Hause, verprügelte alle und fuhr wieder los. Sie waren meine Gefangenen, versteht ihr, und ich meinte, sie müßten das hinnehmen, weil ich die Rechnungen bezahlte. Ich bin nicht stolz auf die Tatsache, daß ich sie alle wie meinen Besitz behandelt habe.»

Dart hört gespannt zu, aber ich kann nicht erkennen, wie er reagiert.

Emmie flüstert: «Hör auf, *seine* Reaktion zu beobachten – was fühlst *du*?»

«Wut», sage ich. «Ekel.»

Leo fährt fort mit seiner Saga über Frauenmißhandlung, Kindesmißhandlung, psychische Mißhandlung, geistige Mißhandlung. Die Welt ist so voll von Mißhandlungen jeder Art. Wenn ich Gott wäre, würde ich sie alle ausradieren und von vorn anfangen. Ich bin wütend, als ich diesem Trinkermonolog zuhöre. Ich kann mich mit nichts darin identifizieren. Die Männer, die das Programm mitmachen, sind solche miese Typen, denke ich. Die Frauen sind Opfer und die Männer Rohlinge. Und was bin ich? Von allem etwas?

Leos Geschichte schließt damit, wie er in einer teuren Klinik trocken wurde, seine erste Familie verließ und eine zweite gründete, mit seinen zehn Jahren im Programm und daß sie ihn vielleicht nicht zu einem besseren Menschen gemacht hätten, aber wenigstens doch zu jemand, der sich nicht mehr betrinkt und Frauen und Kinder verprügelt.

Bei der Aussprache bin ich bestürzt, wie viele Männer behaupten, sie könnten sich mit Leo identifizieren. Ich hasse ihn, hasse seine Gewalttätigkeit, seine Selbstgerechtigkeit. Dieser Haß ist ein quälendes Gefühl in der von Urteilen freien Atmosphäre des Meetings. Aber ist mieses Verhalten okay, bloß weil man es gesteht?

Dart hebt die Hand. «Ich bin Dart, ich bin drogensüchtig und Alkoholiker», sagt er, «und dies ist mein erstes Meeting. Ihre Geschichte erinnert mich daran, wie mein Vater einmal mein Gesicht unter Wasser gedrückt und versucht hat, mich zu ertränken, bloß, weil ich ihm widersprochen hatte. Ich bin voll von widersprüchlichen Gefühlen, aber ich bin froh, hier zu sein. Ich wünsche mir aus ganzem Herzen, nüchtern zu werden.» Die Leute sehen Dart an, als habe sein Geständnis irgend etwas Großes in ihnen ausgelöst.

Ich umarme Dart. «Liebling, ich bin so stolz auf dich», sage ich und ändere plötzlich meine Meinung über Leos Geschichte. Wenn sie in Dart diese Reaktion auslösen kann, dann muß sie was wert sein.

Isadora: Die Kapitel, in denen du dich mit den AA befaßt, gefallen mir eigentlich nicht. Im Grunde kann man nicht über AA schreiben. Was da passiert, klingt *banal, ist es aber in Wirklichkeit nicht. Gruppenprozesse lassen sich nicht auf dem Papier darstellen.*

Leila: Was schlägst du also vor? Sollen wir unsere Heldin betrunken, verzweifelt, hoffnungslos machen? Mir *haben die AA geholfen.*

Isadora: Ich weiß. Schließlich habe ich dich hingeschickt. Das ist nur einer von vielen Wegen zur Selbsterkenntnis. Wenn man nur lernt, daß die Antwort in einem selbst liegt – wenn man nur aufhört, anderen Leuten die Schuld zu geben . . .

Leila: Pssst. Das ist meine Geschichte.

Gypsy, don't hurt him,
fix him for me one more time.
Oh, don't hurt him, gypsy,
fix him for me one more time.
Just make him love me,
but please, take him off my mind.

BESSIE SMITH

8 *Weiße Nächte*

Dart wurde trocken, daß es nur so eine Art hatte – zumindest für kurze Zeit. Er blieb die ganze Woche bei mir auf dem Land, ging täglich mindestens zu zwei Meetings, redete über nichts anderes als das Programm – wie ein zu irgendeiner neuen Religion Bekehrter – und nahm weder Alkohol noch Drogen zu sich.

Außerdem holte er aus der Sache so viel heraus wie möglich. Im Namen seiner soeben erfolgten «Bekehrung» brachte er mich dazu, ihn für tausend Dollar wöchentlich in meiner Firma anzustellen und ihm eine Platinkarte von American Express auf seinen eigenen Namen zu besorgen. Es war nicht so, als hätte er mich offen um diese Dinge gebeten – ich, in meinem Delirium über seine Anwesenheit, bot sie ihm an, und nach anfänglichem Widerstreben nahm er sie.

Ich war selig über unser neues Leben. Wir gingen zusammen zu Meetings, arbeiteten zusammen, lasen zusammen AA-Bücher. Zusammen schlafen taten wir allerdings nicht. Oder vielmehr, wir schliefen zusammen, aber wir liebten uns nicht. Nüchtern wurde Darts unermüdlicher Schwanz schlaff. Nüchtern wurde Dart, der nie interesselos oder lustlos gewesen war, beides. Nüchtern weinte Dart und wütete und schrie und erforschte seine Seele, aber er vögelte nicht.

Impotent war Dart kein hübscher Anblick. Er war überzeugt, sein Leben sei vorbei. Vielleicht identifizieren sich alle Männer mit ihren Schwänzen, aber in Darts Fall war die Identifikation total. Schlaff wie sein Organ lag er auf dem Bett. Er weinte echte Tränen. Natürlich gab er mir die Schuld.

Ich versuchte alles. Schwarze Strapsgürtel mit BH und Bikinihöschen. Schwarze Strapsgürtel ohne BH und Bikinihöschen. Zungentricks, Fingertricks, Babyöl. Erotische Videos, erotische Bücher, Pornozeitschriften. Nichts verfing. Ich hielt meinen kleinen Jungen in den Armen und wiegte ihn.

«Von Zeit zu Zeit passiert das jedem», sagte ich und fing an, mich in meiner Rolle zu langweilen.

«Mir nie», sagte Dart. «Nicht mal als Baby.»

«Ich verspreche dir, Liebling, es wird wieder besser.»

«Woher willst du das wissen?» fragte Dart verdrießlich.

Und innerlich war ich mehr auf seiner Seite als auf meiner eigenen. Wenn ich ihn dadurch hätte «heilen» können, daß ich ein Mädchen mit nach Hause gebracht hätte, ich hätte es getan.

Er hing – wörtlich – eine Woche bei mir herum, und am Ende der Woche fuhr er auf seinem Motorrad wieder davon und nahm die Platinkarte, den Gehaltsscheck und seinen schlaffen Schwanz mit.

Da brach ich wirklich zusammen. Da wollte ich trinken, mich unter die Räder eines Zuges werfen, die Cowboybilder und die Standfotos verbrennen. Emmie erschien wieder, um mich daran zu hindern.

«Ich will nicht mehr leben», sagte ich zu ihr. «Die Nüchternheit hat mir alles genommen, woran ich hänge – Sex, meine Arbeit, Dart . . .»

«Das ist einfach nicht wahr», sagte sie. «Du empfindest das jetzt nur so. Gefühle sind keine Tatsachen.»

«Emmie, ich hasse mein Leben. Mein Leben ist beschissen. Ich bin total durchgedreht. Ich hasse die blöden Meetings. Ich hasse den dreckigen, verqualmten Keller und die faden Kekse und den Kaffee aus Styroporbechern. Das beste an dem Programm war, daß es mir Dart zurückgegeben hat, und jetzt hat es mir sogar Dart weggenommen. Ich kann es nicht ertragen. Es tut so weh.»

«Ich weiß», sagte Emmie. «Diesen Schmerz kann dir keiner nehmen, aber wenn ich dir sage, daß in einem Jahr dein ganzes Leben anders aussieht, wirst du mir glauben?»

«Nein.»

«Aber es wird anders aussehen. Ich kann dich nur bitten, weiter zu den Meetings zu gehen und abzuwarten. Versuche, immer nur einen Tag auf einmal zu leben. Versuche, nicht in die Zukunft zu sehen. All das wird dich so erstaunlich verändern, daß du es nicht glauben wirst. Erinnerst du dich an deine Mänaden und Kristalle? Von jetzt an werden die dein Leben bestimmen.»

Aber das taten sie nicht. Was mein Leben bestimmte, waren Geilheit und Leere und Tränen. Ich fühlte mich wie ein Waisenkind. Ich vermißte Dart in meinem Innersten. Er war ein Teil von mir – der verrückte, unverantwortliche Teil vielleicht –, der Teil, der laufen und springen, trinken, Drogen nehmen, Donna Giovanna, Donna Quichotta sein wollte, die Piratin ohne feste Adresse und mit einer Million Decknamen. Dart war mir teuer, weil er ich war. Oder zumindest der ungezogene Junge, der in mir brüllte.

Ich zog mich schick an und ging zu AA-Meetings und saß da und kreuzte die Beine im Minirock für meinen Klempner, die alte Dame, die an der Autostraße Antiquitäten verkaufte, die ehemalige Schauspielerin, die in der Stadt einen Feinkostladen führte. Sehnsüchtig betrachtete ich den verschrobenen dreißigjährigen Tierarzt und den kahl werdenden Burschen, der im Eisenwarenladen Nägel verkaufte, und den himbeernasigen Taxifahrer, der mich jetzt Leila nannte statt Ms. Sand, weil wir beide am Programm teilnahmen. Ich dachte daran, all diese Kerle zu vögeln, aber statt dessen gingen wir Kaffee trinken und redeten über das Programm.

Ich wurde Stammgast in dem Café in der Stadt, in das alle nach den Meetings gingen, und es kam sogar so weit, daß es mir gefiel, mit einem Mann dazusitzen und zu reden, ohne ihn als Sexobjekt zu begutachten. Ich fing an, Männern zuzuhören, zu hören, was sie über ihr Leben, ihre Frauen und Ex-Frauen, ihre Väter, ihre Frustration zu erzählen hatten. Ich lernte, daß man tatsächlich mit einem Mann befreundet sein und ihn als genauso menschlich wie sich selbst erleben kann, wenn man aufhört, ihn als jemanden zu betrachten, der einem einen Orgasmus oder ein Baby verschaffen oder das Leben retten kann. Ich erkannte, daß ich mein ganzes Leben lang die Männer sowohl als Feinde wie auch als Beute betrachtet hatte – ohne mir dessen im mindesten bewußt zu sein – und daß sie mich deshalb auf dieselbe Weise hatten betrachten müssen. Ich erkannte auch, daß Leben ohne Sex nicht das Schlimmste auf der Welt war. Es war wie Fasten. Die ersten drei Tage waren scheußlich, aber nach einer Weile wurde man high und mochte es schließlich sogar. Als ich aufhörte, von Männern etwas zu erwarten, stellte ich fest, daß ich Dinge lernte, die ich mir nie hätte träumen lassen.

Die Hochs waren hoch – und die Tiefs waren tiefer als tief. Manchmal fuhr ich in DART über Land und sang aus Leibeskräften, zu anderen Zeiten fiel ich ins Bett und fühlte mich unglaublich beschissen, suchte verzweifelt nach meinem gesunden Menschenverstand und konnte ihn nicht finden. Ich betrachtete mich im Spiegel, kniff in die Haut unter meinem Kinn und entschied, ich sei in den Wechseljahren und vertrockne vor Verlangen nach einem guten Fick. Ich bin nicht die Art von Frau, die ohne Protest auf Sex verzichtet. Ich will das nicht gutwillig hinnehmen. Immer habe ich einen steifen Schwanz als Gesundheits- und Schönheitselixier betrachtet – und da lebte ich nun ohne meine wichtigste Schönheitspflege, meine Gesundheitskost, meinen Schlaftrunk. Ich erwog Selbstmord in den verschiedensten Formen. Aber dann sah ich vor meinen geistigen Auge den bestürzten Ausdruck in den Gesichtern meiner süßen kleinen Zwillinge – ihr Entsetzen, ihre Verlassenheit, ihre Verlorenheit – und änderte meine Meinung. Es kam nicht in Frage, meinen Töchtern das anzutun. Ich begann zu verstehen, daß alle meine Handlungen Konsequenzen hatten.

Die Konsequenzen der eigenen Taten zu verstehen ist nicht dasselbe wie Schuldgefühle. Schuldgefühle sind nutzlos. Selbstkasteiung auch. Aber verstehen, daß die eigenen Handlungen Folgen haben und daß man eine Wahl hat, ist eine ganz andere Sache. Das war das Wesentliche, was ich durch das Programm allmählich lernte. Ich begann zu erkennen, daß ich ein Energiefeld war, dessen Bewegungen im ganzen Universum einen Widerhall hatten. Und ich begann, für diesen Widerhall die Verantwortung – und das Verdienst – auf mich zu nehmen, zu erkennen, daß ich kein Opfer des «Schicksals» war. Ja, Gott, Göttin, die höhere Macht, der Heilige Geist wirkten durch mich; ich war ein menschliches Gefäß für eine göttliche Energie. Aber Gefäß sein war nicht dasselbe wie Opfer oder Marionette sein. Das Leben strömte durch mich hindurch, und deshalb verdienten mein Körper und mein Geist Respekt. Sie waren Tempel des Spirituellen. Sie durften nicht leichtfertig weggeworfen werden. Ich begann zu meditieren – meine eigene Form von Meditation, bei der ich allein auf meinem Hügel saß, mich auf die mittlere Distanz konzentrierte – eine bucklige Wolke, einen silbernen Silo, der in der Sonne glänzte – und Gott für mein Leben dankte.

Ich fing an, Dinge zu bemerken, die ich nie zuvor bemerkt hatte: die roten Himbeersträucher, die an den Seiten meiner Einfahrt wuchsen, die Wasserlilien in meinem aufgestauten Teich, die goldene Flechte, die die Steine der Einfassung bedeckte. Ich fing an, Gott für die Flechte, für die Himbeeren, für die Wolken zu danken. Ich fing an, Gott zu loben und zu danken.

Und dann kam Dart nach Hause. Er kam bekifft nach Hause und hatte Geschenke bei sich, die er mit meinem Geld und meinen Kreditkarten gekauft hatte.

Dart gibt mir ein Etui von Tiffany, das einen großen Verlobungsring enthält, einen von Brillanten umgebenen Saphir.

«Heirate mich», sagt er, «oder ich gehe wieder.»

Das war nun nicht gerade die Art von Antrag, von der man träumt. So sehr ich Dart auch zu lieben glaube, sowenig ich mir ein Leben ohne ihn vorstellen kann, so weiß ich doch, ihn zu heiraten, hieße mein Leben mit der Art von Elend und Aufruhr zu verbinden, die ich gegenwärtig empfinde: Es wäre eine Art Verurteilung. Die Dinge werden immer so sein – abruptes Auftauchen, schmerzlicher Abschied, meine Gelassenheit zerstört, meine Seelenruhe belastet bis zum Zusammenbruch und keinerlei Hoffnung auf irgend etwas anderes in der Zukunft.

«Dart, Liebling», sage ich, «laß uns heiraten, wenn wir ein Jahr an dem Programm teilgenommen haben, ja?»

Dart schaut mich düster an. «Du wimmelst mich ab», sagt er.

Vielleicht tue ich das. Das Telefon in der Küche läutet. Wir laufen beide los. Ich erreiche es zuerst.

«Hallo?» sage ich. Jemand atmet und legt auf. Ich stelle mir das blonde Mädchen vor, von dem ich Bilder gefunden habe, und die Brünette, deren Make-up-Utensilien ich in DART fand.

«Wer war es?» fragt Dart.

«Das solltest du mir sagen. Ich habe keine Freunde, die anrufen und dann auflegen, wenn ich mich melde. Du vielleicht?»

«Du hast kein Vertrauen zu mir!» schreit Dart und stampft ins Schlafzimmer davon.

«Wie kann ich Vertrauen zu dir haben, wenn du tagelang wegbleibst und beim Nachhausekommen nach einem fremden Parfüm riechst und Lippenstiftflecken auf dem Hemd hast? Wie kann ich dir vertrauen, wenn du mir von meinem eigenen Geld Geschenke kaufst und erwartest, daß ich dafür dankbar bin, wenn du wütend im Haus herumstampfst, weil ich für diese Art von Benehmen nicht dankbar sein will? Wie kann ich dir vertrauen, wenn du nicht vertrauenswürdig bist?»

«Das ist es!» schreit Dart. «Das bringt das Faß zum Überlaufen! Ich kann nicht mit einer Frau zusammenbleiben, die mir nicht vertrauen kann – das ist zu demütigend! Ich gehe!» Und er wirft den Ring nach mir und geht (unter Mitnahme meiner Kreditkarte). Wie unter dem Zwang einer Gewohnheit werfe ich mich auf den Boden und weine, habe das Gefühl, mein Leben sei aus und vorbei. Ich höre, wie das Motorrad wieder aus der Einfahrt und aus meinem Leben knattert.

Isadora: Könnte sie nicht einmal *in einem Sessel weinen?*
Leila: Könntest du das?

Während ich da auf dem Boden liege und meine Tränen auf die Eichendielen fallen, beginnt irgendein Lichtschimmer zu dämmern – mein gesunder Menschenverstand kommt zurück. Ich brauche nicht so zu leben. Ich brauche nicht jeden zweiten Tag mein Selbstwertgefühl erschüttern zu lassen, bloß um hautlosen Sex zu bekommen. Selbst der Sex ist nicht mehr das, was er einmal war. Da ich allmählich sehe, was Dart mit Sex macht, wird er weniger und weniger verlockend. Ich durchschaue das Spiel. Und mit der Klarsicht kommt Freiheit. Ich stehe vom Boden auf, trockne meine Tränen und rufe Emmie an – die zum Glück zu Hause ist.

«Dart ist wieder weg.»

«Gott sei Dank», sagt Emmie.

«Und ich bin fast froh darüber.»

«Gott sei auch dafür Dank», sagt Emmie.

«Ich fühle mich fast heiter. Ich wünsche mir fast, er würde nie zurückkommen.»

«Daran werd ich dich erinnern», sagt Emmie, «wenn du's am wenigsten erwartest.»

«Ich weiß.»

«Hör mal – warum fährst du nicht in die Stadt und kommst zu mir? Du wirst ja doch nicht arbeiten. Wir könnten in New York zu einem Meeting gehen oder uns Tarotkarten legen lassen oder einfach in der Stadt essen gehen . . .»

«Aber was ist, wenn Dart anruft und ich nicht hier bin?»

«Laß ihn doch anrufen . . . Das wird ihm guttun», sagt Emmie. «Und überhaupt, statt dir über Dart Sorgen zu machen, könntest du ja mal tun, was für Leila am besten ist. Setz dich selbst an die erste Stelle – du brauchst nicht auf Abruf für jemand anderen da zu sein. Dart ist nebensächlich – und langweilig. Die Macht, die er hat, gibst du ihm.»

Panik ergriff mich bei den Gedanken, in die Stadt zu fahren und das Telefon, diesen Haushaltsgott, unbeaufsichtigt zu lassen. Ich könnte in meinen Loft in der Stadt gehen, aber irgendwie habe ich Angst vor dem, was ich dort finden würde.

«Komm», sagt Emmie. «Wenn du in die Stadt fährst, lad ich dich zum Essen ein.»

«Ich nehm dich beim Wort», sage ich und habe das Gefühl, die mutigste Entscheidung meines Lebens getroffen zu haben.

Ich stecke den Verlobungsring an, den Dart mir gekauft hat, und sage zu mir selbst: «Heirate mich!» Das ist die einzige Lösung für mein Ehedilemma, die ich noch nie ausprobiert habe.

In Connecticut ist strahlender Hochsommer, und ich habe von dem Wagen Besitz ergriffen, den ich für Dart gekauft habe. Ich brause in die Stadt, während aus den Lautsprechern Bessie Smith dröhnt. Das Fahren klärt meinen Kopf, und ich fange an, über meine Situation nachzudenken – aufrichtig, wie ich hoffe. Ich wollte die Freiheit, meine Arbeit zu tun, und sie hat mich in diesen einsamen Engpaß geführt. Ich verließ Thom, um mit Elmore Babys zu haben, und ich verließ Elmore, weil er am Ende jedesmal schmollte, wenn ich den Pinsel auf die Leinwand setzte. Ich ließ Dart weglaufen, weil ich nicht mehr mit ihm Drogen nehmen wollte. Er fand andere, die mit ihm Drogen nahmen. Kann es wirklich so einfach sein?

Niemand hat meine Frauengeneration – die des Babybooms, die schwangere Ausbuchtung in der Bevölkerungskurve – auf die Veränderungen vorbereitet, die uns als Frauen überfallen haben. Wir wollten alles haben – Arbeit und Liebe, Gemälde und Babys –, und wir haben es bekommen, aber wir haben einen Preis dafür bezahlt: den Preis von Einsamkeit und Isolation. Niemand hat uns auf all das vorbereitet, weil niemand wußte, wie man uns darauf hätte vorbereiten können, wir wurden von einem merkwürdigen historischen Moment eingeholt. Das Leben unserer Mütter und Großmütter war darauf einfach nicht mehr anzuwenden. 1920 oder 1945 hätte ich Thom Winslow nie verlassen, um mich in Chianti Zwillingen und Zwillingskarrieren zu widmen. 1930 oder 1955 hätte ich niemals Elmore verlassen und mich mit Dart eingelassen. Meine Frauengeneration experimentierte mit einem neuen Lebensmuster, das nie zuvor in der ganzen Geschichte von Frauen ausprobiert worden war. Kein Wunder, daß wir uns so verloren fühlten, abwechselnd wie Parias oder wie Pionierinnen. Wir brachen jedes weibliche Tabu – wir stellten unser kreatives Leben, unsere Selbstverwirklichung über die Anforderungen der Spezies.

Isadora: Wo ist Margaret Mead jetzt, wo wir sie brauchen?
Leila: Warum gehst du nicht auf die Trobriand-Inseln und läßt mich zufrieden?
Isadora: Weil du ohne mich nie aus diesem Durcheinander herauskommst!

Kein Wunder, daß wir uns wie Verräterinnen an unseren Müttern und Großmüttern und oft auch an unseren Kindern und unseren Männern fühlten. Es gab keine Rituale für uns. Die alten hatten wir zerschlagen, neue nicht aufgebaut. Es gab keine Muster. Wir hatten die Vergangenheit aufgetrennt und die Zukunft nicht gewebt. Wie macht man das? Ha – die Frage des Jahrhunderts.

Und die Männer? Die Männer waren genauso verloren und einsam wie wir. Sie erwarteten, gehegt und gepflegt zu werden, und bekamen einen Tritt in die Eier. Sie erwarteten von uns, warme Körper im Bett zu sein, Kelch und Mundschenk, Gebärerinnen – und dann mußten sie sich anhören, wie wir über unsere verhinderte Kreativität jammerten. Sie wollten, was sie immer gehabt hatten: einen warmen Arsch im Bett.

Es war tröstlich, mein Leben als Teil eines historischen Prozesses zu sehen – tröstlich und möglicherweise sogar zutreffend. Teilweise war ich das Opfer meiner eigenen Sucht, teilweise das Opfer meines eigenen Talents und Ruhms, aber teilweise war ich auch ein Opfer der Geschichte: zu viele Frauen und nicht genug Männer auf der Welt, für keinen von beiden Lebensmuster, nach denen man sich richten konnte, zerbrechende Familien, die ersetzt wurden durch – was? Nichts.

Wir versuchten, sie durch Gruppenliebe neu zu schaffen: AA, OA, Al-Anon, Therapie. Gruppenweise tappten wir verzweifelt auf die Apokalypse zu. Wir suchten nach einer neuen Art, Herdentiere zu sein. Wir brauchten neue Stammesidentitäten, weil die alten uns nicht halten konnten. Wir versuchten, die menschliche Spezies in Kirchenkellern neu zu erfinden mit Kaffee anstelle von Meßwein, Keksen anstelle von Hostien. Das Fleisch und das Blut: Schokoladencremekekse und Pulverkaffee. Ein Koffein- und Zuckerstoß, um uns zu Gott emporzuheben.

Ich fahre nach SoHo hinunter, parke in meiner Garage, spiele mit dem Gedanken, in meinen Loft zu gehen, und beschließe dann, das erst nach dem Abendessen zu tun. Dann gehe ich durch Lower Manhattan, um Emmie am verabredeten Ort zu treffen: Da Silvano.

Die Stadt hat, wie immer im Hochsommer, diese herrlich schmutzigen Ausdünstungen – das Gegenteil des grünen Connecticut. Überfließende Mülltonnen, Sprengwagen, die gemächlich die Straßen überqueren, als gehörten sie ihnen, dröhnende Radios, tosender Verkehr, Penner, Bettler, hübsche schwule Jünglinge in Shorts und tolle junge Frauen in T-Shirts und Minis, die ihre Brüste und Knie zur Schau tragen – vergebens, vergebens. Prickelnd spüre ich die Energie New Yorks. Dies ist die Weltstadt – Rom am Ende des Kaiserreichs, Paris um die Jahrhundertwende, Hogarths London. Dies ist der rotglühende Mittelpunkt des Geschehens, und dieses eine Mal nährt mich der Lebensstrom New Yorks, lädt mich auf, gibt mir Kraft, statt mich auszulaugen.

Die ganze Stadt scheint zu schmelzen! Sie vermittelt dieses besondere Gefühl von Verflüssigung, das sie an bestimmten Tagen ausstrahlt, wenn es fast vierzig Grad heiß ist. Die Luft selbst ist ein Tier – wild, voller Leben. Ich liebe das Empfinden von Feuchtigkeit auf meiner Haut, die Art, wie mein Schweiß die dünne Bluse an meinem Rücken kleben läßt. Ich genieße den Tag, statt mich von ihm irritieren zu lassen – noch ein Geschenk der AA.

Emmie sitzt an einem der vorderen Tische, trinkt Mineralwasser mit Zitrone und sieht strahlend aus.

«Du siehst fabelhaft aus», sage ich.

«Du auch», sagt Emmie. «Mit Dart bist du auch die Streßfalten in deinem Gesicht losgeworden.»

«Ich fühl mich wunderbar», entgegne ich. «Ich hab plötzlich das Gefühl, daß das Leben nicht aufhört, sondern anfängt.»

«Merkwürdig, nicht?» sagt Emmie und lacht ihr verschmitztes Lachen. «Erinnerst du dich, wie die beiden Frauen in Doris Lessings ‹Das Goldene Notizbuch› dauernd sagen: ‹Merkwürdig, nicht?›»

«Das hab ich seit Jahren nicht mehr gelesen», sage ich.

«Na, dann lies es jetzt. Es ist die Geschichte unseres Lebens. ‹Freie Frauen› – in Anführungszeichen natürlich.»

«Komisch, daß du das sagst. Als ich im Wagen hierherfuhr, hab ich nämlich gedacht, daß wir eine vollkommen neue Art von Frauen repräsentieren.»

«Im Mittelalter haben sie uns als Hexen verbrannt», sagt Emmie.

Wir bestellen die italienischen Gerichte, die inzwischen als Bestandteil der echten New Yorker Gastronomie gelten.

«Vielleicht sollten wir zusammen verreisen», sage ich. «Nach Europa.»

«Was? Und Dart hierlassen?»

«Scheiß auf Dart», sage ich mit einer Tapferkeit, die ich in diesem Augenblick wirklich fühle.

«Was ist das für Ring?» fragt Emmie. «Er ist toll.»

«Ich bin verlobt», sage ich.

«Du bist *was*?»

«Ich bin verlobt mit Louise Zandberg. Leila Sand hat Louise Zandberg die Ehe versprochen.»

«*Mazel tov*», sagt Emmie mit dem Akzent einer Klosterschülerin.

Wir trinken unser Mineralwasser, essen fröhlich unser Abendessen, sehen uns im Restaurant um und nicken und winken verschiedenen liebenswürdigen Leuten aus meiner durch und durch korrupten Welt zu. Einfach in die Stadt zu kommen, hat mich aufgeheitert und glücklich gemacht. Mein gesunder Menschenverstand ist wieder da, er sei willkommen!

«Ich weiß nicht, warum ich das nicht öfter mache», sage ich.

«Weil du in Connecticut allein bist, trinkst und darauf wartest, daß Dart dich fickt», sagt Emmie.

Wir schwatzen über Freunde, über Emmies Menopause-Buch, über die bevorstehende Rückkehr meiner Zwillinge, über meine neuen Bilder. Das Leben scheint wieder schön zu sein – sogar ohne Dart. Irgendwann stehe ich auf und gehe zur Toilette.

Auf dem Weg dorthin sehe ich an einem Tisch im hinteren Teil des Lokals das Gesicht der miesen kleinen Blonden, deren Fotos ich in Darts Sachen gefunden hatte. Sie sitzt da, lächelt selbstgefällig und liest die *New York Times*. Über dem Stuhl neben ihr hängt ein weißes Leinenjackett, das ich, wie ich mich erinnere, für Dart gekauft habe.

Mein Herz überspringt mindestens zehn Schläge. Mir bricht der Schweiß aus. Ich kann kaum atmen.

Das Mädchen blickt auf, sieht mich einen Augenblick an, scheint mich nicht zu erkennen und wendet sich wieder der Zeitung zu.

Das Gesicht von diesen Fotos lebendig vor mir zu sehen, erfüllt mich mit Panik. Wo ist Dart? Er muß in der Herrentoilette sein.

Ich gehe in die Damentoilette, versuche zu pinkeln und kann nicht, weil ich weiß, daß er auf der anderen Seite der Wand ist. Ich sitze auf der Kloschüssel, den Kopf in den Händen. Ich bin gleichzeitig verzweifelt und völlig durcheinander. Schließlich stehe ich auf, frische mein Make-up auf und öffne die Tür. Draußen steht die miese Blonde, dreht sich um und geht zurück an den Tisch.

Ich klopfe laut an die Tür der Herrentoilette.

«Ich weiß, daß du da drin bist, du Feigling – komm raus!»

Keine Antwort. Nur das Geräusch der Wasserspülung.

«Du Bastard!» schreie ich. «Hör auf, dich vor mir zu verstecken! Komm raus!»

Der Schlüssel dreht sich im Schloß, und ein sehr belämmert aussehender Dart tritt aus der Tür.

«Das Schlimme beim Lügen ist», platze ich heraus, «daß es einen schrecklich einsam macht. Du lügst den einzigen Menschen an, der dich wirklich liebt, und dann hast du keinen mehr, dem du vertrauen kannst, und keinen, der dir wirklich vertraut!»

Er weicht zurück, dieser große Macho-Kerl, der immer soviel Wind darum machte, mich und die Zwillinge zu beschützen.

Er sieht mich flehend an. Er zuckt die Achseln. «Ich hab's versucht», sagt er. Das Problem ist – ich weiß, daß das stimmt. Von hinten kommt das Mädchen auf uns zu.

«Hoffentlich können Sie ihn sich leisten. Er ist sehr teuer», sage ich.

«Im Leben gibt es nicht bloß Geld», antwortet sie schnippisch.

«Du wirst deinem Vater von Tag zu Tag ähnlicher», sage ich.

«Das ist unfair», kontert das Mädchen.

«Unfair, aber wahr.»

«Sie tun mir leid», sagt sie mit der ganzen Verachtung, die eine Fünfundzwanzigjährige für eine Vierundvierzigjährige aufbringen kann – eine Verachtung, geboren aus seliger Ahnungslosigkeit. «Komm, Schatz», sagt sie.

Und sie nimmt ihn bei der Hand und zieht ihn zu dem Tisch, auf der die Quittung für American Express wartet – zusammen mit der Platinkarte, für die ich die Rechnungen bekomme.

«O nein, so nicht», sage ich. «Ich habe deine letzte Mahlzeit bezahlt!» Und ich schnappe mir die Karte, zerreiße die Quittung und werfe sie in die Höhe wie Konfetti.

«Wie kleinlich», versetzt das Mädchen verächtlich und zückt ihr Portemonnaie.

«Hier», sagt sie zu dem Oberkellner, der inzwischen erschienen ist, um nachzusehen, ob sich eine Schlägerei anbahnt. «Ich zahle das hier.»

«Und ob Sie das tun», sage ich, bevor ich zu Emmie zurück an unseren Tisch marschiere. «Sie werden noch viel mehr bezahlen.»

«Was in aller Welt war los?» fragt Emmie.

«Hast du das nicht gehört?»

«Da hinten war irgendwas, aber ich habe nichts mitbekommen.»

Ich schwitze und bin außer Atem.

«Ich habe soeben meine letzte Szene mit Dart gespielt», sage ich. «Als nächstes werde ich das hier zerschneiden und zu Hause die Schlösser auswechseln.» Und ich gebe Emmie die Kreditkarte, ausgestellt auf Darton Venable Donegal IV.

«Du kannst sie haben», sage ich. «Warum veranstalten wir keinen Hexensabbat und verbrennen sie? Wir könnten die Asche in unseren Hexenkessel streuen ...»

«Was war los?» fragt Emmie.

«Siehst du die beiden da?» frage ich. «Das ist Dart mit meiner Nachfolgerin. Ich hoffe, sie ist kreditwürdig – sie wird's brauchen.»

When I woke up my pillow was wet with tears,
Just one day from that man o'mine seems like a thousand years . . .
I need a whole lot of lovin' 'cause I'm down in the dumps.

LEOLA P. WILSON UND WESLEY WILSON

9 *Bravado*

Eigentlich spielt es keine Rolle, wer eine Beziehung abbricht. Ob man selber es ist oder der andere, der Schmerz ist derselbe.

Man schläft fast fünf Jahr lang mit einem Mann, riecht seinen Schweiß, fühlt nachts seine haarigen Beine, die einen streifen, und ist an ihn gebunden. Wenn er fortgeht, fühlt sich das an wie eine Amputation. Und man sucht nach einem Holzbein und weiß, daß es nichts nutzen wird.

Es spielt keine Rolle, ob man weiß oder nicht, daß der Mann nicht gut für einen ist. Es spielt auch keine Rolle, ob man weiß oder nicht, daß er nichts taugt. Am Ende einer Liebesaffäre denkt man mit der Logik einer Stella Kowalski: Es gibt Dinge, die im Dunkeln zwischen zwei Menschen geschehen, die alles, was bei Tageslicht geschieht, richtig erscheinen lassen.

Die erste Nacht war die schlimmste. Ich zwang mich, allein in meinem Loft zu schlafen, das übersät war von Darts Sachen – und denen der Kleinen. Ein nettes Früchtchen. Ihre schäbigen BHs und ihre schmutzigen Slips hingen unverfroren über meinem Waschbecken; ihre halb aufgebrauchten Anti-Baby-Pillen lagen auf meiner Kommode; ihr Parfüm (Charlie!) stand auf dem Nachttisch. Wütend und neugierig schnüffelte ich in ihren Sachen. Ein schmutziges Make-up-Täschchen, gefüllt mit zerbrochenen Dosen billiger Kosmetika, der gekrümmte Schlauch einer Gummidusche, in einem Nylonbeutel in ihrer Reisetasche verstaut. Ein Morgenrock aus Polyester mit rosa- und türkisfarbenem Blümchenrand. Ihre abgetretenen Pantoffeln aus schmutzigem, türkisfarbenem Plüsch.

Ich zog in Erwägung, eine Collage aus all diesen Fundobjekten zu machen (und den Fotos, die ich vorher gefunden hatte) und sie «Darts Mädchen» zu nennen – aber der Schmerz war zu groß. Also ließ ich die Wut über die Kunst siegen und schmiß alles aus dem Fenster. Das große Fenster des Lofts mußte aufgehebelt und dann seitlich gedreht werden. Wenn man es aufmachte, konnte man sich vorstellen, genausogut alle fünf Stockwerke herunterzuspringen – aber ich widerstand der Versuchung.

Ich schmiß den ganzen Krempel dieser namenlosen Puppe auf die Straße, dann schloß ich das Fenster wieder und ließ mich aufs Bett fallen, so verzweifelt, daß ich nicht einmal weinen konnte.

Es gibt keinen schlimmeren Betrug, als wenn ein Liebhaber mit einer anderen Frau in dein Bett geht; allein die Matratze vibriert von ihrem Sex und stört einen im Schlaf: Die Träume werden von der betrügerischen Vögelei der beiden anderen infiziert. Man weiß, wie wichtig man für ihre Liebe war, wie sehr man daran beteiligt war, und der bloße Gedanke läßt einem das Blut gerinnen. Es nutzt nichts, sich zu sagen, daß die Liebe der anderen jetzt verwässert und geschwächt ist, weil sie kein Geheimnis mehr ist. Es nutzt nichts, sich zu sagen, daß auch die beiden anderen eine Art Verlust erleben. Man liegt im Bett, unfähig, eine Stellung zu finden, die den Schlaf herbeiruft. Der Rücken, die Seite, der Bauch, die andere Seite – alles juckt von ihrem Sex, kribbelt davon, als würden Wanzen das Bett bevölkern.

Plötzlich kommt die Liebe und attackiert dich. Du willst schlechte Erinnerungen wachrufen, aber nur die guten überfluten dich. Du willst ihn hassen, aber die Liebe ist noch da, pocht wie ein zerrissenes Herz. Du willst vergessen, aber du kannst nichts anderes tun als dich erinnern.

Die dalmatinische Küste im Sommer und Dart, der in der Sonne liegt wie ein junger Gott. Die zarten, rosigen Adern in seinen Lidern. Das Gold seiner Brust. Die Narbe von einem Riß in seiner Stirn, wo er bei einem durch Kokain verursachten Autounfall gegen die Windschutzscheibe prallte. Dart beim Spiel mit Wurfpfeilen. Dart fort. Dart wieder da.

Ich stehe auf, schalte das Licht ein, gehe an die Bar. Dort, in einem Spiegelschrank bewundere ich eine Parade von Flaschen: Chivas Regal, Jack Daniel's Stolichnaja, Beefeater, Canadian Club, Pernod, Lillet, Cinzano, Noilly Prat ... Die Flaschen konfrontieren mich mit ihren bernsteinfarbenen und kristallenen Glanzlichtern. Die Flaschen provozieren mich, stacheln mich an.

Was macht das für einen Unterschied? denke ich. Warum nicht?

Ich entkorke den Chivas, obwohl ich mir nie viel aus Scotch gemacht habe, und riskiere einen Schluck. Ja. Und noch einen. Und noch einen. Als mir schwindlig wird, weiß ich, daß ich in Schwierigkeiten bin. Ich kippe den Alkohol in den Ausguß und schleudere die Flasche zu Boden.

Die Meetings haben meine Trinkgewohnheiten ruiniert. Früher trank ich und wartete auf das Klicken in meinem Kopf, und jetzt hasse ich es, wenn die Benommenheit kommt. In dem Augenblick, in dem sie beginnt, weiß ich, daß ich verdammt bin: verdammt zu einer Woche voll Depressionen, Traurigkeit und Selbsthaß. Verdammt zu dem langen, gewundenen Sturz bis auf den Grund des Kaninchenbaus.

Ich werfe mich auf meinem Bett herum und warte darauf, daß der Schnaps aus meinem Körper verschwindet. Darts belämmertes Aussehen verfolgt mich. Ich denke daran, wie die Kleine für ihn das Reden übernahm, und ich bin verzweifelt. Ich möchte Dart trösten, nicht anklagen. Irgendwie weiß ich, daß Dart das Opfer seiner eigenen Schwäche und Verzweiflung ist – und wesentlich verlorener als ich. Er haßt seine Abhängigkeit noch mehr als ich, und doch kennt er keinen anderen Weg, um zu leben.

Das Schlimme an meinem Zustand ist, daß ich Dart so verdammt gut verstehe. Er ist mein Baby, mein Liebling, mein Mann, und ich möchte ihn noch nähren und schützen, während er mich umbringt. Wenn Dart seine Seite der Geschichte aufschreiben sollte, was würde er sagen? Daß die große, böse Leila ihn entmannte und ihm das Gefühl gab, schwach zu sein? Daß die große, böse Leila all seine Murmeln wegnahm? Ich begreife das Problem, das Modell zu sein und nicht der Künstler.

Früher einmal, als ich noch die Kunstschule besuchte, stand ich einem Freund Modell, der mich einen Monat lang malte, mich aber auf eine Weise darstellte, die mir überhaupt nicht gefiel. Ich erinnere mich noch an das Gefühl, unter dem Bann eines anderen zu stehen, unter einem bösen Zauber, und ich erinnere mich auch noch an das Gefühl des Ausgeliefertseins. Dart fühlt sich dauernd so. Dart versucht, mich zu kontrollieren, indem er die Kleine in meinen Loft bringt, indem er sie in meinem Bett vögelt.

Unmöglich. Ich schalte das Licht ein, ziehe mich an, blättere in meinem AA-Büchlein und suche nach einem Meeting, das die ganze Nacht dauert. Ich wage mich hinaus, suche nach einer Zuflucht für meinen Schmerz. Unterwegs, gleichgültig gegen die Gefahr, sehe ich gleichsam mein Leben nochmals vor mir ablaufen. Wie viele Jahre bleiben mir noch zum Malen? Ich könnte heute nacht auf diesen Straßen sterben, ich könnte aber auch noch ein, zwei, zehn, zwanzig, dreißig Jahre haben. Mehr als die Hälfte meines Lebens ist vorbei. Schon verschwimmt das Kleingedruckte auf der Seite, wenn ich zu lesen versuche. Schon sind meine Perioden entweder zu lang oder zu kurz. Schon schmerzen meine Knie und Ellbogengelenke, wenn es regnet. Ich habe keine Zeit, um Dart zu leiden. Ich habe zu arbeiten.

Ich finde das Meeting in einer schäbigen Kirche, ein paar Blocks von meinem Loft entfernt, und treffe meine Leute – die Trunkenbolde, die Penner, die Obdachlosen.

Das Meeting, das die ganze Nacht dauert, ist ebenso Zuflucht wie Stätte von Gebet und Anleitung. Alte Männer und Frauen, die nichts zu essen haben als diese zuckrigen Keksee, nichts zu trinken als diesen lauwarmen Tee oder Kaffee.

Was sind sie für eine schäbige, abgerissene Bande! Einige der Männer haben keine Zähne, und einer redet in der letzten Reihe der zerschrammten kleinen Holzstühle mit sich selbst. Die Frauen könnten Nutten sein, obdachlose Verrückte, Kranke, Halbtote. Im Programm aber sind wir alle gleich.

Das Meeting hat noch nicht begonnen, und die Leute gehen herum, trinken Kaffee und begrüßen einander. Lauter Fremde, aber verbunden durch Freundlichkeit und die Übereinkunft, Aufrichtigkeit wenigstens zu *versuchen*. Es gefällt mir, daß die AA die Maßstäbe nicht übernehmen, die für den Rest unserer Gesellschaft gelten. Anderswo sind Gier und Falschheit und Egoismus an der Regel. Hier gelten Großzügigkeit, Aufrichtigkeit, Demut. Ich bin nervös, weil ich heute nacht getrunken habe und das werde sagen müssen, aber es hat schon etwas Heilendes an sich, nur in diesem Raum zu sein. Die Liebe in diesem Raum ist greifbar. Irgendwo hier wartet mein gesunder Menschenverstand.

Jemand kommt zu mir und tippt mir auf die Schulter.

Zuerst weiche ich zurück. Es scheint eine Obdachlose zu sein, das Gesicht in Fett schwimmend, die Augen in Speckfalten vergraben. Auf dem Kopf trägt sie eine rote Strickmütze, an der Ziermünzen baumeln; ihr Körper steckt in einem Zelt aus rotem Polyester.

«Louise?» sagt sie fragend. «Louise?»

«Ja.»

«Ich bin Rivka Landesmann, erinnerst du dich? Die Kunstschule.»

Ungläubig sehe ich sie an. Diese riesige, völlig verfettete Pennerin ist eine Klassenkameradin von mir aus der Kunstschule – eine begabte Malerin, eine, die schon früher ausgestellt hatte als ich, die ich einst beneidete, denn sie schien es geschafft zu haben, als ich noch um meine erste Anerkennung als Malerin rang. Rivka war schon auf der Kunstschule ein Wunder. Sie hing mit Andy Warhol herum, machte Filme mit ihm, verkaufte ihre Arbeiten an wichtige Sammler, stand in allen Zeitungen – und verschwand dann. Ich hatte seit Jahren nichts von ihr gehört.

«Wie geht es dir?» fragte ich. Die Frage war lächerlich. Wie es ihr ging, konnte ich sehen. Schlimmer dran als ich.

Meine Freundlichkeit setzte irgendwas in ihr frei: eine Flut von Selbstmitleid.

«Tja», sagte sie, «als meine vierte Ehe – mit dem Italiener – in die Brüche ging und er mit meinen gesamten Ersparnissen durchbrannte, da war ich wirklich am Ende. Du wirst es nicht glauben, aber im letzten Jahr hab ich alles verloren. Meine Tochter ging aufs College, mein Freund verschwand mit einer Million Dollar und drei Bildern von Andy nach Italien, ich hatte eine partielle Hysterektomie, meine Hormone spielen verrückt, ich habe achtzig Pfund zugenommen, meine Mutter ist gestorben... Ich hoffe, AA kann mir helfen. Ich weiß nicht, wohin ich sonst gehen soll. Ich bin dem Selbstmord näher denn je.»

Irgend etwas in mir weicht vor diesem Selbstmitleid zurück. Ich habe das Gefühl, als sei Rivka im Begriff, sich an mir festzukrallen und nie mehr loszulassen. Ich fühle mich in der Falle, klaustrophobisch. Aber wenn jemand Hilfe sucht, dann muß man helfen.

«Louise», sagt sie, «bei welcher Galerie bist du jetzt? Glaubst du, sie würden sich meine Arbeiten ansehen?»

«Ich weiß nicht», sage ich und habe plötzlich das Gefühl, als wolle mich jemand bestehlen. «Ich bin nicht hier, um deine Agentin zu werden. Ich bin hier, weil ich Trinkerin bin.»

«Natürlich», sagt Rivka, «aber du hast solches Glück. Du hattest immer mehr Erfolg als ich. Warst immer zur richtigen Zeit am richtigen Ort. Immer auf dem Kamm der gerade aktuellen Welle.»

Ich sehe sie ungläubig an. Sie beleidigt mich und will mir gleichzeitig Schuldgefühle einflößen. Bei einem Meeting «Beziehungen» anknüpfen! Kann man noch tiefer sinken?

«Du bist so hübsch. Du hast immer Männer. Immer fressen die Kritiker dir aus der Hand. Du hast keine Ahnung, wie schwer es für mich ist...»

Jetzt versucht sie wirklich, bei mir auf die richtigen Knöpfe zu drücken. Ich würde sie am liebsten anschreien, ihr Wehleidigkeit und Selbstbezogenheit vorwerfen, ihr sagen, daß sie wahrscheinlich jeden in die Flucht geschlagen hat, der versuchte, ihr zu helfen, aber dann merke ich, daß diese Reaktion genau das ist, warum ich zu diesem Meeting kommen mußte: um mich selbst in dieser Frau gespiegelt zu sehen – um zu sehen, was aus mir werden könnte, wenn ich mich nicht zusammennehme und am Riemen reiße, um zu sehen, wie eine Frau ihr Leben wegwirft, indem sie das Opfer spielt.

«Rivka», sage ich sanft, «wenn du willst, daß ich dir helfe, trocken zu werden, dann will ich's versuchen. Ich hab es selbst ziemlich schwer. Vielleicht kann ich dir irgendwie behilflich sein – aber bitte, versuch nicht, mich durch Schuldgefühle so weit zu bringen, daß ich deine Arbeiten verkaufe. Das hat mit dem Programm nichts zu tun, und du erreichst damit nichts anderes, als mich abzuschrecken.»

Sie sieht mich fassungslos an.

«Du willlst mir also nicht helfen?»

«Doch, ich will dir helfen, aber ich will mich von dir nicht beleidigen und manipulieren lassen. Ich kämpfe auch. Ich habe heute abend getrunken, nachdem ich einen Monat lang nichts angerührt und mich besser gefühlt habe als je zuvor in meinem Leben. Ich versuche noch immer, die Dinge Schritt für Schritt zu bewältigen. Ich versuche noch immer zu lernen, wie ich mein Leben führen muß. Mein ganzer Erfolg hat dazu geführt, daß ich unter anderen Belastungen stehe als du, aber es sind trotzdem Belastungen. Es gibt keine Konkurrenz zwischen uns. Wir sind alle fehlbare Menschen. Das Programm hat mir beigebracht, mein Leben in spirituellen Begriffen zu sehen, und ich hab's versaut – vielleicht, weil ich es eigentlich nicht ertragen konnte, daß mein Leben wirklich besser wurde. Ich wollte den Schmerz wiederhaben. Ich habe einen kleinen Handel mit Gott gemacht, ich würde nüchtern werden, wenn ich meinen Liebhaber zurückbekäme, und ich habe ihn für eine Weile zurückbekommen, und das hat mich irregeführt. Aber Gott spielt nicht nach unseren Regeln. Und wir können nicht wie maulende kleine Kinder sein, die sagen: ‹Gut, wenn Gott nicht nach meinen Regeln spielt, dann spiel ich nicht mehr mit, dann zerstöre ich mich – das hat er dann davon!› Diese Wahl haben wir nicht. Wir können das Leben wählen oder den Tod – aber wir können nicht auf dem Zaun zwischen beiden sitzen bleiben. Und wenn wir leben wollen, dann haben wir keine Wahl, als uns zu unterwerfen – nicht unserem eigenen Willen, sondern dem Willen Gottes.»

«Ach, der», sagte Rivka.

«Richtig», sagte ich. «Sie. Oder Er. Es spielt überhaupt keine Rolle; es ist sogar eine Art Eitelkeit, über Gottes Geschlecht zu argumentieren. Hier reden wir über das Spirituelle, das Geschenk des Lebens – und darüber, ob du das annehmen oder abweisen willst. Darum geht es.»

Versuchte ich, Rivka zu überzeugen – oder mich selbst?

«Ich seh's beinahe», sagte sie.

«Natürlich siehst du's. Du bist Malerin.» Ich umarmte sie; ich konnte sie nicht mal ganz umfassen, aber ich umarmte sie.

Isadora: Ich kriege eine Gänsehaut, wenn unsere Heldin Reden über Trinken und Drogen schwingt. Sie ist schließlich gerade erst nüchtern.

Leila: Es sind immer die gerade erst Nüchternen, die am heftigsten predigen. Wenn du deine Sucht wirklich *überwunden hast, brauchst du nicht mehr zu predigen.*

Isadora: Und ich weiß nicht, worauf du mit diesem Kapitel hinauswillst. Ich ahne so was wie eine bevorstehende Offenbarung. Offenbarung in der Bowery. Gott – ich hasse Offenbarungen.

Leila: Du bist auf deine alten Tage so zynisch. Was ist aus der alten Isadora geworden, die Angst vorm Fliegen hatte, aber trotzdem flog?

Isadora: Frag nicht. Ich bräuchte noch ein Buch, um dir das zu erzählen.

Die Anwesenden wurden von der Leiterin der Versammlung zur Ordnung gerufen; sie sah aus wie eine Straßendirne in ihrem ledernen Supermini, der roten Corsage, der roten Haarschleife und roten, hochhackigen Sandaletten. Ihr Alter war schwer zu schätzen. Irgendwo zwischen achtzehn und dreißig, dachte ich. Aber sie sieht hart aus, wie man nach einem Leben auf der Straße eben aussieht. Ich wußte, verglichen mit meinem war ihr Leben schwer gewesen. Der bloße Anblick ihres energischen, frechen kleinen Körpers und der muntere Ton, in dem sie die Präambel vorlas, rührten mich zu Tränen. Ich war so froh, wieder hierzusein, bei einem Meeting, so froh, ein Meeting zu haben, zu dem ich gehen konnte.

Die Sprecherin danach wurde als Lenore B. vorgestellt. Lauter, stürmischer Applaus. Die Mitglieder kannten sie.

Lenore B. war eine drahtige kleine Frau von fünfzig oder sechzig Jahren und erzählte eine Geschichte, die jedem die Haare zu Berge stehen ließ: ein prügelnder Ehemann, ein Sohn, der in den Straßen von Harlem erschossen worden war, eine Tochter mit Brustkrebs, eine Mutter mit Lungenkrebs, ein Bruder mit AIDS. Manche Leute haben mehr als ihren Teil an Heimsuchungen zu tragen, und Lenore war eine von ihnen. Bei den AA hatte ich endlich die Geschichte Hiobs begriffen und auch den Grund, warum Gott sich das Recht vorbehält, uns alles zu nehmen, um uns für unsere Hybris und Selbstbesessenheit zu strafen. Es war eine gute Lektion, eine Lektion, die ich während der Meetings oft verstand, die aber sofort wieder aus meinem Bewußtsein verschwand, wenn ich nicht bei einem Meeting war. Jetzt, während ich Lenore zuhörte, wurde ich wieder daran erinnert.

Lenore sprach über ihr Leben, und meine Gedanken schweiften ab. Ich betrachtete die Schriftrolle mit den zwölf Schritten, und mir wurde klar, daß man für einen einzigen dieser Schritte sein ganzes Leben brauchen konnte.

Während ich mir die Schritte durch den Kopf gehen ließ, konzentrierte ich mich auf den sechsten – irgendwas mit «völliger Bereitschaft», all seine «Charakterfehler» von Gott beseitigen zu lassen – das war das Thema des heutigen Meetings. Was bedeutete «völlig bereit»? Es bedeutete, daß man bereit war, Gott sein Herz zu öffnen. Es bedeutete, daß man sich wirklich bessern wollte. Es bedeutete, daß man sein Selbstmitleid überwunden hatte. Es bedeutete, daß man völlig bereit war, auf seinen eigenen gesunden Menschenverstand zu hören.

War ich das? Absolut nicht. Ich hing zu sehr an meinem Schmerz und meinem Selbstmitleid, an Dart, an dem Ich, das genauso war wie Dart, an meinem eigenen Willen.

Ein merkwürdiges, schnaufendes Geräusch ertönt aus dem Hintergrund des Raumes. Ein paar von uns drehen sich um und sehen in der hinteren Reihe einen alten Penner, der sich an die Brust greift und vornüber sinkt.

Getrieben von einer Kraft, die ich nicht verstehe, eile ich an seine Seite.

Das Gesicht des Mannes wird bläulich, dann fällt er nach vorn, und seine Stirn prallt mit einem klatschenden Geräusch auf den Stuhl vor ihm. Gekrümmt liegt er auf dem Boden und riecht nach Schweiß, Urin und Exkrementen – der Geruch der Auflösung. Sein Kopf ist zur Seite gedreht, seine Augenlider flattern, und ich sehe, daß das, was von seinem sichtbaren Auge übriggeblieben ist, wolkig und blau ist. Sein Mund bewegt sich – zahnlos. Ein dünner Speichelfaden rinnt aus einem seiner Mundwinkel auf den Boden. Ich denke an Dart, der die Penner immer liebte, sich mit ihnen identifizierte, der am liebsten durch die Stadt gezogen wäre und jedem von ihnen eine Decke umgelegt hätte. Und ich versuche so zu tun, als sei dieser schwere Klumpen sich zersetzenden Fleischs mein schöner Dart. Denn er ist es.

Das rote Loch von einem Mund spricht: «Ich hab's ihm gesagt, dasses nich gut ist, mitten auf'n See zu gehn . . . aber hat'r auf mich gehört? Nee . . . Nie. Ich hab ihm gesagt, daß das Floß'n nich trägt, aber hat'r auf mich gehört? Nee . . . Weg . . . Alles weg . . . Sommer . . . und Winter . . . und der gute Schnaps . . . Ich hab's ihm gesagt, hab versucht, s'ihm zu sagen . . .»

Sein schieferfarbenes Gesicht nimmt einen unendlich friedlichen Ausdruck an, und er ist fort, versunken in irgendeinem vergessenen Sommer an irgendeinem vergessenen See mit irgendeinem vergessenen Gefährten. Dann entspannen sich alle Muskeln seines Gesichts. Er ist völlig bereit. Und dann erschlafft seine Blase, und ich knie in einer Pfütze von Urin, die sich unter seiner stinkenden Hose bildet.

Die Ruhe in seinem bläulichen Gesicht, während der Urin sich um ihn ausbreitet, meine Knie und Waden näßt, gibt mir das

Gefühl, als beobachte ich ein kleines Baby, das zu seiner Mama zurückkehrt. Das Leben ist so schwer für manche Leute. Sie schaffen es nie, für sich selbst zu sorgen. Der Tod muß eine solche Erleichterung sein. Kein Vortäuschen mehr. Kein Durchhalten mehr. Die warme Urinpfütze im Bett, die an den Beinen kalt und klebrig wird. Wieder bei Mama, wieder an der großen Brust.

Die Teilnehmer des Meetings stehen jetzt um uns herum.

Erstaunt über die Schnelligkeit, mit der Leben in Tod übergeht, kann ich nur sagen: «Gott, Gott.»

«Amen», sagt Lenore, die hinter mich getreten ist.

Einige Teilnehmer des Meetings weinen. Jemand ist gegangen, um einen Krankenwagen zu holen, obwohl klar ist, daß unser Freund jetzt keinen Krankenwagen mehr braucht. Und Rivka ist geflohen. Sie ist noch nicht völlig bereit. Vielleicht wird sie es eines Tages sein.

When I get home
I gonna change
my lock and key

J. C. Johnson

10 Blue Blues

Ich habe also die Schlösser ausgewechselt. Ich hatte wirklich keine andere Wahl. Ich habe es nicht gern getan. Als der Schlosser kam, habe ich geweint. Aber es kam nicht in Frage, das Flittchen noch einmal in mein Bett zu lassen. Das war unerträglich. Ich hatte Leila irgendwo zwischen New York und Connecticut verloren, und ich mußte sie wiederfinden. Die Schlösser auszuwechseln, war der erste Schritt.

Es war nicht leicht. Ich dachte die ganze Zeit an Dart. Seinen Schwanz. Sein süßes, etwas schiefes Lächeln. Seine schönen Wadenmuskeln. Seinen straffen Po. Seinen Schwanz.

Nachts lag ich im Bett und vermißte ihn in allen Eingeweiden, im Herzen, in den Fingerspitzen. Als ich Dart liebte, liebte ich ihn so heftig, daß oft meine Fingerspitzen schmerzten, und jetzt vermißten meine Fingerspitzen ihn. Sie spürten noch immer die Beschaffenheit seiner Haut. Und meine Nüstern. Meine Nüstern rochen ihn noch immer.

Es ist nicht so einfach, den Alkohol und den Liebhaber gleichzeitig aufzugeben. Eine Sucht allein ist schon schwer genug zu bewältigen. Aber welche Wahl hatte ich? Für mich war nichts mehr in der Flasche. Nichts als Depression und Traurigkeit und Schmerz. Ich konnte mir nicht vormachen, daß durch Trinken irgend etwas besser würde. Es macht alles immer nur noch schlimmer.

Also wandte ich mich der populären Frauenliteratur zu. «Wenn Frauen zu sehr lieben»; «Männer, die Frauen hassen, und die Frauen, die sie lieben»; «Kluge Frauen, Dumme Partnerwahlen» ... all die Bücher, die eine Linderung der Sucht nach Männern versprechen. Vor Selbsterfahrungsgruppen männersüchtiger Frauen schreckte ich zurück, ebenso vor den «Sexoholics Anonymous».

Die Bücher halfen ein bißchen. Sie sagten einem alles, was mit der Beziehung nicht stimmte (und ließen stark anklingen, man selbst sei ganz allein daran schuld), aber sie sagten einem nicht, wie man eine gute Beziehung finden kann. Sind Sie Masochistin? Fußabtreter? Sexsüchtig? Haben Sie Ihre Einsamkeit mit Süßigkeiten bekämpft? Mit Wein? Mit Hasch? Mit Koks? Nun, man mußte bloß die beschriebenen einfachen Schritte befolgen, und alles würde besser. Man mußte sich auf seine eigene Heilung konzentrieren. Man mußte völlig bereit sein.

Niemand schien diese Bücher für Männer zu schreiben. Es waren die Frauen, die völlig bereit sein mußten, ihre Süchte aufzugeben. Es waren die Frauen, die an herzlosen Bastarden hingen. Konnte das an den Prozentsätzen liegen: sieben Millionen mehr Frauen als Männer, warum also sollten die Männer sich anständig benehmen? Manchmal dachte ich, diese Bücher seien Teil einer Verschwörung weiblicher Autoren, um an anderer Frauen Männer ranzukommen. Wenn nämlich jede Leserin die harschen Vorschläge dieses Buches befolgte, würden viele Männer frei werden und wieder auf dem Markt sein. Eine Zeitlang war das meine Theorie – bis ich merkte, daß damit die Tatsache, daß einige dieser Bücher von Männer geschrieben worden waren, nicht erklärt war! Waren das Homosexuelle, die hofften, ein paar weitere Männer in Umlauf zu bringen, die nun vom ganzen weiblichen Geschlecht nichts mehr wissen wollten?

Und wer konnte den Männern übelnehmen, daß sie vom ganzen weiblichen Geschlecht nichts mehr wissen wollten? Männer sind so verwundbar – ihre ganze Verwundbarkeit hängt so nackt zwischen ihren Beinen. Sie haben Angst vor ihren Mamis und vor kreischenden Frauen – alles, was sie von uns verlangen, ist ein bißchen Sanftheit und Zärtlichkeit. Kein Wunder, daß Armeen von kreischenden Frauen auf dem Markt ihnen Schrecken einjagen. Würde ich nicht auch mit Schrecken und Wut reagieren, wenn ich ein Mann wäre? Mit meinem gesunden Menschenverstand wußte ich, daß ich es tun würde.

Ich versuchte, mich ums Geschäftliche zu kümmern. Während der letzten Zuckungen meiner Affäre mit Dart, als alles zusammenbrach und verbrannte, hatte ich nicht viel gearbeitet, wie man sich vorstellen kann.

Jetzt war er weg, und ich saß auf dem Felsen meiner halbherzigen Nüchternheit und versuchte, wieder ins Geschäft zu kommen. Als mich mein Kunsthändler, ein gewisser André McCrae, zu einer Party in seiner Wohnung in der Fifth Avenue einlud, nahm ich an – obwohl ich mich in letzter Zeit rarer als rar gemacht hatte.

André war ein Symptom für alles, was im Kunsthandel nicht stimmte. Er verstand nichts von Kunst und hatte keine Ahnung, was ihm gefiel. Im gefiel das, was sich verkaufte, und je besser es sich verkaufte, desto besser gefiel es ihm. Am allerbesten gefiel es ihm, wenn es sich glänzend verkaufte und der Künstler starb. Seine Vorstellung von einem vollkommenen Künstler war ein toter Künstler – vorzugweise einer, der auf der Höhe seines Ruhms gestorben war. Bevor ich bei André unterschrieb, sagte er mir bei einer Dinnerparty einmal, er habe am liebsten mit toten Künstlern zu tun. «Sie bescheißen einen wenigstens nicht», sagte er. Das hätte ich als Warnung nehmen sollen, aber ich tat es nicht. Ich dachte, ich könnte mit André fertig werden – was nur zeigt, wie sehr ich mich irren kann.

An einem heißen Mittwochabend im Juli fahre ich in DART

von Connecticut nach New York, parke in der Carlyle-Garage und gehe hinüber zu Andrés Wohnung an der Ecke Vierundsiebzigste Straße und Fifth Avenue. Eine Sommerparty in New York ist eine Seltenheit; man kann sie nur dienstags oder mittwochs abends abhalten, weil an allen anderen Abenden die Stadt wahrscheinlich den Armen überlassen bleibt. Die Reichen sind in den Hamptons, im Vineyard, in Newport, Nantucket, Maine, am Cape, in der Toskana, in Griechenland, Venedig, Südfrankreich.

André und seine Frau Sally haben eine einmalige Methode entwickelt, ihre Ehe zu retten: getrennte Eigentumswohnungen in zwei benachbarten Gebäuden in der Fifth Avenue. Diese Party findet in Andrés Wohnung statt, der größeren der beiden.

Stocknüchtern zu einer Party zu gehen, ist neu für mich – neu und anstrengend. Ich sehe zuviel, fühle zuviel, bin mir der ganzen Lügen zu stark bewußt.

Ich fahre im Lift nach oben und werde im vierzehnten Stock abgesetzt – in Wirklichkeit ist es der dreizehnte, aber in diesem Gebäude folgt, des Aberglaubens wegen, der vierzehnte direkt auf den zwölften. Eigentlich liegt die Wohnung im dreizehnten und vierzehnten Stock. Wie ich André kenne, hat er deswegen sicher einen Preisnachlaß ausgehandelt.

André wurde nicht als André geboren, und sein Vater hieß so wenig McCrae wie meiner Sand. André McCrae ist eine selbstgeschaffene Gestalt. In den zwanziger oder dreißiger Jahren als Arbit Malamud in Litauen geboren, begann er sein Berufsleben als Kürschner, entdeckte aber bald, daß mit Leinwänden mehr Geld zu machen ist als mit Pelzen.

Sein erstes Gemälde, wie er gern jedem erzählt, der es hören will – und bei André hat man oft keine andere Wahl als zuzuhören –, bekam er als Teil einer Scheidungsvereinbarung von seiner ersten Frau. Es gibt eine Menge zweifelhafter Geschichten über Andrés erste Ehe: es heißt, er sei mit einer Rothschild, einer Churchill, einer Vanderbilt, einer Rockefeller verheiratet gewesen – vielleicht mit allen vieren gleichzeitig. Jedenfalls war sie reich, trotzte ihrer Kaste und Klasse und heiratete diesen struppigen, rothaarigen kleinen Juden (der selbst in seinen erhöhten Schuhen nur einsachtundfünfzig maß), was sie bereuen sollte. Sie kaufte sich mit einem van Gogh frei, der noch immer in der großen Eingangshalle der Wohnung hängt – zusammen mit anderen, neueren Erwerbungen.

«Wie geht's dir, *schatzele*?» sagt André, der selbst die Tür öffnet und, was typisch ist, nicht auf eine Antwort wartet.

Sally trägt ein Kleid Größe sechsunddreißig, und mit ihr ins Bett zu gehen, wäre, als ginge man mit einem Fahrad ins Bett. Ihr Haar ist feuerrot und ihr Art-deco-Schmuck fabelhaft. Er verdeckt ihre Schlüsselbeine, die sonst hervorschauen würden. Sie ist eine Meisterin des berührungsfreien Kusses und schaltet ihr Lächeln ein und aus wie die nackte Glühbirne in einem billigen Hotel. Man weiß nie, was sie denkt. André ist durchschaubarer.

Selbst auf seiner eigenen Party suchen Andrés Augen den Raum ab, um festzustellen, ob nicht jemand Wichtigerer da ist als die Person, mit der er gerade redet. Wenn man mit André zusammen ist, hat man immer das Gefühl, er sei im Begriff wegzulaufen. Wie Dart. Alles erinnert mich an Dart.

«Wie geht's Dart?» fragt André.

«Er ist weg», sage ich.

«Das war nur eine Frage der Zeit», sagt André. «Was möchtest du trinken?»

«Mineralwasser . . .»

«Roberto wird es dir holen», sagt er, dem südamerikanischen Butler winkend, und sprintet auf die andere Seite des Raumes, um mit jemandem zu reden, der wie Prinzessin Di aussieht, es aber nicht ist.

Sally nimmt mich bei der Hand und führt mich zu einem Grüppchen von Schaufensterpuppen: sechs Frauen, die genauso aussehen wie sie – bis auf die Haarfarbe. Sie sind alle hell- bis goldblond.

Jede einzelne scheint entzückt, mich kennenzulernen. Eine Blonde will eine Zeichnung für eine Auktion, eine andere meine Gesellschaft bei einem «exklusiven kleinen Abendessen», bei dem die beiden Plätze neben mir versteigert werden, eine andere möchte, daß ich in der Schule ihrer Tochter eine Unterrichtsstunde gebe. Man erwartet von mir, daß ich mich geehrt fühle, weil man mir so nobel in die Tasche greift.

Ich bin höflich. Ich mache vage Versprechungen. Dann, als ich jemanden sehe, den ich kenne, durchquere ich den Raum.

Es ist Wayne Riboud – der Motorradfahrer aus Nevada, der diesen Monat kolossal en vogue ist, weil er mit penibler Genauigkeit Dollarscheine, Yen, Francs und Lire reproduziert und sie gegen Notwendigkeiten wie Nahrung und Kleidung eintauscht. Es ist in New York schick geworden, sich Geld an die Wände zu hängen. Das hat keine Spur von geheimer Symbolik. Her mit dem Dollar: Das ist alles, was man auf Erden weiß und zu wissen braucht.

«Wie geht's, Kindchen?» sagt Wayne und starrt mir in den Ausschnitt.

«Ich lebe noch.»

«So schlimm, ja?»

«Schlimmer.»

«Ist der Junge abgehauen?»

«Mmm.»

«Mit wem?»

«Spielt das eine Rolle?»

«Nein», sagt Wayne. «Das Ende ist immer dasselbe: die Puppe, die Rechnungen, der Blues. Gott, die Leute langweilen mich. Warum können sie sich zur Abwechslung nicht mal lieben?»

«Kannst du's?»

«Nein. Du?»

Ich lache. «Ehrlich, ich weiß es nicht, Wayne.»

«Willst du abhauen?»

«Wohin?»

«Wir könnten tanzen gehen. Nell's – wenn das noch nicht vorbei ist. Irgendwo. Wir könnten durch Manhattan bummeln und im Carlyle Bobby Short hören.»

«Nicht so, wie du angezogen bist.»

«Wir könnten aufs Land verschwinden. Zu dir oder zu mir?» Wayne mimt eine Art Groucho-Marx-Imitation von Wollust.

«Ich muß zuerst mit ein paar Leuten reden.»

Wayne nickt und macht sich auf den Weg zur Toilette. Ich gehe hinüber zu Andrés bestem Freund, Lionel Schaeffer.

«Leila», sagt Lionel. «Lange nicht gesehn. Was liegt an?»

«Und bei dir?»

Ich hätte nicht fragen sollen. Lionel beginnt mit einer Aufzählung von allem, was er in den letzten zwei Monaten gekauft hat. Zwei Firmen. Einen alten Meister. Eine Villa in Beaulieu. Eine Wohnung in Peking. «Peking ist *die* kommende Stadt», sagt Lionel. «Ich bin nur für einen Tag in New York. Morgen fliege ich nach Paris, zum Ballonfahren mit Du-weißt-schon-Wem, und dann nach Venedig zu irgendeinem bescheuerten Wohltätigkeitsball in dem bescheuerten Palazzo, den irgendeine bescheuerte Freundin von Linda gemietet hat.» Lionel hat mit seiner Ehe im großen Schicksen-Lotto gewonnen. Er zeigt auf seine dritte Frau Linda, eine Fünfunddreißigjährige, die sich schnell in ein Abbild seiner zweiten Frau Lizbeth und seiner ersten Frau Shirley verwandelt: ausgemergelte Wohltätigkeitsschicksen.

«Leila!» singt Linda.

«Linda!» singt Leila und umarmt das Skelett.

Linda ist fast zwei Köpfe größer als Lionel, der mit seinen vorstehenden blauen Augen, dem implantierten Haar und dem perfekt geschneiderten Anzug in jedem Geschäft sein könnte – Crack, Kunst, Verlagswesen, Film, Finanzen. Tatsächlich hat er sein Vermögen im Zeitungsgeschäft gemacht.

Lionel öffnet sein Jackett, um mir etwas zu zeigen. Auf dem Rockfutter aus Paisley-Seide sehe ich seine Initialen, «LS», und darunter in seidener Schrift «Turnbull und Chung». Lionel lacht.

«Wie findest du das? Ich hab mir in Hongkong siebenunddreißig Kaschmiranzüge schneidern lassen und sie überredet, diese Etiketts zu machen – Turnbull und Chung. Jesus, sie haben mich dafür verklagt – aber ich hab gewonnen.» Als universale Geste für Geld reibt er Daumen und Zeigefinger aneinander.

Ich lache und umarme Lionel. Er hat bei allem noch Sinn für Humor, und dafür mag ich ihn.

«Wenn du es wagst, das in Venedig bei der Principessa zu machen, bringe ich dich um», sagt Linda, eine frühere Stewardeß, die keinen Sinn für Humor hat und auch nie haben wird.

«Leila, Baby», sagt Lionel, «wo wirst du diesen Sommer sein?»

«In Connecticut. Ich male.»

«In deinem berühmten phallischen Silo?»

«Genau dort.»

«Wo ist der Hengst?»

«Er ist weg.»

«Hör mal – ich ruf dich an, wenn ich aus Europa zurück bin, okay? Vielleicht komm ich mit dem Hubschrauber zu dir in die Wälder.»

«Ruf mich an», sage ich. Und gehe, um Wayne zu suchen. Ich habe ihn nicht mehr gesehen, seit er zur Toilette ging.

Ich bahne mir einen Weg durch die weitläufige Wohnung; kürzlich wurde sie von irgendeinem heißen neuen Innenarchitekten umgestaltet, der süchtig mit der Concorde zwischen London und New York pendelte. Sämtliche neuesten Trends sind vertreten: ein Raum in Biedermeier-Kirschbaum mit impressionistischen Gemälden; ein anderer voll mit wuchtigen Möbeln aus dem 17. Jahrhundert und holländischen Stilleben aus derselben Zeit mit toten Vögeln und Früchten an den Wänden. Die Wohnung ist ein Mischmasch. Sally sagt oft im Scherz, sie sei ins Nebenhaus gezogen, weil sie und André sich nicht über die Innenausstattung einigen konnten. Sie steht auf minimalistischer Bauhaus-Moderne, und er rächt sich dafür mit Exzessen.

Sein Bett zum Beispiel gehörte einmal Heinrich VIII.

Als ich das Schlafzimmer betrete, liegt Wayne halbnackt darauf ausgestreckt. Der süße Geruch von Sinsemilla-Gras füllt den Raum.

«Kommst du zu mir?»

«Du bist verrückt, Wayne. Zieh dich an, und dann verschwinden wir von hier.»

«Wohin?»

«Irgendwohin. Zu Nell's. Auf die Fähre. Nach Connecticut.»

Wir machen uns auf den Weg nach Connecticut, heraus aus der Stadt, hinein in die Hügel des Muskat-Staates. Wenn man die Stadt verläßt, spürt man, wie der Kopf klar wird, das Herz hüpft.

Wayne, Mr. Macho Man, fährt wie ein Betrunkener. Er ist auch betrunken, aber er will mich nicht fahren lassen und leugnet es. Ich sage ihm dauernd, daß ich fahren will, und er sagt dauernd nein. Jedesmal, wenn er mir dabei den Kopf zuwendet, weht mir seine Fahne ins Gesicht. Sein ganzer Körper riecht nach Alkohol und Gras – etwas, was ich nie gerochen habe, bevor ich nüchtern wurde, aber jetzt ist es überwältigend. Mir wird übel davon.

«Laß mich fahren, Wayne», sage ich. «Es ist mein verdammtes Auto.»

«Mir geht's gut, Baby», sagt er und fährt fast gegen die seitliche Begrenzung, als er in die gewundene Auffahrt zur Triborough-Brücke einbiegt.

«Laß mich den Wagen fahren . . . Du bist betrunken.»

«Ich bin nicht betrunken», sagt er betrunken, sieht mich an und fährt beinahe gegen die Zahlkabine. Wayne hat komische kleine Zähne, die zu drei Vierteln aus Zahnfleisch bestehen. Sie sehen aus wie Kaugummibonbons. Sein Haar ist aschblond, seine grünen Augen zwinkern, und er hat die abgeflachte, nach oben gebogene Nase der Iren. Ein betrunkener Kobold. Ich denke an die vielen Male, die ich mich mit Dart betrank und bekiffte, damit wir verrückten Sex miteinander haben konnten, und ich merke, daß ich jetzt außerhalb dieser Welt stehe, durch die Nüchternheit isoliert von Männern und Sex. Eigentlich waren es nie so sehr Wein und Gras als vielmehr Sex – Sex war meine bevorzugte Droge. Sex war das, was für mich die Welt ausblendete. Sex war mein Opium, mein Schmerzmittel, mein Laudanum, meine Liebe. Sex war das, was ich benutzte, um den Schmerz des Lebens abzutöten – Gras und Wein waren nur meine Wege ins Bett.

O Gott. Schon wieder wäre Wayne beinahe gegen einen Laternenpfahl gefahren. Der offene Wagen, der betrunkene Fahrer . . . ich könnte umkommen! Schlimmer noch, ich könnte zerschmettert, verkrüppelt werden. Ich habe Zwillinge großzuziehen, Arbeit zu tun.

«Halt sofort den Wagen an.» Aha, mein gesunder Menschenverstand hat mich nicht ganz verlassen.

«Oh, Baby – sei kein Frosch», sagt Wayne, während er fast wieder die seitliche Begrenzung streift. «Ich bin vollkommen okay.»

Entsetzt klammere ich mich an meinem Sitz fest. Wir fahren in Schlangenlinien über den weißen Mittelstreifen.

Ich bin wie gelähmt. Hier ist die Stimme männlicher Autorität, die mir sagt: «Sei kein Frosch.»

Sei kein Frosch, Leila. Früher machte das Spaß. Betrunken bin ich oft Schlangenlinien gefahren und fand es lustig. Jetzt macht es keinen Spaß.

«Halt den Wagen an, Wayne.»

«Ich kenne ein Lokal», sagt Wayne. «Laß mich nur zu dem Lokal fahren, das ich kenne.»

Er schlingert weiter. Ich versuche, das Steuer zu übernehmen, aber er reißt es herum. Der Wagen schleudert von einer Seite zur anderen, während wir rangeln.

Ich weiß nicht, was gefährlicher ist – Widerstand oder kein Widerstand.

«Bring mich zu deinem Lokal», sage ich.

Wayne rast wie ein Verrückter nach Westchester, donnert mit rauchenden Reifen durch unbeleuchtete Straßen, bis er ein kleines Rasthaus am Straßenrand findet, das im Blätterschatten der Sommernacht liegt.

Er parkt den Wagen schief und krumm, steckt den Schlüssel ein, legt den Arm um mich und schiebt mich in das Haus.

Dröhnende Musicbox. Leute, die trinken. Mädchen an der Bar, die zu uns hinübersehen, als wir hereinkommen.

«Hallo, Mädchen!» sagt Wayne salopp. «Wollt ihr mal 'nen richtigen Künstler vögeln?»

Sie scheinen nicht beeindruckt.

Wayne findet einen Barhocker mitten unter den Schönen – drei junge Frauen, die zusammen, wie ich mit einem schmerzlichen Stich denke, weniger Jahre zählen als ich. Das stimmt natürlich nicht, aber nüchtern fühle ich mich wie eine alte Fregatte.

Ich mache mich auf den Weg zur Damentoilette und lasse Wayne mit den Schönen allein. Ich gehe pinkeln, wasche mich, frische mein Make-up auf. Ich betrachte mich eingehend im Spiegel. Mein Kinn wird ein wenig schlaff, und die Ringe unter meinen Augen vertiefen sich. Ich fühle mich alt. Meine gespielte Tapferkeit hat mich über vieles hinweggebracht, aber jetzt beginne ich mich zu fragen, ob Tapferkeit genug ist. Ich sehne mich nach jemandem, der sich um mich kümmert. Mir kommt es vor, als liefe ich seit Jahren allein herum. Ach, ein fürsorglicher Mann, ein Vater, dem ich meine Sorgen erzählen kann – wäre das nicht mal eine wunderbare Abwechslung? Jemand, der mir eine goldene Rolex oder einen Cowboyanzug oder ein Auto kauft.

Mein Vater war nie so, auch nicht, als ich ihn noch hatte. Die zärtlichste Erinnerung, die ich an Dolph habe, ist, wie er mir Origami-Vögel bastelte oder mir aus Silberdraht Schmuck machte.

Als meine Mutter starb, fand ich eine seiner Broschen, die in ihrer Schmuckschatulle verstaubte. Meine Initialen in silbernen Buchstaben in ein silbernes Herz geschlungen. Louise Zandberg alias Leila Sand. Die Erinnerung an meinen Vater. Ach, wie unsere Väter uns alle ihre Süchte mitgeben, und das Päckchen wertloser Liebe in die Kleinmädchenhände drücken! Daddy! Er kommt und geht. Er rennt weg. Er verläßt Mami und sein kleines Mädchen, und sie sehnt sich für alle Zeit nach dem Mann, der wegläuft.

Raus aus der Toilette, zurück an die Bar. Wayne, umgeben von hübschen Mädchen, flirtend. Einen Arm um eine Achtzehnjährige mit rotem Lockenschopf gelegt, die lacht und mit ihm anstößt.

Ich schlendere an die Bar, setze mich, höre, wie Wayne dem Mädchen sagt, sie solle ihn in der Stadt anrufen, und dann seine Telefonnummer für sie auf eine feuchte Serviette kritzelt. Ein anderes Mädchen, das daneben sitzt, schaut mich gierig an und sagt dann: «He, ich hab Sie im Fernsehen gesehen! Sind Sie nicht die, die diese großen Bilder von ihrem Freund macht oder so was?»

«Sie müssen mich mit jemandem verwechseln.»

«Nee. Ich vergesse nie ein Gesicht. Sie hatten diesen süßen Freund, und Sie haben ihn fotografiert. Da war eine Sendung über Sie im Fernsehen. Mann – das ist wirklich toll. He, Liza – he, Jennifer.» Sie wendet sich ihren beiden Freundinnen zu. «Die Frau da ist wirklich gut. Sie hat diesen Burschen in Kostümen fotografiert. Wo ist er? Er war süß.»

«Er ging den Weg aller süßen Männer.»

«Also waren Sie es doch. Sie sind prima. Ich wünschte, ich wäre auch Künstlerin.»

Es scheint Wayne nicht zu passen, daß er nicht mehr im Mittelpunkt der Aufmerksamkeit steht.

«Liebt ihr mich nicht mehr, Mädchen?» Er schmollt.

«Darf ich Sie was fragen?» Das Mädchen namens Jennifer mit langem schwarzem Haar, das ihr bis auf den Rücken fällt, und einem hauchdünnen Minikleid spricht mich an.

«Sicher», sage ich.

«Warum verlieben wir uns immer in die miesen Typen? Ich meine, ist etwas an ihrem Miessein, das uns antörnt?»

Ich lache. «Die erste Frau, die die Antwort darauf findet, wird heiliggesprochen.»

«Verlieben *Sie* sich auch in diese miesen Typen?» fragt ihre Freundin Liza mit dem flachsblonden Haar und dem Gesicht eines skandinavischen Engels.

«Hat sie doch gerade gesagt», unterbricht Jennifer sie. «Sie ist genau wie wir.»

«Eine meiner englischen Freundinnen nennt das ‹Die Große-Mieser-Typ-Frage›», sage ich mit gespieltem englischen Akzent. «‹Je mieser sie sind, desto schärfer werden wir›, sagt sie.»

Die jungen Frauen sehen mich an und warten auf eine Antwort.

«Wird man denn nie schlau?» fragt Jennifer.

«Kommt drauf an», sage ich.

«Auf was?» fragt Liza.

«Darauf, ob man schließlich merkt, daß Big Daddy nicht nach Hause kommt und daß man sein eigener Big Daddy sein muß.»

Das Mädchen sieht mich mit weit aufgerissenen Augen ehrfürchtig an.

«Und wie schafft man das?» fragt Jennifer.

«Wenn ich's herausgefunden habe, werde ich's euch sagen», antworte ich, lasse meine Hand in Waynes Tasche gleiten und nehme meinen Autoschlüssel heraus.

«Ich brauche was aus dem Handschuhfach», sage ich. «Oder aus dem Beischlaf-Utensilien-Fach, wie ich es lieber nennen würde.»

«Okay, Baby», sagt Wayne, der glaubt, nun komme etwas Sexuelles.

Ich nehme die Schlüssel, verlasse die Raststätte, besteige DART, lasse den Motor an und mache mich allein auf den Weg nach Connecticut. Soll Wayne doch mit den Hübschen nach Hause fahren oder auch nicht. Seine Sache.

Vielleicht werde ich nie wieder aufs Kreuz gelegt, solange ich lebe, aber wenigstens werde ich leben – und für den Moment scheint mir das genug.

I've got the world in a jug,
The stopper's in my hand.

«Down Hearted Blues»

11 *Nüchternheitsblues*

Stocknüchtern höre ich Bessie Smith und male. Die Schlösser sind ausgewechselt. Dart ist fort. Ich erwarte nicht, von ihm zu hören, und die Zwillinge werden erst in einer Woche zurückkommen.

Ich bin allein im Silo, schaue über die Hügel von Connecticut und male. Der gute alte Boner würde bellen und mich warnen, wenn Darts Motorrad vorführe. Ich arbeite an einer weiteren Version von Mänaden und Kristallen. Manchmal selig, manchmal verzweifelt. Die Einsamkeit des Künstlers ist etwas, das man keiner anderen lebenden Seele vermitteln kann. Ich stehe an meiner Staffelei, überschaue die Hügel, rieche den urtümlichen Terpentingeruch, berauscht von meiner eigenen Einsamkeit und dem holzigen Aroma des Lösungsmittels, dem Kohlenwasserstoffrausch des einsamen Malens und der Depression des Wissens, daß ich vielleicht für den Rest meines Lebens allein bleibe.

Falls ich beschlossen habe (und anscheinend habe ich das), nicht mit den Waynes dieser Welt – die in Bars andere Mädchen aufreißen, wenn sie mit dir zusammen sind – ins Bett zu steigen, nicht vor Dart zu kriechen und seinen Puppen das Essen zu zahlen, was bleibt mir dann anderes als diese endlose Einsamkeit vor der Staffelei?

Ich liebe es und hasse es. Ich danke Gott, daß ich mein Leben mit dieser einsamen Glückseligkeit verdienen kann, und ich verfluche Gott für ihre herzzerreißende Einsamkeit.

Anderswo in der Welt telefonieren die Leute, faxen Dokumente, gehen auf Cocktailpartys. Immer, wenn ich glaube, mir fehle etwas, brauche ich nur nach New Vork zu fahren und zu sehen, wie wenig mir tatsächlich fehlt.

Auf Partys vermisse ich dieses glückselige Alleinsein. Wenn ich in meiner Einsamkeit bin, denke ich, ich verpaßte «das Leben», weil ich nicht zu Partys gehe.

Was ist «das Leben» überhaupt?

Mein Leben, wo es am echtesten und reinsten ist, scheint daraus zu bestehen, daß ich vor einer Staffelei stehe, den Geruch von Terpentin rieche und Schattierungen von Weiß auf einer weißen Leinwand vor grünen Hügeln anbringe. Ich könnte in alle Ewigkeit hier stehen. Tatsächlich scheine ich seit aller Ewigkeit hier zu stehen. Das ist dein Leben, Leila Sand, denke ich, das ist, was dich ausmacht. Was für ein Glück, es gefunden oder wiedergefunden zu haben, ehe es zu spät war.

Ich beschwöre die Geister von Künstlerinnen der Vergangenheit herauf – Marietta Robusti, «La Tintoretta», Lavinia Fontana, Rosalba Carriera, Elisabeth Vigée-Lebrun, Angelika Kauffmann, Anna Peale, Rosa Bonheur, Berthe Morisot, Mary Cassatt, Käthe Kollwitz, Paula Modersohn-Becker, Vanessa Bell, Georgia O'Keeffe –, damit sie mich behüten wie Schutzengel. Die ganze Technik, die Liebe, die unendliche Fähigkeit, Schmerz zu ertragen, der Mut, die Kühnheit, das Herz dieser Frauen, die allem zum Trotz zeichneten und malten, fährt in meine schmerzenden Finger. Ach, die Sehnsucht, das Schwierige einfach aussehen zu lassen! Ich möchte sein wie die alten Freskenmaler, die so begabt waren, so tüchtig, so bewandert sogar in Chemie, daß sie die Farben anlegen konnten, ehe der Kalk Zeit gehabt hatte zu trocknen, die Illusion von *sprezzatura* – diesem wunderbaren italienischen Ideal, das Schwierige leicht aussehen zu lassen – für alle Ewigkeit hinterließen oder wenigstens für fünfhundert Jahre.

Ich denke an die Szene gestern abend in der Bar. All die um Wayne versammelte Jugendlichkeit. Der Unterschied zwischen vierundvierzig und zweiundzwanzig Jahren im Leben einer Frau ist nicht nur eine Frage des Aussehens. Ich sehe nicht schlechter aus als eine Zweiundzwanzigjährige – für manche Männer sogar besser –, aber ich *weiß* zuviel. Ich bin nicht mehr so leicht zu beeindrucken. Ich strahle nicht mit diesen gierigen Augen zu ihnen auf. Ich rieche nicht Mist und nenne es Rosen.

Ist all das eine Frage der Hormone? Östrogen über alles? Die Natur schenkt uns dreißig Jahre Blindheit gegenüber männlichem Mist, damit wir die größtmögliche Anzahl von Babys bekommen. Und dann sinkt der Östrogenspiegel ab, und wir kommen wieder zu uns. Wir kehren zurück zu der Wonne, die wir als Neunjährige kannten, wenn wir mit Farben in unser Malbuch malten. Wir bekommen unser Leben zurück, unsere Autonomie, unsere Macht. Ist das der Moment, in dem wir Hexen werden, die auf dem Markplatz gesteinigt werden müssen? Nicht, weil wir häßlich sind, sondern weil wir zuviel wissen. Wir kennen ihre Schliche, und das paßt ihnen nicht.

«Ich liebe meinen Mann mehr als mich selbst», singt Bessie, «und wenn er mich nicht hat, dann wird er keine andere haben . . .» Ah, da redet das Östrogen. Die Klage weiblicher Fruchtbarkeit. «Ich liebe meinen Mann mehr als mich selbst.» Müssen wir so empfinden, um sie in unseren Körper aufzunehmen und Babys zu machen, die Zukunft der Spezies über unser eigenes Wohlbefinden, unsere eigene Ruhe, unseren eigenen Seelenfrieden zu stellen?

Ja, offenbar.

Ich breche zusammen und weine. Falle der Staffelei zu Füßen und weine salzige Tränen, die mir in die Mundwinkel rinnen. Der Hund kommt und leckt mein Gesicht. «Ich werde mir eine Mastiff-

Hündin kaufen», sagte Enid Bagnold. Frauen eines bestimmten Alters enden immer bei Tieren und Gartenarbeit als Trost. Steure ich darauf zu? Ist es das, was mein gesunder Menschenverstand für mich will?

Ich stehe auf und gehe auf und ab. Denke daran, zu einem Meeting zu fahren, und verwerfe den Gedanken. Denke an einen Drink, sage mir aber, daß ich heute nicht trinken werde – immer ein Tag nach dem anderen.

Das Telefon. Das ist es, was ich brauche – Leute anrufen. Die letzte Sucht, die mir gestattet ist.

Also beginne ich anzurufen. Meine Freundin Maria in Paris, wo es kurz vor Mitternacht ist und regnet. Meine Freundin Lorelei in Venedig, wo es fast Mitternacht ist und ebenfalls regnet. Meinen Ex-Freund Stan in New York, wo die gleiche Zeit und das gleiche Wetter ist wie hier. Meinen alten Freund Julian in Los Angeles, wo später Nachmittag und Sonnenschein mit gelbem Smog ist.

Julian hat sich in seinem Haus in den Hügeln von Hollywood eingeschlossen und spielt mit seinem Synthesizer. Mit seinem «Kurzweil» kommuniziert Julian mit der Sphärenmusik.

«Was essen die Leute?» fragt Julian über den Kontinent hinweg.

«Was?»

«Essen», sagt Julian. «Was essen die Leute?»

Ich denke an Julian, der schlank und klein ist und schulterlanges weißes Haar hat. Julian hat die erstaunlichsten Augen – die Augen eines Wesens von einem anderen Planeten, wo jeder einen IQ von 503 hat.

«Ich weiß nicht, was die Leute essen», sagt er. «Seit Christina weg ist, habe ich nur Pizza gegessen – aber jetzt will ich richtiges Essen. Bloß habe ich keine Ahnung, was Leute essen. Gib mir eine Liste von Sachen, die man im Haus haben muß.»

«Okay – hast du was zu schreiben? Kleie mit Rosinen, Milch, Bananen, Kaffee, Äpfel, Truthahnscheiben, Roggenbrot, Mayonnaise, Senf, ein gegrilltes Huhn, Thunfisch, Butterkekse, Schokoladeneis, Aspirin, Valium, Joghurt. Das sollte für eine Weile reichen.»

«Danke, danke», sagt Julian und hört sich wirklich dankbar an. «Ich weiß gar nicht, wie ich dir danken soll.»

«Keine Angst – ich werde mir was ausdenken», sage ich. Auf Julians Planeten haben sie Weltraumobservatorien, aber keine Supermärkte.

In meiner gegenwärtigen Stimmung fällt mir auf, wie seltsam dieses Netz von Freundschaften ist. Wie nah und doch entfremdet wir alle einander sind – allein in unseren Häusern, malend oder schreibend oder komponierend, uns in aller Welt anrufend. Jeder von uns lebt allein und telefoniert durch den Kosmos mit einem Netzwerk liebevoller Freunde, die wir selten sehen. Manchmal, wenn ich meine guten Freunde treffe, greift ihre physische Anwesenheit mich an. Ich bin schockiert, sie in Fleisch und Blut zu sehen. An ihre Stimmen bin ich gewöhnt, aber ihre Gesichter scheinen zu intensiv, verwirrend intensiv. Bereiten wir uns alle auf ein Leben in Raumkapseln vor? Führen wir deshalb diese kokonartigen Existenzen, in denen das soziale Leben digital vor sich geht? Liebhaber fühlen und riechen wir. Aber Freunde «besuchen» wir zunehmend nur noch elektronisch – selbst wenn sie nur ein paar Blocks entfernt wohnen. Was hat das zu bedeuten? Bereitet sich die menschliche Rasse auf den Weltraum vor?

Der Hund bellt. Ein wirklicher Mensch kommt.

Ein paar Minuten lang lautlose Erwartung. Dann das Geräusch von Stiefeln auf Kies. Dann ein Klopfen an der Tür. (Das Silo-Atelier hat weder Klingel noch Schloß.) Ich renne nach unten, um die Tür zu öffnen, und herein marschiert Darth Vader, eine Rose in der Hand.

Er könnte genausogut ein Marsmensch sein, der aus dem Weltraum kommt, oder irgendein anderes Spielbergsches Wesen, das helles Licht ausstrahlt und den Fernsehempfang stört.

«Leila», sagt Dart. «Ich mußte mein Maskottchen küssen, bevor ich nach L. A. gehe.»

Ich sehe ihn an – das blöde Lächeln, den dämlichen Ausdruck, die schiere *chutzpe,* nach der Szene im Restaurant hierher zurückzukommen – und ich bin wütend.

«Ich bin kein Felsblock», schreie ich. «Ich bin eine Frau!»

«Leila, Baby», sagt Dart. «Man hat mich gebeten, zu Probeaufnahmen nach L. A. zu kommen, für einen Film über einen jungen Künstler, und ich mußte dich vorher küssen.»

Das konnte stimmen oder auch nicht. Es konnte reine Erfindung von Dart sein oder ein Körnchen Wahrheit enthalten – wie das Kügelchen, das der japanische Perlenfischer in die Auster drückt, damit die Molluske ihr kostbares Körpersekret absondert. Bei Dart weiß man nie, was Perle ist und was Plastik.

«Wie schön für dich», sage ich. «Du wirst ein Star.»

«Baby, es tut mir leid», sagt Dart. «Vielleicht bin ich eines Tages so weit, daß man mit mir leben kann.» Und er schaltet sein dämliches Hab-mich-lieb-Lächeln ein.

«Raus hier!» schreie ich. «Ich bin kein Amulett, das man anfaßt, damit es Glück bringt. Ich bin nicht deine Mutter! Ich bin nicht dein Bankier! Verschwinde!»

Er sieht mich an wie ein verdrossenes Kind. An diesem Punkt würden meine Zwillinge mit ihren zehnjährigen Füßen aufstampfen und murren: «Das ist unfair!»

«Baby, ich hab's versucht», sagt Dart. «Ich war ein Samenkorn, und du warst ein ganzer Wald. Ich konnte in deinem Schatten nicht wachsen.»

«Ha – es ist meine Schuld, nicht? Mein Schatten war zu groß? Ich liebe es, wenn man mich liebt und es mir dann vorwirft.» Aber das Problem ist, ich weiß, daß Wahrheit in dem steckt, was er sagt. Seine Wahrheit.

«Du warst immer meine Künstlerin», sagt Dart, fällt auf die Knie und wirft die Arme um meine Schenkel. Er weint echte Tränen.

Hin- und hergerissen zwischen Wut und Verzweiflung kämpfe ich einen Moment. Ich will ihn, und ich will ihn umbringen. (Ein ganz ähnliches Gefühl hat man oft bei seinen Kindern – umbringen oder in den Arm nehmen, das ist die Frage.)

Ich sinke zu Boden, vergieße reichlich salzige Tränen, und wir halten einander umarmt, beide weinend.

Die Zeit scheint stillzustehen, während wir uns in den Armen halten und wiegen. Ich habe nie gewußt, daß es so viele Tränen gibt! Der ganze Ozean scheint unsere Tränen zu speisen. Sie sind endlos – eine salzige Flutwelle, die uns zurückträgt in irgendeine vorgeburtliche Existenz, in der wir einander wie Zwillinge in der Fruchtblase umarmen.

Er ist ich, und ich bin er; die Bindung ist so tief und unzerstörbar, daß sie mich noch jetzt erstaunt. Der Schwindler in mir, der Herzensbrecher, der Heuchler, der Angeber – all die Aspekte von Leila/Louise, die Dart verkörperte, und ich liebte ihn, wie ich mein kindliches Selbst liebte, das kleine Mädchen, das nie genug Liebe bekam und dafür log und betrog, Herzen brach, starb, weinte. Wir halten einander anscheinend für Äonen, geologische Zeiträume, Lichtjahre. Wir weinen zusammen, wie wir früher gefickt haben.

Dann, wortlos, stehen wir auf, einzeln, und Dart geht die Silotreppe wieder hinunter. Ich hebe meinen Pinsel auf und male ein Glanzlicht auf die Wange einer Mänade. Eine Träne. Aber nur eine. Und Dart ist gegangen.

Später entdecke ich, daß er ein paar von seinen Sachen mitgenommen hat. Das weiße Cowboyhemd, Stiefel, Hut, etwas Schmuck. Es ist mir egal. Was mich interessiert, ist, daß das Haus verschlossen war und er es betreten hat, ohne Spuren zu hinterlassen: keine gesprengten Schlösser, keine Fingerabdrücke, keine Fußspuren. Der perfekte Einbrecher. Dafür geboren. Vielleicht hat er auch nie wirklich existiert. Aus einem Erdhügel aufgetaucht wie ein Heinzelmännchen. Der grüne Mann. Peter Pan. Der gehörnte Gott der Hexen. Und, wie alle Teufel, unser eigenes Geschöpf.

Dart ist fort. Ich will nicht in Einzelheiten über die Woche zwischen seiner endgültigen Abreise und der Ankunft der Zwillinge gehen. Wie amputiert ich mich fühlte. Die Art, wie ich versuchte, jedem behelmten Motorradfahrer zu folgen, und dabei beinahe gegen verschiedene Bäume gerast wäre; die hoffnungslosen Verehrer, die anriefen – alte Freunde, Kollegen, die ersten paar Unglücklichen, die in der ersten Woche nach der Amputation hereinstolpern: Verwundete, die jammern über ihre Scheidungen, die Sucht ihrer minderjährigen Kinder, ihre Geschäftspleiten, ihre Geschichten . . . Sie lehnen an deiner Bar, um sich ihren Anteil an deiner alkoholfreien Wärme zu holen. Meist kommen sie, um Trübsal zu blasen und zu reden, weil sie eine andere verlorene Seele spüren, die es haßt, in der Dämmerung allein zu sein. Sie beäugen dich, und du beäugst sie mit sexuellen Gedanken, entscheidest, daß es einfach zu schwierig ist – schließlich ist es der zweite Sommer der heterosexuellen AIDS-Hysterie –, weißt nicht, ob du ihnen einen Kinsey-Fragebogen oder ein Kondom geben sollst oder beides, tust schließlich gar nichts, begleitest sie zur Tür, bietest ihnen eine keusche Wange zum Kuß und gehst so ins Bett.

Gott sei Dank kamen die Zwillinge nach Hause und ich konnte mich in Mutterschaft verlieren. Der ganze Haushalt versammelte sich wieder, um sie zu begrüßen – meine knochige, lesbisch wirkende Assistentin Natascha mit ihrer schwarzen kurzgeschorenen Punkfrisur, ihren Sicherheitsnadel-Ohrringen. Die «Oberhaushälterin» Lily, einst Kindermädchen, jetzt Chefamazone in unserer Amazonenkommune – leise sprechend, schottisch, gelassen. Sogar meine Psychoklempnerin kam aus Europa zurück und stand plötzlich für Ratschläge zur Verfügung – in ihrem kleinen, schilfgedeckten Haus in Cornwall Bridge. Meine Seelenärztin, die unglaublich brillante Dr. Sybille Panoff, die Analysen nach Freud, Jung und Reich durchführte, aber auch aus Tarotkarten las, medizinische Verhaltensregeln und heilende Kristalle verteilte.

Ich fahre mit Lily und Natascha zum Flughafen, um Mike und Ed abzuholen. Wir sind alle in heller Aufregung, die Mädchen wiederzusehen.

Geschiedene Mütter lernen irgendwann, die Mutterliebe wochenlang auf Eis zu legen – wenn die Kleinen bei ihren Vätern sind –, oder sie werden verrückt. Und ich hatte meine Lektion inzwischen gut gelernt. Wenn Mike und Ed fort waren, verbannte ich sie aus meinen Gedanken – wenn nicht aus meinen Träumen. Ich lernte, ihnen nahe und doch fern zu sein. Ich lernte, Gefühle zeitweilig aufzuheben.

Wir warten am Flughafen in der Menschenmenge – aufgeregte Angehörige in familiärer Erwartung. Man sieht ihnen ihre Leidenschaft und Erwartungsfreude an: blitzende Augen, eine Aura von Spannung und Ärger – ganze Familiengeschichten lassen sich aus ihren auf- und abgehenden Füßen, ihren gerunzelten Stirnen ablesen.

Die Zwillinge!

Sie kommen durch die Ankunftshalle und wirken zehn Zentimeter größer als vor zwei Monaten; ungekämmt, mit schmutzigen Gesichtern, die Schnürsenkel offen, sehen sie eben aus wie zwei zehnjährige Mädchen, die bei ihrem Vater waren.

«Ma! Mami!» rufen sie fast unisono. Die Freude auf ihren schmutzigen Gesichtern in diesem Augenblick ist ein wunderbarer Anblick. Und mein Herz: es scheint seine Hüllen zu sprengen, sich auszudehnen, sich um ihre Ankunft zu krampfen. Ich weine heiße Tränen, die ich dann abwische und verberge. Meine Süßen, meine großen kleinen Mädchen, meine DNS-Stückchen, die vorwärts durch das Universum wirbeln. Meine doppelten Lieblinge, meine doppelten Portionen Schokoladeneis, meine zwei kleinen Kinderkörper mit ihrem moschusduftenden Nymphenaroma, meine Kaugummi-und-Turnschuh-Babys mit dem doppelten, schmutzigen Lächeln.

«Wie war der Flug?» frage ich, um irgend etwas zu sagen, wo es nichts zu sagen gibt. Nur Umarmungen. Wir umarmen uns. Wir umarmen und umarmen und umarmen uns. Die ganze Amazonenkommune umarmt sich. Fünf Frauen, die sich umarmen.

«Flugzeugfraß . . .» sagt Ed.

«Aaaargh», sagt Mike.

«Was habt ihr gegessen?» fragt Lily – das ist ihre Domäne.

«Den üblichen Dreck», sagt Mike.

«Ja», sagt Ed. «Das übliche Gummifleisch . . .»

«Ihr seid wirklich gewachsen», sagt Natascha, die selbst gewachsen zu sein scheint, sogar mit dreißig. Sie scheinen alle um zehn Zentimeter größer zu werden, wenn sie mich verlassen, außer Lily, die wie all unsere guten Feen auf beruhigende Weise unverändert bleibt.

«Wie war's bei Dad? Was habt ihr gemacht?» frage ich. Wir gehen zum Gepäckband.

«Daddy hat 'ne neue Freundin, die uns andauernd badete», sagt Ed.

«Ja», sagt Mike. «Sie ist badeverrückt.»

Ohne Dart gibt mir die Nachricht von einer neuen Freundin plötzlich einen Stich. Heilt das Herz denn nie?

«Badeverrückt?» frage ich. Die Zwillinge sehen so schmutzig aus wie immer, wenn sie von ihrem Vater kommen. Mikes kastanienbraunes Haar weist noch die Überreste eines herausgeschnittenen Kaugummiknotens auf, und Eds kastanienbraunes Haar hängt ihr strähnig um das schmutzige Gesicht. Beide haben Rucksäcke, überquellend von dem Zeug, das ein zehnjähriges Mädchen als wesentlich für das Leben auf diesem und jedem anderen Planeten ansieht: Kaugummi, Schokoladenriegel, ein schmutziges Stofftier, ein Notizbuch, verschiedene Bücher von Judy Blume, Norma Klein und Roald Dahl, T-Shirts mit kessen Sprüchen.

«Wo ist Dart?» fragt Ed.

«Er kommt uns doch sonst immer abholen, oder nicht, Mami?» sagt Mike vorsichtig.

Diesen Teil des Problems von Darts Weggang hatte ich nicht bedacht. Nun gut, ich kann genausogut die Wahrheit sagen. Ich sage den Kindern immer die Wahrheit – so schonend wie möglich.

«Er ist nach Kalifornien gegangen», sage ich, «um sich beim Film nach einem Job umzusehen.»

«Oh», sagte Mike.

«Ihr habt euch also getrennt», sagt Ed.

«Das haben wir kommen sehen», sagt Mike.

«Ja», sagt Ed. «Er taugte nichts.»

«Du verdienst was Besseres, Mami», sagt Mike.

Ich bleibe mit offenem Mund stehen.

Es ist herrlich, sie wieder zu Hause zu haben. Wir fahren herum. Wir kaufen ein. Wir streifen durch unsere Himbeerbüsche und pflücken die leuchtend roten Beeren, die glänzen wie kleine Perlen aus venezianischem Glas. Abends im Bett kuscheln wir uns zwischen Stofftieren zusammen.

Die Zwillinge haben beschlossen, ins Gästezimmer umzuziehen, um näher bei Mami zu sein – sie scheinen zu wissen, daß ich sie ebenso brauche wie sie mich –, und abends klettere ich zwischen ihnen in das Wasserbett, rieche ihren nymphenhaften Duft und spüre ihre kleinen Körper mit den ungestümen, neugeborenen Fingerspitzen der gerade Nüchternen.

Wenn ich abends bei ihnen im Bett liege, denke ich an die vielen Male, wo ich sie beinahe mutterlos zurückgelassen hätte, wüte gegen meine eigene Mutterlosigkeit, versuche, mein eigenes

Selbstmitleid Elmore oder Dart oder Dolph oder Theda in die Schuhe zu schieben, denke, jemand könnte traurig sein, wenn ich bekifft gegen einen Baum führe. Und jemand würde traurig sein: ich. Und die beiden kleinen Jemande, die ich in den Armen halte.

Wie bitter ist die Reue der ersten Nüchternheit! All die verschwendeten Jahre! All die verschwendeten Abende, an denen ich zu betrunken war, um das Fleisch meiner Töchter mit frischen Fingerspitzen zu spüren! Ich pflegte ihnen vorzulesen, das Glas in der Hand, und betrunken für sie herumzualbern, während ich Roald Dahl oder Judy Blume oder Norma Klein las. Wer hat dabei verloren? Nur ich selbst. Ich habe mein Leben versäumt.

Wenn ich so dalag, versuchte ich, all die Schlafengehenszeiten zusammenzuzählen, die ich verpaßt hatte, all die Stunden, Minuten und Sekunden, die in meinen Gehirnzellen ausgeblendet waren. Unmöglich. Jetzt sah ich so klar, daß die Welt manchmal unwirklich erschien. Jede Sekunde wirkte lebendig, bewohnt von Tieren, Pflanzen, Mineralien, Molekülen. Lebendig! Die ganze Erde sauste lebendig durch den Kosmos, und ich schaukelte mit meinen Töchtern im Schoß von Raum und Zeit in dem Wasserbett. Und nicht mehr allein.

«Mami, kannst du kochen?» fragt Ed.

«Wieso?»

«Daddy sagt, du könntest nicht kochen», sagt Mike.

«Natürlich kann ich kochen. Paßt auf.» Und ich strecke einen Arm aus dem Bett, nehme den Telefonhörer auf und rufe in der Pizzeria an.

Die Zwillinge lachen und lachen. Fünfundvierzig Minuten später sitzen wir alle in dem schwankenden Wasserbett und verputzen eine fast noch heiße Pizza mit extra viel Käse.

«Wir haben dich vermißt, Mami», sagt Mike.

«Ja», sagt Ed. «Du bist die beste Mami auf der Welt.»

«Danke», sage ich und blicke auf.

Ich begreife, was es bedeutet, zweimal gesegnet, zweimal geboren zu sein.

Und Lily kommt und schimpft mit uns, weil wir das Bett mit Pizza bekleckern.

An manchen Tagen aber ist die Wirklichkeit kaum auszuhalten. Ich träume von Dart. Eines Nachts ist er bei mir – seine goldene, muskulöse Brust glänzt wie ein Schild. Ich sehe und rieche sie in meinem Traum. Aus irgendeinem Grund trägt er meine Perlen – viele, viele Schnüre. Er taucht ins Meer. Als er wieder nach oben kommt, haben die Perlen ihren Glanz verloren und sind so zerfressen, daß man in ihrem Inneren Plastikkugeln sieht.

«Baby, es tut mir leid», sagt er hilflos. «Ich liebe dich. Du bist immer die Frau meines Lebens gewesen – aber ich war nicht stark genug, um dich richtig zu lieben.»

In einer anderen Nacht finde ich zwischen meinen Sachen einen Brief von Dart.

Meine Liebste, dieses kurze Leben, das uns gegeben ist, kann man in Qual oder Seligkeit verbringen. Je nach unserer Perspektive kann das Leben tragisch, lustig oder wunderbar sein. Die Zeit scheint sogar noch kürzer, wenn wir sie in Stunden unterteilen. Von den vierundzwanzig Stunden des Tages verbringt man wenigstens ein Drittel mit Schlafen. Dann vergehen noch weitere drei bis sechs Stunden mit Essen. Zwei Stunden mit Körperpflege, Baden und Anziehen. Dann scheinen wir etwa eine Stunde oder so (mehr) zu brauchen, um von einem Ort an einen anderen zu kommen; dann die Zeit am Telefon (zwei Stunden), die Entscheidungen, die zu treffen sind, die Anweisungen an das Personal (eine Stunde); irgendwo unterwegs verlieren oder vergeuden wir ungeplant noch eine Stunde. Es bleiben uns also drei Stunden, um zu arbeiten, zu schreiben, uns zu lieben, zu trainieren, zu lachen, mit unserer Familie, mit uns selbst zusammen zu sein, eine neue Idee zu durchdenken (haben wir den Hund gefüttert und die Blumen gegossen?), die Ereignisse des Tages durchzugehen etc.

Wollen wir nun diese kostbaren drei Stunden täglich damit zubringen, uns Sorgen zu machen oder das Schlimmste zu befürchten? Laß uns diese drei Stunden nehmen und ein bißchen planvoll verwenden. Drei Stunden mal 365 Tage im Jahr sind 1095 Stunden. Wie viele Jahre bleiben uns möglicherweise noch? Vielleicht vierzig! Also multiplizieren wir das mit vierzig

und erhalten 43 800, und dann teilen wir es durch 24 für die Tage, die uns bleiben, und erhalten 1825, und das teilen wir durch 365 Tage im Jahr und bekommen *fünf.*
Das sind fünf Jahre. Fünf wache, fünf bewußte, fünf kurze Jahre in den vierzig, die wir zusammen sind.
O mein Liebling, ich möchte die ganze Ewigkeit mit dir verbringen, nicht nur fünf Jahre.

All meine Liebe,
Dart

Ich erinnere mich an die Ewigkeit, die wir hatten, bevor wir unser Paradies verloren, und fange an zu weinen. Und ich erinnere mich, wie lieb und zärtlich Dart sein konnte, bevor alles schiefging. Ich habe versucht, mich nicht daran zu erinnern, weil es einfacher ist, nicht mehr daran zu denken.

Dann fällt mir an dem Brief etwas auf – Arbeit. Arbeit hat Dart in seiner Stundeneinteilung kaum erwähnt. «Anweisungen an das Personal» führt er an. Es ist, als habe er das Leben seines Vaters beschrieben. Dieser Brief ist das Äquivalent von Vens Grußkarten, sagt mein gesunder Menschenverstand.

«Wann kommt Dart wieder?» fragt Mike eines Tages beim Schlafengehen.

«Ich weiß nicht», sage ich.

«Wir dachten, daß ihr euch wieder mal gezankt habt», sagt Ed.

«Ich glaube nicht, daß er zurückkommt», sage ich.

«Oh, Mami», sagt Ed.

«Ich bin froh», sagt Mike. »Ich hatte immer Angst vor ihm.»

«Ich auch», sagt Ed. «Seit er Mike die Hosen heruntergezogen und sie verhauen hat.»

«Was hat er getan?» frage ich. «Wann?»

«Kurz vor unserer Abreise.»

«Warum habt ihr mir nichts gesagt?»

«Wir wollten dir keinen Kummer machen, Mami», sagt Mike.

«Ja», sagt Ed. «Du regst dich immer so auf.»

«Was du brauchst, Mami, ist ein reicher Mann», sagt Mike.

«Jemand mit ’nem Porsche», sagt Ed.

«Oder ’nem Rolls-Royce», sagt Mike.

«Ja», sagt Ed.

«Wenn sie sowieso alle miese Kerle sind, kannst du genauso gut einen mit Geld nehmen», sagt Mike.

«Das ist doof», sagt Ed.

«Männer mögen nicht, wenn *du* das ganze Geld hast», sagt Mike.

«Und was ist mit der Befreiung der Frau?» frage ich.

«Männer mögen das nicht», sagt Ed.

«Und außerdem sind es immer noch die Männer, die das Sagen haben», sagt Mike.

«Tut mir leid, Mami, aber so ist das», sagt Ed.

«Das müssen wir aber ändern», sage ich.

«Vergiß es, Mami, und nimm ihr Geld», sagt Mike.

«Nimm einen mit 'nem Porsche», sagt Ed.

I got a Eldorado Cadillac
with spare tire on the back –
I got a charge account at Goldblat's
But I ain't got you.

Calvin Carter

12 *Ein Millionär zur rechten Zeit*

Danny Doland aus Dallas fuhr einen Porsche. Danny Doland aus Dallas war groß, fett, fünfzig, komisch und absolut steinreich. Danny Doland war die Antwort auf die Gebete einer Zehnjährigen.

«Heirate ihn», sagte Mike.

«Ja, Mami», sagte Ed.

Ich lernte Danny Doland durch einen Freund kennen, einen ehemaligen Liebhaber namens Tyler Lewinski, der kürzlich geheiratet hatte. Tyler war fit, fünfzig und reich – wenn auch nicht so reich wie Danny. Er war im Antiquitätengeschäft. Er wollte mich anständig an einen seiner Kumpel verheiraten, um Reisen zu viert unternehmen und mich ab und zu in meinem Bett besuchen zu können. Zweifellos war das der ruchlose Grund, warum er mich mit seinem Partner Danny bekannt machte, der alles sammelte, von «wichtiger Kunst» über «bedeutende Antiquitäten» bis zu «großen Weinen», und bereit war, *mich* als Erwerbung in Betracht zu ziehen. Es kam mir nie in den Sinn, daß es etwas seltsam ist, wenn eine gerade vom Alkohol genesene Person sich in einen Weinsammler verliebt. Warum nicht? dachte ich. Ich konnte den wohlklingenden Namen all dieser *châteaux* widerstehen. Und Danny war intelligent, großzügig, Texaner, ein großer Erzähler. Bevor er *antiquaire* wurde, hatte er in London einen Verlag gehabt. Sein Geld war alt – für Texas –, geerbt und noch immer grün. Er war belesen. Er war witzig. Er hatte Nobelpreisträger und Kitschiers veröffentlicht, und beide konnte er fabelhaft imitieren. Er legte sich beispielsweise ein Seidentuch mit Leopardenmuster um und spielte Jackie Collins. Oder ahmte perfekt I. B. Singers Singsang nach. Und als seien diese literarischen Verdienste noch nicht genug, hatte er auch noch ein märchenhaftes Anwesen in den Berkshires, das einmal einem Freund von Edith Wharton gehört hatte – eine Villa im italienischen Stil in der Nähe von The Mount, die Lunabella hieß. Lunabella hatte ein Treibhaus, ein Innenschwimmbad, das durch einen unterirdischen Gang mit dem Außenschwimmbad verbunden war, und einen Ballsaal mit bemalter, gewölbter Sternendecke.

Danny Doland war meine letzte Chance, unter eine versilberte Haube zu kommen. Danny Doland aus Dallas war mein letzter Anlauf zu Normalität. Die Suche nach meinem *dybbuk,* meinem dämonischen Liebhaber, hatte mich in Schwierigkeiten gebracht. Bei diesem würdigen, anständigen Bürger wäre ich in Sicherheit mit Auktionen bei Sotheby, Suiten im Claridge, Dinnerpartys für acht (und um acht), vor denen Danny Doland tatsächlich seine eigenen Witze einstudierte und beleidigende, aber doch schmeichelhafte Beschreibungen jedes Gastes auf die Tischkarten schrieb.

Verstehen Sie mich nicht falsch, ich war glühend verliebt in Danny Doland. Ich war und bin keine zynische Goldgräberin. Als Danny und ich uns bei diesem ersten Abendessen in Wheatleigh in den Berkshires kennenlernten, trafen sich unsere Blicke, und es war um uns geschehen.

Seine Augen waren von einem verwaschenen Blau, klein und

funkelnd. Er war völlig kahl, hatte ein Doppelkinn und einen stattlichen Bauch, den seine Größe verbarg – außer im Bett. Er trug gelbe Hosenträger und rote Fliegen. Er trug einen Stock mit silbernem Knauf, den er manchmal durch die Luft wirbeln ließ. Er trug seidene Boxershorts mit dem Monogramm «DD« auf einem Bein. Manchmal trug er sogar Gamaschen. Irgendwie waren diese Dinge in meiner verschrobenen Vorstellung gleichbedeutend mit Sicherheit. Ich war nicht an Männer gewöhnt, die überhaupt Unterwäsche trugen – von maßgefertigter Unterwäsche ganz zu schweigen. Ich hatte mir einen jungen Spielknaben geleistet, und Danny Doland war niemandes Spielzeug; ich ahnte nicht, daß Danny Doland den Steuerknüppel genauso fest in der Hand hatte wie Dart – wenn auch auf andere Weise.

Bei diesem ersten Abendessen ließ unsere angeregte Unterhaltung die Welt verschwinden. Danny liebte Italien, Turner, Blake; er sammelte meine Arbeiten. Tatsächlich hatte er meine Arbeit seit Jahren verfolgt und besaß ein frühes Gemälde von mir, das ich irgendwie aus den Augen verloren hatte. Der Gedanke schoß mir durch den Kopf, daß ich es zurückbekommen könnte, indem ich ihn heiratete. Doch auch ohne das hätte ich mich in seinen fatalen Charme verliebt. Denn Danny war komisch, kuschelig, warm. Er war wie eine heiße Tasse Kakao, die man mit ins Bett nimmt. Nach fünf Jahren, in denen die Nächte eher einer Ketzerverbrennung geglichen hatten, fand ich das anziehend. Ich fuhr mit Danny nach Hause nach Lunabella und fiel in sein Bett.

Im Zeitalter bindungsscheuer Männer floß Danny geradezu über vor Bindungsfreude. Bei der zweiten Verabredung schenkte er mir Schmuck (eine Art-deco-Anstecknadel – «wir sind zusammengesteckt», sagte er), bei der dritten machte er mir einen Heiratsantrag, und bei der vierten schenkte er mir einen Terminkalender aus Elefantenhaut, in dem jeden Tag zwischen Mittag- und Abendessen sein Name oder seine Initialen eingetragen waren. Er plante Safaris in Kenia und Aufenthalte in Schlössern an der Rhone. Er wollte mir den *piano nobile* eines Palazzos am Canale Grande kaufen – und einen *motoscafo,* um ihn schnell zu erreichen. Er wollte mir auf Lunabella ein verrücktes Atelier in italienischem Stil bauen. Er wollte mir einen klassischen Aston

Martin kaufen, um zu seinem Landhaus in Hampshire zu fahren, und einen Silverado, um seine Ranch in Texas zu besuchen. Ich vermute, meine Göttin hat ihn mir geschickt, um meine Entschlossenheit zu prüfen, denn nachdem er mir auf so unglaubliche Weise den Hof gemacht hatte, erschlaffte Danny Doland.

Und das Seltsamste ist: es machte mir nicht viel aus. Impotenz bewahrt einen schließlich vor AIDS. Außerdem hatte ich eine Beziehung erlebt, die auf glühendem Sex basierte, und ich wußte, daß das nicht alle Probleme löste. Vielleicht hatte ich in meinem Leben genug Sex gehabt, und es war mir bestimmt, den Rest meiner Jahre auf Auktionen zuzubringen. Aber Danny Doland war es nicht gleichgültig. Er war vernichtet, als ich sein sexuelles Geheimnis kennenlernte. Und von diesem Punkt an begann er es mir heimzuzahlen.

Zuerst ganz subtil. Noch in der ersten Blüte unseres Einvernehmens – auf allen Gebieten außer im Bett – planten wir unsere Hochzeit, unsere Renovierungen, unsere Einkäufe (denn war die Liebe in den achtziger Jahren nicht bloß ein Vorspiel zum Erwerb von Immobilien? und in den oberen Klassen von Kunst?).

Danny Doland ließ von einem Architekten einen verrückten Entwurf für ein Atelier für mich auf Lunabella anfertigen. Dieses Atelier sah in jeder Hinsicht genauso aus wie das Haupthaus, nur war es in einer Baumgruppe versteckt und hatte keine Fenster.

Sicherlich ein Versehen. Sicherlich erwartete Danny Dolands Architekt nicht, daß ich in einem Haus ohne Fenster malte.

Aber Danny Doland hatte seine Gründe dafür. Oberlichter im Dach würden Licht geben. Und die «Fenster» könnten Kalkstein- oder Marmorimitationen von Fenstern sein.

«Aber warum?» fragte ich.

«Damit wir den ganzen Bau klimatisch unter Kontrolle haben, Schätzchen. Um die Bilder zu konservieren.»

«Aber wie soll ich Bilder malen, wenn ich nicht hinausschauen und den Himmel und die Hügel sehen kann?»

Danny Doland sah mit seinen kleinen, blaßblauen Augen auf mich herab.

«Kindchen», sagte er, «wir schaffen perfektes Nordlicht, kontrolliert durch Oberlichter mit elektronisch gesteuerten Sonnenblenden. Auf diese Weise können wir unten die Galerie einrichten – Arbeiten von dir und deinen wichtigsten Zeitgenossen: Graves, Bartlett, Schnabel, Sherman, Natkin, Frankenthaler, Twombly, Johns, wen immer du magst, deine persönliche Sammlung –, und oben wirst du unter Bedingungen malen, die dafür sorgen, daß deine Werke niemals Schaden nehmen. Stell dir bloß diese Gewißheit vor, Schätzchen!»

Ich stellte mir vor, wie ich zu malen versuchte in einem Mausoleum ohne Luft, ohne Vogelgezwitscher, ohne einen Schmetterling oder eine Wespe, die sich gelegentlich auf meiner begonnenen Arbeit niederließen – und war entsetzt. Mit einem Wort: um die Kunst zu bewahren, wollte er das Leben aussperren. Wie konnte ich Kunstwerke schaffen, ohne daß das Leben mir Stoff dafür gab?

Auf Sex konnte ich verzichten. Aber konnte ich auch auf die Luft verzichten?

«Liebling, ich muß wenigstens ein Fenster haben, das sich öffnen läßt», sagte ich.

«Ich werde mit dem Architekten reden, Schätzchen», sagte Danny, «aber ich kann dir jetzt schon sagen, er wird die Idee nicht gut finden. Bist du je in der Beinecke-Bibliothek gewesen?»

«Natürlich, Liebling – ich war in Yale, erinnerst du dich?»

«Natürlich erinnere ich mich, Schätzchen. Und du mußt wissen, wie wesentlich es ist, die Belüftung richtig zu kontrollieren.»

«Aber ich will die Luft aufladen, ich will, daß sie außer Kontrolle ist; sie soll den Betrachter umwehen, ihm den Gehalt des Bildes in die Augen springen lassen, sein Leben verändern ...»

«Das ist so eine romantische Vorstellung, Schätzchen. Schau – du malst dir dein kleines Herz aus dem Leib, und das Konservieren deiner Werke überläßt du mir, okay?»

Ich dachte an den Ehemann von Elisabeth Vigée-Lebrun, der das ganze Geld ausgab, das sie als Hofmalerin Marie Antoinettes verdient hatte.

Die Französische Revolution; ihre beste Freundin und ihr liebstes Modell mitsamt Familie enthauptet, und plötzlich entdeckt sie, daß ihr Mann das ganze Vermögen durchgebracht hat! Ohne einen Pfennig macht sie sich 1789 auf den Weg – was für ein Jahr, um sich mittellos auf den Weg zu machen – und besucht die Höfe in Italien, Österreich, Deutschland, Rußland, schafft sich ein neues Vermögen, indem sie Landschaften malt. In Frankreich geht das Blutbad weiter. Ihr Ex-Ehemann hat seine Segel nach dem herrschenden Wind gedreht und betätigt sich als Verkaufsagent für die neue Regierung. Sie kommt nach Hause, weigert sich, Napoleon kennenzulernen, und macht sich sofort auf nach England, wo Sir Joshua Reynolds noch immer den Geschmack der Zeit beherrscht und sich herabläßt, sie zu loben, obwohl sie eine Frau ist. Dann zurück nach Paris, um an Napoleons Hof zu malen, ihre «Souvenirs» zu veröffentlichen und mit siebenundachtzig zu sterben. Was für ein Leben! Wenn Vigée-Lebrun das während der Französischen Revolution fertigbringen konnte, warum stürze ich mich dann Hals über Kopf in die Arme von Danny Doland?

«Liebling», sagte ich, «hast du je die Memoiren von Elisabeth Vigée-Lebrun gelesen?»

«Lebrun? Lebrun? Wer war das, Schätzchen?»

«Sie war Hofmalerin bei Marie Antoinette und später bei Napoleon – aber sie war einfach eine Malerin, die sich mit ihrem Pinsel ernährte und sehr turbulente Zeiten überlebte.»

«Hat sie nicht diese netten Frauenporträts gemalt?»

«Mmmm», sagte ich, entschlossen, Fenster und frische Luft zu bekommen.

«Schau, Schätzchen, laß mich mit dem Architekten verhandeln, und du kümmerst dich um deine Malerei. Ich weiß, was für dich am besten ist, Schätzchen! Hattest du nicht genug Aufruhr in deinem kleinen Leben? Was du jetzt brauchst, Süße, ist jemand, der dich beschützt, der sich um die Angebote kümmert, der dir den Rücken freihält, damit du kreativ sein kannst. Darin bin ich gut, Schätzchen. Und es würde mir solche Freude machen!»

Sein liebevoller Ton läßt mich dahinschmelzen. Dannys Art zu reden läßt mich ohnehin immer dahinschmelzen. Mit ihrer kuriosen Mischung aus Dallas und London war sie das erste an ihm, in das ich mich verliebte. Das und seine Körpergröße.

«Wie sollte ein so großgewachsener und reicher Mann dich nicht beschützen können?» fragt mein gesunder Menschenverstand.

«Mir wird etwas einfallen», sagt meine Obsession.

Was den Schutz angeht, so wünsche ich mir den natürlich – tun wir das nicht alle? Und wer braucht ihn mehr als eine chronische Vagabundin – eine Durchgängerin, wie sie das in England nennen? Man kann nicht immer im Aufruhr leben. Man kann nicht immer allein sein. Ich gehe zu Danny Doland, um ihn zu umarmen, aber er schiebt mich weg.

«Also gut, dann ist das entschieden, Schätzchen.»

«Solange du nicht von mir erwartest, in einem Mausoleum zu malen», sage ich.

«Wer hat denn je von einem Mausoleum gesprochen?» fragt Danny. Aber ich merke, daß er auf seine eigene, liebe Weise beleidigt ist und sich einen weiteren Grund zur Klage merkt – zum späteren Gebrauch.

Nach diesem unglücklichen Zwischenfall begann Danny, körperlichen Kontakt überhaupt abzuschaffen.

Es fing ganz unschuldig an. Mir fiel auf, daß Danny immer dann, wenn ich die Nacht mit ihm zusammen auf Lunabella verbrachte – wir blieben nie in meinem Haus – auf der Decke schlief, wenn ich darunter schlief, und Unterwäsche trug, wenn ich nackt war.

Eine Kleinigkeit, sicher. Wie hätte man sich darüber beklagen können? Wir waren erwachsene Liebesleute mittleren Alters. Wir hatten unsere eigenen Gewohnheiten, unser eigenes Leben, unsere eigenen Häuser und Kinder. (Er hatte zwei Söhne in Internaten.) Aber Danny Doland wollte mich eindeutig nicht umarmen.

In einer Sommernacht nahm ich all meinen Mut zusammen und fragte ihn danach.

«Ich mache mir nicht viel aus Umarmungen», sagte er. «Wirf mir das nicht vor, Schätzchen.»

Gewiß eine provozierende Bemerkung für einen angehenden Ehemann, neuen Liebhaber, die große Liebe unseres Lebens. Aber es gelang mir, mich wie eine reife Frau zu benehmen und nicht zu reagieren.

«Okay», sagte ich zu Danny. «Wir brauchen ja nicht wie siamesische Zwillinge zu sein. Es ist okay, Liebling.» Und ich drehte mich um und schlief ein und hatte glühende erotische Träume von Dart. Wenn ich bei Danny schlief, träumte ich immer von Dart.

Als dieses Manöver, mich auf Distanz zu halten, nicht wirkte, erhöhte Danny den Einsatz.

Eines Abends brachte er Stapel erotischer Videos mit nach Hause und schlug vor, wir sollten sie uns ansehen. Ich war dabei. Ich hatte noch immer die Strapse und die Reizwäsche, die ich für Dart gekauft hatte, als die Nüchternheit *ihn* impotent gemacht hatte, und ich hatte nichts dagegen, sie nach Lunabella mitzubringen. Ich hatte schon Strapse und schwarze Spitzencorsagen getragen, als meine Freundinnen in der feministischen Kunstszene sie als Verrat bezeichneten, und jetzt, wo solche Dinge in Mode waren, fand ich sie noch immer harmlos. Männer reagieren eben auf visuelle Reize, dachte ich. Sie sind einfach nicht so entwickelt wie Frauen.

Ich putzte mich also mit schwarzer Spitze auf, und Danny und ich schalteten den Videorecorder ein und sahen «Cherry Readys Abenteuer in L. A.» – einen erstaunlich gut produzierten Pornostreifen, in dem eine junge, mannbare «Cherry» es in Malibu, Santa Monica, Bel Air und Beverly Hills mit einer Reihe hübscher Jungs treibt.

Ich war fasziniert. Wir sollten allen Ernstes glauben, daß Cherry, das junge Starlet, Karriere machte, indem sie Produzenten, Besetzungsdirektoren und Studiomogulen (von denen einer aussah wie Dart) einen blies, wo doch jeder weiß, daß diese Art von Liebesdienst im Filmgeschäft so alltäglich ist, daß sie niemandem zu einer Karriere verhilft.

Pornographie ist ganz unschuldig, wirklich. Sie tut so, als gäbe es eine Art sexueller Gerechtigkeit auf der Welt. Und immer, wenn den Drehbuchautoren nichts mehr einfällt, vergrößern sie die Anzahl der Teilnehmer im Bett.

Danny wurde von Cherry angeregt. Ich nicht. Nicht sehr. Aber ich war angeregt, weil es Danny anregte. Gewöhnlich brauchte ich eine Ewigkeit, um ihn mit Zunge und Fingern, Spucke und Babyöl – halbwegs – steif zu machen. Aber diesmal trat er sofort in Aktion. Und drang in mich ein. Und wurde schlaff.

Also zurück zu Cherry. Zurück zum Babyöl. Rücken an Rücken und Bauch an Bauch. Danny und ich versuchten es weiter – bis wir schließlich erschöpft einschliefen.

Ich wurde Expertin für Pornovideos. Ich dachte darüber nach, als Tribut an meine Liebesaffäre mit Danny einen Pornovideo zu drehen. Ich wollte noch nicht aufgeben, aber anscheinend wollte er.

«Ich fühle mich überwältigt von dir, Schätzchen», sagte er eines Nachts in Lunabella endlich. «Dein ganzes Drängen auf eheliches Glück –»

«Mein ganzes *was?*»

«Dein Drängen auf eine Heirat. Und dein ganzer sexueller Druck, Schätzchen. Ich fühle mich überwältigt.»

In diesem Moment war ich selbst ganz schön überwältigt.

«Danny», sagte ich, «du hast auf Heirat gedrängt, nicht ich. Und du bist derjenige, der viel Wind um Sex macht. Ich bin ganz zufrieden mit dir. Ich liebe dich ...»

«Trotz meiner Unzulänglichkeit ...»

«Ich liebe dich. Und ich finde dich nicht unzulänglich. Vielleicht findest du dich unzulänglich.»

«Halt mir keine psychologischen Vorträge, Schätzchen.»

«Liebling», sagte ich, «ich will nicht mit dir streiten. Hör auf. Bitte, hör jetzt auf, bevor wir beide Sachen sagen, die uns hinterher leid tun.»

«Du findest Sex wichtig, Schätzchen, und ich nicht. Ganz einfach.» Jedes Paar hat ein Streitthema, auf das es immer wieder zurückkommt. Dies war unseres. Wir fanden es früh und ließen nie davon ab.

«Na ja, Sex ist wichtig», sagte ich, «aber er ist nicht das einzig Wichtige zwischen zwei Menschen. Bitte, laß uns nicht streiten.»

«Doch, du denkst, Sex sei das einzig Wichtige zwischen Menschen, Schätzchen. Das tust du. Gib's zu. Und ich werde nie der Hengst sein, an den du gewöhnt bist. Ich hätte dich treffen sollen, als ich zwanzig war.»

«Ich will nicht den Hengst, an den ich gewöhnt bin, Danny. Deshalb habe ich ihn ja rausgeworfen.»

«Du vermißt ihn, Schätzchen. Gib's zu. Du vermißt ihn.»

«Das ist ein lächerliches Gespräch.»

«Gib's zu, Schätzchen.»

«Ich lasse mich nicht auf so ein Gespräch ein.»

«Gib's zu.» Danny stand auf, wechselte das Videoband, zog seine Unterwäsche an und sank auf das Bett. Er lag einfach da unter dem Gewicht seines großen, wabbelnden Bauches. Ein neues Videoband erschien auf dem Schirm: «Lust in Las Vegas.» Einer der Croupiers sah aus wie Dart. Ich hätte schwören können, daß es Dart war. Aber wie in aller Welt konnte er so schnell Karriere gemacht haben? Aber eines Tages würde ich mit einem impotenten Danny im Bett liegen und zusehen, wie Dart in einem Pornostreifen junge Mädchen vögelt. Das war unvermeidlich.

Ich betrachtete «Lust in Las Vegas», als hinge mein Leben davon ab. War es Dart, oder war es eine Täuschung? Wurde ich verrückt? Was war mit meinem gesunden Menschenverstand passiert?

Danny begann inzwischen zu masturbieren. Er benutzte dazu Babyöl – und das Bild von Dart (oder seinem Doppelgänger) als visuelle Unterstützung. Eine feine Romanze, in der Tat. Er holt sich einen runter; sie sitzt wie gebannt vor dem Videobild ihres früheren Liebhabers (oder seines Ebenbildes); und die ganze Welt denkt, daß die beiden es geschafft haben.

Danny masturbiert trotzig, als wolle er sagen: Wer braucht dich? Als er fertig ist, schaut er mich Zustimmung heischend an.

«Sicherer Sex», sage ich und gehe nach unten in den Weinkeller.

Der Weinkeller ist ein Wunder. Fotografiert für führende Fachzeitschriften, mit Scheinwerfern, die die Weinkisten anstrahlen, und perfekt kontrollierter Feuchtigkeit; der Weinkeller liegt unter Lunabella, wie der Diamant (groß wie das Ritz) unter Scott Fitzgeralds mythischem Landhaus in den Bergen lag. Ich trete ein, Theseus im Labyrinth, prüfe verschiedene Flaschen seltenen Bordeaux und wähle einen 45er Mouton, um mich zu betrinken. Mit rasendem Herzen öffne ich die Flasche so, wie Danny es mir beigebracht hat, nehme ein Glas aus der Weinkellerbar, gieße ein, lasse die rubinrote Flüssigkeit auf dem Boden des Glases kreisen, schnuppere ihren Duft ein, und dann schmecke ich den Wein.

Nun sollte ich wohl sagen, daß ich während der Wochen mit Danny nicht getrunken hatte. Was nicht ganz stimmt. Ich hatte nämlich probiert, geschnuppert und etwas über Aroma, Bouquet und Nachgeschmack gelernt. (Über meine Affäre mit Danny sollte ich später sagen: «Gutes Aroma, mieser Nachgeschmack.»)

Und ich hatte keine Meetings besucht. Ich kann meinen Alkoholkonsum selbst kontrollieren, hatte ich beschlossen. Im Programm nennen sie das «Selbstbetrug».

Aber alle hatten meine Affäre mit Danny so begrüßt – André, mein Kunsthändler; Sybille, meine Analytikern; die Zwillinge; die gute Fee, Lily. Warum? Weil er reich ist. Weil er aus Dallas ist. Weil er auf beiden Seiten des Atlantiks Häuser hat (von verschiedenen Wohnungen ganz zu schweigen). Weil er mir Schmuck kauft (und erotische Videos). Weil ich endlich einen richtigen Millionär habe, wie es sich für eine berühmte Künstlerin ziemt. Niemand denkt, daß ich eine Trunksüchtige bin, die sich zur Tarnung in einen Weinsammler verliebt. Niemand, nur Emmie. Emmie allerdings gehe ich aus dem Weg. Ich habe sie nicht mehr angerufen, seit ich mich in Danny Doland verliebte. Und sie, die weiß, daß ich auf meine eigene Weise den tiefsten Punkt erreichen muß, hat sich von Zeit zu Zeit gemeldet, aber sie bedrängt mich nicht. Ich wünschte fast, sie täte es.

Nur einen Schluck, denke ich, die Nase in das Tiffany-Bordeauxglas getaucht. Und dann noch einen. Und noch einen. Und dann das ganze Glas.

Wie schmeckt es nach all den Wochen der Nüchternheit? Metallisch, süß, sauer, wie Likör einem Kind. Mein Kopf summt, es ist das schwere, fruchtige Gefühl vor dem Kater, aber es klickt nicht. Ich wandere im Weinkeller umher und lese Etiketten, das Glas in der Hand.

Ich denke an die großen Schlösser Frankreichs, seine lieblichen, sich windenden Flüsse: die Loire, die schimmernde Rhone, die Sonne, die aus den Weinschläuchen voll Bordeaux strahlt. Claret, nennen die Engländer ihn, als gäbe er Klarheit. *In vino veritas,* als gäbe er Wahrheit. Doch für mich sind Tränen alles, was er bringt. Ich weine und trinke, hocke mich auf den kalten Boden des Kellers und leere die Flasche weiter. Das kleine Bild auf dem Etikett lädt mich ein in eine sonnige Welt aus Schlössern und glänzenden Flüssen, kühlen Kellern und heißer Sonne. Aber hier auf dem Boden ist für mich die Zeit aufgehoben, und ich sehe die Teile meines Lebens durcheinanderwirbeln wie in einem Kaleidoskop.

Der silberne Silo. Das Hängekleid aus Mondstrahlen. Darts Schwanz. Darts Brief über Zeit und Ewigkeit. Die schokoladenduftenden Körper meiner Zwillinge. Dolph, Thom, Elmore, Dart, Danny. Meine Gedanken rasen, wie sie es früher unter Hasch taten – weiße Nächte, durchwacht an Darts Seite nach vielen Liebesakten. (Ihn machte Hasch schläfrig, mich wach – ein Paradox bei einem Paar, das so gut zusammenpaßte.) Hat mich meine Pilgerreise dahin geführt – in einen Weinkeller unter einem Haus in den Berkshires, Claret trinkend und benebelt?

Ich rapple mich auf, wandere durchs Haus, inspiziere Dannys Schätze: seine Kunstsammlung (Monets, Modiglianis, Warhols, frühe Sands), seine Glassammlung (Lalique, Gallé), seine Antiquitäten (Queen Anne, Biedermeier). Ich denke an mein Leben als Teil dieser Sammlung. Dinnerpartys mit eingeübten Witzen. Die richtige Kunstsammlung. Die richtigen Leute. Klimakontrollierte Luft, Witze, Weine, Gemälde. Ich denke wieder an Elisabeth Vigée-Lebrun, an die Französische Revolution, an das Jahr 1789, daran, siebenundachtzig zu werden! Künstler können unglaublich langlebig sein. Vielleicht habe ich nochmals vierundvierzig Jahre, um zu malen? Wie soll ich ohne frische Luft auskommen?

Pfui, denke ich. Dolphs Tochter geht nach Hause.

In meinen Strapsen und Seidenstrümpfen, einen seidenen Morgenrock übergeworfen und ohne Schuhe, so fahre ich DART in die Nacht hinaus, ohne Führerschein, ohne Geld, ohne alles. Ich rase durch die tiefe Nacht der Berkshires, in Porno-Aufmachung, fühle die kühle Sommerluft an meinen heißen Wangen und singe aus Leibeskräften «My Sweetie Went Away» –

Bis ich ihn im Rückspiegel sehe. Darth Vader auf seinem Motorrad, der maskierte Mann, mein *dybbuk,* mein dämonischer Liebhaber. Er ist überhaupt nicht nach Hollywood gegangen! Er folgt mir! Hier, mitten in den Berkshires, will er mich anhalten und am Straßenrand nehmen. Mein Herz hebt sich; meine Möse wird feucht. Ach, Dart, ich wußte, daß du zurückkommen würdest! Der Strahl seines Motorradscheinwerfers durchdringt meinen Rumpf. Seine Sirene durchbohrt mein Herz.

Die Sirene? Seit wann hat Dart eine Sirene?

Darth Vader fährt neben mir her und versucht, mich an den Straßenrand zu drängen. Ich spiele eine Weile mit ihm, veranstalte eine fröhliche Jagd hügelauf und hügelab, werde noch erregter, während die Sirene schrillt und schrillt. Endlich drängt er mich von der Straße auf die weiche Böschung.

«Dart!» schreie ich, und die Worte ersterben mir langsam im Mund. Denn der motorisierte Polizist sieht Dart sehr ähnlich – wie der Croupier, wie der Pornostar.

«Ihren Führerschein, bitte», sagt der Polizist und betrachtet meine spärliche Bekleidung.

«O je», sage ich. «Sie werden das nicht glauben, Officer, aber ich wollte gerade zum Drugstore fahren, um Pampers für mein Baby zu holen, das Durchfall hat!»

Der Polizist sieht mir nicht in die Augen.

«Bitte, zeigen Sie mir Ihren Führerschein», sagt Darts Ebenbild und schaut mir in den Ausschnitt. Ich habe die betrunkene Idee, seinen Reißverschluß zu öffnen und es hier an Ort und Stelle mit ihm zu treiben. Oder würde das als Bestechung einer Amtsperson gelten?

Isadora: Warum kann unsere Heldin immer, wenn sie mit einer männlichen Autoritätsfigur konfrontiert ist, an nichts anderes denken als daran, ihm den Schwanz zu lutschen?
Leila: Und wer hat jetzt *wieder dieses Wort gebraucht?*
Isadora: Halt dich nicht mit dem Vokabular auf. Beantworte die Frage.
Leila: Weil Sex nie *frei von Politik ist.*
Isadora: Ach, mach's nicht so bedeutend. Das ist nicht das Land des Ficks – das ist ein Strafzettel für zu schnelles Fahren.
Leila: Den meine Namensschwester (und dein Alter ego) zu vermeiden hofft. Solange eine Frau noch halbwegs jung und anziehend ist und von Männern begehrt wird, kann sie der Versuchung nicht widerstehen, ihre letzte Trumpfkarte auszuspielen.
Isadora: Ist dieser Name nicht durch Copyright geschützt?

Der Rest ist Geschichte. In der kleinen Stadt New Egremont in Massachusetts von der örtlichen Polizei geschnappt, angezeigt wegen zu schnellen Fahrens, Erregung öffentlichen Ärgernisses, Trunkenheit und anderer puritanischer Neuengland-Verbrechen, gegen Kaution herausgeholt von Danny und André und schmachvoll wieder in meinen Silo geschickt. Nur knapp entging ich einer Schlagzeile in der *New York Post,* weil es an diesem Tag im Nahen Osten heiß herging, aber in *Time* war ich Gegenstand einer Meldung. «In den Berkshires wegen Trunkenheit am Steuer angezeigt, erklärte sich die bekannte Künstlerin Leila Sand für schuldig, unter Alkoholeinfluß ein Fahrzeug gesteuert zu haben.» FOR – wie sie im Programm sagen. Fahren ohne Rausch – das war das Risiko, das ich einging, wenn ich Danny heiratete. Eine andere Art von Gefängnis.

Ich werde für schuldig befunden, man nimmt mir den Führerschein ab, und wie unter Hausarrest gehe ich zurück in meinen Silo.

Danny verschwindet. Emmie kommt wieder. Sie und Lily und Natascha und Mike und Ed kümmern sich um mein Leben. Und die Polizei ist einverstanden, daß ich statt in eine Rehabilitationsklinik in die Obhut von Dr. Sybille Panoff aus Cornwall Bridge, Connecticut, gegeben werde, die neben ihren anderen Qualifikationen auch eine Ausbildung in Familientherapie und der Behandlung von Alkoholismus und Suchterscheinungen hat.

Wieder gerettet, aber wer weiß, warum? Wo sind meine Mänaden und Kristalle jetzt? Und wo, oh, wo ist mein gesunder Menschenverstand, wenn ich ihn am meisten brauche?

It's a long road but I know
I'm gonna find the end.

Bessie Smith

13 *Spiritus contra Spiritum*

Sybilles schilfgedecktes Haus war die perfekte Dekoration für eine Disney-Hexe. Gefüllt mit Sammlungen von Theatererinnerungen – in ihrer Jugend (vor einer undefinierbaren Anzahl von Jahren) war Sybille Schauspielerin gewesen –, hatte das Haus das Aussehen eines exzentrischen neuenglischen Antiquitätenladens, in dem die Ware zwischen den Besitztümern des Inhabers steht und nicht ganz klar ist, was eigentlich zu verkaufen ist.

«Tee? Kaffee?» fragt Sybille.

«45er Mouton», sage ich lachend.

Sybille wirft mir einen schiefen Blick zu und rauscht in ihrem langen, schwarzen Seidengewand in die Küche. Ich folge.

Während sie mit Teekanne und Tassen klappert, rede ich.

«Tja, Danny Doland war wirklich eine Enttäuschung. Wie ich

höre, ist er nach Hampshire gegangen, wo es selten Hurrikans gibt.»

«Du solltest niemals einen Zivilisten heiraten», sagt Sybille. Es ist nicht ganz klar, ob sie den Begriff im militärischen Sinn oder im Sinn des Showgeschäfts meint. So sehr Dannys Geld ihr gefiel, jetzt sieht es so aus, als betrachte sie ihn als Geschäftemacher, weil er «im Handel» tätig ist.

«Du weißt es noch nicht», fährt sie fort, «aber du fängst jetzt ein ganz neues Leben an. Du kämpfst darum, geboren zu werden, wie jedes Baby. Dart und Danny sind nur Randfiguren.»

Ich stoße einen tiefen Seufzer aus. «Tja, das war meine letzte Chance zur Normalität.»

«Schätzchen, das Antiquitätengeschäft – wie der Kunsthandel – ist in den achtziger Jahren das Äquivalent des Immobilienhandels geworden. Jeder kleine *grobe jung* mit glatter Zunge kann das. Sie denken, sie seien schlau, weil sie Kunst verkaufen, aber schließlich tun sie doch nichts weiter als verkaufen. Und darauf bilden sie sich noch was ein! Man könnte meinen, sie hätten das Zeug gemacht. Du gehörst in niemandes Sammlung. Du bist deine eigene Sammlung.»

Sybille wendet mir ihr elegantes Profil zu. Mit ihrer Größe von einsachtzig und ihren hundertzwanzig Pfund könnte sie noch immer Kleopatra oder Gertrude oder Lady Macbeth spielen und das ganze Publikum in ihren Bann schlagen.

«Sybille, ich glaube, ich werde für den Rest meines Lebens allein sein – ohne Mann, meine ich. Ich schüchtere sie ein. Und sie haben überhaupt alle Angst vor mir.

«Die meisten, aber nicht alle.»

«Aber ihre Angst macht mich so traurig. Unser ganzes Leben lang hat man uns beigebracht, bei ihnen Führung und Unterstützung zu suchen. Und dann kommen wir in die mittleren Jahre und merken, wie schrecklich schwach sie sind. Es ist ungeheuer traurig. Ich durchschaue das Spiel, und es bringt mich zum Heulen. Ich wünsche mir einen Partner, und alles, was ich finde, sind Gigolos oder erschrockene, altgewordene Babys.»

«Im Augenblick solltest du allein blieben, mit deinen Töchtern. Alleinsein ist so schrecklich nicht. Schau mich an!»

«Wir sind immer allein. Und sie sind immer hinter dem nächsten Nymphchen her. Es gibt einfach verdammt zu viele von uns und zu wenige von ihnen. Wir dürfen keine Forderungen stellen, denn dann laufen sie weg. Wir müssen auf alle Kompromisse eingehen. Es ist wahnsinnig unfair.»

«Es ist eine Chance.»

«Schöne Chance!»

«Es ist eine Chance, deinen gesunden Menschenverstand zu finden», sagt Sybille, «und ihn in dir so fest zu verankern, daß du nie mehr allein bist, auch wenn du allein bist. Zu lernen, freundlich und lieb mit dir selbst zu sprechen, dir selbst etwas Gutes zu tun. Ganz gleich, wie allein ich bin, ich habe immer meinen gesunden Menschenverstand zum Gefährten. Und das will ich dir vermitteln.»

Ich schaue Sybille hilflos an, eine alte Gewohnheit. Aber ich beginne zu begreifen, was sie meint.

«Leila, man braucht Mut, um sein Leben zu führen», sagt Sybille, während sie Tee eingießt. «Und man braucht mehr Mut, um ein großartiges Leben zu führen. Das, was du unternommen hast, ist nicht einfach. Du warst irgendwie dazu berufen, Bilder von der Welt zu malen. In einem anderen Zeitalter wärst du im Kindbett gestorben oder als Hexe gesteinigt worden. Du hast ein seltenes Talent mitbekommen. Alles, was du tun mußt, ist, dieses Talent zu beschützen – auch dann, wenn du das am wenigsten willst.»

«Und dann?»

«Du kannst kein mutiges Leben führen, ohne ab und zu einfach zu glauben. Manchmal sieht alles schrecklich düster aus, und du denkst, du kenntest das Ende der Geschichte. Aber du kennst es nicht. Und indem du das Ende der Geschichte schreibst, sorgst du vielleicht dafür, daß es auch so kommt. Oder du hypnotisierst dich selbst mit negativen Gedanken. Das Wichtigste, was du vermutlich lernen könntest, ist, das nicht zu tun – sondern das Positive zu behaupten, selbst wenn du den Ausgang nicht kennst. Weißt du, was man über Leute herausgefunden hat, die auf allen möglichen Gebieten Hervorragendes leisten?»

«Nein, was?»

«Daß sie eine hohe Toleranz haben für Nicht-Wissen, für Zweideutigkeit, für Unkontrollierbares. Denn nur, wenn wir es ertragen können, keine Kontrolle zu haben, machen wir Platz für das Wunderbare. Kunst, Verliebtheit, Zauber. Nicht-Wissen schafft ein Fenster für das Wunderbare. Nicht-Wissen macht das Kennenlernen möglich.»

«Ich möchte wissen, ob ich je wieder aufs Kreuz gelegt werde.»

«Die Karten sagen ja», sagt Sybille und lacht. «Aber die Karten sagen auch, daß du deiner Analytikerin jedesmal, wenn du aufs Kreuz gelegt wirst, zehn Dollar bezahlen mußt.»

Sie holt eine rote Keksdose, auf der seitlich «Amaretto di Saronno» steht.

«Zehn Dollar für jede Nummer», sagt sie. «Und wenn wir genug Geld haben, gehen wir aus und feiern.» Und sie umfängt mich mit ihrer großen mütterlichen Umarmung.

Ich ging zurück zu den Meetings, meiner Arbeit, meinen Zwillingen. Keine Verabredungen mit Männern mehr. Keine Suche nach dem heiligen Gral des Schwanzes mehr. Schon genug. Ich wollte mich der Liebe entwöhnen, mich vom Sex befreien, lernen, mich selbst zu kratzen, wenn es mich juckte, oder es nicht mehr fühlen. Ich wollte den Sex transzendieren und eine Nonne werden.

Vergiß, daß du ihn jahrelang für eine Lebenskraft gehalten hast. Vergiß, daß du dachtest, Sex und Kreativität seien dasselbe. Ich konnte mich nicht mit einem Mann einlassen, ohne (schließlich) trinken zu wollen, und da ich nicht trinken wollte, wollte ich mich nicht mit Männern einlassen.

Ich ließ einen AIDS-Test machen, war eine Woche lang voller Angst und dann ungeheuer erleichtert, als die Krankenschwester mit dem folgenden Euphemismus anrief: «Ihre Virusuntersuchungen sind negativ.»

Meine Zwillinge mit ihren zehn Jahren waren so selbstgenügsam, daß ich mich oft wie ein Eindringling fühlte. Eine Zwillingsmutter sagte mir einmal: «Bis sie drei Jahre alt sind, kannst du dir nicht mal die Zähne putzen; danach brauchen sie dich überhaupt nicht mehr, weil sie sich gegenseitig haben.»

Oft beneidete ich sie – ihre Selbstgenügsamkeit, die Tatsache, daß sie nie einsam waren. Vereint gegen die Welt gingen sie in die Schule, ins Ferienlager, zu Daddy, zu Mami. Vereint gegen die Welt ritten sie ihre Appaloosa-Ponys – Heaven und Hasch. Vereint gegen die Welt gingen sie Beeren sammeln, klettern, radfahren.

Eins ist die unteilbare Zahl. Aber eins ist einsam. Zwei ist teilbar, aber ohne Angst. Als ihre Mutter war ich froh über ihre Bindung. Aber sie ließ mich auf irgendeine zutiefst schmerzliche Weise aus. Manchmal wünschte ich mir, ein Einzelkind zur Gesellschaft zu haben.

Tag für Tag dehnte sich der grüne Sommer in Connecticut weiter aus. Die Bäume wurden dunkel und belaubt. Der Gesang der Grillen und der Baß der Ochsenfrösche erfüllten die Nächte. Ich las Thoreau, Lao-tse, Suzuki. Ich versuchte, den Geist einer Anfängerin zu kultivieren.

«Wir sollten die vollkommene Existenz durch die unvollkommene Existenz finden», sagte Suzuki. «Wir sollten Vollkommenheit in der Unvollkommenheit finden.» – «Wir müssen lernen, wieder aufzuwachen und uns wachzuhalten, nicht mit mechanischen Hilfsmitteln, sondern durch eine unendliche Erwartung der Morgendämmerung, die uns in unserem gesündesten Schlaf nicht verläßt», sagte Thoreau. «Der Weise stellt seine Person an die letzte Stelle, und sie kommt zuerst», sagte Lao-tse, «behandelt sie als nicht zu ihm gehörig, und sie wird bewahrt. Ist er nicht deshalb, weil er nicht an das Selbst denkt, fähig, seine privaten Ziele zu erreichen?»

Ich versuchte, die Kunst des Nicht-Handelns zu pflegen. Ich versuchte, das Leben als Kurzweil zu betrachten und nicht als Prüfung. Ich versuchte, nichts zu tun, denn Nichtstun ist das Schwerste von allem. Ich versuchte mir das Stillsitzen beizubringen.

Ich setzte mich an den Rand meines Teichs und beobachtete die gekräuselte Oberfläche des Wassers, das Blau des Himmels im Grün des Teichs, das Spiegelbild der Wolken im Wasser, die durch den Himmel springenden Frösche, die in Wolken ertrinkenden Insekten.

«Eine Wasserfläche läßt den Geist erkennen, der in der Luft liegt», sagte Thoreau. «Sie hat neues Leben und Bewegung. Sie ist Vermittler zwischen Erde und Himmel.»

Am Rand meines Teichs, am Rand des Universums lernte ich, daß gewisse Tore sich nur der Einsamkeit öffnen und gewisse Paläste nur durch Tränen aufgeschlossen werden.

Manchmal bewegte mich der Tod eines Marienkäfers so tief wie der Tod meiner eigenen Mutter, und dann weinte ich. Manchmal offenbarte sich mir der Tanz der Moleküle, und ohne Drogen nahm ich an diesem Tanz teil; der Rausch wurde nur um so machtvoller, weil ich ihn auf direktem Weg erreicht hatte. Mein Arm, der einen Kieselstein ins Wasser warf, um seine himmelblaue Oberfläche zu durchbrechen, wurde eins mit der Luft, durch die er sich bewegte, eins mit dem Stein, den er hielt. Die Moleküle von Himmel, Fleisch, Stein, alle miteinander verbunden in einem gemeinsamen Urtanz, einem gemeinsamen urweltlichen Wirbel.

Ich begriff, daß Arm, Himmel und Stein eins waren, daß Fleisch der Himmel war und der Himmel Fleisch, daß Stein nicht fester war als Wasser oder Luft und daß es nichts zu betrauern gab, weil der Tod nur ein anderer Teil des Tanzes war, der in alle Ewigkeit andauert.

Ich saß am Rande meines Teichs und betrachtete die Oberfläche des Wassers, die Oberfläche der Ewigkeit, und meine Mutter kehrte zu mir zurück.

Sie kam durch die grünen Wälder, stolperte über verfaulende Baumstämme und hatte einen verrückten roten Hut auf dem Kopf. Sie sah aus wie eine *meschuggene* aus einer Geschichte von Singer.

«Louise», sagte sie, «du bist eine miserable Mutter und eine miserable Tochter. Wann, verdammt, bist du zum letzten Mal an meinem Grab gewesen? Blumen. Ich erwarte ja gar keine Blumen. Oder einen Anruf. Das stimmt, du rufst mich nie an. Ma, Mutter, Mami. Diese Worte kommen dir nie über die Lippen. Du gehst zu Emmie, zu Sybille, zu Lily. Wie, zum Teufel, denkst du, daß ich mich dabei fühle? Wie damals, als du zu dem Flittchen deines Vaters in der Achten Straße gegangen bist und ihr deine Probleme erzählt hast. Was glaubst du wohl, wie mir dabei zumute war? He? Antworte mir, Louise – Verzeihung – Leila, Ms. Sand. Jetzt bist du so ein großes Tier. Ich kann dich nicht mal am Telefon erreichen, ohne mit deiner Sekretärin zu reden. ‹Leila Sands Haus›. Ich weiß noch, wie ich dir den Hintern gewischt habe!»

Wir sitzen zusammen in einem chinesischen Restaurant in der Nähe der Dyckman Street. Es heißt «Der Glücksdrache». Theda wird immer betrunkener von ihren Daiquiris, bestellt immer neue zu ihrem Huhn in Zitronensauce und dem süßsauren Schweinefleisch. Sie fragt mich nach meinem Vater und Max aus. Ich will nicht antworten. Ich will da nicht in der Mitte stehen.

«Streiten sie oft?» fragt sie. Ich sitze bloß verdrossen da.

«Antworte mir! Streiten sie?»

«Ich weiß nicht, Ma.»

«Du böses Kind! Antworte mir!»

«Ma – ich weiß es nicht.» (Ich bin vielleicht sechzehn, meine Ovarien sind ständig in Aufruhr wegen Snack, mein Leben ist außer Kontrolle zwischen Dyckman Street und Achter Straße, eine Untergrundbahnfahrt zwischen zwei Leben.)

Plötzlich, aus heiterem Himmel, schlägt sie mir mit ihrer Handtasche auf den Kopf. Dann fegt sie das Zitronenhuhn auf den Fußboden, fängt an, Teller und Gläser zu werfen, und kreischt: «Antworte mir! Antworte mir!»

Ich stehe auf, packe meine grüne Büchertasche und renne nach Hause, hoffe, meine Sachen zu packen, bevor sie zurückkommt.

Ich bin in meinem Zimmer und drückte meinen Koffer zu, als sich die Tür öffnet und Theda hereinkommt, einen Regenschirm schwingend.

«Du liebst deinen Vater mehr als mich!» schreit sie. «Gib es zu! Gib es zu!»

«Nein, Ma.»

«Gib es zu!» kreischt sie und schlägt mit dem Regenschirm auf mich ein. «Du hast ihn lieber!»

«Ich habe dich lieb, Ma», murmle ich, «aber du kannst nicht hören!»

«Du liebst mich nicht!» schreit sie. «Du bist ein schlechtes, verdorbenes Kind!»

Ich schließe meinen Koffer, ergreife ihn und renne aus dem Haus.

Hinunter in die Eingeweide der U-Bahn, den mit heißem Popcorn und Bonbonpapier gefüllten Mund des unterirdischen New York. Das Gewimmel der Züge, die Menschen, die sich verschwitzt darin drängen, die Ungewaschenen, die Armen, die Schimpfenden, die Elenden, die eingepferchten Massen, die sich danach sehnen, frei zu atmen.

«Ich will raus, raus, raus», murmle ich in dem Geratter der Zugräder, in dem ich auch die Stimme meiner Mutter höre, die mich anschreit. Ich höre sie in den Zugrädern, im Meer, im rauschenden, fließenden Wasser. Immer höre ich sie – bis auf den heutigen Tag.

«Ma – ich liebe dich!» schreie ich. «Ich liebe dich wirklich!» Und damit verschwindet Theda in der Mitte meines Teichs wie ein Stein, der unendliche Kreise zieht.

Mein Gesicht ist naß von Tränen. Sie fallen auf den glimmerfunkelnden Felsen, auf dem ich sitze.

«Mutter!» schreie ich in die grünbelaubten Wälder. «Mutter!»

Und das Echo sagt mir, daß sie mich gehört hat.

Und dann kommt es. Der Boden unter mir – Steine, Erde, Insekten, alles – wird plötzlich durchsichtig, und ich schwebe über einem besternten Himmel.

Unter mir sind Sternbilder – Orion, Großer Bär, Kleiner Bär, Plejaden. Unter mir die unendliche Leere und Fülle des Raums. Es fällt mir wie Schuppen von den Augen: zum ersten Mal *sehe* ich. In meiner Stille ist unendliche Aktivität; in dieser Aktivität ist unendliche Stille.

Ich weiß, daß Sex, der Tanz der Hormone, das Schimmern des Fleisches, der Glanz der Traube, der Tropfen Leinöl, die Träne, das Terpentin, daß all das nur kleine Manifestationen dieser unveränderlichen und sich doch stetig wandelnden Unendlichkeit sind. Und ich weiß, daß diese Unendlichkeit das ist, was ich sehen sollte und wofür ich ohne die Nüchternheit niemals Augen hätte.

«Klopfe an den Himmel und lausche dem Geräusch», sagt ein Zen-Spruch. Ich klopfe.

«Mutter!» rufe ich wie Hamlet den Geist seines Vaters.

«Mutter!» Und die grünen Blätter der Bäume rascheln die Antwort: «Psst, Louise, ich liebe dich, ich werde nie sterben.»

Dann Stille. Die Bäume kehren zurück zu ihren eigenen Geräuschen – Grillen, Blätter, der Flug eines Spatzen.

Aus dem Wald tritt ein Reh, gefolgt von zwei kleinen Kitzen. Sie grasen und knabbern an den tief herunterhängenden Ästen und zarten Trieben, richten ihre großen Ohren auf, setzen ihre zierlichen Hufe vorsichtig auf und kommen sehr nahe an die Stelle, wo ich in meiner geübten Stille am Ufer meines Teiches sitze.

Zwei kleine, wilde Menschenkinder stürmen aus dem Wald hervor und schreien: «Mami!» Und das Reh mit seinen Kitzen eilt zurück in die grünschimmernde Welt des Waldes, verliert sich in seinem Helldunkel.

«Was machst du, Mami?» fragt Ed.

«Nichts.»

«Warum?» fragt Mike.

«Weil das das Schwerste von allem ist.»

«Die spinnt», sagt Mike zu Ed, «aber sie ist lieb.» Und sie kommen und umarmen mich am Rand des Universums.

Listen to my story,
an' everything 'll come out true.

BESSIE SMITH

14 Das Bekenntnis

Ich hatte mich noch nie bei einem Meeting zu Wort gemeldet. Ich hatte es andere tun sehen – versucht, ihnen zuzuhören und nicht zuzuhören –, aber ich fürchtete mich davor, diesen Schritt zu tun. Jetzt meinte Emmie, ich sollte ihn tun. Ich war noch keinen Monat nüchtern. Ich war nicht qualifiziert, das Wort zu ergreifen. Trotzdem ging ich eines Tages zu einem Meeting in meiner kleinen weißen Kirche. Der vorgesehene Sprecher war nicht erschienen.

«Wer möchte sprechen?» fragte der Leiter des Meetings.

Meine Hand fuhr hoch, ohne daß ich es bewußt gewollt hätte.

«Ich!» platzte mein gesunder Menschenverstand heraus.

Und ehe ich mich versah, saß ich an dem wackligen Tapeziertisch vor der ganzen Gruppe und spie meine Geschichte in den verqualmten Raum. Weiß ich überhaupt noch, was ich gesagt habe?

Bei einem Meeting das Wort zu ergreifen, ist wie eine Geburt, wie sich verlieben, wie das Land des Ficks. Man kann sich kaum erinnern, was man dabei getan, gesagt, wie man geweint hat. Die Worte sprudeln hervor, brechen sich Bahn – und irgendwie, ohne daß man weiß, was sich zugetragen hat, ist das ganze Leben verändert.

«Ich bin im Hinterzimmer eines Silberschmiedes in der Achten Straße geboren», begann ich. «Meine Mutter war Alkoholikerin, mein Vater war Alkoholiker, und ich mußte früh auf eigenen Füßen stehen.»

Ich hielt inne und betrachtete die Gesichter meiner Zuhörer. Wo kann man gehört werden, wenn nicht hier? Wenn Liebe Zuhören ist, dann wurde ich geliebt, obwohl ich es nicht verdiente.

«Die Anstrengung, auf eigenen Füßen zu stehen, war oft so groß, daß ich alles mögliche versuchte, um meinen Verstand zu benebeln – Hasch, Kokain, Medikamente –, bis ich nichts mehr fühlte ... nichts als die Liebe, die durch meine Fingerspitzen auf die Leinwand überging, nichts als den Schmerz meiner Seele, die auf Gott zuging.»

Ich schloß die Augen und fuhr fort.

«Es ist seltsam, mit nichts anzufangen und seine Zukunft auf dem aufzubauen, was man mit seinen Händen, seinen Augen, seinem Gehirn macht – obwohl wir das natürlich alle tun. Man muß sich ständig überwinden, zu glauben. Vor allem muß man an sich selbst glauben. Aber wie kann man an sich selbst glauben, wenn man weiß, daß man nur ein schwacher Mensch ist, wenn man nie weiß, wann die Inspiration beginnen oder aufhören wird, wenn man darauf warten muß, daß Gott sich durch die eigenen Fingerspitzen offenbart?»

Ich öffnete die Augen; der Raum war noch da.

«In meinen klarsten Momenten pflegte ich vor der Staffelei niederzuknien, die Hände zu heben und Gott anzurufen, die Göttin, meine Muse. Aber es gab immer Tage, an denen ich nicht arbeiten, nicht meditieren, nicht malen konnte; und dann versuchte ich, das Feuer mit Hasch anzufachen, mit Wein, mit Kokain

– oder mit meiner wirklichen Droge, meiner Hauptdroge: Männern.»

Weiter. Weiter.

«Kunst ist ein Verbinden, ein Ziehen von Kreisen, ein Ja zum Universum. Ich mußte diese Verbindung, diese Verbindung des Fleisches, fühlen, um zu gedeihen. Zumindest dachte ich das. Ich brauchte einen Mann, um meiner Kunst Antrieb zu geben, sie zu bestätigen, mir die Hybris zu gestatten, Frau und schöpferisch zu sein. Irgendwo tief in mir glaubte ich, ich dürfe das nicht. Ich hatte das Gefühl, die Götter durch meine Kühnheit herauszufordern. Also hing ich an einem Liebhaber, als komme die Kraft durch ihn, und nach einer Weile glaubte ich dann, es sei er und nicht ich, der das Werk entstehen ließ.

Unweigerlich fing er dann an, mich auszunutzen. Vielleicht fing ich auch an, mich selbst auszunutzen. Ich lieferte mich ihm aus, weil ich glaubte, er mache meine Arbeit möglich. Immer, wenn er fortging, quälte ich mich, war für meine Arbeit, für die Meditation, für meine Kinder verloren, und schließlich, nachdem ich mir die Arbeit hatte nehmen lassen, konnte ich überhaupt nicht mehr arbeiten, wenn er nicht da war. Und er, der wußte, daß ich meine ganze Macht aus der Hand gegeben hatte, verließ mich dann und suchte sich eine andere Frau, die härter war, die ihm entschiedenere Grenzen setzte und bei der er sich daher sicherer fühlte.»

Jetzt fühlte ich mich wohl. Die Worte strömten nur so.

«Mein Alkoholismus ist für mich ein Rätsel. Ich bin das, was ihr einen Wohlstandstrinker nennt. Ich habe nie alles verloren – mein Haus, mein Auto, mein Bankkonto, meine Kinder. Ich bin nie gegen einen Baum gefahren und in der Intensivstation aufgewacht. Aber ich habe mich schlagen lassen – es sogar gesucht –, und ich habe mich finanziell vergewaltigen lassen. Wenn ich in Zeitungen Bilder von geprügelten Frauen sehe, weiß ich, daß ich eine von ihnen bin, daß mich nur die Gnade Gottes vor blaugeschlagenen Augen und geschwollenem Mund bewahrt hat. Ich fühle mich wie eine geprügelte Frau. Ich weiß, daß ich, wenn ich betrunken war, meinen Kopf auf den Boden geschlagen habe, bis er blutig war, und ich weiß, daß ich betrunken im Auto die Scheinwerfer ausgeschaltet habe und im Dunkeln nach Hause gefahren bin in der Hoffnung, von der entsetzlichen Bürde des Lebendigseins befreit zu werden. Ich weiß, daß ich Geld ausgebe wie eine Trinkerin, ficke wie eine Trinkerin, den Mißbrauch suche wie eine Trinkerin. Ich weiß, daß ich fast alles dafür tat, meine Haut abzustreifen, Ekstase zu erleben, selbst wenn das gleichbedeutend war mit Selbstvernichtung – und manchmal war es das.»

Ich sah in die blauen Augen einer Frau, deren Gesicht mich immer getröstet hatte.

«Und ich war eine lausige Programmteilnehmerin. Ich komme und gehe. Als ich zuerst mit dem Trinken aufhörte, bekam ich ein großes, großes Geschenk – eine neue Serie von Gemälden. Dann verließ mich mein Liebhaber, und ich stürzte ab, fiel vom Rand der Welt. Ich habe nicht einmal einen Monat Nüchternheit zustande gebracht. Ich habe nicht einmal den ersten Schritt zustande gebracht. Ständig leugne ich meinen Alkoholismus, rede mir ein, ich könnte es allein schaffen, bräuchte die Gruppe nicht, bräuchte keine Hilfe. Ich bin sogar hinausgegangen und habe mich in einen Weinsammler verliebt, um zu beweisen, daß ich nicht in Versuchung gerate.»

Gelächter im Raum.

«Als Verleugnung nicht schlecht, was? Ich bin dankbar, daß ich heute sprechen durfte, denn die Liebe in diesem Raum sagt mir, daß ich es nicht ganz allein schaffen muß. Ich verdiene gar nicht, hier zu reden. Ich bin kaum auf der ersten Stufe.»

Ich hielt inne, senkte den Blick und sah, daß meine Handflächen offen auf dem Tisch lagen, wie sie auch liegen, wenn ich bete.

«Tja», fügte ich hinzu, «vermutlich habe ich endlich den ersten Schritt erreicht. Ich gebe zu, daß ich machtlos bin. Ich ergebe mich.» Und lauter Applaus brach im Raum aus.

Aus dem Land der Trance kam ich wieder zu mir.

Ein Wald von erhobenen Händen winkte in der verqualmten Luft.

«Ja», sagte ich und erkannte die hübsche, blauäugige Frau, die ich immer anstarrte.

«Ich bin Mary, ich bin Alkoholikerin. Ich identifiziere mich auch immer mit geschlagenen Frauen. Kennen Sie diese Bilder in der Zeitung von der Frau – wie hieß sie noch? –, die zuließ, daß ihr

Liebhaber ihre kleine Tochter zu Tode prügelte? Mit ihr identifiziere ich mich auch.»

Eine nach der anderen verwandelten sich die erhobenen Hände in kleine Wortkaskaden. Alles, was ich an meinen Worten am heikelsten, am seltsamsten, am beschämendsten gefunden hatte, wurde von irgendeinem Mitglied der Gruppe als vertrautes Gefühl aufgenommen. Nichts Menschliches war ihnen fremd. Nichts Menschliches war unverzeihlich. Wir waren keine menschlichen Wesen, die spirituelle Erfahrungen durchlebten; wir waren spirituelle Wesen, die menschliche Erfahrungen durchlebten, um zu wachsen.

Es ist unmöglich, verständlich zu machen, was in diesen Versammlungsräumen vor sich geht. Die Banalität. Die Transzendenz. Die transzendente Banalität.

Und doch funktioniert es. Wenn man ausspricht, warum es funktioniert, wie es funktioniert, dann äußert man nur Plattheiten.

Vielleicht ist es letztlich eine Frage der Akzeptanz. Des bedingungslosen Geliebtwerdens. Die Meetingräume sind der einzige Ort, an dem man es nicht verdienen muß, geliebt zu werden. Weil keiner von uns wirklich verdient, geliebt zu werden. Und jeder verdient, geliebt zu werden. Bedingungslos geliebt zu werden.

Der Sommer ging weiter – grün, belaubt, zölibatär. Voll von Thomas Merton und Lao-tse, Thoreau, Meetings, Sitzungen mit Sybille und Beerensammeln mit den Zwillingen.

Ich versuchte zu malen, hatte aber nicht viel Glück. Mein Antrieb war weg. Die Gruppe konnte mich nicht so anfeuern, wie Dart das getan hatte. Bei mir herrschte Windstille.

In meinem Leben waren wie durch Magie immer Männer aufgetaucht. Böse Magie, schwarze, wenn nicht weiße Magie. Jetzt nicht. Dart rief nicht an. Danny rief nicht an. Die Kraft meiner Sehnsucht nach Dart hatte abgenommen. Ich konnte ihn nicht mehr durch Wünschen dazu bringen, mich anzurufen. Die erste Frau, die diese Technik perfektioniert, wird ohnehin den Nobelpreis für Frauen bekommen. Wie man durch die schiere Kraft der Sehnsucht Dynamit erzeugt. Das Warten am Telefon – der alte weibliche Zeitvertreib – muß die schlimmste aller Frauenqualen sein. Es ist die Machtlosigkeit, das Gefühl, keine Kontrolle zu haben, das vernichtet.

Und dann merke ich plötzlich mit Schrecken, mit einem aussetzenden Herzschlag, daß ein anderer Anruf schon lange nicht mehr gekommen ist – ein rotes Telefon hat nicht geläutet, ein bestimmtes, erdwärts gerichtetes Ziehen ist nicht eingetreten: meine Periode ist überfällig.

Mit vierundvierzig sind meine Perioden ohnehin nicht mehr so zuverlässig wie früher. Ich konnte einmal die Uhr nach ihnen stellen. Mein Reisetagebuch nach ihnen ausrichten: eine Reise von einem Monat begann und endete mit einer Periode – dieser roten Markierung, diesem karminroten Klecks auf den weißen Seiten meines Terminkalenders.

Ich habe das schon lange aufgegeben, weil ich finde, daß meine Fruchtbarkeit inzwischen nicht mehr so narrensicher ist. Fünf Jahre mit Spirale – nach der Geburt der Zwillinge – haben mich zu sehr verwöhnt. Aber meine Periode ist lange überfällig. Und meine Brustwarzen fühlen sich ein bißchen empfindlich an und sind bestimmt mehr braun als rosa. Und ein schwacher Streifen bräunlichen Pigments verläuft von meinem Bauchnabel bis zu meiner Muschi. Kann ich – mit vierundvierzig – schwanger sein?

Mongoloide Zwillinge!

Und sind sie von Dart oder von Danny? Einer von jedem? Einer ein blonder Adonis? Einer ein kahler Antiquitätenhändler? In den Annalen der Gynäkologen sind schon seltsamere Dinge vorgekommen!

Mein Gott! Schwanger! Insgeheim bin ich freudig erregt. In meinem Blut mischen sich Schrecken und Freude.

«Wessen Baby ist es?» würden sie fragen.

«Meins», würde ich sagen und lächeln wie Mona Lisa. Das einzelne Kind, nach dem ich mich sehne, der Kumpel, um mir im zärtlichen Kampf mit den Zwillingen zur Seite zu stehen – könnte er endlich da sein? Denn ich weiß, wenn es keine mongoloiden Zwillinge sind, dann ist es ein kleiner Junge. Ich habe Mütter mit ihren kleinen Jungen gesehen und sie beneidet um ihre lebenslange Liebesaffäre. Mädchen bin ich zärtlich zugetan – Schwestern, kleine Frauen, meine Ebenbilder mit Fleisch und Blut und Uterus. Aber nach Jungen gelüstet mich – mein Herzblatt, der kleine Penis rittlings auf meiner mütterlichen Hüfte, die erigierte Männlichkeit in einer Windel – mein kleiner Junge.

Glücklich. Es ist unverkennbar, wie glücklich ich bin. Mein Schoß, in der elften Stunde seines Lebens, schlägt wie eine Kukkucksuhr.

Leute rufen an. Nicht Dart oder Danny, sondern André, Lionel, mein alter Freund Julian aus L. A. Ich brenne darauf, es ihnen zu erzählen, aber ich beherrsche mich. Ich sage es keinem. Nicht einmal Emmie. Nicht einmal Sybille. Ich gehe auch nicht zur Frauenärztin. Vielleicht argwöhne ich das Schlimmste.

Eines Abends dann – ich erwartete am nächsten Tag Lionel mit seinem Hubschrauber bei mir – passierte das Schlimmste.

Ich stand im Silo und starrte auf eine Skizze von den Zwillingen, die sich widerstrebend bereit erklärt hatten, auf dem Fußboden zwischen Herden von kleinen, pastellfarbenen Spielzeugponys zu posieren, als ein plötzlicher Krampf in meinen Eingeweiden mir verriet, daß ich Probleme hatte. Ich zwang den Krampf, zu vergehen, aber er kam wieder. Ich rannte zum Badezimmerspiegel, zog meinen Kittel aus und warf noch einen letzten bewundernden Blick auf meine dicken, runden Titten mit den braunen Brustwarzen, meinen braungestreiften Bauch. Und dann brach ich zusammen und weinte.

Um drei Uhr morgens war alles vorbei. Ich saß auf dem Toilettensitz und blutete in die Schüssel, hellrotes arterielles Blut, vermischt mit den dunkleren Klumpen, und mit dem Blut flossen die Tränen.

Fasziniert, entsetzt fing ich mit einem Stück weißem Toilettenpapier einen großen Klumpen auf und prüfte ihn, suchte nach meinem verlorenen Sohn. Ich legte eine Maxibinde ein und ging hinaus in den Mondschein, um den männlichen Erben zu begraben, den ich nie hervorbringen würde.

Wieder Vollmond. Blauer Mond. Der Hügel vor dem Silo abfallend, das wilde Gras wehend, Haar auf unmarkierten Gräbern. Im Mondlicht hob ich ein kleines Loch aus und begrub ihn zwischen den Würmern und Schnecken.

Geboren, gestorben, nie hervorgebracht – was ist denn eigentlich der Unterschied, wenn alles eins ist? Der Mond ist tot und gibt dennoch Licht. Dolph und Theda sind tot und treiben sich dennoch nach Laune in meinen Wäldern in Connecticut herum. Selbst meine alten Hunde – Renascence, Robbie, Tara – kommen an regnerischen Abenden schnüffelnd an die Tür meines Silos und wollen eingelassen werden. Die Toten und die Lebenden, in einem Urtanz sind sie alle hier. Hellseher hören und sehen sie. Wir tun nur so, als bemerkten wir sie nicht, um klaren Kopf zu behalten. Zu viele Störgeräusche! Zuviel Input! Wir blenden die Toten aus und umarmen die Nacht.

Leb wohl.

Ich wandere in das Zimmer der Zwillinge und setze mich auf Eds Bettrand, sehe, wie ihr Atem geht, fühle ihre heißen Wangen unter meinen Lippen. Dann gehe ich zu Mikes Bett und spreche ein Gebet über ihrem schlafenden Kopf. Ich rieche ihren Hals – bräunlich, vorpubertär, vormenstruell, kindlich, vormondlich. Die Seele ihres toten Bruders fliegt in sie hinein.

Meine kleinen Mädchen, für dieses Leben seid ihr genug. Ich liebe euch. Der verdorrte Penis im Mondschein sollte nicht sein.

You got the right string, baby,
but the wrong yo-yo.

BESSIE SMITH

15 *Leg dich hin, ich glaub, ich liebe dich*

Von einem spirituellen Erwachen zu einem Besuch Lionel Schaeffers – wie wörtlich kann man den Ausdruck «vom Erhabenen zum Lächerlichen» nehmen?

Der Hubschrauber landet. Die Zwillinge, Natascha, Boner, Lily und ich, alle laufen hinaus, um diese kosmische Erscheinung zu begrüßen, diesen Reisenden aus einer anderen Galaxis – der Galaxis des Mammons! Ein UFO auf unserem Grundstück! Wall Street kommt nach Litchfield County!

Die Luft braust. Der Rotor schwirrt. Ich habe Angst, die Zwillinge könnten enthauptet werden, und halte sie zurück.

Munter steigt Lionel aus seinem Hubschrauber. Er trägt einen Anzug von Turnbull und Chung und einen handgearbeiteten Aktenkoffer von Cellerini aus Florenz.

«Pussikatze!» ist das erste Wort aus seinem Mund.

Die Zwillinge kichern und tun so, als seien sie schüchtern. Natascha zieht an der Sicherheitsnadel in ihrem Ohr. Lily verkündet, in fünfzehn Minuten werde es gebratenes Huhn zum Mittagessen geben. Und ich stehe staunend da mit meinem straßbesetzten T-Shirt, meiner hautengen Jeans und einer mit dem Blut der Zandbergs vollgesaugten Maxibinde.

«Komm zum Silo», sage ich und überlasse es Lily und Natascha, den Piloten mit Kaffee und Brötchen zu verhätscheln. Die Zwillinge trollen sich kichernd und einander mit den Ellbogen stoßend. Noch ein Verehrer. Einer, der mir den Hof macht. Sie finden es unerhört komisch. Mit meinem gesunden Menschenverstand finde ich das auch.

Wir gehen in den Silo. Ich sage Lionel, er könne sein Jackett und seine Krawatte ablegen, aber er weigert sich, vielleicht, weil er das Formelle will, diesen Kontrast zwischen Litchfield und Wall Street.

Ich biete ihm Platz auf der viktorianischen Chaiselongue aus rotem Samt an, die ich für Modelle habe oder – in der Vergangenheit –, um zu Besuch gekommene Verehrer zu vögeln. (Es war wichtig, das im Atelier zu tun – dachte ich immer –, um die Energie der kreativen Vibrationen zu erhalten.)

Das rote Samtmöbel ist nicht ganz frei von weißen Flecken, und die bemerkt Lionel sofort.

«Unartiges Mädchen», sagt er.

«Das magst du doch an mir», entgegne ich, obwohl mein Schoß schmerzt.

«Stimmt», sagt Lionel. «Schlagfertig bist du», sagt er. «Aber malst du auch gute Bilder?»

«Wie kannst du das bezweifeln?»

«Okay», sagt Lionel, «zeig mir die neuesten Meisterinnenwerke.»

Ich fange an, Leinwände hervorzuholen – das Doppelporträt von den Zwillingen, die übriggebliebenen Fotos von Dart –, und stelle die drei besten aus der Serie der Mänaden und Kristalle auf. Komisch, daß ein Fremder in meinem Atelier nötig ist, damit ich meine eigene Arbeit zu schätzen weiß. Allein vermodere ich in meinem kreativen Komposthaufen, halte nichts von meinem Talent, genieße den Arbeitsvorgang, bin aber nicht fähig, das Produkt zu bewerten. Wenn ein Fremder in meinem Atelier ist, kann ich den Wert der Arbeit fühlen. Ich zeige Lionel die Mänaden und Kristalle und wünsche mir plötzlich, ich könnte noch mehr davon zeigen.

Lionel tritt zurück und betrachtet die Leinwände. *«Mamma mia»,* sagt er. «Willst du mir jetzt gleich eins verkaufen, ohne es André zu erzählen? Komm, Baby, ich geb dir hundert Riesen – McCrae wird das nie erfahren.»

«Er ist dein bester Freund, Lionel – und mein Händler. Das ist unmoralisch.»

«Du verrätst dein Alter, wenn du Worte wie ‹unmoralisch› gebrauchst. Unmoral-Sch . . .moral – hier geht's ums Geschäft. André nimmt – wieviel? Fünfzig Prozent? Ich gebe dir zweihundert Riesen – bar. Die kannst du dir in einen Safe legen – für schlechte Zeiten. Oder wir könnten einen Tausch machen. Wer sollte das erfahren?»

«André wird es erfahren, wenn du das Bild in deine Wohnung hängst – und Linda auch.»

Lionel zieht lasziv die Augenbrauen hoch.

«Schätzchen – ich werde André sagen, daß du es mir in einem Anfall von Leidenschaft geschenkt hast. Wie kann er fünfzig Prozent des Orgasmus verlangen? He? Du darfst doch wohl deine eigene Arbeit als Liebesgabe verschenken, nicht? Und was Linda angeht, darauf pfeife ich. Sie interessiert sich nur dafür, ob sie zu Partys bei diesen Skeletten eingeladen wird, die ihr am Herzen liegen – Mrs. Remson, Mrs. Basehoar, die verdammte falsche Prinzessin Tavola-Calda . . . Dabei fällt mir ein: Wir haben zwei Karten für diesen Viva-Venezia-Ball in Venedig nächsten Monat übrig; willst du mitkommen? Ich habe für zehn Riesen einen ganzen Tisch gekauft – ich mußte – Linda ist eine der Vorsitzenden. Du kannst die Karten haben. Steig in die Gondel und so. Was meinst du?»

«Ich hasse Venedig», sage ich. «Es erinnert mich an Oscar Wildes Zeile über die Fahrt mit dem Sarg durch Kloaken . . .»

Lionel lacht.

«Oh, ja», fährt er fort, «das Bild. Zweihundertfünfzig in einer braunen Papiertüte, und André wird das nie erfahren. Wenn es dir lieber ist, kann ich dir einen Diamanten besorgen, der zweihundertfünfzig wert ist. Komm, Leila, Baby, wem kann das schon schaden?»

«Schaden nicht, aber ...»

Ich kann nicht behaupten, daß ich nicht in Versuchung bin. Und ich kann nicht behaupten, daß ich das Geld nicht brauche. Die Steuerbehörde sitzt mir im Nacken wegen irgendwelcher nicht ganz koscherer Sachen, in die mein früherer Steuerberater mich hineingeritten hat, und außerdem kämpfe ich mit den Bargeldproblemen, mit denen jeder Künstler hin und wieder zu tun hat. Und ich bin kreativ blockiert. Wie üblich. Ich weiß nicht, woher mein nächstes Gemälde kommen soll. Oder meine nächste Ausstellung. Lionel bietet mir das Doppelte meines sonstigen Preises für ein Gemälde – und das ohne Kommission und mit einer ganz hübschen Chance, der Steuerbehörde zu entgehen. Ich bin in Versuchung. Aber irgendwie kann ich es nicht. Ich wünschte, ich könnte sagen, es sei Moral oder Patriotismus, aber in Wirklichkeit ist es etwas anderes – Sturheit, die eigensinnigen Zandberg-Gene. Ich weiß, daß Lionel mich benutzt, um André zu schlagen, daß ich wieder einmal in ein männliches Machtspiel verwickelt bin, und die Wahrheit ist, daß ich Lionel diese Genugtuung nicht geben will. Ich habe die Art satt, wie Männer Frauen als Marionetten in ihren Kämpfen miteinander benutzen – und ich will nicht manipuliert werden, sogar dann nicht, wenn ich selbst daran verdiene.

«Danke, aber nein, danke», höre ich mich sagen. «Aber die Karten für Via Venezia nehme ich.»

«Junge, du bist *meschugge»,* sagt Lionel, «aber begabt. Die Bilder sind fabelhaft.»

«Du hast sie doch kaum angesehen.»

«So gute Bilder braucht man nicht anzusehen», sagt Lionel.

Und Lily kündigt das Mittagessen an.

Es wird auf dem Rasen auf einem rustikalen Holztisch serviert, den Dart zu Beginn unseres Idylls gebaut hat. Rostige Nägel ragen oben aus der Tischplatte – eine typische Kreation von Dart –, und die Beine bestehen aus Birkenstämmen, die noch ihre Rinde tragen. Als Objekt ist der Tisch ein ästhetisches Durcheinander – genau wie Dart –, und in diesem Augenblick während ich mit einem kleinen Milliardär hier sitze, der mein Blut nicht in Wallung bringt, macht er mich traurig.

Das rustikale Festmahl, das Lily angerichtet hat, ist wunderschön: gebratenes Huhn mit knuspriger Haut, pürierte Karotten (damit die Zwillinge Gemüse essen), neue Kartoffeln in der Schale, frische Tomaten und Basilikum aus unserem Garten. Der Tisch ist mit handgewebten Sets in Regenbogenfarben und leuchtend grünen Leinenservietten gedeckt, und das Essen wird auf ländlichen französischen Steinguttellern serviert, auf denen ein Heißluftballon abgebildet ist, darüber in feinen Pinselstrichen das Motto «Je suis libre». Ich habe diese Teller mal in Frankreich gekauft, als ich meinen Mut feierte, mich von Elmore scheiden zu lassen, und sie schienen meine ganze Tollkühnheit zu verkörpern – die jetzt geschwunden ist; mein Heißluftballon hat Löcher bekommen durch Dart und Drogen und Alkohol. In der Mitte des Tisches steht ein Strauß strahlend blauer Kornblumen. Während Lily die Speisen hinstellt und die Zwillinge und Natascha ruft, wird mir bewußt, wie idyllisch all das aussehen muß – vor allem für einen Reisenden aus der Galaxis des Mammons. Die Künstlerin in ihrer heimischen Umgebung: Georgia O'Keeffe auf ihrer *mesa,* Romaine Brooks mit Natalie Barney in der Villa Gaia in Florenz, Louise Nevelson in Little Italy. Auch in mir gibt es den Wunsch, mein Leben zu einem Kunstwerk zu machen – und das ist eine Falle für jeden weiblichen Künstler. Ich würde das Festmahl eher servieren als malen.

Wir setzen uns hin, um zu essen.

Lionel scherzt mit den Zwillingen.

Plötzlich ertönt ein lautes *piep piep piep* aus dem handgemachten Florentiner Aktenkoffer, und Lionel läuft hin, läßt ihn aufschnappen und zieht ein tragbares Telefon heraus.

«Was gibt's?» fragt er den unbekannten Anrufer.

Pause. Dann sagt er: «Sagen Sie dem Bastard, daß wir ihm sechsundfünfzig Dollar pro Anteil geben – keinen Penny mehr. Ich habe keine Angst vor diesen Scheinmanövern. Hier geht's schlicht und einfach darum, wer mehr Mut hat.»

Lionel spricht teilweise für meine Ohren, teilweise mit dem Anrufer am anderen Ende der Leitung. Er ist auch süchtig – süchtig danach, Firmen zu übernehmen. Ich erkenne die Intensität, den Adrenalinstoß; ich habe versucht, in einem anderen Zustand leben zu lernen: Mäßigkeit, die goldene Mitte. Ich empfinde sie als langweilig, aber ich weiß, daß sie das Geheimnis des Lebens ist. Wie kann man in einer Gesellschaft, die Sucht schätzt, ein suchtfreies Leben finden?

Lionel geht auf und ab, geht mit seinem Telefon den Hügel hinunter, dreht sich um und kommt zurück. Ich sehe, daß sein Gesicht wutverzerrt ist. Gerade war er im Begriff, dieses Festmahl zu genießen – und nun ist er wieder in seine Sucht gestürzt. Wie zerstörerisch ist das Telefon! Zerstörerischer als ein Maschinengewehr oder eine Lederpeitsche. Das Essen ist plötzlich zu Galle geworden.

Er setzt sich hin, verschlingt sein Huhn und ist so in Gedanken, daß er nichts schmeckt.

«Was ist ein Scheinmanöver?» fragt Ed, der nichts entgeht.

«Das ist eine gute Frage, junge Dame», sagt Lionel, als das Telefon piept.

Er flucht, steht auf, antwortet und geht erneut den abschüssigen Rasen hinunter, während er etwas in den Hörer murmelt.

Ich beobachte ihn, denke, daß das Telefon im Begriff ist, seinen Besuch abzukürzen, und frage mich, ob mir das etwas ausmacht. Früher hatte ich mal Phantasien über eine Affäre mit Lionel als Antwort auf meine Probleme – aber ich sehe, daß Lionel auf seine Weise noch weniger stillsitzen kann als Dart, den ich wieder in meinen Fingerspitzen, in meinen Eingeweiden vermisse. Das Baby, der kleine Junge war von ihm – dessen bin ich sicher.

Immer, wenn ich mir vorstelle, ein Mann werde mich beschützen, für mich sorgen, dann sehe ich, daß er in größeren Schwierigkeiten ist als ich, verzweifelter, hektischer, mit mehr *spilkes.* Dart war immer auf dem Sprung. Und Danny auch, auf seine Weise. Und jetzt Lionel. Ich werde lernen müssen, alleine stillzusitzen. Niemand kann mir das beibringen. Selbst ich – mit meiner verrückten Halbnüchternheit – scheine gelassener und heiterer zu sein als irgendeiner der Männer, die ich kenne.

Lionel stampft herbei, murmelnd und fluchend.

«Diese verdammten Bastarde sagen, das Aktienkapital sei fünfundsiebzig Dollar pro Anteil wert – sie sind vollkommen verrückt...» Ich sehe ihm den männlichen Wahn an, um jeden Preis gewinnen zu wollen, und ich frage mich, ob irgendeine Frau darauf so viel Wert legen würde oder könnte. Frauen machen sich einfach nichts daraus, auf diese Weise zu gewinnen – ich wenigstens. Ich liebe die Früchte des Geldes genauso wie jeder andere – Häuser, Autos, Kleider, Macht, Autonomie –, aber irgendwie fühle ich mich freier und glücklicher, wenn ich ohne Auftrag male, aus Liebe, nicht für Geld, als wenn ich für Geld arbeite. Ich bin froh, Lionels zweihundertfünfzig abgelehnt zu haben. Vielleicht bin ich verrückt, aber mich freut das Wissen, daß der Erwerb von Dingen bei mir nicht an erster Stelle steht.

Und trotzdem weiß ich, daß meine Leidenschaft für Dart gar nicht so verschieden ist von Lionels Leidenschaft für die Übernahme von Firmen oder Andrés Leidenschaft für die Übernahme von Künstlern. Konsumieren, konsumieren, konsumieren. Das Wünschen ist ein Faß ohne Boden. Dies sind unsere Werte, und dies ist die Welt, die wir gemacht haben. Nie hatten wir Loslassen nötiger.

Lionel ißt hastig, achtet immer mit einem Ohr auf das Telefon.

Nachdem wir achtlos gegessen haben, gehen wir zurück zum Silo, das potentiell piepende Telefon immer in Bereitschaft. Die Stimmung des Tages ist zerstört. Ich spüre die Störgeräusche New Yorks hier auf meinem grünen Hügel. Ich wünsche mir, Lionel würde gehen und mich wieder an meinem Teich sitzen lassen, nichts tuend, alles tuend.

Lionel lockert seine Krawatte und zieht endlich die Jacke aus.

«Leg dich hin, ich glaube, ich liebe dich», sagt er und legt einen Arm um mich. Ich kichere. All das ist so albern – die Bitte um ein Gemälde hinter Andrés Rücken, die ganzen Scheinmanöver, der obligatorische Antrag. Ich suche immer an den falschen Orten nach Liebe.

«Warum lachst du, Baby?» sagt Lionel.

«Weil das alles so albern ist.»

«Was?» fragt Lionel gekränkt.

«Das Leben.»

Ich denke gerade, wenn ein Mann und eine Frau sich zusammen hinlegen, dann denkt er ans Gewinnen, und sie denkt an Liebe, und es wird niemals klappen. Nie. Die beiden Geschlechter könnten ebensogut verschiedene Spezies sein.

«Sag mir, was in deinem Kopf vorgeht», sagt Lionel.

«Nur, daß wir nicht genug Zeit haben, um es richtig zu machen. Dein Aktenkoffer wird piepen. Meine Zwillinge werden hereinplatzen. Wir brauchen ein ganzes Wochenende, eine ganze Woche.»

Lionel reibt meinen Nacken. Ich denke wie eine Frau. Männer tun nichts lieber als ficken und dann weglaufen – die Urhöhle verlassen und zum Scheinmanöver zurückkehren. Es ist die Frau, die sich das Wochenende oder die Woche wünscht.

Lionel küßt mich. Sein Kuß ist überraschend naß und warm, leidenschaftlich, tief. Er faßt an meine Brüste.

«Ich möchte dir alles geben», sagt er, «alles.»

Er langt nach unten und fängt an, seinen Reißverschluß zu öffnen, als der Aktenkoffer piept.

«Verdammt», sagt er und greift danach.

Mit einer Hand an seinem Reißverschluß und der anderen am Telefon setzt er sein Scheinmanöver fort.

Das ist die Welt, die sie gemacht haben, eine Welt, in der Sex immer durch ihre Scheinmanöver unterbrochen wird, und das gefällt ihnen. Selbst Männer wie Dart werden dadurch demoralisiert. Sie leben, um zu ficken, aber wegen Männern wie Lionel fühlen sie sich wie Gigolos. Was ist die Antwort? Wer weiß?

«Sagen Sie dem Bastard, daß ich mir seine Eier auf dem Tablett servieren lasse», sagt Lionel gerade, vielleicht zu seinem Anwalt oder dem Scheinanwalt oder irgendwem.

Während er spricht, vergeht seine Erektion. Ich habe die Phantasie, ihn zu blasen, während er telefoniert, weibliche Kraft gegen männliche, aber ich widerstehe – und das nicht nur wegen meiner schmerzenden Eingeweide. Der Versuch, nüchtern zu werden, hat solche Spiele für mich unattraktiver gemacht als früher. Ich sehe meinen eigenen Hunger nach Macht und Dominanz in meinem sexuellen Spiel. Ich sehe mich selbst in Dart – Donna Juana,

Donna Giovanna. Ich durchschaue meine eigenen Tricks. Eine Menge Sex ist bloß Eitelkeit, nicht? Das Prickeln, jemanden in sich verliebt zu machen, der Narzißmus, begehrt zu werden. Wenn der Fick klappt, gewinnt der Narzißmus der Natur. Wieder ein Baby für ihre Mannschaft. Tja, Mannschaft. Indem wir sie überlistet haben, haben wir uns vermutlich selbst überlistet. Gott hat den Menschen zuviel Hirn und nicht genug Urteilsfähigkeit und Mitgefühl gegeben – das ist die traurige Wahrheit. Eier auf dem Tablett, in der Tat.

Lionel sprudelt Worte hervor, zieht mit der einen Hand seinen Reißverschluß hoch, hält in der anderen das Telefon.

«Bin in einer Stunde da», schnarrt er.

«Baby, ich muß weg», sagt er überflüssigerweise zu mir. «Wir sehen uns später.»

Mein Bauch verkrampft sich. Ich laufe, um meine Maxibinde zu wechseln, dann küsse ich ihn zum Abschied und begleite ihn zum Hubschrauber.

Mir wird klar, daß ich in meinem Zustand ohnehin keinen Sex hätte haben können. Wem habe ich etwas vorgemacht? Lionel bellt seinem Piloten, der sich im Gras sonnt, Befehle zu. Der Mann springt wie der Halbsklave, der er ist: «Jawohl, Mr. Schaeffer. Sofort, Mr. Schaeffer.»

Der Pilot ist ein gutaussehender blonder *schagetz,* zweimal so groß wie Lionel. Eindeutig liebt Lionel es, ihn herumzukommandieren. Zweifellos haben Kosaken, die aussahen wie dieser Pilot, seine Großmutter vergewaltigt – und auch das hat er nicht vergessen.

Brutal durchschneiden die Rotoren die Luft über meinem lieblichen grünen Hügel.

«Ich ruf dich morgen an!» sagt Lionel den alten Männersatz.

Warum, frage ich mich, machen sie sich die Mühe? Selten ruft einer wirklich an – und dann gewöhnlich der, der vorher nicht gesagt hat, er würde.

In dieser Nacht, noch immer blutend, versuche ich Dart anzurufen. Ich rufe in L. A. an und probiere es zuerst mit den neuen Einträgen. Kein Glück. Im ganzen Großraum Los Angeles finde ich keinen Dart, Darton oder Trick Donegal. Ich überlege, ob ich es mit der Telefonnummer der Kleinen versuchen soll, aber dann fällt mir ein, daß ich sie nie hatte. Tatsächlich weiß ich nicht einmal ihren Namen.

Wenn ich irgendeine Nummer hätte, würde ich sie anrufen und anrufen bis tief in die Nacht, warten, daß jemand abnimmt, auflegen, erneut anrufen und wieder warten. Verzweifelt wähle ich schließlich die Nummer der alten Donegals in Philadelphia. Das Telefon läutet und läutet. In den Ewigkeiten zwischen den einzelnen Klingelzeichen läuft unsere ganze Beziehung noch einmal ab. Endlich meldet sich eine Stimme. Es ist Dart, der «hallo» sagt.

Ich knalle den Hörer auf die Gabel und gehe zu Bett, heftig blutend.

When my bed get empty
makes me feel awful mean an' blue.
My springs are getting rusty
sleepin' single as I do . . .

J. C. Johnson

16 Der Blues vom leeren Bett

Jetzt, da ich weiß, wo Dart ist, bin ich wieder so besessen, als wäre ich nie frei von ihm gewesen. Und ich bin es auch nicht. Noch immer besucht er regelmäßig meine Träume. Wenn sexuelle Leidenschaft kein starkes Band wäre, hätte Gott sie nicht als den Kitt zwischen zwei so verschiedenen Wesen wie Frau und Mann geschaffen. Mein spiritueller Friede ist dahin. Dart ist wieder in meinem Leben.

Es passiert mit der Plötzlichkeit eines Überfalls, eines Angriffs, eine Art sexuelles Pearl Harbor. Ich habe nur seine Stimme am anderen Ende der Leitung gehört, und schon bin ich verrückt.

Ich wälze mich in meinem Bett und denke, ich könnte ganz einfach in den Wagen steigen und dahin fahren, wo er ist. In vier Stunden könnte ich in Philadelphia sein, wenn ich führe wie der

Teufel. Ich denke an die schönen Dinge bei ihm – seine Liebe zur Poesie, seine Beschützerwut, wenn Leute mich auf der Straße erkannten, seine Liebe zu den Zwillingen.

Blöder Versuch. Tatsächlich war er schrecklich eifersüchtig auf sie, und als sie älter wurden, hatte ich immer Angst, er werde sie belästigen. In meiner Sehnsucht nach ihm ist es bequem, das alles zu vergessen. Mein gesunder Menschenverstand hat sich davongemacht. Ich rieche seinen Geruch; ich sehe die Haarlöckchen auf seinem Bauch.

Isadora: Entschuldige, aber wenn ich noch einmal von diesen verdammten Löckchen *oder dem verdammten Geruch höre, dann werde ich . . .*
Leila: Schreien?
Isadora: Ich weiß, der Geruch macht es . . . Vielleicht sollte ich aus dem hier nur ein Rubbel-und-Riech-Buch machen und dem Leser die unsterbliche Prosa ersparen.
Leila: Gute Idee!

Ich erinnere mich, wie lieb Dart zu Beginn der Affäre war: die langen Nachmittage im Bett überall auf der Welt – die Hotelsuiten, die Zimmerservice-Karten, die Betten, übersät mit Unterwäsche, Masken, Peitschen, Speisen, Sperma. Ich versuche, mich an alle schlimmen Dinge zu erinnern – die Mädchen, die Fotos, die Rechnungen, die grausamen Sätze –, aber ich kann ihn nicht hassen. Für eine große Liebe ist nur *ein* großer Liebhaber nötig: das Objekt kann so banal sein wie Lolita oder Mr. Fullerton. Nur der Liebende muß groß sein. Und es ist nur einer nötig, um zu lieben. Einer, der gibt, und einer, der empfängt. Der Empfänger muß ein gewisses *je ne sais quoi* haben. Er kann nicht ganz ohne Charme sein. Und auch nicht ganz ohne Poesie. Ich gestehe, daß ich nie einen Mann lieben konnte, der nicht belesen war. Snack sang mir Liedtexte von Bessie Smith ins Ohr, während er mich fickte; Thom pflegte John Keats, John Donne und John Milton meterweise zu zitieren. Elmore liebte Ezra Pounds «Cantos». Und Dart zitierte Shakespeares Sonette und die Liebesgedichte von Neruda. Wozu ist Liebe gut, wenn man sie nicht in Worte fassen kann?

Wieder bin ich entflammt. Wieder zu einem Häufchen Asche verbrannt. Wieder verzehrt.

Das Wort «hallo» hat mich versengt. Wenn schon ein einziges Wort das bewirkt, wie kann ich dann zwei riskieren? Oder gar drei? Mein Herz lodert wie das Shelleys an jenem Strand in Livorno.

Ja, sicher, Dart hatte ein gewisses *je ne sais quoi.* Sein Lächeln, seine Zärtlichkeit – oder war es bloß sein Schwanz? Verliebt sich das Weibchen der Spezies, wenn es nur gut gefickt wird? Geht die Natur so mit uns um? Ist das das Geheimnis, das der Don Juan kennt? Ich frage mich oft, warum andere Männer, nette Männer, langweilige Männer, nicht mehr Zeit und Mühe für das «Kamasutra» oder andere Texte über Liebesgeheimnisse aufwenden. Wissen Sie nicht, wie groß ihre Belohnung ist, wenn sie eine Frau gut ficken? Die Kunst der Liebe wird vorwiegend von Gigolos und Gaunern praktiziert. Wie dumm von den netten Männern, nicht von ihnen zu lernen!

Oder verachten sie bloßen Sex? (Als ob Sex jemals «bloß» Sex sein könnte.) Eine richtige Frau wird einen Mann immer mehr für seinen Schwanz lieben als für seine Scheinmanöver oder sein Bankkonto – ganz gleich, was die Zyniker sagen.

Hin- und hergerissen, weil ich nicht weiß, ob ich zurückrufen, nach Philadelphia fahren oder mich die ganze Nacht schlaflos im Bett wälzen soll, stehe ich auf, gehe in meinen Silo und öffne – als wäre ich Pandora, die ihre Büchse öffnet – eine Schachtel mit Dart-Memorabilia, die ich – vor mir selbst – hinter Kartons mit Leinwandklammern, Spannkeilen, Rahmenleisten und Büchsen mit Grundierung versteckt habe.

Ich öffne sie mit zitternden Fingern. Mein Herz hämmert schon wieder, nur, weil ich den Deckel abgenommen habe.

Da sind Polaroid-Studien für die Fotos von Dart – Dart nackt, mit seinem Schwanz winkend (es gab nichts, was dieser Junge nicht getan hätte); Dart in der Küche, den Schwanz auf den Hackklotz gelegt und das chinesische Hackmesser schwingend, als wolle er ihn abhacken; Dart nackt, erigiert, im Begriff, die unsichtbare Fotografin zu ficken.

Und dann gibt es da ein Sortiment von Grußkarten – Liebesgrüße, Entschuldigungen nach einem Streit, zerdrückte Ansteckblumen – eine doch tatsächlich von diesem schicksalhaften Thanksgiving bei seinen Eltern. Ich untersuche das alles mit Spannung, Erregung – aber auch mit einem Hauch neuer Losgelöstheit. Dart hat irgend etwas Abstoßendes und Perverses an sich. Das Polaroidbild, auf dem er das Hackmesser über seinem Schwanz schwingt, ist besonders beunruhigend. Als würde er alles tun, um beachtet zu werden. Ich kann diesen Mann nicht in das Haus zurückholen, in dem ich mit meinen Töchtern lebe.

Mit wehem Herzen nehme ich all die Fotos, Karten und getrockneten Blumen und fange an, sie zu einer Collage zusammenzustellen. Mich packt eine Raserei, die Liebesaffäre zu ihrem eigenen Denkmal zu machen, das Fieber steigt, und ich greife nach Schere und Leim und beginne, die Bruchstücke meines Lebens mit Dart zu zerschneiden, aufzukleben, sogar zu übermalen. Die Wut, mein Leben in eine Collage umzusetzen, überwältigt mich. Ich nenne die Collage «Büchse der Pandora».

Würde Dart, wenn er sie sehen könnte, sie lieben oder hassen? Schwer zu sagen. Würde sie unseren Bruch endgültig machen oder heilen? Dart ist so narzißtisch, daß ich fast glaube, sie würde ihm gefallen. Mich schaudert, als mir klar wird, daß mir sogar jetzt mehr an der Arbeit liegt als an der Liebe. Wenn ich wählen müßte, würde ich eher das Modell wählen als den Liebhaber – oder doch nicht?

Und dann läutet das Telefon in meinem Atelier – das geheime, dessen Nummer nur Dart und Emmie haben.

Ich renne hin, um den Hörer abzunehmen.

«Hallo?» sage ich.

Ein Klicken. Das war Dart. Anzogen von der Kraft, mit der ich seine Fotos zerschnitten habe. Schwarze Magie. Die Seele auf ein Stückchen Film gebannt. Die Verbindung hergestellt. Und zerrissen. Die Schere, die ich in der Hand habe, schneidet Darts Schwanz ab. Versehentlich?

Und dann falle ich wieder in die Sehnsucht. Meine Fingerspitzen schmerzen. Ich habe ein unangenehmes Gefühl in der Magengrube. Liebe? Sucht? Plötzlich schlittere ich in Dubrovnik die Straße entlang. Ich nehme den Leim und klebe Darts Schwanz wieder an.

O Gott – werde ich denn nie wieder ich selbst sein? Ich sehne mich danach, zu lieben, aber Liebe vernichtet – und alles, was weniger ist, fühlt sich nicht an wie Liebe! Je wilder man seine Unabhängigkeit verteidigt, desto mehr sehnt man sich nach Selbstvernichtung. Der Kampf geht weiter. Der Kampf zwischen Bindung und Liebe. Ich sehne mich danach, mich zu verschenken, mich zurückzunehmen, mich wieder zu verschenken. Während ich zerschnittene Stücke von Dart auf meinem Zeichenbrett arrangiere, ihn zusammensetze und auseinandernehme, kämpfe ich mit mir selbst. Was wünsche ich mir mehr? Kontrolle oder Liebe? Macht oder Liebe? Und schließen sich die beiden gegenseitig aus? Oder ist das nur bei mir so? Was bedeutet es, eine Künstlerin zu sein, die alle Teile ihres Lebens – im Wortsinn – als Material verwendet? Verdammt einen das dazu, unglücklich zu sein, oder ist es schließlich das einzige Glück? Ich kenne die Antwort auf keine dieser Fragen. Ich weiß nur, daß ich versuche, die Fragen selbst zu lieben. Sie sind alles, was ich habe.

Ich nehme den Telefonhörer wieder auf und rufe an – rufe, statt Dart, Julian in Los Angeles an. Julian, der vermutlich elektronische Musik für eine weitere Weltraumoper komponiert. Julian, der Albert Einstein so ähnlich sieht – mit seinem schneeweißen Haarschopf, seinen großen, traurigen, funkelnden Augen –, daß Leute ihn auf der Straße anhalten und fragen, ob er Einstein sei.

«$E = mc^2$», sagt Julian dann immer, was sie noch mehr verwirrt.

«Jetzt wissen sie Bescheid», flüstert Julian mir mit koboldhaftem Zwinkern zu.

Ich bete Julian an, seit Jahren. Julian ist mein Kumpel, mein spiritueller Führer. Ich sage mir, daß ich sofort noch einmal Dart anrufen werde, wenn ich Julian nicht erreiche. Aber Julian ist zu Hause.

«Wie geht es dir, süße Dame?» fragt er.

«Entsetzlich. Schlimm.»

«Was ist los, Baby?»

«Ich weiß nicht, ob ich male oder lebe. Ich weiß nicht, ob ich Dart umbringe oder mich selbst. Ich habe gerade eine Collage gemacht aus den Bruchstücken meines Lebens – und ich bin in dieser Collage. Ich komme nicht heraus.»

«Das Gefühl kenne ich», sagt Julian.

Ich erzähle ihm die Geschichte der letzten paar Wochen.

«Du hörst dich an wie ich, wenn ich eingesperrt bin und einen Abgabetermin habe. Ich schlafe drei Stunden, nehme eine kalte Dusche und fummle drei Stunden mit dem Synthesizer herum. Fummeln, schlafen, schlafen, fummeln, bis ich nicht mehr weiß, wer ich bin – ein Akkord oder ein Mensch –, und es ist mir sogar egal. Es ist die reine Seligkeit. Es ist Folter. Auf jeden Fall haben wir in dieser Sache keine Wahl. Es ist das, was wir tun müssen. Wenigstens bist du eine Künstlerin. Ich bin bloß eine alte Hure, die auf dem Synthesizer Töne herstellt, um ihre armseligen zwei Millionen im Jahr zu verdienen. Eine gutbezahlte Nutte. Nicht so gut bezahlt wie die Stars, die zu meiner Musik agieren – aber was soll ich machen?»

Allein Julians Stimme bewirkt, daß ich das Gefühl habe, mein gesunder Menschenverstand käme zurück. Er versteht mich – meine Arbeit, meine Obsessionen. Was für ein Segen, so einen Freund zu haben.

«Leila – du mußt damit rechnen, wenigstens ein bißchen um Dart zu trauern. Du warst fünf Jahre mit ihm zusammen.»

«‹Ein toter Geliebter muß von der Überlebenden zwei Jahre betrauert werden›», sage ich, die «Regeln der Liebe» zitierend.

«Aber er ist nicht tot, oder?» fragt Julian.

«Nein. Ich habe nur aus dem Kodex höfischer Liebe zitiert, den die Troubadoure im dreizehnten Jahrhundert zusammengestellt haben.»

«Das sieht dir ähnlich», sagt Julian. «Im Zweifelsfalle die Troubadoure zitieren. Deshalb liebe ich dich.»

«Würdest du mich zum Viva-Venezia-Ball begleiten, Julian?» platze ich aus heiterem Himmel heraus. Ich hatte gedacht, ich würde Dart fragen, aber jetzt wird mir klar, daß ich Julian fragen muß.

Julian zögert. Er fürchtet, sich auf etwas einzulassen, was ihn verletzen könnte. Julian schützt sich vor dem Leben mit seinem Grips, seinen treffenden Bemerkungen, seiner Isolation in seinem Haus, seinen Kompositionen. Er geht fast nie aus.

«Julian, du schuldest mir was – als Ausgleich für die Einkaufsliste.»

«Was für eine Einkaufsliste?»

«Die Einkaufsliste, die ich dir gegeben habe, als du nach Christinas Weggang am Verhungern warst.»

«Ach – die.»

«Ich möchte, daß du mich zu dem Ball begleitest, um dich für die Einkaufsliste zu revanchieren. Im Ernst.»

«Du nimmst mich ganz schön in die Zange», sagt Julian lachend.

«Ich mein's ernst. Ich möchte, daß du's mir versprichst.»

«Laß mich darüber nachdenken», sagt Julien. «Ich rufe dich zurück.» Er spielt einen geisterhaften Akkord und legt auf.

Ich gehe an meine Collage von Dart zurück – «Die Büchse der Pandora». Bilde ich mir das ein, oder zwinkert Dart mir zu? Er scheint zu zwinkern. «Ruf mich an», scheint er zu sagen. «Ruf mich an.»

Was hat es mit der schöpferischen Arbeit auf sich, daß man gleichzeitig zerstören will? Die Inder hatten recht mit Kali – das kreative und das destruktive Prinzip, in einer schrecklichen Muttergöttin vereint. Ich fühle mich wie Kali, während ich Bruchstücke meines Lebens zerschneide, zusammenklebe, anders anordne.

Wie sonst soll man zu schaffen wagen, wenn man nicht zu zerstören wagt? Der Wahnsinn ist derselbe, das Fieber im Blut, der Stolz, aus dem Nichts eine Welt zu erschaffen. Fieberhaft erregt betrachte ich die Schnipsel und Stücke, mit denen ich den ganzen Tag gespielt habe, und mein Kopf dröhnt. Die Adern meiner Schläfen zucken. Mein Hals tut mir weh. Mein Nacken schmerzt. Es ist nichts, das nicht durch eine Nacht im Bett mit dem richtigen Mann zu kurieren wäre.

Ich lege die Schere hin, gehe zu meinem Telefonverzeichnis und fange an, es durchzusehen. Was für ein Denkmal der Unbeständigkeit ist mein Telefonverzeichnis! Die Hälfte der Telefonnummern ist überholt; wer sich nicht hat scheiden lassen oder geheiratet hat, ist gestorben! Welche Sterblichkeitsrate das Verzeichnis widerspiegelt! Ich nehme den Terminkalender, in dem ich die Namen besonderer, intimer Freunde verzeichne, und sehe den durch: ehemalige Liebhaber, entfremdete Ehemänner von lieben Freundinnen oder entfremdete Ehemänner von entfremdeten

Freundinnen! Nicht sehr vielversprechend! Ich stelle eine kleine Liste der potentiellen Fickpartner aus meinem Telefonverzeichnis und Terminkalender zusammen – und mir sinkt das Herz. Was für Probleme lauern hinter jedem dieser Namen! Was für unausgesprochene Tiefen an Intimitätsangst, Bindungsangst, Angst vorm Fallen, Angst vorm Fliegen, Angst vorm Ficken!

Eine erste nette Einladung zum Abendessen, eine Gegeneinladung, Filme, Theater, sicherer, kondomisierter Sex beim vierten Treffen, ohne den Austausch von Körperflüssigkeit, und sie verschwinden wieder im Terminkalender wie zwischen den frischen, sauberen Laken eines Krankenhausbettes. Warum die Mühe? Warum nicht einfach hier auf dem Land bleiben und eine Collage aus meinem Leben machen?

Ich beginne eine Arbeit mit dem Titel «Sex im AIDS-Zeitalter», basierend auf all den überholten Seiten meines Telefonverzeichnisses und Terminkalenders. Auf einem großen Druck von Dart als Rockstar ordne ich Seiten, Karteikarten, alte Theaterzettel, Speisekarten und weitere Polaroidfotos von Dart an. Ich zerschneide die Theaterzettel und Speisekarten zu sinnlichen bis genitalen Formen, entmanne die Polaroids und klebe sogar ein rosa verpacktes Excita-Kondom in die Mitte der Arbeit. Ich blättere meinen Zeitschriftenstapel durch und suche nach einem dieser erstaunlichen Bilder, auf denen eine Frau sich ganz unschuldig mit einem phallusförmigen Vibrator den Nacken massiert. Über die Heuchelei muß ich laut lachen. Während ich die ausgeschnittenen Stücke verschiebe und neu anordne, träume ich von einem reizenden jungen Beschäler, den ich mir einfach bestellen könnte, wie man sich einen Masseur bestellt.

Was für ein florierendes Geschäft für vielbeschäftigte kreative Frauen! AIDS-getestete Beschäler für die kreative Frau (oder die vielbeschäftigte Managerin), die sich auf keine Beziehung einlassen will. Aber das würde natürlich niemals klappen. Die meisten Frauen wollen keine Beschäler – AIDS-getestet oder nicht –, sie wollen Liebe. Sie wollen Romantik. Und so würde das Geschäft mit den Begleitern niemals funktionieren.

Es würde auch bei mir nicht funktionieren – ganz gleich, wie anziehend mir die Vorstellung erscheint. Ich kann vor mir selbst so tun, als wünschte ich mir einen Beschäler, aber ach, das, was ich will, ist sehr viel komplexer: ein Liebhaber, ein Partner, ein Freund, ein Vater, ein Baby. Ein Beschäler wäre zu einfach – selbst dann, wenn ich eine Ahnung hätte, wo ich einen finden könnte.

Also arbeite ich wie eine Besessene an meiner Collage weiter, hoffe, all die Leidenschaft und Energie und Lebendigkeit werde in das Papier eingehen, all die blockierten Höhepunkte in den Leim fließen. Die Bilder sollen vibrieren wie ein guter, echter Orgasmus. Ich könnte diese Collage auch «Empty Bed Blues» nennen. Und ich könnte sie Bessie Smith widmen, Bessie Smith, der Königin des Blues, meiner Heldin.

I'm lookin' for a woman who's looking for a low-down man
I'm lookin' for a woman who's looking for a low-down man
Ain't nobody in town get more low-down than I can.

FREDDIE SPRUELL

17 Leila in der Nacht

Von Wayne Riboud habe ich nichts mehr gehört seit der Nacht, in der er in der Raststätte in den absurden Vorstädten von New York in einem Schwarm junger Frauen verschwand. Jetzt ist er plötzlich am Telefon und belästigt mich, als sei nichts geschehen. Männer, die wochenlang verschwinden und dann wieder auftauchen, haben mir früher Rätsel aufgegeben. Jetzt weiß ich, daß sie entweder vor Intimität zurückscheuen oder hinter anderen Frauen her sind – was natürlich auf dasselbe hinausläuft. Ich habe Wayne sitzenlassen, weil er betrunken war – oder?

Wie so oft in meinem Leben ist der Mann, der sich gerade in mich verliebt hat, abgehauen und hat eine andere Frau verführt – nur um zu beweisen, daß er nicht in die Falle gegangen ist? Die Wahrheit ist, daß ich selbst das auch getan und die Sache als das erkannt habe, was sie ist: Angst vor Nähe. Ich frage mich, ob ich Wayne wegen seines Trinkens sitzengelassen habe oder deshalb, weil er etwas in mir aufrührte und ich in Panik geriet. Ich werde das nie wissen. Seit AA ist in meinem Leben alles zweifelhaft. Ich weiß nicht, ob ich trank, um eine Entschuldigung dafür zu haben, mit Männern ins Bett zu fallen, oder ob ich mit Männern ins Bett fiel, um einen Vorwand zum Trinken zu haben. Ich weiß nicht, ob der Gegenstand meiner Sucht Schnaps oder Schwänze waren – oder eine Mischung aus beiden.

Jetzt lädt Wayne mich ein, eine Nacht in New York zu verbringen. Bin ich nüchtern genug, um das ohne Trinken zu schaffen?

«Komm, Leila – du hast dich wochenlang nicht sehen lassen. Du gehst ein in diesem verdammten Silo. Verbummeln wir eine Nacht in der Stadt. Ich vermisse dein Kichern.»

«Wie kann ich jemandem widerstehen, der mein Kichern vermißt?»

«Gar nicht, Baby. Also, ich lade dich zu allem ein. Es wird eine tolle Nacht werden.»

«Ich habe keinen Führerschein mehr.»

«Ha! Und du dachtest, ich könnte nicht fahren! Ich werde fahren», sagt Wayne.

«Oh, nein, das wirst du nicht. Nie wieder.»

«Dann nimm den Zug oder miete dir einen Fahrer.»

«Was soll ich anziehen?»

«Schwarzes Leder.»

«Vergiß bloß nicht, daß ich nicht mehr trinke oder Drogen nehme.»

«Ich habe andere Rauschmittel, Baby», sagte Wayne. «Hab keine Angst.»

Ich lasse die Zwillinge mit Lily zurück und heuere einen Fahrer an – einen schlanken, schwarzen jungen Mann namens Charlie –, der mich in DART von Connecticut nach New York fährt. Ich trage eine schwarze Spitzencorsage im Madonna-Stil, schwarze Lederjeans, schwarze Sado-Maso-Sandaletten mit Pfennigabsätzen und eine schwarze Motorradjacke, die Dart gehörte.

Mein Haar ist wild zerzaust von der Fahrt hierher, aber ich

frisiere es nicht. Ich habe dieses verrückte, halb hysterische Gefühl, das mich überkommt, wenn ich wie besessen gearbeitet habe und plötzlich das einbricht, was als wirkliches Leben gilt. Wie gewöhnlich weiß ich nicht, ob ich male oder lebe.

«Küß mich», sagt Wayne. Ich küsse ihn und rieche den Alkohol. Bei aller Geilheit nimmt mir das die Lust. Ich sage mir, daß ich noch immer ein bißchen blute und Sex daher gefährlich ist. Seit ich aufgehört habe zu trinken, ist meine sexuelle Reizschwelle höher. Mein gesunder Menschenverstand scheint mehr und mehr die Kontrolle zu übernehmen. Wie beschissen ist doch die Nüchternheit! Sie macht alles, was früher einfach war, auf einmal so schwer.

Wayne führt mich durch die menschenwimmelnde Sommernacht zum East Village. Wir betreten etwas, das wie ein Kühlhaus aussieht, gehen durch doppelte Metalltüren und finden uns in einem großen Raum mit Klappstühlen wieder. Alle Stühle sind besetzt. Wayne und ich stellen uns in der Nähe der Tür an die Wand.

Das Publikum ist eine Mischung aus Künstlertypen des East Village, Leuten in Geschäftsanzügen und Touristen, die etwas erleben wollen. Die Show beginnt.

Ein Mann mit einer Ledermaske geht zum Vordergrund des Saals, steigt auf die Behelfsbühne, die mit Planen bedeckt ist, öffnet den Reißverschluß vor seinem Mund und fragt: «Wer möchte gehen, bevor die Türen verschlossen werden?»

Niemand steht auf.

«Laß uns gehen», sage ich zu Wayne.

«Wir sind ja gerade erst gekommen», sagt er. «Ich schwöre dir, du wirst es nicht bereuen. Es wird dich inspirieren.»

Ich sehe in seine zusammengekniffenen grünen Augen, rieche seine Fahne. Ich will einen Drink, denke ich. Und dann sage ich mir: Du *denkst* bloß, du wolltest einen Drink, weil du Angst hast. Fühle die Angst – aber laß dich von ihr nicht zum Trinken verführen. Sie wird vergehen, wie das Wetter. Gefühle sind keine Tatsachen.

Plötzlich wird es stockfinster im Raum, und ich höre, wie metallene Türe zugeschlagen und verschlossen werden.

Jetzt geht es los. Es raschelt im Raum. Die Leute rutschen auf ihren Stühlen herum. Ich kann die Angst riechen.

Musik setzt ein. Elektronische Musik. Eine Art Science-fiction-Tonkulisse, die von meinem Freund Julian stammen könnte. Dann erfaßt ein Scheinwerfer eine junge Frau in Schwarz mit dickem, schwangerem Bauch. Und ein anderer Scheinwerfer beleuchtet eine männliche Gestalt mit bedrohlicher Maske, die ein Samurai-Schwert schwingt.

Der Mann mit dem Samurai-Schwert verfolgt die junge Frau in einem stilisierten Tanz rund um die Bühne und peitscht die Luft mit seinem Schwert. Er scheint auf ihren Nacken, ihre Knöchel, ihre Handgelenke zu zielen – bleiche, dürre Glieder im Vergleich zu ihrem schwellenden, schwarzgewandeten Bauch. Mit einem schwirrenden Geräusch läßt er das Schwert auf ihren Bauch sausen und schlitzt ihn auf. Ein Dutzend Ratten purzeln heraus und fallen auf die Bühne.

Die Frau schreit: «Meine Babys! Meine Babys!»

Der maskierte Mann verfolgt die Ratten, schlägt nach ihnen, enthauptet eine (ein Schwall von Blut), zerhackt andere. Die Frau kreischt laut und ohrenbetäubend. Ich halte mir die Augen zu; mein Magen verkrampft und hebt sich, als müßte ich mich gleich übergeben.

Das Publikum sitzt gebannt und schweigend. Niemand atmet. Es wird heißer und heißer im Raum.

Ich spähe zwischen meinen Fingern durch. Die Bühne ist blutbesudelt. Ein paar Ratten winden sich im Todeskampf, andere sind tot, liegen aufgeschlitzt auf der Bühne. Wieder andere sind entkommen, Gott weiß wohin.

Ich fahre hoch und hämmere an die Metalltür wie in einem Anfall von Klaustrophobie. Wayne versucht, mich zurückzuhalten, aber ich schlage um mich in meinem wilden Drang, aus diesem Alptraum herauszukommen.

Die Zeit scheint zu kriechen, wie im Traum oder in Zeitlupe, wie im Alptraum einer Neunjährigen. Nachdem ich eine Ewigkeit lang gegen die Metalltür gehämmert habe, fühle ich, daß sie nachgibt. Wayne und ich werden in den kühlen Vorraum des Fleischbeschauhauses entlassen.

Ich renne hinaus auf die Straße. Wayne folgt mir.

«Baby, Baby, du bist aber wirklich ausgeflippt», sagt er und hält mich im Arm.

«Ich will nicht in einer Welt leben, in der Leute so was als Unterhaltung betrachten!»

Ich bebe am ganzen Körper. Meine Knie zittern.

«Ich hasse das, was wir aus der Welt gemacht haben! Ich hasse es!»

«Komm, Baby, setz dich hin. Ich kaufe dir einen Drink.»

«Einen Drink! Verdammt noch mal, was anderes fällt dir nicht ein? Eine Welt, die so häßlich ist, daß man sich betäuben muß, um sie zu ertragen! Ich will nicht in dieser Welt leben. Ich will zurück nach Connecticut und mich verstecken! Verdammt, das sind die letzten Tage des Römischen Reiches. Wenn ich Gott wäre, würde ich alle umbringen und noch mal von vorn anfangen.»

Wayne führt mich in ein kleines Büro, eine Art Keller, in dem Marmortische und Pariser Caféhausstühle die Düsternis möblieren. Die Gäste sind Europaverschnitt, passend zu den Möbeln, reiche Gammler in abgerissenen Klamotten, die sich als Künstler ausgeben, und schwule männliche Modelle, die so tun, als seien sie nicht schwul.

Wayne bestellt Wein für sich. Ich bitte um eine Diätcola mit Zitrone. Ich weine und zittere noch immer. Ich klammere mich an mein Glas, als ginge es um mein Leben.

«Baby, das war nur eine Performance», sagt Wayne.

«Es waren wirkliche Tiere und wirkliches Blut und ein wirklicher Mann und eine wirkliche Frau. Erzähl mir keinen Scheiß über Performance-Kunst. So was lassen wir zu – aber bei Sex drehen wir durch. Es ist verrückt, Wayne, verrückt, verrückt. Ich will nicht in so einer Welt leben. Ich will, daß die Leute nett und zärtlich sind und sich lieben. Warum ist alles so beschissen?»

Wayne legt einen Arm um mich. «Ich hätte dich nie hingeführt, wenn ich gewußt hätte, daß du ausflippst. Ich fürchte, wir lassen Madame Ada, die Domina, lieber aus. Das sollte unsere nächste Station sein. Aber wenn dich das aufregt, kannst du ja statt dessen ins Kino gehen. Vielleicht läuft irgendwo ‹Bambi›.

Mir soll's recht sein, Leila. Ich fand nur, du solltest das sehen, für deine Kunst. Es ist wichtig. Es ist das, was hier passiert. Ich meine, du solltest das kennen.»

Ich sehe ihn mit blankem Haß an (vor allem wegen der Bambi-Bemerkung). «Warum?»

«Weil das die Geheimgeschichte unserer Epoche ist. Wie meine Geldscheine stellt es unsere Werte in Frage. Wir sind ein Teil davon, und solange wir den geheimen Teil von uns selbst nicht finden, der solche Sachen liebt, können wir nicht die Abschaffung von Terrorismus oder Folter fordern. Wir müssen den Folterer in unserem eigenen Herzen finden. Deshalb möchte ich, daß du Madame Ada kennenlernst. Aber wenn du das nicht aushältst, dann vergiß es. Wir machen es ein andermal.»

Wayne ruft den Kellner, der eine Rechnung kritzelt. Aus seiner eleganten schwarzen Kalbslederbrieftasche zieht Wayne die herrliche Abbildung einer Hundert-Dollar-Note hervor, koloriert in allen Farben des Regenbogens wie die Währung einer Bananenrepublik.

Der Kellner, ein schwules Bürschchen von vielleicht zweiundzwanzig mit einem Pfeil im linken und einem goldenen Piratenring im rechten Ohr, starrt den Schein an und sagt dann: «Es tut mir schrecklich leid, Sir, ich kann das nicht annehmen. Wir akzeptieren American Express, Visa, MasterCard . . .»

«Entschuldigen Sie», sagt Wayne. «Wissen Sie, was dieser Schein wert ist?»

«Nein, Sir.»

«Ich würde sagen, mindestens hundertmal seinen Nennwert. Wenn Sie ihn verkauften – an Leo Castelli weiter unten an der Straße oder Holly Solomon oder irgendwen –, könnten Sie einen Reingewinn von neuntausendneunhundert Dollar einstecken. Wissen Sie, was Sie für neuntausendneunhundert Dollar kaufen könnten?»

«Ja, Sir!»

«Ein Jahr lang Schauspielunterricht!» sagt Wayne. «Ein neues Auto – wenn auch nur einen kleinen Koreaner. Zeit. Wissen Sie, was Zeit wert ist?»

«Sir – es tut mir schrecklich leid, ich kann das nicht annehmen.

Amex, Master, Visa – sogar einen Scheck, wenn Sie sich ausweisen können.»

«Was ist ein Jahr Ihres Lebens wert? Sie könnten ein Jahr lang ohne diesen lausigen Job leben – wenn Sie bescheiden lebten. Was ist Ihnen das wert?»

«Sir, bitte», sagt der Kellner, eindeutig außer sich.

«Wie heißen Sie?» fragt Wayne.

«Bruce», sagt der Kellner, «Bruce Berlinger.»

«Und was machen Sie?»

«Ich bin Schauspieler, nehme Unterricht bei Stella Adler, Sir.»

«Tja, Bruce, damit können Sie eine Menge Stunden bei der alten Krähe kaufen – und eine Menge Zeit. Das wollen Sie doch bestimmt.»

«Sir, danke, aber ich kann das nicht annehmen.»

«Warum? Sie könnten das Wechselgeld von Ihrem Lohn vorstrecken, den Schein an irgendeinen namhaften Kunsthändler verkaufen, sich ihre Auslagen ersetzen und den Rest einstecken. Sie wären um neuntausendneunhundert Dollar reicher. Wie können Sie das ablehnen?»

«Sir», sagt Bruce, «i-i-ich k-k-kann nicht.»

«Dann teilen Sie die Differenz mit Ihrem Chef, wenn Ihnen das weniger Kopfzerbrechen macht.»

«Bitte, Sir. Amex, Master, Visa», fleht Bruce unter Tränen.

Wayne stößt einen tiefen Seufzer aus und gibt ihm eine Amex-Karte. Dann hält er den nachgemachten Hundert-Dollar-Schein hoch.

«Bruce, passen Sie genau auf. Ich gebe den Schein dieser Dame, weil sie eine wirkliche Künstlerin ist und das Risiko nicht scheut. Passen Sie genau auf.»

Und er nimmt einen alten Füllhalter aus der Tasche und signiert den Schein: «Für Leila, mit Liebe und Blut und Mut, von Wayne.» Dann händigt er mir das Hundert-Dollar-Kunstwerk aus.

Bruce eilt mit Waynes Amex-Karte davon.

Ich beschließe, mit Bruce zu der Domina zu gehen.

Madame Ada wohnt in einem alten Gebäude im West Village. Es gibt einen Portier. Wayne und ich fahren zum Penthouse-Geschoß hoch und läuten an ihrer Wohnungstür, an der «Dr. phil.» steht. Eine weiße Visitenkarte darunter trägt die Aufschrift: «Institut für Psychodrama.» Stille.

«Vielleicht ist sie nicht zu Hause», sagt Wayne.

Ich bin erleichtert, daß sie nicht da ist. Doch dann hören wir das Klappern von Absätzen auf einem harten Boden, und die Tür geht auf.

Eine slawisch aussehende Blondine in den Vierzigern mit eckigem Kiefer in weißem Lederrock, blauer Seidenbluse und schwarzen Stöckelschuhen öffnet die Tür. Sie drückt mir fest die Hand und küßt dann Wayne nach italienischer Art auf beide Wangen.

«Hallo», sagt sie mit einem Lächeln, das sofort wieder verschwindet. «Ich bin Ada», sagt sie mit starkem russischen Akzent, «oder, für meine Sklaven, Madame Ada.» Sie lacht. «Kommen Sie rein, kommen Sie rein.»

Der große Wohnraum ist leer bis auf eine riesige Ledercouch – weiß – und ein paar futuristische italienische Lampen. Die Wände sind verspiegelt. Kunst gibt es überhaupt nicht. Aber was es gibt, ist eine riesige Terrasse, die über die niedrigen Dächer des Village bis auf die Midtown-Skyline von New York blickt. Eine atemberaubende Aussicht.

Wir setzen uns auf die Ledercouch, die inmitten des leeren Raumes ein U bildet.

«So . . .», sagt Ada. «Wayne hat mir wunderbare Dinge über Sie erzählt. Er sagt, wir seien uns so ähnlich.»

«Wie sind Sie zu diesem Beruf gekommen?» frage ich.

Ada lacht. «Jeder stellt die gleiche Frage.»

Sie kreuzt die unrasierten Beine, läßt den Fuß mit dem schwarzen Pfennigabsatz kreisen und lacht ihr trillerndes, musikalisches Lachen.

«Lassen Sie mich Ihnen erzählen, was ich zu Phil Donahue gesagt habe. Als ich gerade erst aus Rußland in dieses Land gekommen war, wurde ich von einem mexikanischen Freund in einen Sado-Maso-Club in SoHo geführt. ‹Das Verlies› hieß er, glaube ich. Ich bin aus Neugier hingegangen, wie Sie, und wußte nicht, was ich da eigentlich sollte. Im Club sah ich Männer, gefesselt und geknebelt, auf Fesselungstischen ausgestreckt, die Hoden in Leder eingebunden. Ich sah Dominas in schwarzem Leder, die diese Männer peitschten und ihnen erlaubten, ihnen eine Zehe zu küssen – oder vielleicht nicht einmal das –, und ich fühlte mich angewidert, gleichgültig, den Leuten, die das taten, ungeheuer überlegen. Das gab mir den ersten Hinweis darauf, daß es mich anziehen mußte. Dann reichte mir plötzlich jemand eine neunschwänzige Katze und fragte, ob ich mitmachen wollte. Ich hatte dabei kein besonderes Gefühl, weder so noch anders. Das Gesäß eines Mannes wurde vor mir entblößt – ein junger Mann, jung und gutaussehend, mit festen Pobacken –, und ich begann, ihn zu schlagen. Da entdeckte ich in mir eine große Lust, weiterzumachen. Ich war wild vor Leidenschaft, mehr und mehr und mehr zu tun. Ich wollte ihn verletzen, wollte Blut sehen, sein Fleisch zerfetzen.» Ada sagte all das ganz präzise, jeden Konsonanten überbetonend, die Vokale auf slawische Art in die Länge ziehend. Ich war fasziniert.

«Gibt es eine Gefahr dabei?» frage ich.

«Ha», sagt meine Sado-Maso-Lehrerin, «Sie stellen die richtige Frage. An diese Art von Sex kann man sich leicht gewöhnen. Er ist eine Droge. Er führt Sie zu Extremen, nach denen anderer Sex, freundlicher Sex, zahm erscheint.»

«Gibt es überhaupt freundlichen Sex?» frage ich.

Ada lacht, als wisse sie, was ich meine. Die dunkelblauen Augen zwinkern.

Das Gespräch schweift ab, geht auf andere Dinge über – Vegetarismus, Bücher, Reisen.

Während wir reden, kommen zwei junge Leute ins Zimmer, eine schlanke, knabenhafte blonde Frau in Jeans und Cowboyhemd und ein schmaler junger Mann mit Pferdeschwanz und Fliegerhalstuch.

«Meine beiden persönlichen Sklaven», sagt Ada. «Auf Rolands Schenkel sind meine Initialen eingebrannt, und Lavinia trägt meinen Ohrring in der Brustwarze. Vielleicht werden sie es Ihnen später zeigen.»

Lavinia zuckt scheu die Achseln; Roland lächelt.

Ich tausche Blicke mit Wayne, der lacht.

«Schon angebissen?»

«Vielleicht würde Leila gern eine der Dominas kennenlernen?» sagt Ada.

«Ja, gern.»

«Angebissen», sagt Wayne.

«Dann wollen wir ins Studio gehen», sagt Ada.

Wir verlassen das Penthouse, fahren mit dem Lift hinunter in die Halle und gehen, von den persönlichen Sklaven gefolgt, ein paar Blocks weiter, bis wir ein schmales Backsteinhaus erreichen, das nur aus einem Garagentor zu bestehen scheint.

Ada öffnet das Tor mit einem elektronischen Türöffner. Dahinter befindet sich eine Garage mit zwei Autos, hinter diesen eine weitere Tür, die in einen verspiegelten Warteraum führt.

Zwei junge Männer in *jarmulkes* sitzen darin, vornübergebeugt, auf den Boden schauend. Einer dreht nervös an seiner *pajes,* der andere blättert in einem Pornomagazin.

Lavinia, die «persönliche Sklavin», flüstert: «Wir haben hier jede Menge religiöser Typen. Vor allem Juden und Katholiken.»

Großer Gott – ich würde diese beiden jungen Männer in *jarmulkes,* die vor der Tür der Domina auf die Andacht warten, gerne malen. Ich wage es nicht – «nicht gut für die Juden», höre ich die Stimme meiner Mutter sagen.

Ada geht durch den Warteraum in ein benachbartes Zimmer, das mit einer Art Massagetisch ausgestattet ist; er hat Löcher für Gesicht und Genitalien.

«Das ist ein Fesselungstisch», sagt sie. «Sehen Sie? Von unten können Sie Dinge tun.»

Sie führt mich zu einem verspiegelten Wandschrank und zeigt mir eine ganze Garderobe aus Leder, Gummi, fetischartigen Schuhen und Stiefeln.

«Kommen Sie», sagt sie. «Ich möchte Ihnen meine Star-Domina zeigen, Larissa.»

Wir gehen über den Gang zu einer weiteren Tür, klopfen an, und eine kultivierte Stimme antwortet: «Bitte, warten Sie.»

Die beiden Sklaven sind mit Wayne zurückgeblieben. Ada nimmt meine Hand und sagt: «Wir beide gehen allein hinein.»

«Kommen Sie herein!» singt Larissa.

Ada und ich betreten einen abgedunkelten Raum, in dem ein

Mann mit dem Gesicht nach unten auf einen Fesselungstisch gebunden ist.

Er ist jung und blond wie Dart und hat hübsche Hinterbacken, wunderbar geformte Waden mit langen Muskeln und einen herrlich muskulösen Rücken. Es könnte Dart sein, der da liegt, den schwellenden Schwanz in Leder geschnürt, die Augen verbunden, die Hände in einer flehenden Haltung über dem Kopf gefesselt.

Larissa geht neben dem Tisch auf und ab und spricht in gebieterischen, aber honigsüßen Tönen auf ihn ein.

«Was für ein böser Junge, so schnell zum Orgasmus zu kommen. So könntest du nie eine Frau befriedigen. Was sagst du?»

«Es tut mir leid, Herrin», murmelt der Mann.

«Welche Strafe verdienst du für dein Vergehen?»

«Ich weiß nicht, Herrin.»

«Böser Junge», sagt Larissa und schlägt ihn mit ihrer Reitpeitsche. Er schreit auf.

«Denk nach, Kleiner», sagt sie, auf und ab gehend und die Peitsche streichelnd.

Larissa ist ein herrliches Geschöpf – groß, dunkelhaarig, mandeläugig, mit wunderbarer Stimme, ungewöhnlich gerader Haltung und einer Körpersprache, die sagt: «Rühr mich nicht an.»

Sie trägt ihr langes, kastanienbraunes Haar als Pferdeschwanz, der wie der Schwanz ihres Opfers mit Lederriemen umwickelt ist. Ihr hochbusiger, langbeiniger Körper steckt in einem schwarzen Minikleid aus Leder mit verschnürter Corsage und schenkelhohen schwarzen Schnürstiefeln. Die Absätze sind, wie die von Ada, mindestens fünfzehn Zentimeter hoch. Ich staune, daß sie überhaupt damit gehen kann – aber sie kann, und zwar so elegant wie eine preisgekrönte Araberstute.

«Die Strafe?» fragt sie. «Oder vielmehr, das Werkzeug für die Strafe?»

«Wie Sie wünschen, Herrin.»

«Wie war das, Junge? Lauter.»

«Wie Sie wünschen, Herrin.»

«Mmmm», sagt Larissa und schwingt ihre Lederpeitsche. «Ich überlege. Soll es die Peitsche sein, die neunschwänzige Katze, der Gummischlauch?»

«Wie Sie wünschen, Herrin.»

Sie fährt mit ihren rotlackierten Nägeln über die Peitsche, als wolle sie deren Schärfe prüfen, und schlägt ihn dann damit. Wieder. Und wieder. Und wieder. Sie lächelt, ihre roten Lippen kräuseln sich zu einer kleinen, karminroten Sichel der Lust. Er schreit laut. Sein schöner Rücken ist mit roten Striemen bedeckt.

«Du sollst nicht schreien, Junge», sagt sie. «Bei jedem Hieb sollst du sagen: ‹Danke, Herrin›, sonst verdreifache ich die Schläge. Hast du mich verstanden, Junge?»

«Danke, Herrin.»

«Sehr schön.» Sie beginnt jetzt, ihn ernstlich zu peitschen. Er unterdrückt seine Schreie und murmelt statt dessen: «Danke, Herrin. Danke, Herrin.»

Mein Herz pocht mit jedem Hieb. Ich werde feucht.

Larissa, die sehr sensibel ist, fühlt das. Ohne ein Wort gibt sie mir ihre Peitsche in die Hand und nimmt sich selbst eine andere von der Wand.

«Jetzt wird mir eine schöne Dame assistieren», sagt sie zu dem Sklaven.

«Danke, Herrin», sagt er.

Ich lasse die Peitsche auf sein Gesäß sausen, zuerst leicht und zögernd, dann fester. Larissa und ich peitschen ihn abwechselnd, reagieren auf die Bewegung, den Rhythmus der anderen.

«Sie ist ein Naturtalent», sagt Ada zu Larissa.

Mein gesunder Menschenverstand steht daneben, sieht zu, wie ich den Mann heftiger und heftiger peitsche, erstaunt, ihm Schmerz zu bereiten (wofür er mir dankt). Eine Berührung, und ich könnte kommen, aber so schwebe ich am Rand des Orgasmus, erstaunt, daß es mir Lust bereitet, Rücken und Gesäß des Sklaven mit roten Striemen zu überziehen.

Sklave, Herr – was bedeutet das? Ein Wirrwarr von Bildern aus meinem früheren Leben zieht mir durch den Kopf. Ich peitsche Dolph, Elmore, Dart, Dart, Dart. Ich räche mich an André, an Dolph, an jedem Kunstkritiker, der je meine Arbeit angegriffen hat. Ich begreife die Verlockung dieses Ortes, das Entladen der Gefühle, ihre Hitze. Anderswo in der Gesellschaft ist der Machtkampf zwischen Männern und Frauen verdeckt. Hier ist er nackt.

Anderswo geben die Leute vor, zivilisiert zu sein. Hier nicht. Anderswo tauschen Männer und Frauen Küsse, Umarmungen und Lügen. Hier peitschen sie einander und sagen die Wahrheit. Die Wahrheit, wie schrecklich auch immer, macht frei.

Isadora: Also wer ist denn jetzt der Ficker und wer der Gefickte? Geht es darum?
Leila: Du hast's kapiert, Schätzchen.
Isadora: Und wen muß ich *ficken, um aus diesem Film herauszukommen?*

Ich peitsche den Mann heftiger und heftiger, bis seine gemurmelten Dankesworte nur noch stockend kommen. Ich weiß nicht, wer es ist – ich weiß nur, daß er ein Mann ist und daß die Wut, die ich ihm gegenüber empfinde, bodenlos und tief ist. Bei einem meiner Schläge stöhnt er und kommt mit einem weißen Spritzen über die Riemen, die seinen Schwanz bedecken.

«Danke, Herrin», murmelt er. Und ich falle fast vornüber, weil ich selbst spontan einen Orgasmus habe.

Larissa hat die Folterung ihres Sklaven wieder aufgenommen; ihre grausamen, karminroten Lippen sind verächtlich verzogen, während sie eine lange schwarze Kerze in die Hand nimmt. Er dankt ihr, als sie sie in seine Eingeweide stößt.

Ich habe das Gefühl, wirklich in der Hölle zu sein, den dunklen Göttern geweiht, während dieser gefesselte Mann sein eigenes, privates Drama spielt. Wir alle sind hier, weil die Liebe bei uns irgendwie nicht funktioniert hat, weil unser gesunder Menschenverstand uns verlassen hat und wir daher reinen Sex und reine Macht suchen. Ich überlasse mich Kali – ich, die früher Demeter und Persephone liebte. Wer mit vierzig kein Zyniker ist, kann die Menschen nie geliebt haben.

«Larissa hat ihren Sklaven noch nicht entlassen», sagt Ada. «Aber Sie, meine Kleine, sind ein Naturtalent für diese Art Psychodrama.»

Wayne sieht mich an und lacht. «Ja, ja, ja», sagt er. «Ich kann nicht behaupten, daß mich das überrascht. Leila hat sich nie vor ihrer dunklen Seite gefürchtet.»

Die Badezimmertür öffnet sich, und der blonde junge Mann taucht auf. Er sieht ein bißchen aus wie Dart, aber er ist nur einer von vielen, die ihm ähneln. Die Welt ist voll von ihnen!

Wayne hatte recht, mich hierher zu bringen. Das war es, was ich brauchte, um endlich meine Dart-Besessenheit zu durchbrechen, sie zu verstehen. Wie konnte er das wissen?

Der blonde junge Mann kniet nieder und küßt Larissas schwarze Stiefelspitze.

«Danke, Herrin», sagt er. «Nächsten Dienstag um vier.»

«Scher dich weg, Kleiner», sagt sie kühl.

«Danke, Herrin», sagt er und geht nach Hause, um seine Frau oder Freundin zu schlagen.

Wayne fängt meinen Blick auf.

«Irgendwann», sagt er, «finde ich einen Weg, daraus Kunst zu machen. Ich weiß noch nicht genau, wie. Aber es ist wichtig, daß das jemand macht. Ich möchte der Francis Bacon des Sado-Maso sein.»

«Francis Bacon ist bereits der Francis Bacon von Sado-Maso», sage ich. «Du kommst zu spät.»

Wayne lacht.

«Weißt du, was er einmal zu einem Interviewer gesagt hat, der ihn fragte, woher er seine Schreckensbilder nähme?» frage ich.

«Nein», sagt Wayne.

«‹Ich sehe mir einfach das Lammkotelett auf meinem Teller an›, sagte er. ‹Das ist aller Schrecken, den ich brauche.›»

«Eine Bekehrte», sagt Wayne. «Und das an einem einzigen Abend.»

Der Raum ist mit Kerzen beleuchtet. Dieses «Institut für Psychodrama» scheint von Genet erfunden. Madame Ada steht in der Bühnenmitte und prüft mit der Hand eine Reitpeitsche.

«Willkommen», sagt sie zu ihrem Opfer.

Ein schmächtiger Mann mit einer das ganze Gesicht bedeckenden Ledermaske wird gefesselt und geknebelt und mit Lederriemen in der Haltung eines Gekreuzigten an unsichtbare Haken in der verspiegelten Wand gebunden. Die Inszenierung lädt zu ernsthafter Meditation ein. Madame Ada macht keine Scherze.

«Ich werde Sie bitten», sagt Ada zu uns, «Ihre normale Identität abzulegen und Herrin Luisa und Meister Blaine zu werden. Sie können Ihre Kostüme im Nebenzimmer auswählen. Herrin Larissa wird Ihnen helfen.»

Das ist ein Befehl. Wir gehorchen.

Im Schlafzimmer wähle ich ein rotes Lederkorsett mit einem Dutzend Strumpfbändern, rote, hochhackige Lederstiefel und eine schwarze Lockenperücke.

Larissa schnürt mich so in das Korsett ein, daß meine Brüste über den Rand quellen.

Die Verschnürung erregt mich.

Larissa sucht ein Paar schwarze Seidenstrümpfe für mich und hilft mir, sie ringsum an den Strumpfbändern zu befestigen. Dann zieht sie mir die hohen, roten Schnürstiefel an – die mir erstaunlicherweise genau passen.

Die Lockenperücke ist eine Löwenmähne. Ich fühle mich wirklich wie eine andere Person. Larissa schminkt und frisiert mich. Mein Lippenstift ist karminrot, der Lidschatten grün, das Rouge bräunlich. Sie schminkt meine Brustwarzen mit Rouge, und die Berührung ihrer langen, sinnlichen Finger erregt mich.

Meister Blaine verwandelt sich inzwischen in ein Abbild von Errol Flynn.

«Das wollte ich schon immer sein», sagt er, während er schwarzlederne Kniehosen, eine Augenklappe und eine Lederweste anlegt. Ein schimmerndes Schwert baumelt an seiner Seite, und die Augenklappe gibt ihm ein finsteres Aussehen.

«Nicht berühren», warnt Larissa. «Nur ich darf sie berühren», sagt sie zu Wayne. Sie drückt mich gegen die Wand und streichelt meine Brustwarzen, bis ich fast explodiere. Dann hört sie auf.

«Es ist gut, am Rand zu bleiben», sagt sie. «Das steigert die Kreativität gewaltig.»

Wayne beobachtet uns und wird von Minute zu Minute steifer. Seine Lederhosen haben eine verschnürte Öffnung, an der man einen Hosenbeutel befestigen kann. Sein Schwanz taucht daraus auf, lang und gut geformt. Meine Augen betrachten ihn. «Der pflegt nicht zu lieben, der von Lüsternheit gequält wird», fällt mir aus den «Regeln der Liebe» ein.

«Kommen Sie mit», sagt Larissa.

Ich stakse in den Wohnraum und gewöhne mich allmählich an die Stiefel. Ihre Enge entspricht der Enge des Korsetts. Als Herrin Luisa kann ich alles tun, was mir gefällt. Ich bin wieder frei, als wäre ich eine Anfängerin, habe meinen Anfängerverstand wieder.

Das Zen des Sado-Maso! Bei dem bloßen Gedanken muß ich innerlich lachen. Und gleichzeitig denke ich darüber nach, wie ich das in eine Arbeit mit dem Titel «Das Zen des Sado-Maso» umsetzen könnte. Es ist ein Fluch, Künstlerin zu sein. Man kann sich nicht einmal in die Verderbtheit fallenlassen, ohne zu überlegen, wie man die Verderbtheit zu Kunst machen könnte!

«Meister Blaine», sagt Ada, «knien Sie nieder.»

Wayne gehorcht.

«Ich möchte, daß Sie mir auf Knien folgen und mir bei allem assistieren, was ich befehle. Sie sind für diese Nacht mein persönlicher Sklave. Es ist eine große Ehre, zu meinem persönlichen Sklaven gewählt zu werden.»

«Danke, Madame Ada», sagt Wayne.

«Und Sie, Luisa, müssen Befehlen ebenso strikt gehorchen wie eine Novizin im Nonnenkloster.»

«Danke, Madame Ada.»

Der Mann in der Maske, der an die Wand gefesselt ist, bewegt sich beim Klang meiner Stimme. Dann räuspert er sich.

«Schweig, Sklave», sagt Ada.

«Ja, Herrin», sagt eine Stimme, die mir bekannt vorkommt. Ich muß mich irren. Die Atmosphäre bei Ada ist die Atmosphäre im Land des Ficks, der Traumlagune – Identitäten vermischen sich und verschmelzen. Ich denke daran, daß der blonde Mann nicht Dart war. Auch diese vertraute Stimme ist eine Sinnestäuschung. Im Kopf gehe ich meine Bekannten durch, versuche, die Stimme einzuordnen, André? Jemand von einer seiner Partys? Aber an einem Samstagabend? Verheiratete Männer besuchen ihre Dominas wochentags!

«Luisa, ich möchte, daß Sie diese schwarze Kerze nehmen und sie meinem gefesselten Sklaven in die Eingeweide stecken.»

Sie fettet eine dreißig Zentimeter lange Kerze ein und hält sie mir hin.

Ich nehme die Kerze und stoße zu. Ich bin ein Mann, der ein

Mädchen entjungfert, ein Pirat, der seine Beute vergewaltigt, ein Vater, der seiner Tochter Gewalt antut. Der Marquis de Sade, der Justine, Stephen, der die O. penetriert.

Er ächzt. Mein Blut erhitzt sich bis zum Siedepunkt, während ich tiefer und tiefer eindringe.

Nun befiehlt Ada Wayne, mich zu berühren, während ich den maskierten Sklaven penetriere.

Er gehorcht sofort, reibt seinen erigierten Schwanz an meinem Gesäß und hält dann ganz still. Ich bin überwältigt – gleichzeitig Mann und Frau. Die leiseste Berührung ist so erregend wie eine Penetration.

«Bewegen Sie sich nicht», befiehlt Ada. «Und keine Orgasmen! Wer einen Orgasmus hat, wird streng ausgepeitscht.»

Auf diese Warnung hin ist der Drang zu kommen überwältigend. Ich halte mich nur mit dem Gedanken an meine Zwillingsmädchen, an mich selbst als Mutter zurück. Mein gesunder Menschenverstand hängt am seidenen Faden. Wie Wayne es schafft, weiß ich nicht. Aber der maskierte Mann hat weniger Glück. Das Verbot erregt ihn so, daß er nicht widerstehen kann. Er stöhnt und kommt mit einem Strahl, der auf die Spiegelwand spritzt wie das saftige Ejakulat eines Halbwüchsigen.

«Dafür wirst du bezahlen», sagt Ada. «Luisa, Blaine, aufstehen.»

Wir stehen auf und trennen uns. Ada reicht jedem von uns eine Reitpeitsche, nimmt selbst eine und zeigt uns, wie wir den maskierten Fremden peitschen sollen. Zuerst die Schenkel, dann das Gesäß, dann – sehr heftig – den Rücken. Der maskierte Mann, gut erzogen, bedankt sich für jeden Hieb.

«Das soll meinen anderen Sklaven als Lektion dienen», sagt Ada mit einer Stimme, die mir das Blut gefrieren läßt.

Der maskierte Mann ächzt.

«Binden Sie ihn los», sagt Madame Ada zu dem unterwürfigen Wayne.

Er gehorcht.

«Nehmen Sie ihm die Maske ab», sagt Madame Ada.

Wayne zieht den Reißverschluß auf und streift dem Mann die Gesichtsmaske ab.

Lionel Schaeffer liegt zu meinen Füßen, blutend und halb ohnmächtig.

In einem anderen Raum macht ein Aktenkoffer *piep, piep, piep*.

I'm dreary in mind
and I'm so worried in heart.
Oh the best of friends
sure have got to part.

BESSIE SMITH

18 Bye-bye Blues

Ich habe also den Alkohol und Dart für Pflicht und Disziplin aufgegeben. Schöner Fortschritt! Zurück in meinem Silo, zu meinem Zölibat, meinen Zwillingen. Ich fühle mich beschmutzt durch die Erfahrung, als sei ich in der Hölle gewesen und hätte in Schwefel gebadet. Ada ruft immer wieder an und möchte, daß ich weiter beim «Psychodrama» mitmache. Ich rufe nicht zurück. Ich nehme meine dunkle Seite zur Kenntnis. «Wenn du es einmal machst, bist du eine Existentialistin; bei zweimal bist du pervers», sagt mein gesunder Menschenverstand. Aber was habe ich für einen Kater! Schlimmer als nach Alkohol! Auf dem Grund meiner Verzweiflung, so allein wie nur je, versuche ich wieder zu arbeiten.

Eine Zeitlang fesseln mich Collagen mit schwarzem Leder und Peitschen, Sado-Maso-Aufnahmen, Skulpturen von Stiefeln und

Schuhen, Knebeln und Ketten. Dann gebe ich sie als Hokuspokus auf und beschließe ganz bewußt, nichts zu tun. Ich will brachliegen, den Geist schweifen lassen. Ich will nicht malen, mich nicht verlieben, mir keine Sorgen um Männer oder Geld oder Arbeit machen. Ich will nur *sein.* Ich will versuchen, mir selbst aus dem Weg zu gehen.

Wer ist Leila/Louise/Luisa wirklich? Leila ist besessen von der aufragenden Gestalt des Ich. Leila liebt Narzißten, die nicht lieben können, weil Leila nicht lieben kann.

Ich beginne in ein Notizbuch zu schreiben, in das ich die Ereignisse des Tages, Gedanken, Träume, Dialogfetzen eintrage. Weil ich mit vielen Autoren befreundet bin, weiß ich, daß Schreiben nicht einfacher ist als Malen. Doch für mich ist es anfangs ein Vergnügen: es ist eine Art Urlaub von den Erwartungen, ein Hobby, nicht zum Verkauf bestimmt, nicht von André zu vermarkten.

Ich beginne aufs Geratewohl zu schreiben, Gedanken festzuhalten. Wozu bin ich hier? Was soll ich hier lernen? schreibe ich. Denn einen anderen Grund für diesen Übergang finde ich nicht. Soweit ich sagen kann, bin ich hier, um zu lernen, wie man weitergeht, wie man fließt, wie man begrüßt und Abschied nimmt – das vor allem, denn das Leben ist ein ständiges Abschiednehmen.

Ich möchte lieben lernen – ganz gleich, wie oft es mir mißlingt, ganz gleich, wie unwürdig die Liebesobjekte sind, ganz gleich, welchen Verrat ich erlebe – denn nichts als die Liebe lohnt, durch dieses Leben zu gehen.

Aber ich habe Liebe zu eng definiert. Ich habe sie als sexuelle Liebe definiert, als die Liebe zwischen Mann und Frau. Sie ist das, aber sie ist noch viel mehr. In dieses Notizbuch zu schreiben ist Liebe, meine Zwillinge zu ernähren ist Liebe, meine Rosen zu gießen ist Liebe, Malen ist Liebe ... Liebe sucht die Gleichheit der Gewichte nicht und ist nicht böse, wenn die Waagschale sich zu einer Seite neigt; Liebe spricht nicht von Soll und Haben, Dominanz, Unterwerfung, von Sklaven und Herren.

Das, was meines Erachtens der Liebe am nächsten kommt, ist, was ich für meine Zwillinge empfinde. Ich berechne die Kosten nicht, ich messe nicht. Wenn ich mich selbst so lieben könnte, meine Arbeit, die Welt so lieben könnte, dann wäre mir nichts unmöglich. Vielleicht könnte ich eines Tages sogar lernen, einen Mann so zu lieben, aber wenn nicht, so würde das auch keine Rolle spielen, denn ich hätte mein «Ich» transzendiert.

Jeder schreibt heute über Alkohol- und Drogenabhängigkeit, aber keiner sagt die Wahrheit darüber. Nüchtern zu werden, heißt *frei* zu werden. Lautes Verkünden der Nüchternheit ist in Wirklichkeit nur eine andere Schicht der Krankheit. Sich selbst für «geheilt» zu erklären, heißt, unheilbar zu sein. Das einzig Sichere des Nüchternwerdens ist, darüber zu schweigen. «Liebe dauert selten an, nachdem sie ausgeplaudert wurde», sagen die «Regeln der Liebe». Dasselbe Gefühl habe ich bei AA. Daher ist die Anonymität so wichtig. Alle großen Geheimnisse wachsen nur in der Stille. Schweigen ist immer weiser als jedes Wort.

Wayne ruft an.

«Du bist schon wieder verschwunden», sagt er. «Ada hat eine neue Szene für dich arrangiert. Sie hat sich viel Mühe gegeben. Du kennst sie nicht, aber das tut sie sonst nie für jemanden.»

«Nein», sage ich.

«Wieso ‹nein›?» fragt Wayne. «Wir haben doch eben erst angefangen.»

«Ich hab's getan», sage ich, «meine dunkle Seite gesehen, du hast gewonnen, ich gebe mich geschlagen. Das reicht.»

«Du hast Angst», sagt Wayne.

«Vielleicht. Vielleicht hab ich Angst. Und vielleicht hab ich gelernt, was ich lernen mußte. Aber für den Augenblick hab ich genug.»

«Leila, das sieht dir gar nicht ähnlich.»

«Gut.»

«Wie meinst du das?»

«Na ja, vielleicht wird die alte, tollkühne Leila endlich erwachsen. Vielleicht hab ich genug von Erfahrungen um der Erfahrung willen. Vielleicht ist mein Dickschädel endlich in der Lage, etwas zu begreifen. Genug. Genug. Basta. Sag Ada liebe Grüße. Und nimm dir auch ein paar davon. Komm mich auf dem Land besuchen, wenn dir danach ist. Ich kann New York im Augenblick nicht verkraften.»

«Junge – ich hab dich wirklich aus der Fassung gebracht, nicht?»

«Ich dachte, das sei der Zweck der Übung gewesen – mich aus der Fassung zu bringen. Oder hab ich das falsch verstanden?»

«Du lernst schnell», sagt Wayne. «Oder bist einfach feige.»

«Vielleicht.»

«Leila, das sieht dir gar nicht ähnlich.»

«Das sagtest du bereits.»

«Hör mal – wenn du das Sado-Maso-Material früher verwendest als ich, dann bring ich dich um.»

«Keine Sorge. Ich arbeite an etwas anderem.»

«An was?»

«An mir selbst. Meinem gesunden Menschenverstand.»

«Du spinnst wirklich», sagt Wayne.

Ein paar Tage, ehe ich zum Viva-Venezia-Ball abreisen und Lionel, meinen Möchtegern-Liebhaber, dessen schmutziges Geheimnis ich jetzt kannte, und Julian treffen sollte, rief Dart an.

Er rief an, und er klang gesund, gemäßigt, kontrolliert. Er schlug ein Mittagessen vor. Und ich, in dem Gefühl, stark genug für eine so maßvolle Bitte zu sein, sagte zu. Vielleicht würde das Mittagessen bestätigen, daß ich die Besessenheit endlich durchbrochen hatte. Sybille und Emmie waren dagegen, also ging ich.

Mittagessen. Ein Mittagessen zwischen Liebesleuten. Dart und ich pflegten früher zu scherzen, wenn man erst anfinge, bei solchen Mittagessen tatsächlich zu essen, dann sei die Sache schon vorbei.

Nachdem der Termin bestimmt war, begann ich, mich vorzubereiten. Maniküre, Pediküre, Kosmetikerin, seidene Unterwäsche . . . Natürlich ist ein Treffen mit Dart eine Unternehmung, die neue Kleider erfordert, kurz, keine Thoreausche Unternehmung. Gott behüte. Seit AA habe ich angefangen, alles in diesen Begriffen zu messen.

Die Domina erfordert neue Kleider, der Viva-Venezia-Ball erfordert neue Kleider, Danny Doland erfordert neue Kleider, ein

Mittagessen mit Dart erfordert neue Kleider. Die Botschaft ist klar. Dies sind Dinge, die ich meiden sollte.

Aber tatsächlich bin ich so frei noch nicht.

Wir treffen uns im Da Silvano in New York, was nicht ohne eine gewisse Ironie ist.

Er kommt zu spät.

Ich trage über der seidenen Unterwäsche ein weißleinenes Schneiderkostüm mit gemäßigtem Minirock. Ich bin genauso erregt, wie ich war, als ich die Domina beobachtete, und die Gefühle sind nicht so sehr verschieden.

Er kommt herein und sieht blendend aus: blaue, blaue Augen (oder hat er neue, blaue Kontaktlinsen?), ein neues blaues Hemd, das ihm irgendeine betörte Frau geschenkt haben muß (das habe ich im Gefühl), Khakishorts, Turnschuhe, Walkman.

Wir geben uns die Hand. Das Gespräch zündet. Als wären wir nie getrennt gewesen.

Wir sitzen an einem Tisch und reden. Sehen uns in die Augen – wie in alten Tagen. Es ist alles noch da, der Zauber, die Chemie. Wenn er mein Bein berührte, würde ich kommen.

Dart (über den Tisch gebeugt, meinen Arm streichelnd): «Ich habe dich so vermißt.»

Leila: «Ich dich auch.»

Dart: «Ich liebe dich; keine ist wie du. Keine hat mich je so geliebt wie du. Und keine wird mich je so lieben.»

Leila: «Das ist allerdings wahr.»

Auf mein Drängen hin erzählt er von seiner Freundin. «Sie liebt mich», sagt er. Nicht: «Ich liebe sie.»

Dart: «Ich mache dasselbe wie mein Vater – heirate einen Treuhandfonds. Sie ist hart und hat gemeine Augen. Nicht so lieb wie du.»

Leila: «Aber warum dann?»

Darauf kann er nicht antworten, doch ich könnte es: Ihre Härte gibt ihm ein Gefühl größerer Sicherheit als meine Nachgiebigkeit. Er ist aus dem Lager der Sadisten in das der Masochisten übergewechselt. Jetzt ist er derjenige, der geschlagen wird.

Leila: «Wer hat das Sagen in eurer Beziehung?»

Dart: «Ich.»

Ich lächle ihm zu, streichle seine Hand. Ich weiß es besser.

Dart: «Wir hätten heiraten sollen.»

Leila: «Liebling, wir sind verheiratet – im Herzen. Wie könnten wir mehr verheiratet sein?»

Dart: «Wir sollten zusammen verreisen.»

Leila: «Wann?»

Dart: «Ich weiß nicht – wir könnten es schaffen.»

Leila: «Und was ist mit der Dame mit den bösen Augen? Tut mir leid. Wie heißt sie?»

Dart: «Sylvie.»

Ich erinnere mich an alle Nachrichten, die Natascha von einer Sylvie annahm. Sie reichen zwei, vielleicht auch drei Jahre zurück. Mir wird übel. Ich schlage die Beine mit den hochhackigen Sandaletten übereinander und beobachte, wie Dart scharf wird. Zwei können dieses Spiel genausogut spielen wie einer.

Leila: «Würde Sylvie nicht mißtrauisch?»

Dart: «Sie läßt mir viel Freiraum.»

Keine andere Wahl, nehme ich an. Mmmm. Die Geliebte zu sein, der er den Hof macht, und nicht die Frau, mit der er lebt, hat einen gewissen Charme. Weil ich unerreichbar bin, bin auf einmal ich der Preis. Dart hat eine Erektion unter seinen Khakishorts. Das regt mich an. Ich höre Sybilles Stimme sagen: «Das ist sein Beruf – eine Erektion zu haben.» Aber was weiß sie schon vom Land des Ficks? Vermutlich viel.

Wir machen Pläne für unsere mythische Reise. Ich weiß, daß es eine mythische Reise ist – weiß er das auch? Ich werde meinem Millionär sagen, ich reiste, um zu recherchieren (Dart braucht ja nicht zu wissen, daß ich mich vor ein paar Wochen von ihm getrennt habe), und er wird Sylvie irgend etwas erzählen (er gibt sich nie viel Mühe mit Ausreden), und wir fahren . . . wohin? Wir können uns nicht entscheiden.

Dart (romantisch): «Noch einmal Venedig. Noch einmal Venedig mit dir. Ich würde mir ein Ei abschneiden, um noch mal mit dir in Venedig zu sein.»

Leila (praktisch): «Das würde unseren Aufenthalt in Venedig ruinieren.»

Dart: «Oder Wyoming. Weißt du noch, Wyoming?»

Leila: «Wie könnte ich das vergessen? Und Dubrovnik.»

Dart (mit seinem eingeübten Lächeln): «Hongkong.»

Wir sprechen über alles: die fiktive Reise, meinen fiktiven Verlobten, seine (vielleicht auch fiktive) Verlobte, seine wie üblich zahllosen Projekte. Warum bin ich nicht wütender auf ihn? Weil ich meinen Zorn in meiner Collage «Die Büchse der Pandora» entladen habe? Weil ich ihn noch immer liebe? Weil ich, indem ich irgendeine Barriere in mir selbst überwand, die Wut transzendiert habe? Aber mit meinem gesunden Menschenverstand traue ich ihm nicht. Und ich weiß, daß ich nicht mit ihm schlafen werde.

Mache ich ihm etwas vor oder mir selbst?

Dart: «Du siehst so schön aus.»

Leila: «Es muß das Leben sein, das ich führe.»

Dart: «Wie steht's mit deinem Programm?»

Leila: «Ich hatte Rückfälle – aber es hat auch mein Leben verändert. Oft bin ich wütend auf das Programm, lehne mich dagegen auf. Ich weiß, daß das Leben mehr ist als Kellerräume in Kirchen – aber es ist auch ein Geschenk. Es hat mich zurückgebracht zu Zen, zu Thoreau, zur Meditation. Sachen, mit denen ich mich vor Jahren ein bißchen beschäftigt hatte, ohne sie zu verstehen. Und vielleicht fange ich ja auch erst an ...» Ich merke, daß ich zuviel rede, daß seine Erregung abklingt. Teilweise ging er ja deshalb, weil ich nüchtern werden mußte. «Aber darüber rede ich besser nicht. Wie geht's mit deinem Programm?»

Dart: «Ich trinke ab und zu ein Bier.»

Leila (obwohl ich weiß, daß ich nicht fragen sollte): «Gehst du zu Meetings?»

Dart: «Das Programm macht mich wütend. All diese Leute, die eine Abhängigkeit durch eine andere ersetzen. Ich würde mich mit solchen Leuten nicht betrinken – warum sollte ich mit ihnen nüchtern werden!»

Leila (das Thema wechselnd): «Wie nennt Sylvie dich?»

Dart: «Sie nennt mich D. D. oder Darton-Darton ... Manchmal nennt sie mich auch Trick.»

Leila (grimmig): «Sie scheint lustig zu sein.»

Dart (während ihm eine Träne über die Wange läuft): «Sylvie und ich, wir kämpfen wenigstens zusammen. Bei dir war ich immer nur ein Samenkorn im Schatten deines Waldes. Ich fühlte mich nie gleichwertig. Ich war blockiert.»

Leila (die diesen Unsinn als solchen erkennt, aber auch seinen Schmerz fühlt): «Ich verstehe, Liebling. Ich verstehe alles.»

Und das tue ich tatsächlich. Auf irgendeine merkwürdige Weise weiß ich sogar, daß dies hier für ihn viel schwerer ist als für mich – obwohl er eine neue Freundin hat und ich allein bin, obwohl er angeblich mich verlassen hat, obwohl meine Freunde sagen würden, daß er mich benutzt hat.

Stimmt nicht.

Ada hat mir beigebracht, daß wir einander benutzen, daß beide geben und beide nehmen, daß beide das Psychodrama schaffen.

Was ist ein fairer Austausch? Wer weiß? Wie ich oft zu den Zwillingen sage: «Das Leben ist nicht fair.»

Dart: «Die Leute sind so grausam. Sie sehen gern, daß Liebe kaputtgeht. Es bricht mir das Herz, wenn ich unsere alten Freunde zufällig treffe.»

Leila: «Mir auch.»

Ich weiß, was er meint. Die schadenfrohen Blicke, wenn Liebe zerbricht, sind fast schlimmer als der Bruch selbst. All diese Leute, die so begierig darauf sind, einem das Schlimmste über den früheren Liebhaber zu erzählen. Warum können sie nicht den Mund halten?

Wir küssen uns zum Abschied. Der Kuß funktioniert nicht ganz. Die Kontinente haben sich verschoben; die Küstenlinien passen nicht mehr zusammen. Wir waren wahnsinnig verliebt, als wir zusammen in diesem Restaurant saßen – und jetzt: pfffft ... vorbei.

Ich weiß, daß er mich in Venedig oder Wyoming oder Dubrovnik treffen würde. Aber wozu? Irgendwann zwischen seinem letzten Abgang mit Sylvie, AA, «Die Büchse der Pandora» und Madame Ada habe ich ihn losgelassen, ohne es auch nur richtig zu merken, ihn ins Universum entlassen. Er weiß das, und vielleicht bietet er mir deshalb seine Rückkehr an. Er weiß, daß ich ihn nicht mehr nehmen werde. Und ich weiß das auch. Die Besessenheit ist weg. Und statt dessen? Traurigkeit – überwältigende Traurigkeit –, die sogar die Lust verschwinden läßt, die er aufrührt.

Jetzt bin ich im Hotel Gritti und warte auf Julian, der in drei Tagen kommen wird. Und ich bin unglücklich. Ich hätte nie herkommen sollen – nicht einmal für eine Woche. Ich bin plötzlich in der Zeit nach rückwärts geschleudert worden. Ich vermisse Dart in meinen *kischkes* – von tieferen Regionen ganz zu schweigen. Ist das eine Art Phantomschmerz-Phänomen? Wünsche ich mir, nachdem ich ihn verloren habe, ihn *nicht* verloren zu haben? Nachdem ich darum gekämpft habe, ihn gehen zu lassen, will ich ihn jetzt wiederhaben. Nachdem ich frei geworden bin, sehne ich mich nach meinen Fesseln. Ich habe schreckliche Angst, wieder zu trinken. Aber im wesentlichen ist mein Herz betroffen. Es ist so leer wie ein Dock, nachdem der Ozeandampfer abgelegt hat. Ist es Dart, den ich vermisse, oder ist es die Leere in meinem Herzen, die mich nostalgisch macht? Sehne ich mich nur nach meinem Schmerz zurück?

Sie haben mir dasselbe Zimmer gegeben, das wir am Anfang unseres Idylls hatten – Hemingways Zimmer. Venedig ist wie immer eine Geisterstadt, und von einem Besuch zum anderen weiß man nie, ob die Geister gutartig oder bösartig sein werden.

Ich betrete das palastartige Zimmer allein, erschöpft, ausgelaugt – wie immer, wenn ein Transatlantikflug einem alle Moleküle durcheinander gewirbelt hat –, und ich breche zusammen. Das ist der Raum, in dem Dart und ich uns sechsmal in der Nacht liebten, der Raum, in dem wir schrien und bellten und rauften wie junge Tiere, der Raum, den wir nie vor Einbruch der Dunkelheit verließen – dann gingen wir aus, schlenderten durch die nächtlichen Straßen Venedigs, sprachen über Ruskin, Byron, Tintoretto, Shakespeare und darüber, wie sehr wir uns liebten – nur, um in das Zimmer zurückzugehen und uns wieder zu lieben.

Meine ganze Tapferkeit ist dahin, und ich bin verzweifelt. Die Seidentapeten schienen all die Liebe zu enthalten, die sich zwischen ihnen abspielte. Ich werfe mich aufs Bett, aufgewühlt, hoffnungslos.

Meine ganze alte Hotelzimmerangst kehrt zurück. Die ganze Panik, der Schmerz, von denen ich annahm, das Programm habe sie beseitigt. Das sind die schlimmsten Momente im Leben einer «freien» Frau: allein nach dem Jet-lag, allein nach einer Fehlgeburt, allein nach leidenschaftlicher Liebe, allein nach einem Mittagessen mit dem früheren Geliebten.

Jeder hat jemanden, und ich bin allein! Warum ist bei mir nichts beständig? Warum muß ich immer wieder kehrtmachen und mein Leben neu aufbauen? Warum wachse ich über jeden Mann hinaus, mit dem ich mein Leben verbinde? Oder werfe ich die Liebe einfach mit meinen beiden Händen weg und benutze mein Wachstum als Vorwand?

Traurigkeit, Schmerz, Verzweiflung. Ich werde mich in die Lagune stürzen. In Venedig zu sterben, wäre wenigstens künstlerisch korrekt. Ist es nicht Venedig, wohin die Künstler gehen, um zu sterben?

Ich schalte das Licht ein, nehme mir einen Briefbogen und kritzele eine Notiz an Dart.

HOTEL GRITTI PALACE VENEZIA

Liebling,
ist es nicht unglaublich? Ich habe dasselbe Zimmer, in dem wir zusammen waren. Die ganze Liebe ist noch da – sie strahlt aus den Seidenwänden. Da alle Zeit kreisförmig ist, ist sie noch da – aber wo bist Du?
Du hast einmal gesagt, wir seien entweder sehr tapfer oder sehr dumm. Vielleicht von beidem etwas. Ich will nicht, daß wir unsere Leben getrennt verbringen. Wie viele Lebensspannen wird es dauern, bis wir wieder zusammen sind? Es ist eine solche Verschwendung.

All meine Liebe
Leila

Ich falte den Brief zusammen, adressiere ihn sorgfältig an die Wohnung in Hoboken, wo er mit seiner kleinen Freundin lebt – zwischen meinen Büchern, den Kleidern, die ich ihm gekauft habe, den Bildern, die ich von ihm gemacht habe. Ich sage mir, daß ich ihm diese Botschaft morgen per Eilkurier zuschicken werde. Inzwischen will ich zu schlafen versuchen.

Aber in meinem Jet-lag-Zustand kann ich nicht schlafen.

Ich drehe und wende mich im Bett, masturbiere – langsam und sehnsüchtig, an ihn denkend – dann hektisch und nicht an ihn denkend. Ich schalte das Licht ein und beginne, eine Übersetzung des Buches Hiob zu lesen, die ein Freund gemacht hat. Ich habe sie mitgenommen, weil sie zu meiner Stimmung paßt. Als ich an die Stelle komme: «Gedenke, daß mein Leben nur ein Hauch ist», breche ich zusammen und weine. In Italien ist es drei Uhr nachts, in Hoboken aber erst neun Uhr am Vorabend.

Ich wähle Darts Nummer. Prompt und munter ertönt eine Stimme vom Anrufbeantworter.

Es ist die nasale Stimme des Mädchens.

«Hier ist die Wohnung von Darton Donegal und Sylvie Slanski. Wir sind im Augenblick nicht erreichbar, aber wenn Sie eine Botschaft hinterlassen, rufen wir Sie zurück. *Piep!*»

Wieso ist Dart neuerdings so organisiert? Als ich ihn kannte, hatte er keine Nachsendeadresse, keinen Anrufbeantworter, keinen Piepser. Wird Dart erwachsen? Ich lege den Höre auf, ohne eine Botschaft zu hinterlassen.

Wo sind Dart und seine Kleine um neun Uhr abends an einem Samstag in Hoboken? Essen und Kino? Im Bett, wo sie sich die Seele aus dem Leib vögeln und beim Klicken des Anrufbeantworters automatisch, hellseherisch wissen, daß ich es bin, die von Übersee anruft? Dieser undeutliche Ton, den die Leitung hat, wenn aus Europa angerufen wird, eine Art Blizzard aus verflossenen Lieben. Wo sind die Lieben vom letzten Jahr? Ja, wo sind sie?

Noch immer bekomme ich Darts ungültige Schecks, daher weiß ich, daß er in der Einrichtungsabteilung von Seaman's Möbel kauft und einige seiner Rechnungen selbst bezahlt. Woher nimmt er das Geld? Wird er tatsächlich erwachsen? Schafft er es, einen Job zu behalten?

Da bin ich nun in Venedig, in der Traumstadt der Lagunen, und verzweifelt. Der Mut, allein weiterzumachen, ist dahin. Er hat mich im Stich gelassen. Ich habe mich im Stich gelassen.

Ich gehe zum Fenster, öffne es und schaue hinaus auf die weiße Kuppel der Salute, das Wasser mit seinen Millionen dunkler Pailletten in allen Farben des Höllenregenbogens. Venedig kann so melancholisch sein, so von Gespenstern heimgesucht. Kein Ort, an den man kommen sollte, wenn man eine Liebe verloren hat.

Unten auf der Terrasse sitzen zwei amerikanische Hochzeitsreisende und schauen einander an. Für sie ist Venedig eine andere Stadt. Wir betrachten dieselbe Kirche, dasselbe Wasser, und trotzdem empfinden wir so gegensätzliche Dinge – sie stehen am Anfang einer Liebesgeschichte, ich am Ende. Wie können zwei so gegensätzliche Empfindungen in derselben Luft existieren?

Irgendwann stehe ich auf und zerreiße den Brief zu Konfetti. Ich streue es über der Terrasse des Gritti aus – aber der Wind hebt es auf und trägt es in den Canale Grande. Ich sehe die letzten kleinen Fetzchen meiner Sehnsucht nach Dart; sie werden von den auberginefarbenen Wassern davongetragen. Und dann schlafe ich ein, erschöpft von meinem eigenen Psychodrama.

Am Morgen sind die Dämonen gebannt. Ich wache auf, öffne weit die Fenster auf den Canale Grande und atme das Glitzern eines venezianischen Morgens ein. Ich denke an Elmore in Chianti, als unsere Liebe noch frisch war wie Minze, an die Geburt der Zwillinge, und ich weiß wieder, wie sehr ich Italien liebe – wenn auch nicht Venedig.

Auf Venedig, so fand ich immer, konnte ich verzichten. Grünes, abgestandenes Wasser. Habgierige Ladenbesitzer. Eine Art zynisches, mittelalterliches Disneyland, bevölkert von schwitzenden Horden von Tagesausflüglern. Oh, ich habe Freunde, die auf Venedig schwören, sogar dort leben. Meine Freundin Lorelei in Dorsoduro, meine alte Klassenkameradin aus der Kunstschule, Cordelia Herald, die in einem zerfallenden Palazzo am Canale Grande malt. Früher habe ich das nie verstanden. Venedig schien so bewußt nicht von dieser Welt. Doch heute sieht Venedig in meinen Augen blendend aus. Vielleicht werde ich mich bekehren.

Italien ist natürlich eine andere Geschichte – Italien hat mich immer glücklich gemacht, hat mir immer das Gefühl gegeben, weiblich zu sein. Immer, wenn ich in Italien ankomme, fallen mir eine Reihe von Sprichwörtern ein, die Emmie und ich einmal für

«Das Amazonenhandbuch: Ein Führer für Freie Frauen» erfunden haben (das wir natürlich niemals schrieben). Sprichwort Nummer eins lautete: «Du bist nicht zu fett; du bist nur im falschen Land.» Nummer zwei: «Sei sehr romantisch, aber behalte die Immobilien auf deinen eigenen Namen.» So weit kamen wir. (Tatsächlich könnte man allein mit diesen beiden Regeln sehr, sehr weit kommen.)

Italien. Es gibt nichts an diesem Land, was ich nicht liebe: die Sprache, in der alles besser klingt, von «Bitte reich mir die Bohnen» *(I fagioli, per piacere)* bis «ich liebe dich» *(ti amo)*. Die Menschen mit ihrer Humanität, Anarchie, Exzentrik, die doch so sehr an all die Dinge glauben, die wichtig sind: Kinder, Kunst, Essen, Familie, Konversation, Oper, Gärtnern, Schuhe. Die Landschaft, warm und stellenweise mütterlich, mit brustähnlichen Hügeln. An anderen Stellen schroff und männlich mit phallischen Gipfeln. Von der Römerzeit bis heute ist Italien ein Land zum Verlieben – ein Tribut an alles, was dauerhaft, verrückt, heidnisch, fröhlich, melancholisch, gleichzeitig banal und göttlich im menschlichen Geist ist.

Nicht, daß ich Amerika nicht liebte. Amerika ist meine Heimat, also liebe und hasse ich es gleichermaßen, wie man seine Eltern liebt und haßt. Ich kenne es zu gut. Ich kenne seine große Energie, seinen Pragmatismus, aber ich kenne auch seine verrückten Evangelisten, seine korrupten Politiker und seine wahnsinnige Sucht nach Geld. Was ich an Amerika liebe, ist sein grenzenloser Optimismus; was ich hasse, ist die Art, wie es diesen Optimismus in eine Zwangsjacke von Puritanismus zwängt. Wenn du X hast, kannst du Y nicht haben. Wenn du Q hast, kannst du Z haben. Wenn du Geist hast, muß dein Körper bezahlen. Wenn du Körper hast, muß dein Geist bezahlen. Was ich an Amerika hasse, ist sein Glaube an Dualismus – sein Glaube an Vergeltung –, wo doch die Wahrheit die ist: Je mehr man hat, desto mehr hat man, je mehr man rafft, desto weniger hat man, und je mehr man gibt, desto mehr hat man. Denn auf seiner tiefsten Ebene ist das Leben eine Verteilung von Geschenken und kein Aktienmarkt: Nur durch Geben werden wir reich. Nur, wenn wir den Geist nähren, nähren wir den Körper. Nur, wenn wir den Körper lieben, lieben wir den

Geist wirklich. Sie sind unteilbar, vereint, eins. Das Herz Amerikas in seinem Optimismus weiß das; die Körperpolitik Amerikas weiß es nicht.

Das Telefon läutet.

«Pronto.»

«Leila – hier ist Cordelia. Ich hab gehört, daß du in der Stadt bist.» Cordelias Südstaatenakzent hat sich nach zwanzig Jahren in Italien nicht verändert.

«Woher in aller Welt weißt du das? Ich bin erst gestern abend angekommen.»

Cordelia lacht. «Venedig ist eine sehr kleine Stadt, Herzchen. Ich weiß es eben. Ich rufe an, um dich für halb sieben oder sieben zu einem Drink einzuladen. Es kommen ein paar Leute – Treibgut und Jet-set, wie wir zu sagen pflegten.»

«Ich komme gern.»

«Ich bin umgezogen, Schatz. Ich wohne jetzt im Palazzo Barbaro. Frag den Portier im Hotel. Jeder kennt mich. In Venedig kennt jeder jeden.»

«Gehst du zum Viva-Venezia-Ball?»

«Nach Möglichkeit nicht, Herzchen. Er ist *das* Ereignis der Saison, aber ich hasse solche Veranstaltungen. Ich versuche, mich möglichst mit Spinnern, Verliebten und Dichtern abzugeben.»

«Gute alte Cordelia.»

«Schau dir die Biennale an, wenn du irgend kannst – dieses Jahr ist sie wirklich gut.»

«Okay, Chef.»

«Und komm um sechs, damit wir ein paar Minuten reden können, ehe die schwitzenden Horden der Schmarotzer antanzen. Wie nennst du sie noch, Schätzchen?»

«Wen?»

«Schmarotzer – auf jiddisch.»

«Schnorrer.» Ich lache.

«Ich vermisse deine Verrücktheit, Zandberg.»

«Ich dich auch», sage ich.

Wir lachen beide und legen auf. Freunde. Was würde ich ohne meine alten Freunde anfangen? Ich ziehe mich an und mache mich durch Venedig auf den Weg zur Biennale.

Ein dunstiger Spätsommersonntag in Venedig. Glocken läuten. Eine Szene, die Monet hätte malen können: Feuchtigkeit, die die Umrisse der *campanili,* den Himmel, das Wasser verschwimmen läßt. Kein Wunder, daß sich so viele Maler hier einfanden, wo Luft und Wasser jeden Augenblick in ein Kaleidoskop aus Licht verwandeln. Venedig ist die einzige Stadt, in der nahezu jede Aussicht zu drei Vierteln aus Himmel besteht. Während ich mit dem *vaporetto* zur Biennale fahre, verstehe ich plötzlich das Licht von Venedig, das Licht, das Ruskin, Turner, Monet anzog – und vor ihnen all die großen venezianischen Maler, von Carpaccio, Tizian, Tintoretto und Veronese bis zu Guardi und Canaletto. Plötzlich sehe ich Venedig wie zum ersten Mal. Ist das die Nüchternheit, der Triumph meines gesunden Menschenverstandes? Sind das meine Mänaden und Kristalle? Ist es der Verlust von Dart? Ich sehe die Lichtpartikel, die Turner malte. Ich verstehe das Licht, als scheine es tief in mir.

In der Kunstschule hatte ich Unterricht bei einem wunderbaren alten Lehrer, einem figurativen Maler aus Rußland namens Stoloff. Er sagte immer, der Unterschied zwischen einem mittelmäßigen und einem großen Gemälde sei der Tonus, das Gefühl, daß der Maler nicht nur den Gegenstand selbst, sondern auch die Luft zwischen sich und dem Gegenstand gemalt habe, die diesen Gegenstand verwandelte und für ihn einzigartig machte. Ich hatte nie wirklich verstanden, was er meinte, aber jetzt begriff ich es.

Beim Malen ging es allein darum, die Luft einzufangen – das Licht, das in der Luft zwischen dir und deiner Beute schimmert. Und warum? Weil man nur dann den Tanz der Moleküle malt, den Tanz der Moleküle, aus dem das besteht, was wir «wirklich» nennen.

Darum ging es – diesen Tanz zu malen. Aber zuerst mußte ich ihn *sehen*. Stoloff pflegte auch zu sagen: «Sie sind nicht hier, um malen zu lernen, sondern um *sehen* zu lernen. Denn wenn Sie sehen können, kommt das Malen von allein. Aber die meisten sogenannten Künstler sind blind.»

Er war schon zehn Jahre tot, aber endlich lernte ich, was er mir beizubringen versucht hatte. Den Alkohol aus meinem Körper zu treiben, war, als hätte ich mir neue Sinne angeschafft: Augen, Ohren, Nase – alle arbeiteten, als seien sie neu gemacht. Ich konnte mich ohne Störgeräusche auf den Kosmos einstimmen; ich konnte ohne Brille sehen; ich konnte die Blumen ohne Nasenklemme riechen!

Vor allem aber lernte ich, daß das Leben weitergeht. Ich lernte, daß ich allein nicht allein war. Ich würde lernen, meinem Entzükken zu folgen, wohin immer es mich führte. Wenn diese Nacht in Venedig nichts anderes gebracht hatte, so doch wenigstens diesen Augenblick der Klarheit. Ich hatte endlich die Lektion meines alten Kunstlehrers gelernt. Wenn ich wollte, konnte ich jetzt nach Hause fahren.

Aber ich fuhr nicht. Statt dessen ging ich um sechs zu Cordelia.

Cordelia wohnte im obersten Stock des Palazzo Barbaro, in dessen erstaunlicher Bibliothek Henry James schlief, als er «Die Flügel der Taube» begann. Die Wohnung war riesig, mit Kassettendecken, einem *salotto,* der auf den Canale Grande hinausging, der Jamesschen Bibliothek mit bemalten Paneelen, Blick über die Ziegeldächer und Dachgärten von Venedig und einer Küche, die einmal Sargents Atelier war. Cordelias Bilder – monumentale, pferdeartige Formen – waren überall, aufgehängt oder an die Wände gelehnt.

Cordelia umarmte mich. Dann trat sie zurück, um mich abzuschätzen, wie Frauen eines bestimmten Alters das tun. Noch nicht tot. Nicht über den Berg. Noch ein paar gute Liebesaffären übrig. (Merkwürdig, wie wir unser Leben in Liebesaffären messen, wie Frauen einer anderen Zeit ihres in Kindern maßen.)

Cordelia hat taillenlanges blondes Haar, durchdringend grüne Augen, herrliche Backenknochen. Sie ist groß und hat breite Schultern, an denen ein Jeanshemd ebenso elegant aussieht wie ein Kostüm von Armani. Wir umarmen uns.

«Du siehst toll aus», sage ich. «Ist es immer noch derselbe Italiener – oder ein neuer?»

«Ob du's glaubst oder nicht, es ist noch immer Guido, Schätzchen. Ich glaube, unsere Beziehung überlebt, weil wir nicht zusammensein können. Diese italienischen Liaisons dauern ewig. Es muß das sein, was Dumas sagte: ‹Die Bande der Ehe sind so schwer, daß zwei nötig sind, um sie zu tragen – und manchmal drei.› Wenn wir vor fünfzehn Jahren geheiratet hätten, wären wir bestimmt nicht mehr zusammen.»

«Noch immer wahnsinnig verliebt?»

«Ja, Herzchen. Mit der Betonung auf wahnsinnig.»

«Lebt er noch immer mit seiner Frau zusammen?»

«Ja, sicher. Ich sehe ihn morgens von zehn bis zwölf und manchmal abends von sechs bis acht. Das ist mehr, als die meisten Ehepaare haben. Qualitätszeit nennt man das – nicht? Kein schlechtes System. Und in der restlichen Zeit male ich.»

«Möchtest du manchmal mit ihm zusammenleben?»

«Natürlich. Aber immer seltener. Ich gehe abends ins Bett mit all diesen kunstgeschichtlichen Büchern um mich herum, und das kann man nicht, wenn man einen Mann bei sich hat. Manchmal, kurz vor dem Einschlafen, möchte ich jemanden umarmen. Aber dann geht das Gefühl vorbei – und ich bin eingeschlafen. Und morgens ist er da. Und du?»

«Dart Donegal hat mich beinahe in die Knie gezwungen – aber jetzt fange ich an aufzustehen. Zeitweilig habe ich Anfälle von Freiheit, die mich erstaunen, die Art Glück, auf die ich mein Leben lang gewartet habe.»

«Halte dich an das Gefühl, Herzchen; es *gibt* ein Leben nach der Befreiung. Wenn du aufhörst, dich vor dem Alleinsein zu fürchten, dann wird es ganz einfach. Das Leben ist reich, und es gibt eine Menge davon. Ich hätte das nie geglaubt, aber das sind tatsächlich die besten Jahre meines Lebens. Ich schwebe förmlich durch die Straßen. Ich mache mir nie Sorgen um Guido. Er macht sich Sorgen um mich, der arme Liebling – hat das Gefühl, etwas zu verpassen, und das tut er auch. Wenn ich Gäste von zu Hause habe – vor allem männliche Gäste –, dann lauert er förmlich auf dem *campo* herum wie ein Spion. Er ist sicher, daß ich jemand anderen ficke, was ich mit Sicherheit nicht tue. Italienische Männer sind ziemliche Machos – despotisch und weich zur gleichen Zeit. Er denkt, er habe das Recht, mir zu sagen, ich dürfe keine Gäste haben, aber ich habe kein Recht, die Tatsache in Frage zu stellen, daß er zu La Bella Barbara nach Hause geht. Schätzchen, sie ist einfach gräßlich – eine dieser kalten Modepuppen. Ich nenne sie Plastikmöse. Er schwört, daß sie seit zehn Jahren nicht mehr zusammen schlafen. Verheiratete Männer schwören das zwar immer, aber in ihrem Fall könnte es tatsächlich stimmen. Wie auch immer, ich jedenfalls liebe ihn. Natürlich wird er von Zeit zu Zeit wütend, weil er meint, in Wirklichkeit sei ich freier als er. Aber er verdrängt das sofort wieder. Männlichkeit ist herrlich, findest du nicht, Herzchen? Perfekte Verleugnung der Realität. In New York würde ich mich wahrscheinlich darüber aufregen und mir einen richtigen Ehemann wünschen, aber hier in Italien kommt es mir prima vor. Das Leben ist so erfüllend hier, so reich. Es macht mich einfach glücklich, auf dem Rialto Fisch zu kaufen, aus dem Fenster zu schauen und die Boote vorbeifahren zu sehen, zum *traghetto* zu gehen, wo der Gondoliere mir zuwinkt und ‹Ciao, Cordelia!› ruft. Ich kann mir kein besseres Leben für eine Malerin vorstellen – oder für sonst jemanden.»

«Ich hätte dieses Jahr beinahe einen richtigen Ehemann bekommen. Einen Antiquitätenhändler. Es war scheußlich. Zuerst war es natürlich wunderbar, und alle meine Freunde seufzten erleichtert auf. Die wilde Leila endlich gezähmt, aus den Schwierigkeiten heraus, verheiratet . . . Dann hörte er auf, mich anzufassen. Und er schlief nicht mehr mit mir. Aus Rache, glaube ich, weil ich sein Herz berührt hatte. Das Herz ist in New York gegenwärtig aus der Mode.»

«Das war schon immer so, Schätzchen. Deshalb bin ich weggegangen. Und dann gab er dir die Schuld, stimmt's? Gott, wenn meine Freundinnen aus New York kommen und mir erzählen, was da zwischen Männern und Frauen passiert, dann freue ich mich noch mehr, daß ich Guido habe. Er ist wenigstens menschlich. In New York scheint es bloß noch diese arbeitssüchtigen Yuppies zu geben. Sag du mir, ob ich recht habe. Ich bin schließlich schon 1968 weggegangen.»

«Warte nur, bis ich dir von meiner Nacht bei der Domina erzähle.»

«Deiner Nacht bei *wem*?»

«Meiner Nacht bei Madame Ada in schwarzem Leder und mit schwarzen Kerzen im Arsch.»

«Leila, Schätzchen, es wird Zeit, daß du aus New York wegkommst. Ich sag dir, du bist in Gefahr . . .»

Die Türglocke läutet und verkündet die Ankunft der ersten Gäste.

Wir gehen in der Bibliothek herum zwischen den ledergebundenen Büchern, den Antiquitäten und der Mischung vielfarbiger Gäste aus Venedig, New York, London, Paris und Hongkong.

Es ist die übliche Spätsommerparty bei Cordelia – dieselbe, die ich seit zwanzig Jahren immer mal wieder besuche. Dieselben eleganten homosexuellen Dichter (deren Reihen durch die Pest der achtziger Jahre leider gelichtet sind), dieselben Künstler, die in Venedig leben, dieselben exzentrischen, schwerreichen Reeder, dieselben Schriftsteller, die sich von Romanen erholen, die Flops waren – oder über Erwarten erfolgreich waren –, dieselben Damen eines gewissen Alters auf der Suche nach Guidos, dieselben gut angezogenen oder schlecht angezogenen Lesben, dieselben ernsthaften Studenten der Kunstgeschichte (oder Musikwissenschaft oder Renaissance-Dichtung), die zum ersten Mal in Venedig sind, nach den Bücherstapeln der Marciana-Bibliothek oder der Cini-Stiftung riechen und ihren Augen nicht trauen, weil sie in Venedig und von lauter Kunst umgeben sind.

Und dann erscheint plötzlich zwischen all diesen alten Statisten ein neues Gesicht.

Er schwimmt durch den Raum auf mich zu, ein Meerjüngling mit fließenden Bewegungen, schlank, in weißem Leinenhemd und beiger Leinenhose, mit einem ganz leicht spöttischen Lächeln, die Wangenknochen gewölbt wie die Pans, die dunkelgrünen Augen voll goldener, silberner, platinfarbener Reflexe. Seine wirren schwarzen Locken sind die eines jungen Bacchus, und seine Ohren, ich schwöre es, sind ein bißchen zu spitz – er muß etwas von einem Satyr haben.

Ich schaue hinunter auf seine Füße, erwarte Hufe oder wenigstens Flossen, aber alles, was ich sehe, sind cremefarbene Mokassins und keine Socken.

Er begegnet meinem Blick.

«Ciao, Leila», sagt er in einem Ton, als meine er: «Dreh dich um, Liebling, ich will dich von hinten vögeln.»

Die Luft ist voller Gold und Silber. Jedes Lichtpartikel glänzt von Sex.

«Woher wissen Sie meinen Namen?»

«Tu sei famosa. Ho visto la tua fotografia molte volte nel giornale. Entschuldigen Sie – aber mein Englisch ist schrecklich. Ich bin Renzo Pisan.»

«Renzo *il Magnifico*», sage ich und schaue in seine seegrünen Augen.

Er berührt mein Haar.

«Wir haben die gleichen lockigen Haare», sagt er. Das ist ein sehr gutes Zeichen. Heidnische Haare. «Darf ich Sie zu einer Bootsrundfahrt durch Venedig einladen?»

«Wann?»

«Morgen um elf?»

Was kann ich anderes sagen als «ja»?

(Gesunder Menschenverstand: Wie wär's zur Abwechslung mit «nein»?)

I got nineteen men and I want one mo'
I got nineteen men and I want one mo'
If I get that one more, I'll let that nineteen go.

BESSIE SMITH

19 *«Nimm zwei Gondolieri und ruf mich morgen früh an»*

Um elf am nächsten Morgen holt er mich im Gritti ab, und im Morgenlicht sieht er noch satyrhafter aus als in der Abenddämmerung.

Wir tuckern hinaus in die Mitte der Lagune, wo die Möwen leben, nach Fischen tauchen und sich auf Bojen und verfaulten Holzbalken niederlassen.

Die Sonne hinter uns ist verschleiert, am Himmel aufgelöst, zu Atomen explodiert.

Ich lehne mich im Boot zurück, sonne mich und weiß, daß ich nirgends lieber wäre als hier.

Wir fahren und fahren. Es ist ein verträumter, glitzernder Tag, und Venedig hinter uns in der Lagune weicht zurück. Von hier aus wirkt Venedig plötzlich so klein.

In der Mitte der Lagune wirft er den Anker aus, läßt mich den Blick abwenden, während er seine Leinenhose und sein Hemd mit der Badehose vertauscht. Ich ziehe mich bis auf den Badeanzug aus, und wir sitzen im hinteren Teil des Bootes, fast auf Tuchfühlung, aber doch nicht ganz, wie Liebende vor der Explosion, wenn die Entscheidung, miteinander zu schlafen, schon getroffen, aber noch nicht in die Tat umgesetzt ist.

Er streichelt meine Wangen, meine Brüste; er beugt sich nieder und küßt mich, und plötzlich sind wir einer im Mund des anderen verloren, im Land von Zunge und Zähnen, und die rote Natur mit ihren Fängen und Krallen droht uns zu übernehmen. Er berührt mich, und an der Art, wie er mich berührt – als sei er ein Teil meiner selbst, dessen Grenzen er kennenlernen will –, spüre ich, daß es nur noch darum geht, ob wir uns im Boot lieben, in meinem Hotel (wo in zwei Tagen Julian aus Kalifornien eintreffen soll) oder seinem Haus (wo er, wie Cordelia sagt, mit seiner deutschen Frau lebt, die eine echte Prinzessin ist). Was immer er verlangt, ich werde es tun. Er braucht nur den Finger zu krümmen und zu sagen *vieni,* komm, und ich werde folgen.

Wir spielen und spielen, liegen in der Sonne und sprechen in der rudimentären Art von Liebesleuten – dein Geruch, deine Berührung, deine Berührung, dein Geruch –, und dann tuckern wir schließlich zu seinem Haus und lieben uns wie wild auf dem Diwan in seinem Büro, wo der ganze Boden mit Architekturzeichnungen bedeckt ist.

Sein Haus liegt auf einer kleinen Insel, die auf keiner Karte eingezeichnet ist. Es ist eine kleine Villa, erbaut von einem Schüler Palladios, umgeben von Gärten mit griechisch-römischen Skulpturen und seltsamen, primitiven Steinen aus der Lagune.

Niemand ist dort bis auf eine Voliere voller Kanarienvögel, die zwitschern und zwitschern, während wir uns lieben, als ob auch sie Spaß daran hätten.

Die Liebe zerstört die Grenzen zwischen uns; wir werden eine Person. Er dringt in mich ein, zuerst sehr klein, und sagt dauernd: *«Apri a me, apri a me»,* als habe er kein anderes Bedürfnis, als mich zu besitzen, mich zu fühlen, sich mir ganz zu erkennen zu geben.

Sex, wenn er so ist, ist kein Sex mehr, sondern eine Kommunion, ein Überbrücken der Getrenntheit, eine Auflösung der Körper. Und er ist so selten und so erstaunlich. Man kann ihn immer suchen und nie finden.

(Gesunder Menschenverstand: Du hast ihn früher schon gefunden und wirst ihn wieder finden.

Leila: Könntest du bitte den Mund halten? Ich versuche, mich zu verlieben!)

Wir schlafen, wachen auf, lieben uns wieder; schlafen wieder; wachen wieder auf und lieben uns.

«Wir waren wie ein altes Paar, sehr verliebt», sagt er. Und es stimmt. Von der ersten Berührung an kannten wir einander ganz. Wir schlafen miteinander wie am zwanzigsten Hochzeitstag, eine Heimkehr, alles stimmt.

Mit seinem ebenholzschwarzen Haar und seinen seegrünen Augen sieht er aus wie ein von Bronzino gemalter *giovanotto.* Er trägt eine schwarze Kordel um den Hals, an der der Löwe von St. Markus und ein Davidstern hängen. Er ist Architekt und entwirft wichtige Bauten in Italien, und er ist an irgendeinem Projekt beteiligt, das Getto von Venedig zu restaurieren. Etwas in ihm ruft meine ganze Weiblichkeit und mein ganzes Judentum auf den Plan – eine machtvolle Mischung. Er hat etwas Höfliches an sich, eine *gentilezza,* die mich an die italienische Renaissance denken läßt. Und doch ist auch etwas ganz leicht Berechnendes an ihm – er ist *furbo,* schlau –, das auf den geübten Casanova hindeutet. Das ist schwer zu sagen. Im Nacken gepackt und wieder in das Land des Ficks geschleift, stelle ich fest, daß jedes Urteil, jede Unterscheidungskraft mir abhanden gekommen sind.

Ich bin mit Renzo tief im Land des Ficks – obwohl Julian jetzt da ist und mit mir im Gritti wohnt. Nachmittags finde ich einen Vorwand – ein Interview, Fotos, Drinks mit venezianischen Freunden – und warte an den Docks, bis Renzo mich abholt.

Er kommt Punkt zwei Uhr, so früh er sich freimachen kann, und verkürzt die geheiligte italienische Mittagszeit. Er holt mich in seinem kleinen Motorboot ab – einem klassischen *Riva*-Boot –

putt, putt, putt. Er trägt weiße Leinenhosen und eine blaue Leinenjacke über einem gestreiften Gondoliere-Hemd; sein Körper ist sehr schlank und riecht nach Schweiß und Meersalz, Ovulation und Mond.

Ich steige ins Boot, das mich in die Mitte der Lagune tragen wird, und wir singen ordinäre amerikanische Schlager – zum Beispiel «Are You Lonesome Tonight» –, während wir in der Sonne dahintuckern, in der Mitte der Lagune Anker werfen und uns dort in Sichtweite von Möwen und niedrig fliegenden Flugzeugen im Boot lieben. Venedig ist am Horizont plötzlich zusammengefallen – niedrig und unbedeutend mit seinen Horden von michelinbewehrten Touristen, seinen klapperdürren Societydamen, die zum Viva-Venezia-Ball versammelt sind, seinen betrügerischen Kellnern, Ladenbesitzern und Restaurantbesitzern und seinen kreuzfahrenden Schwulen, die jetzt alle «safer Sex» praktizieren, was immer das ist.

Renzo und ich praktizieren keinen «safer Sex». Nichts ist sicher im Land des Ficks. Wir sind verloren im wäßrigen Atlantis in der Mitte der Lagune, wo wir mit Schwanz und Möse kommunizieren und nur das rudimentärste Englisch und Italienisch sprechen, wenn wir überhaupt sprechen.

Die Sprachschwierigkeiten besiegen uns, machen aber auch alles intensiver. Renzo behauptet, Englisch zu sprechen wie ein Zulu. Und mein Italienisch reicht nach all diesen Jahren nur noch zum Überleben auf einer einsamen Insel, fotografiert von Lina Wertmüller.

Ich nenne ihn *carissimo troglodita.* Er nennt mich *piccola pittrice.* Ich würde das Adjektiv von keinem anderen akzeptieren, aber wenn es von ihm kommt, klingt es wie ein Kompliment. Er fickt mich aus jedem Winkel, bis ich Freudentränen weine. Die Spitze seines Schwanzes weint auch, wenn sie aus seiner Hose auftaucht. Er trägt keine Unterwäsche.

(Gesunder Menschenverstand: Deine Mutter hat dich vor solchen Männern gewarnt.)

«Piange per te», sagt er. Er weint nach dir.

Er versucht, mich schwanger zu machen. Oh, wie herrlich sind mediterrane Männer in ihrem Verständnis des Urschlamms und dessen, worum sich alles dreht! Wir Amerikaner haben die Berührung mit dem Zweck von Sex verloren. Sex dreht sich um Babys.

Und Julian? Julian wartet in der Hotelsuite, schreibt im Kopf (und in sein Notizbuch) Symphonien, weiß und weiß nicht, was ich auf der Lagune getan habe.

Julian und ich sind Seelengefährten. Wir verstehen alles, was in Herz und Seele des anderen vorgeht, und trotzdem ficken wir nicht. Wir sind beide Fremde von einem fernen Asteroiden des Geistes und sprechen dieselbe Sprache, die Sprache des Weltraumes.

Wenn ich zurückkomme, fragt Julian, ob ich mich mit einem Gondoliere getroffen hätte, und ich sage: «Ja.» Und dann beschreibe ich den Sex im Boot mit diesem unwiderstehlichen, namenlosen Gondoliere. Und Julian starrt mich gebannt an, während ich mein Abenteuer beschreibe, das beim Erzählen noch ekstatischer wird.

Ich, zwischen Renzo und Julian stehend, habe zwei Männer, die sich zu einer einzigen, ganzen Person ergänzen – das heilt jede Frau vom Blues!

Ungebundenheit, sage ich mir. Ungebundenheit ist der Schlüssel zu allem Leben. Ich möchte alles fühlen, möchte mich in Empfindungen verlieren, und doch möchte ich auch fähig sein, mich wieder zurückzuholen. Ich will hinuntersinken auf den Grund der Lagune und doch in der Lage sein, wieder aufzusteigen. Ich will mich ganz verschenken und doch ein kleines Stück zurückbehalten, aus dem ich mich regenerieren kann – wie ein Tintenfisch, den man zerschneidet und in die Lagune wirft, damit er wieder nachwächst.

Was für ein erschreckendes Leben habe ich mir gewählt – oder hat die Muse für mich gewählt! Auf den Grund der Lagune tauchen, wieder und wieder, Häutung suchen, Selbstauflösung suchen.

Und doch bin ich glücklich. Ich hatte vergessen, wie glücklich man sein kann, wenn der Sex klappt! Ich hatte vergessen, wie man auf der Straße singt und wie das Sonnenlicht im Haar meines Liebsten glänzt. Ich hatte vergessen . . . Dart!

Wir brausen durch die Lagune und singen wie Teenager . . . ich hatte das Wunder frischer Verliebtheit vergessen. Wer braucht jetzt Ada und ihr schwarzes Leder und ihre Kerzen?

Isadora: Da sind wir uns ausnahmsweise einmal einig.

Ungebundenheit. Kann man lieben und trotzdem ganz in der Gegenwart leben? Springt Liebe nicht immer erwartungsvoll nach vorn? Während ich auf Renzos Anrufe warte, werde ich wahnsinnig, verrückt, besessen – lauter Dinge, denen ich abgeschworen hatte. Ich träume davon, ein Baby mit seinen ozeanischen Augen zu bekommen.

Julian und ich reden die ganze Nacht, Arme und Beine umeinander geschlungen.

«Irgendwann», sagt er, «werden wir miteinander schlafen – aber nicht aus Sexgründen, sondern aus Liebe – zeiterprobter, wahrer Liebe.» Ach, das Land der Versprechungen!

Julian und ich sind schon ewig Freunde. Er ist der einzige Mensch, bei dem ich mich darauf verlassen kann, daß er den Tanz der Moleküle ebenso sieht wie ich und weiß, daß ich nicht verrückt bin. Er ist der einzige Mensch, auf dessen Anleitung ich mich verlassen konnte, nachdem ich in Connecticut durch Raum und Zeit gekracht war und meine Mutter durch die Wälder stampfen sah. Er lachte mich nicht aus. Als ich ihn aus Venedig anrief, sagte er: «Nimm zwei Gondolieri und ruf mich morgen früh an.» Wenn ich ihn aus der vierten Dimension anriefe, würde er vermutlich dasselbe sagen.

Julian und ich haben eine Übereinkunft: Wir dürfen keinen Sex haben. Ich bin nicht sicher, wie wir zu dieser Entscheidung kamen oder wer sie traf. Vielleicht sind wir Geschwistern zu ähnlich, um dem nachzugeben.

Wir kuscheln uns aneinander. Wir duschen zusammen. Nackt essen wir im Bett Erdbeeren. Aber wir fühlen uns viel wohler, wenn wir miteinander reden und träumen, Arme und Beine verschlungen, als wir es je tun würden, wenn wir fickten. Manchmal reden wir die ganze Nacht, massieren einander Rücken und Beine und treiben auf dem kosmischen Bett durch die Nacht.

Wir sprechen von der Nichtexistenz der Zeit, der verschwommenen Linie zwischen Fleisch und Luft. Wir heilen einander mit Gelächter. Wenn wir zusammen durch die Straßen gehen, starren die Leute uns an, weil wir wie zwei kichernde kleine Kinder wirken. Können wir unser Leben zusammen verbringen, obwohl wir niemals vögeln? Das ist die Frage, die uns beide beschäftigt. Ich weiß, daß es verschiedene Beziehungen zwischen Menschen gibt, die nicht alle fleischlich sind. Da Seele und Körper sich auf unterschiedliche Weise überschneiden, da Fleisch und Geist mehr Gemeinsamkeiten haben als die Stellen unterhalb des Nabels, kann ich Julian lieben ohne das, was die Welt «Sex» nennt, aber von Zeit zu Zeit argwöhne ich, daß ihn das verwirrt, da er sich wie die meisten Männer an der Steifheit seines Schwanzes mißt.

Eines Nachts sind wir um ein Uhr auf der Piazza San Marco und hören zu, wie die Band im Florian's ihre letzten Nummern spielt. Wie üblich spielen sie «New York, New York» mit falschen Tönen. Wir lachen über etwas, als wir plötzlich eine Dame in den Fünfzigern sehen, die einen verlorenen Eindruck macht.

«Laden wir sie zu einem Drink ein», sagt Julian.

«Okay», sage ich.

Julian steht auf und bittet sie an unseren Tisch. Zuerst zögert sie, aber dann hält sie es für ungefährlich und kommt zu uns.

Sie ist aus Ohio; sie heißt Gladys und war fast zehn Jahre Englischlehrerin in Mailand.

Mit ihrem mageren Hals, ihrem dünnen bräunlichen Haar, der kleinen Hakennase und den nach innen zeigenden Zähnen ist sie einer der Menschen, die am meisten einem Vogel ähnlich sehen – wie Renzo jetzt Meerjüngling ist, dann wieder Pan, wie Julian ein Hund ist, ein seidiger weißer Malteser, wie ich eine ingwerfarbene Katze bin und Dart ein großer, blonder Labrador, der sich unerwartet in einen Fuchs verwandelt.

«Sie wirken so glücklich», sagt Gladys. «Wie lange sind Sie schon verheiratet?»

«Ach, ewig», sagt Julian.

«Und wo leben sie?»

«In Malibu», sage ich, «und in Connecticut. Wir verbringen das Jahr teils da, teils dort.»

«Und was ist das Geheimnis ihrer Ehe?» fragt Gladys sehnsüchtig.

«Wir schlafen nicht zusammen», sagt Julian.

Gladys atmet tief ein.

«Es stimmt», sagt Julian. «Ich schlafe in einem Karton, und sie schläft im Bett. Sie wären überrascht, wie sehr das zur Erhaltung unserer Beziehung beiträgt.»

«Sie scherzen», sagt Gladys halb ungläubig, halb glauben wollend, daß irgend jemand irgendwo eine gute Ehe führt, um welchen Preis auch immer.

«Komisch, wie das alles angefangen hat», sage ich. «Eines Tages wurde in unser Haus in Malibu ein ziemlich großes Gerät geliefert – ich glaube, es war eine Waschmaschine oder ein Wäschetrockner. Und mein Mann, Fred hier, sagte: ‹Liebling, ich wollte schon immer in einem Karton schlafen – wärst du sehr böse, wenn ich's versuchte?›»

«Sie scherzen», sagt Gladys.

«Keineswegs», sagt Julian. «Ich packte also eine Daunendecke, ein Kissen, einen Teddybären und so weiter in den Karton und probierte es aus. Es war herrlich! Und seither habe ich immer in dem Karton geschlafen, und Alice hier schläft im Bett ...»

«Es ist natürlich nicht mehr derselbe Karton», sage ich. «Der erste hatte sich abgenutzt.»

«Tatsächlich haben wir gerade einen neuen Karton bekommen», sagt Julian. «Das Geheimnis unserer Ehe ist die ständige Lieferung neuer Kartons.»

Gladys blickt ratlos von mir zu Julian.

«Sie scherzen», sagt sie.

«Keineswegs», sagt Julian. «Die Ehe ist schon schwer genug, ohne daß beide Beteiligten im gleichen Bett schlafen müssen. Die Kartons sind die Lösung.»

«Scherzen Sie auch ganz bestimmt nicht?» fragt Gladys.

«Nein, wirklich nicht», sage ich. Ich spüre jetzt, daß wir alle die Aufrechterhaltung dieser kleinen Fiktion unbedingt brauchen.

«Was machen Sie beruflich?» fragt Gladys Julian.

«Ich bin in der Schuhbranche», sagt Julian. *«There's no business like shoe-business.»*

«Interessant», sagt Gladys.

«Deshalb kommen wir dauernd nach Italien», sage ich. «Wegen des Schuhbusineß. Sie fertigen die Schuhe hier an – in der Nähe von Padua.»

«‹There's no business like shoe-business, like no business I know›», singt Julian. Plötzlich sieht er Gladys an. «Hat Ihnen schon mal jemand gesagt, wie schön Sie sind?»

Wieder sieht sie ihn halb ungläubig, halb sehnsüchtig an, und ihr ganzes Gesicht wird weicher. Die gebogene Nase, das dünne Haar, die spatzenbraunen Augen, verwandelt durch seinen Blick, werden schön. Ich sehe, wie die Fiktion durch die Kraft von Julians Absicht wahr wird. Und ich weiß, daß unser ganzes Leben verwandelt werden kann, wenn wir es nur genügend wollen und diesen Willen fest auf ein Ziel richten – wie den Laserstrahl von Julians schönen Augen auf Gladys' nun schönes Gesicht.

Am nächsten Abend bin ich wieder mit Renzo auf der Lagune. Wir brausen über das Wasser und singen.

Die Lagune ist in das Licht der untergehenden Sonne getaucht, und der Vollmond geht auf der anderen Seite des Himmels auf. Die Möwen schreien. Es ist zu perfekt, zu magisch, zu sehr Klischee, und wie viele Klischees ist es auch wahr. Wir schaukeln im opalisierenden Azurrosa des Sonnen-Mondlichts auf dem Wasser, werfen Anker und berühren gegenseitig unsere Haut, als sei die Haut soeben erfunden worden und wir Adam und Eva, die gerade Noahs Arche besteigen und die ganze menschliche Rasse fortpflanzen wollen.

Wir sprechen rudimentäres Troglodytenenglisch und rudimentäres Troglodytenitalienisch.

«Tu sei diavolo», sage ich. Du bist der Teufel.

«Das gefällt dir», sagt er. «Nur ein Teufel konnte dich fangen. Eine Amazone braucht einen Zentauren, der sie davonträgt.»

Und dann fehlen uns die Worte, und wir kommunizieren mit den Fingerspitzen, den Zungen, dem Streichen der Zehen über Hautoberflächen. Draußen, drinnen, Sonne, Mond – all das hat keine Bedeutung, und wir schaukeln, einer im Boot des anderen, in der Lagune der Träume, gleichzeitig flüssig und besternt, aus Wasser, aber auch aus schimmerndem Licht bestehend.

«Mio troglodita», sage ich.

«Pelle di luce, pelle liquida di stelle, occhi di luna», sagte er.

«Siamo animali», sage ich.

«Anima, animali», antwortet er.

Er liegt im Boot und riecht nach Sex.

Wir küssen, beißen, umschlingen uns.

«Was für ein Tier bist du?» fragt er.

«Sono cane, fedele», sage ich, obwohl ich weiß, daß ich in Wirklichkeit mehr Katze als Hund bin.

«Non e vero», sagt er. *«Tu sei gattina.* Ich sehe deine Krallen, auch wenn du dich bemühst, sie zu verstecken.»

Das verblüfft mich. Stimmt das? Oder ist es nur ein Spiel zwischen Liebenden?

«E tu?»

«Ich bin ein Fuchs, ein schlauer Fuchs», sagt er.

Meine Freundin Emmie sagt immer: «Achte auf das, was sie zu Beginn einer Liebesaffäre sagen; sie erzählen dir, wie es enden wird.»

«Schlaf jetzt», sagt er, drückt mich im Boot zurück, öffnet die Verschlüsse meiner Spitzenwäsche und beginnt, mich sehr langsam aus verschiedenen Winkeln zu ficken. Wir beide liegen halb, und Tränen strömen über meine Wangen. Er fickt mich, als wolle er in jeden Teil von mir eindringen, Amerika entdecken.

Ich kann nicht aufhören zu weinen und zu schreien, und als ich zu kommen anfange, ruft er: *«Dai, dai, dai»* (los, los, los) und *«Apri a me, apri a me»* (öffne dich mir, öffne dich mir).

Er hält inne und bewegt sich, bewegt sich und hält inne, bewegt sich wieder – bis ich komme, ganz voll von ihm, besessen, ewig, und er kommt mit mir und füllt mich mit salzigen Sternen.

Ich weine noch immer, aber als ich wieder zu mir komme, sehe ich, daß er mich beobachtet, reserviert, aus einiger Distanz.

«Was willst du von mir?» frage ich.

«Il sesso», sagt er. «Und noch ein Paar Zwillinge. Wenn die Zwillinge kommen, werde ich *monogamo* werden.»

Ach, Versprechungen, Versprechungen. Dieser Mann wird nie

der *uomo monogamo* sein, sowenig, wie Julian mich je ficken wird. Aber meine Urteilskraft ist dahin, denn hier, im Land des Ficks, gibt es so etwas wie Urteilskraft nicht.

«Können wir gleichberechtigt sein, fünfzig zu fünfzig?» fragt er. «Obwohl du eine Amazone bist? Oder neunundvierzig zu einundfünfzig?»

Wir sind vom Sex zur Macht übergegangen, haben den unvermeidlichen Sprung getan.

Ich liege da, den Kopf in seinem Schoß. Der Himmel verdunkelt sich. Sterne erscheinen.

«Du hast so einen wunderbaren Körper», sagt er. «Du entspannst dich vollkommen. Beim ersten Mal fast, beim zweiten Mal mehr, und diesmal vollständig.»

Und ich denke, daß es beim Sex meistens darum geht, daß der Mann total in die Frau eindringen, sie in Besitz nehmen, sie sich zu eigen machen will. Ohne dieses Bedürfnis nach Beherrschung und Besitz gäbe es keinen animalischen Sex. Es gibt intellektuelle Scherze über das Schlafen in Kartons. Es gibt verbale Scherze über das «Schuhbusineß». Aber ohne dieses animalische Eindringen funktioniert Sex nicht, und nur wenn Sex so funktioniert, kann man das Land des Ficks betreten.

Geht es letzten Endes also nur um Schwänze und darum, ob sie funktionieren? Geht es um ihre Größe? Die Frauen sagen nein, nein, nein, denn sie haben die Lektion gut gelernt von Männern, die Angst haben, ihre Schwänze seien zu klein. Die Männer sagen nein, meinen aber ja, denn ihr ganzes Verhalten verrät einem, daß es ihnen in Wirklichkeit darum geht, wie ihre Schwänze funktionieren. Thom, Elmore, Dart, Danny, Lionel, Renzo, Julian – ich habe nie einen Mann kennengelernt, dessen Leben nicht von Größe und Steifheit seines Schwanzes beherrscht wurde.

Das ist die eine Sache, die Frauen nie zu sagen wagen. Das ist die eine Sache, über die wir entschlossen lügen. Und warum? Weil es nur zu wahr ist. Die Größe und Steifheit seines Schwanzes bestimmt das Leben eines Mannes. Sie bestimmt, wie er sich selbst empfindet. Sie bestimmt, ob er sich selbst mag. Ein Mann, der seinen Schwanz mag, mag sich selbst. Und ein Mann, der seinem Schwanz nicht trauen kann, kann sich selbst nicht trauen. Und keiner Frau. Und keinem anderen Mann.

Ist das so einfach? Ich fürchte, die Antwort lautet ja. Pornofilme, Babyöl, Leder, schwarze Kerzen – all das sind Kompensationen für Schwänze, die nicht funktionieren. Oder nur launenhaft funktionieren. Denn wenn sie funktionieren, sind Musik und Mondlicht alles, was man braucht. Oder Stille und Sonnenschein. Oder Zwielicht, Dämmerung . . . jedes Licht (und jede Dunkelheit) ist recht.

Wir lassen den Motor an und machen uns auf die Suche nach einer geöffneten *trattoria*. Wir tuckern im Boot dahin und suchen nach einem Anlegeplatz. Kein Platz, um das Boot zu parken, keine *trattoria*, die geöffnet ist.

Nachdem ich mich so total geöffnet habe, bin ich melancholisch. Ich versuche, mich selbst an die Ungebundenheit zu erinnern, aber das funktioniert nicht. Ich möchte zurück in meine Mitte, meinen Gleichmut, aber das Land des Ficks läßt mich nicht los. Ich habe vollkommen vergessen, daß der einzige Augenblick das Jetzt ist, und tagträume von irgendeinem zukünftigen Leben mit Renzo.

Endlich finden wir einen Platz, wo es Sandwiches gibt, und nehmen sie mit in die Mitte der mondbeschienenen Lagune. Träumerisch essen wir, lauschen den Rufen der Möwen in der Stille und sehen einander an. Was ist Renzos Geheimnis? frage ich mich. Er hält einen Teil von sich zurück. Ich wünschte, ich könnte das auch. Manchmal habe ich das starke Gefühl, daß alles, was ich hier habe, das italienische Gegenstück zu Dart ist – noch ein Don Giovanni, aber ein echter: der mediterrane Mann, der die Rolle richtig spielt. Bin ich bloß wieder einem Don Juan aufgesessen?

(Gesunder Menschenverstand: Fragst du mich oder teilst du es mir mit?)

Isadora: Ich bin auf seiner *Seite.*
Leila: Auf wessen Seite?
Isadora: Der deines gesunden Menschenverstandes!
Leila: Würdest du bitte den Mund halten und mich das hier genießen lassen?

Wir bleiben in der Lagune und pressen den letzten Tropfen Mondlicht aus. Dann fährt er mich zurück zu meinem Hotel, zu Julian, zu meinem melancholischen Selbst.

«Verlieb dich nicht in ihn, Schätzchen», sagt Cordelia.

Wir sind im Garten des Corte Sconta und essen zu Mittag, umgeben von den vielsprachigen Horden, die während der Regatta-Woche in Venedig einfallen.

«In wen?»

Cordelia sieht mich mit einem Mach-mir-nichts-vor-Blick an.

«Renzo Pisan natürlich. Schätzchen, er ist der Romeo des Rialto, der Casanova des Cannaregio, der Don Giovanni des Dorsoduro, der Gigolo des Palazzo de Giglio, vom Gritti, Bauer Grünwald und so weiter ganz zu schweigen. Sie läßt ihm genügend Leine, daß er sich die Füße – und andere nette Körperteile – naß machen kann, und dann zieht sie seine Kette an, und er flitzt nach Hause, sozusagen mit eingekniffenem Schwanz . . . Herzchen, das einzige, was schlimmer ist, als seinen eigenen Gigolo zu haben, ist, sich den einer anderen auszuborgen.»

«Wer ist sie?»

«Wenn du dort hinschaust, kannst du sie sehen . . . also leise, wenn du redest.»

Ich schaue. An einem langen Tisch, halb hinter Weinspalieren versteckt, sitzt eine wunderschöne blonde Erscheinung in einem schimmernden violetten Kostüm und einem purpurroten Hut mit roten Weintrauben. Große Juwelen glitzern an ihren schlanken Fingern; ihr Hals glänzt von Smaragden, die sich besser für die Viva-Venezia-Gala eignen würden als für ein Mittagessen in diesem einfachen Restaurant in Castello. Und neben ihr sitzt Renzo, ganz *cavaliere servente,* und schält ihr Feigen.

Sie halten Hof an einem Tisch mit schicken *finocchi* und amerikanischen Gesellschaftslöwen. Renzo sieht mich nicht.

«Was haben sie für eine Geschichte?» frage ich Cordelia.

«Ich bin nicht sicher, ob ich die ganze Sache kenne, aber sie sind verheiratet, solange irgendeiner sich erinnern kann. Sie ist eine echte Prinzessin aus Wien – und er ist ein Jude aus einer spanisch-jüdischen Familie. Ihre Mutter hat ihn vor den Nazis gerettet. Er war bei Kriegsende noch ein Kind. Sie hat ihn aufgezogen wie eine Mamma – und seinen Zwillingsbruder auch –, aber in ihn war sie vernarrt. Sie ließ ihn Architektur studieren, verheiratete ihn mit ihrer Tochter, überschrieb ihm Grundstücke. Offensichtlich waren Renzo und seine Frau früher mal schrecklich ineinander verliebt, sind es vielleicht noch immer. Stell dir das vor! Die Nazi-Prinzessin und der jüdische Betteljunge! Stell dir vor, was deine Domina daraus machen würde! Renzo lebt mit der Tochter und der Mutter in einer eigenartigen *ménage à trois*. Ich weiß nicht, wer zu Hause was spielt, aber draußen spielt er alles. Die Mamma ist auch eine Nummer. Als sie noch sehr jung war, war sie kurz mit dem Grafen von Irgendwas verheiratet, und ein paar Leute nennen sie noch immer die ‹kochende Gräfin›, weil sie früher mal irgendeine Kochsendung im Fernsehen gemacht hat. Sie engagiert sich sehr für das Projekt, die Synagogen im Getto zu restaurieren. Sie finanziert Renzos Träume.

Auf seine mediterrane Art ist er äußerst treu. Und ein glänzender Architekt. Und du kannst sicher sein, in dem Moment, wo es ernster wird, wissen oder erfahren sie alles über dich. Er wird sie nie verlassen, Herzchen. Sex ist Sex, aber Geld und Stellung sind für immer. Mamma hat ihm die ersten großen Aufträge verschafft, und darum ist er loyal; ein amerikanischer Mann wäre das nicht und müßte infolgedessen gehen. Wir Amerikaner sind sehr romantisch und glauben ans Weiterziehen. Die Europäer sind viel praktischer veranlagt als wir. Vergiß das nie, Schätzchen. Und La Mamma ist La Mamma. Und seine Frau ist prachtvoll – wenn auch ein bißchen kalt. Sie läßt ihn beobachten. Sie weiß alles.»

«Und woher weißt du es?»

«Beleidige mich nicht, Zandberg. Dies ist meine Stadt. Venedig ist ein Dorf. Ich sah ihn auf dich zugehen, und bilde dir nicht ein, keiner hätte dich in und aus Mammas Boot steigen sehen; so toll du auch bist – darf ich dich daran erinnern, daß du nicht die erste hübsche Ausländerin bist, die er verführt hat?»

«Hast du . . .?»

«Oh, vor vielen, vielen Jahren. Ich erinnere mich an einen reizenden Schwenk seiner Hüften und einen Schwanz, über den man seiner Mutter nach Hause schreiben konnte – falls man eine

Mutter wie Auntie Mame hatte. Aber er ist zu glatt, um mein Typ zu sein. Ich erinnere mich an Südstaatenmänner, die genau wie Renzo waren. Ich hab sie lieber weniger hübsch, aber seriöser. Du hattest schon immer eine Schwäche für Halunken, Mitgiftjäger, Gigolos und Gauner. Was spielt es für eine Rolle, daß dieser jüdisch ist? (Und so spanisch wie Don Giovanni.) Du kannst ihn trotzdem nicht mit nach Hause zu deiner Mutter nehmen!»

«Ich hatte nicht immer Gauner...»

«Na ja, nicht immer. Aber seit du wirklich berühmt bist. Schätzchen, ich verstehe das besser als jede andere. Das Cher-Syndrom, der Sunny-von-Bülow-Komplex... ich könnte ein Buch darüber schreiben. Und er ist fabelhaft im Bett. *Tout le monde* weiß das. Ich glaube mich nebelhaft an übermenschliche Ausdauer zu erinnern. Aber laß dich nicht einfangen. Und was ist mit deinem netten Julian?»

«Wir sind Kumpel – sonst nichts.»

«Impotent?»

«Ich weiß nicht mehr, was das bedeutet. Julian vibriert zur Musik der Sphären.»

«Will er nicht oder kann er nicht?»

«Wer weiß? Spielt das eine Rolle? Wir sind Bruder und Schwester. Mach das nicht kaputt. Es hat seinen eigenen, seltsamen Reiz. Und es hält länger als Sex.»

«Himmel, das ist die neue Krankheit der erfolgreichen Männer: beschädigtes Verlangen. Entweder können oder wollen sie ihn nicht hochkriegen – oder sie kriegen ihn hoch, und dann weigern sie sich zu kommen. Weigern sich, der Würdelosigkeit des Orgasmus zu erliegen. Streiken gegen die Frauenbefreiung. Das ist einfach scheußlich, wirklich.»

Ich schaue hinüber zu Renzo, und mein Herz setzt für ein paar Schläge aus. Vielleicht wird er sie deinetwegen verlassen, flüstert der Teufel mir ins Ohr.

«Wird er nicht», sagt Cordelia, die meine Gedanken liest.

«Bin ich derart durchschaubar?» frage ich.

«Das geht jedem so, wenn er verknallt ist. Und seien wir fair: Venedig ist Venedig, und neben den italienischen Männern sehen amerikanische Männer ärmlich aus. Sie bewegen sich wie gelierte

Consommé, sprechen wie Pinot Grigio und vögeln mit der ganzen verbalen Pyrotechnik. Geflüsterte Verse – zweifellos aus den Libretti von Lorenzo da Ponte geklaut, auch so einem venezianischen Renzo. Mir gefällt der Name. Renzo Pisan. Hat einen schönen Klang.»

«Er hat mir nie von ihr erzählt. Oder von Mamma.»

«Er wird aber. Sobald du den Fehler begehst, von ihm zu verlangen, daß er eine Nacht mit dir verbringt, dich zum Mittagessen auszuführen oder übers Wochenende mit dir nach Asolo oder Porto Ercole zu fahren. Er geht immer gegen sechs nach Hause. Verwandelt sich in einen Frosch, das kannst du mir glauben. Und je mehr du ihm unter die Haut gehst, desto schneller wird er schließlich rennen. Auch das kannst du mir glauben. Er hat genausoviel Angst vor Bindung wie irgendein amerikanischer Liebhaber, aber er hat die Familie als Puffer. Das ist italienisch.»

«Und was ist der Unterschied zwischen deiner Situation mit Guido und dieser hier?»

«Dazwischen liegen Welten, Schätzchen. Guido und ich sind praktisch verheiratet, Renzo ist auf dem freien Markt. Und wenn ich Markt sage, dann meine ich Markt! Schöne Amerikanerinnen, Französinnen, Italienerinnen, die in Ferien hier sind, brennen geradezu darauf, dem fatalen Charme Italiens zu erliegen. Lies Luigi Barzini. Renzo und seinesgleichen sollten vom italienischen Tourismusministerium eine Pension bekommen! Ein Mondscheinfick im *bâteau* für jede hübsche *straniera,* und sie kommen jedes Jahr wieder. Weißt du, mein Freund Luke, der Maler, hat eine Freundin – eine verheiratete Sexualtherapeutin aus L. A. –, die jeden Sommer zwei Wochen ins Danieli kommt, um sich vom Hotelgitarristen ficken zu lassen. Als Gitarrist taugt er nichts, aber er ist offenbar fabelhaft im Bett. Phantastisch ausgestattet, wie ich höre.»

Ich sehe Cordelia an und verachte sie plötzlich. Sie ist bloß eifersüchtig, denke ich. Wie sollte es möglich sein, daß Renzo mich nicht liebt, wenigstens ein bißchen?

Kann jemand so vögeln und in Wirklichkeit gleichgültig sein?

Isadora: Leser, Sie kennen die Antwort.
Leila: Beeinflusse die Leser nicht.

In diesem Augenblick geht er mit der Prinzessin und ihrem Gefolge vorbei.

«Die bekannte Malerin Leila Sand», sagt er zu seiner Frau, die mich kalt betrachtet und das Risiko abschätzt. Dann küßt mir Renzo die Hand auf diese schwindelerregende kontinentale Art, bei der die Lippen nur in der wildesten Phantasie die Haut berühren. An der Art, wie er mich ansieht – wissend, daß sie ihn dabei genau beobachtet –, erkenne ich, daß er ein geübter Heuchler ist. Er scheint durch mich hindurchzusehen, als habe er keinerlei Wunsch, in irgendeinen Teil von mir einzudringen, in meinen Körper noch weniger als in meine Seele. Doch unmittelbar ehe sie gehen, dreht er sich um und sieht mich wieder an. Seine ozeanischen Augen glitzern. «Leila, *apri a me, apri a me, apri a me.*»

Julian und ich liegen die ganze Nacht wach und reden darüber, wie wir unser Leben neu einrichten könnten.

«Wir gehen nach Bali», sagt er. «Oder auf die Fidschis. Oder die Trobriand-Inseln. Wir kaufen eine kleine Insel.»

«Kann man Inseln wirklich kaufen?»

«Natürlich. Wir brauchen für den Rest unseres Lebens keine geisterhafte Weltraummusik mehr zu schreiben oder Bilder zu malen. Ich besorge dir zwei schöne balinesische Jungen, die dich bedienen – und wir trinken Kokosmilch, essen tropische Früchte und lesen Proust.»

«Herrlich», sage ich und verkneife mir den Hinweis, daß ich verrückt würde, wenn ich nicht malte – und daß ich es nicht für Geld tue. Ich will auch nicht «bedient» werden.

Ich sage das nicht. Ich sage nur: «Julian, du vergißt, deine Religion ist der Zimmerservice.»

«Ich kann mich zu Kokosnüssen bekehren», sagt Julian. «Der entscheidende Punkt ist, daß ich nie wieder für Hollywood arbeiten muß. Ich werde Fugen oder Symphonien schreiben, sogar Gedichte . . . Weißt du, daß ich früher Gedichte schrieb, bevor ich in die Hollywood-Mühle geriet?»

«Julian, ich liebe dich von ganzem Herzen – aber weißt du, wie wenig Dichter gelten? Du sagst, du haßt Hollywood, aber du bist gewöhnt an die Limousinen, die Privatjets, die Sekretärinnen. Du weißt nicht, wie es ist, ignoriert zu werden. Du bist seit dreißig Jahren nicht mehr mit der Untergrundbahn gefahren. Ich wette, du weißt nicht, was ein Fahrschein kostet.»

«Fünfzig Dollar?»

«Ich werd's dir nicht sagen! Tatsache ist, daß du ständig vor deinem Agenten, deinem Manager, deinen Anwälten, dem Telefon, dem Telefon, dem Telefon wegläufst. Weißt du, wie es ist, wenn das Telefon nie klingelt?»

«Wir werden keine Telefone haben; wir werden Palmwedel haben.»

«Wenn die Palmwedel nie klingeln?»

«Palmwedel sollen nicht klingeln.»

«Ja – aber du wirst verrückt, wenn sie es nicht tun.»

«Wir sind schon verrückt.»

«Stimmt. Und wie erziehen wir die Zwillinge?»

«Lehrer, Privatlehrer. Die Schule taugt nichts. Sie dient bloß dazu, die Kinder sozial zu indoktrinieren, ihnen die Werte der sozialen Klasse ihrer Eltern einzuimpfen. Wir ziehen sie auf wie die Bewohner der Trobriand-Inseln – die einzigen Menschen, die die perfekte Lösung für Liebe und Sex haben.»

«Wie sieht die aus?»

«Nun, die Kinder sind von der Vorpubertät bis zum Alter von achtzehn Jahren oder so sexuell vollkommen frei. Sie vögeln herum wie verrückt und toben ihre ganze Neugier aus. Dann, mit achtzehn, heiraten sie und bleiben monogam – bis auf das dreitägige Yam-Fest jedes Jahr, bei dem alles erlaubt ist.»

«Und was ist, wenn man während des Yam-Fests die Grippe hat?»

«Auf den Trobriand-Inseln bekommst du keine Grippe.»

«Glaubst du, daß Mike und Ed auf ein zivilisiertes Leben vorbereitet wären, wenn sie so aufwüchsen?»

«Und wo, bitte schön, findet man ein zivilisiertes Leben? In Hollywood? New York? Venedig? In Wirklichkeit werden die besten kleinen Mädchen außerhalb der Gehirnwäsche unserer

Kultur großgezogen. Alles, was die Zivilisation für Mädchen tut, ist, ihnen beizubringen, daß sie minderwertig sein sollen. Besser Palmwedel und Yam-Feste. Du würdest ihnen einen großen Gefallen tun, wirklich. Denk darüber nach, Leila; ich meine es ernst.»

«Weißt du was Gandhi gesagt hat, als man ihn fragte, wie er über die westliche Zivilisation denke?»

«Nein.»

«Sie wäre eine gute Idee!»

Und wir lachen und umarmen uns, und noch immer kichernd und eng umschlungen schlafen wir ein.

Irgendwann in der Nacht läutet das Telefon. Ich rolle herum und nehme den Hörer ab.

«Leila, Baby», sagt Dart. «Leila, Baby.»

Ich bin plötzlich hellwach. Das ist wie ein Anruf aus dem Totenreich.

«Was ist los?» frage ich.

«Ich vermisse dich, Baby.»

«Du wirst's überwinden», sage ich.

«Ich ging über die Madison Avenue, Baby, und was sehe ich in einem Galeriefenster? Den Lone Ranger! Erinnerst du dich an den Lone Ranger, Baby?»

«Wie sollte ich nicht?» Dart spielt auf eines meiner fotorealistischen Bilder an, das ihn im Kostüm des Lone Ranger zeigt, den Revolver wie einen schwellenden Schwanz in die Hose gesteckt.

«Deinetwegen», sagt Dart, «weiß jeder von meiner großen Kanone ...»

Hellwach und in eine Welt gezerrt, die ich verlassen hatte, sage ich munter: «Liebling – die war schon vorher allgemein bekannt.»

«Nur ein paar Auserwählten», sagt Dart.

«Ein paar hunderttausend Auserwählten», sage ich.

Unwillkürlich muß Dart lachen. Die Manipulation funktioniert nicht.

«Gute Nacht, Liebling», sage ich fröhlich und lege mich wieder schlafen.

Am Nachmittag vor dem Viva-Venezia-Ball bin ich mit Renzo auf der Lagune. Wir lieben uns im Boot.

Ich bin so betört, daß ich die verbotene Frage stelle. «Liebst du mich überhaupt?» frage ich.

Er legt mir die Hand auf den Mund.

«Nach den wichtigsten Sachen im Leben darfst du nicht fragen», sagt er.

Now, when you've got a man don't ever be on the square.
If you do, he'll have a woman everywhere.
I never was known to treat one man right.
I keep 'em working hard both day and night.
Because wild women don't worry.
Wild women don't have the blues.

Ida Cox

20 Wilde Frauen haben keinen Blues

Dem Viva-Venezia-Ball gingen Lunches, Teepartys und Dinners voran, bei denen klapperdürre New Yorker Gesellschaftsdamen mit schweinsköpfigen Ehemännern (oder modisch schlanken Joggern) sich unter klapperdürre italienische (und österreichische und französische und englische) Gesellschaftsdamen mit schweinsköpfigen Ehemännern (oder modisch schlanken Joggern) mischten und in die Luft neben beiden Wangen küßten. In New York tun sie das nur neben einer.

Die Marchesa von Soundso küßt die Principessa von Soundso. Der Jogger aus der Park Avenue schneidet den Jogger aus der Via Veneto oder der Avenue Foch. In drei oder vier Sprachen werden Platitüden ausgetauscht. Ja, wir waren alle schon mal in Venedig. Nein, wir waren dieses Jahr nicht in Gstaad oder Cortina; wir waren in Vail. Ja, es war teuflisch heiß auf Lindos. Nein, der Orientexpreß nach Bangkok verkehrt noch nicht. Moustique im Januar? St. Barts im Februar? Herbst in New York? Weihnachten in St. Moritz? Kenia? Aspen? Wer ist mit dem besten Freund des Sohnes durchgebrannt? Direkt aus Rosay? Sie hat doch diesen netten Piero nicht wirklich verlassen? Doch? Und was ist mit James? Ist er noch immer Botschafter in ... wo war es noch gleich? Und sind sie noch verheiratet? Nun, dem Himmel sei wenigstens dafür Dank. Sie wird es überwinden – aber wird er darüber wegkommen?

Und so beginnt der Ball!

Es ist eine schwüle Nacht am Canale Grande, und der Palazzo Pisani-Moretta – ein großer Steinhaufen aus dem 16. Jahrhundert, einst Schauplatz herzoglicher Feste und Intrigen – ist heute, leider, zu Rent-a-Palazzo verkommen.

Leute entsteigen ihren gemieteten Gondeln und *motoscafi* und sehen überaus selbstzufrieden aus. Lacroix raschelt neben Givenchy, Ungaro streift Lagerfeld, Rhodes glitzert bei Valentino, Ferré schreitet an Saint Laurent vorbei.

Darling, darlina, tesoro, meine Liebe, mein Schätzchen, meine Süße, du berechnende kleine Fotze ...

Da sind wir alle in Italien, mit allen Leuten, die wir immer in New York sehen! Wir reden hier so wenig mit ihnen wie dort. Wir sind hier, um gesehen zu werden. Wir sind hier, weil das die Ziellinie eines Rennens ist, in dem wir mitliefen, seit wir zwei Jahre alt waren. (Wie sind wir überhaupt in dieses Rennen gekommen? Das wissen wir am allerwenigsten.) Wir sind hier, weil wir hier sind. Ist das vollkommen *klar*?

Da ich arm in Washington Heights aufgewachsen bin, sollten mich diese Dinge eigentlich mehr beeindrucken. Und das taten sie am Anfang auch, als mein Gesicht zur Eintrittskarte, mein Namen zum Sesam-öffne-Dich, meine Bilder zur magischen Kombination wurden, die das Schloß öffnete.

Eine Welt von Gewinnern! Aber warum sind sie dann so grimmig? Und so gehetzt, gequält, nervös? Sollte Reichsein nicht Spaß machen?

Ich habe F. Scott Fitzgerald gelesen. Ich weiß, daß die Reichen anders sind als du und ich. Aber sie wirken so nägelkauend angespannt, so hektisch, so verängstigt. Vielleicht hatten sie in den zwanziger Jahren Spaß. Heute erscheint Reichsein wie ein Job. Was ist aus dem Adjektiv «müßig» geworden?

Eine knochige, hagere Gesellschaftsziege (mit ockerfarbener, ledriger Haut und spitzen Knien, Hüften, Ellbogen, kantigen Kinnbacken und Hakennase) rauscht am Arm eines rotnasigen Schwulen herein, in ein rotes Kleid von Valentino und Rubine gehüllt: Mrs. Rentier, die berühmte «Slim» Rentier – berühmt für ihre Schlankheit, ihren rotnasigen Jogger, den Fitneß-Trainer, den sie sich in der Neunten Straße hält, den Bankiergatten, der niemals ausgeht. Er sitzt in seinem klimatisierten Wohnzimmer in der Park Avenue, sieht sich Videos von alten Super-Bowl-Spielen an und befummelt den jungen pakistanischen Hausdiener. Heute Abend scheint er gescheiter als all diese schwitzenden Horden.

Und hier kommt Mrs. Leventhal, Königin der Wohltätigkeitskrankheit von New York – ein Titel, um den man heiß konkurriert. Und sie ist mit ihrem Designer da, dessen neue Kollektion ihr Mann finanziert, dem punkigen, anbetungswürdigen Winzling Mij Nehoc (Jim Cohen, rückwärts buchstabiert). Er trägt eine weiße Nehru-Jacke, einen Ring im linken Ohr, einen Smaragdknopf im rechten, und smaragdgrüne Haremshosen aus Satin sowie smaragdgrüne Slipper, deren Spitzen sich phallisch nach oben biegen.

Und hier ist Lady Eglantine Brasenose aus Melbourne, die Witwe des Reederkönigs vom Südpazifik. Und Prinz und Prinzessin Rupert von England, bekannt von Kensington bis Moustique und Hongkong für ihre offene Ehe. Und Pia Le Quin, die üppige, gebräunte amerikanische Schauspielerin, die beinahe einen Rothschild geheiratet hätte. Aber es dann doch nicht tat. (Ihre Karriere kam zuerst – obwohl ihre Karriere im Eimer ist, wie sie in Hollywood sagen.)

Und hier kommt Renzo Pisan mit seiner Prinzessin, die die Fete organisiert hat, zusammen mit ihrem Gegenstück aus New York – der sehr schlanken, fast einbalsamiert aussehenden Mrs. Rentier, der Society-Mumie!

Renzo ist keine Mumie. Selbst im Frack dünstet er Sex, Sex, Sex aus: die Augen halb geschlossen, das Pikeehemd diskret mit glitzernden antiken Brillantknöpfen bestückt, einen grauseidenen Kummerbund um die schlanke Taille.

Die Prinzessin ist groß und statuenhaft in einem gelben hautengen Ungaro-Kleid mit wuchernden, fuchsienroten Riesenblüten. Ihr goldenes Haar ist mit Juwelen durchflochten, an ihrem faltigen, gelifteten Hals glitzern gelbe Diamanten; die Arme sind in Armbänder gekettet, die Finger in Ringe gezwängt.

Er führt sie an ihrem knochigen Ellbogen wie ein tapferer Schleppdampfer die QE II (obwohl er mehr einem schnittigen Rennboot ähnelt als einem Schlepper). Seine Augenlider flattern wie Eidechsenschwänze, als er mich sieht. *Apri a me,* sagen sie.

Julian und ich schlendern auf sie zu, um die Prinzessin und meinen Gondoliere zu begrüßen.

Sie wirft einen kundigen Blick auf mein meerblaues Kleid von Emanuel of London mit weiten Ärmeln und einer Corsage, die meine Brüste hochdrückt, damit Renzo sich daran delektieren kann. Julian trägt seinen Frack aus Hongkong, von einem Vierundzwanzig-Stunden-Schneider eigens für dieses Fest angefertigt, einen scharlachroten Kummerbund und eine dazu passende Fliege.

Julian verneigt sich vor Renzo, Rumpelstilzchen, das sich vor Aschenbrödels Prinz verbeugt. Er hat keine Ahnung, daß diese glatte, schmalhüftige Erscheinung mit den zerzausten ebenholzschwarzen Locken mein Gondoliere ist, der mit den Augenlidern zwinkert und *dai, dai, dai* sagt.

«Piacere», sagt die Prinzessin und streckt eine juwelenfunkelnde, manikürte Hand aus.

Und dann werden wir fortgespült von den Wellen der Menge, die in ihren feinen Kleidern und unter tausend tropfenden Kerzen schwitzt.

Die Hitze all dieser Körper ist erstaunlich! Ich denke an das undesodorierte Venedig des 16. Jahrhunderts, als dieser Palazzo neu war, und bin nicht sicher, ob ich eine Fahrkarte für die Zeitmaschine kaufen und in diese Epoche reisen würde, wenn ich dazu eingeladen würde.

Und hier ist André McCrae, auf dem Kamm der Woge; er trägt einen wundervollen Frack und sagt noch immer *schatzele* zu mir!

«Das ist Julian Silver, der Komponist», sage ich zu André, «mein bester Freund».

«Was machen Sie hier, Silver?» fragt André. «Sie sollten doch auf dem Mars sein!»

«Leila rettet Venedig, und ich rette Leila», sagt Julian.

Und unser Lachen spült uns die mit rotem Teppich belegte Treppe hoch.

Kerzen flackern, Menschen schwitzen, Kleider für zehntausend Dollar werden unter Füßen in handgemachten Schuhen zertrampelt und zerrissen. Ich denke daran, wieviel besser all das in den Gesellschaftsspalten wirken wird als im wirklichen Leben. Auf der Zeitungsseite gibt es keinen Schweiß und keinen Small talk – nur glitzernde Namen und glitzernde Orte, um den Neid jener Glücklichen zu entfachen, die zu Hause geblieben sind.

Aber deswegen sind sie ja hier, nicht wahr? Um den Neid derer zu erregen, die zu Hause geblieben sind.

Und wir gehen die Treppe hinauf, langsam, langsam, *piano, piano,* warten in der Reihe, um fotografiert zu werden, damit die Verlierer uns beneiden können, wenn die Fotos erscheinen.

Und wer ist das, da vor mir auf der Treppe? Ein munterer kleiner Mann im Frack und eine strahlende Frau in kirschrosa Chiffon.

Kann das Lionel Schaeffer sein? Und wie kann ich ihn je begrüßen nach der Nacht mit der schwarzen Kerze?

Er dreht sich plötzlich um und späht die Treppe herunter, als habe er meinen Gedanken aufgefangen.

«Leila!» ruft er fröhlich, als gebe es keine Madame Ada.

«Lionel!» rufe ich fröhlich, als gebe es keine Madame Ada.

Ist es das, was wir als westliche Zivilisation bezeichnen – so zu tun, als nähmen wir unser geheimes Leben nicht zur Kenntnis?

In einem Raum mit zahllosen Kerzen drehen und wenden sich die Leute, treffen zu Gruppen zusammen und wenden sich wieder ab – wie Figuren auf einer Spieldose, die ihren steifen, immer gleichen Tanz aufführen.

Hach, wie langweilig ist das alles!

Wenigstens bin ich mit Julian zusammen; darum kann ich sagen: «Hach, wie langweilig ist das alles!» Er lacht zustimmend und holt mir dann einen Bellini von der Bar. Ich stelle den Drink ab, ohne auch nur einen Schluck zu nehmen. Ich weiß, wenn ich auch nur einen Schluck trinke, dann wird mein Kopf zu pochen anfangen, und es wird nicht lange dauern, bis mein gesunder Menschenverstand mich verläßt.

«Ich kann nicht mehr trinken», sage ich zu Julian.

«Dann laß es», sagt er.

Und plötzlich stehen Lionel Schaeffer und seine schöne Frau Linda vor uns in der Menge.

Lionel öffnet die Jacke seines Fracks und zeigt hinein. «Turnbull und Chung», sagt er.

Linda zieht ein Gesicht.

«Man kann einfach nirgends mit ihm hingehen», sagt sie.

Ich frage mich, ob sie etwas von Madame Ada, seinem Besuch in Litchfield County, irgendeinem Geheimnis in Lionels Seele ahnt. Augenscheinlich nicht. Aber sie trägt ein Halsband von Paloma Picasso aus Peridot und Brillanten und ich nicht; offensichtlich also ist das der Preis für ihr Nichtwissen. Und mein Hals ist nackt, weil ich alles weiß. Frauen werden dafür bezahlt, wegzuschauen und nichts zu sehen oder zu sehen und nichts zu sagen. Eines Tages werde ich etwas darüber malen. Ach, Hogarth, Goya, Daumier zu sein! Dieses *fin de siècle* braucht die Augen eines Satirikers.

«Julian, Lionel», sage ich. «Linda, Julian.»

«Leila, Linda», sagt Lionel.

«Natürlich erinnere ich mich an Leila», sagt Linda. «Wer könnte eine so begabte Künstlerin vergessen?»

«Danke», sage ich.

«Danken Sie nicht mir», sagt Linda. «Sie haben das Talent.»

Ich sehe, daß ihre Einstellung zu mir sich verändert hat. Als wir uns das letzte Mal sahen, bei den McCraes, war sie entschlossen, mich zu schneiden, Lionels Interesse entgegenzuwirken. Jetzt hat sie ihre Strategie geändert. Mit Schmeicheleien versucht sie, mich dazu zu bringen, daß ich seinem Interesse zuwiderhandele. Ich erinnere mich, einmal etwas ähnliches bei einem von Darts Mädchen versucht zu haben. Ach, wie weit weg scheint das jetzt alles! Statt von Dart bin ich nun von Renzo besessen! Ist das ein Fortschritt? Es fühlt sich wie Fortschritt an, aber ich fürchte, es ist bloß das Land des Ficks.

Ich begebe mich in meiner azurblauen Seide zum Waschraum. Eine Reihe von Damen steht um einen Wandschirm herum. Hier in Venedig wie in New York sind die Einrichtungen für Damen unzulänglicher als die für Herren. Der Vorraum der Herren ist leer. Ich entscheide mich dafür, das *gabinetto degli uomini* zu befreien. Ich betrete es mit meinem weiten blauen Rock, und wer kommt genau in diesem Moment heraus? Renzo *il Magnifico*! Binnen einer Sekunde ist er wieder in der Herrentoilette, mit mir, versperrt die Tür und bedeckt schamhaft seine Augen, während ich die Toilette benutze, mich abwische, meine Hände wasche und abtrockne. Und dann, mit unglaublicher Schnelligkeit, liegt er auf seinen schönen braunen Knien, hat meine Krinoline gehoben, mein Höschen beiseite geschoben und entlockt mir mit seiner geübten Zunge Stöhnen. Es geschieht mit der Geschwindigkeit eines Traumes. Vielleicht ist es tatsächlich ein Traum? (Gesunder Menschenverstand: Das hoffe ich.) Er trägt keine Unterwäsche unter seinem Frack. Der Rest ist Schweigen, von Stöhnen durchsetzt.

Ich frische mein Make-up auf. Er richtet seine Krawatte und seinen Kummerbund. Er verläßt die Herrentoilette zuerst, die Augen züchtig niedergeschlagen. Ich verlasse sie nach ihm. Zwei Herren warten draußen und sehen schrecklich blasiert aus, als passierte so etwas in Venedig jeden Tag – was auch der Fall ist.

Und wir gehen zurück zum Ball!

Nach einer angemessenen Weile werden Julian und ich an unseren Tisch geleitet. Es ist kein guter Tisch. Man hat uns mit den weniger wichtigen Leuten so weit wie möglich von Lionel entfernt plaziert. Ist das ein Irrtum? Hatte er uns nicht an seinen Tisch eingeladen? Oder ist das Lionels Strategie, um mich von Linda fernzuhalten?

Julian sieht sich am Tisch um. Ein tauber alter Mann, dessen Gebiß knackt. Eine mindere Vorsitzende von einem minderen New Yorker Ball, ein Modedesigner, dessen Stern gesunken ist, eine abgehalfterte italienische Schauspielerin – ein Tisch von Ehemaligen auf dem Ball der Gewinner! Julian, der behauptet, sich nichts aus solchen Dingen zu machen, ist wütend.

«Wir sind zu alt», sagt er, «und zu reich, um drei Stunden auf diesen klapprigen goldenen Stühlchen zu sitzen!» Und er nimmt meinen Arm, führt mich durch die erstickend heißen Räume, die Treppe mit dem roten Teppich hinunter und zu einem wartenden *motoscafo*.

«Essen wir in Harry's Bar», sagt er, «und dann heuern wir eine Gondel mit drei Musikern an.»

Wir fahren also in Frack und Abendkleid zu Harry's; ich fühle mich verworfen, weil ich den Ball verlassen habe und wegen meines Zwischenspiels mit Renzo in der Herrentoilette (wieviel schulde ich meiner Analytikerin jetzt?), und Julian ist überaus mit sich zufrieden, weil er gegen den schlechten Tisch protestiert hat.

«Ich dachte, du machtest dir nichts aus solchen *mischegoss* wie schlechten Tischen», sage ich zu Julian, als wir uns bei Harry's mit *acqua minerale* und Horsd'œuvres häuslich niedergelassen haben.

«Tu ich auch nicht, wirklich», sagt Julian. «Aber wir haben einfach nicht mehr soviel Lebenszeit übrig, um sie auf diesen Stühlen mit solchen Leuten zuzubringen – nichts Böses sehen, nichts Böses hören, nur Böses reden.»

«Tust du doch», sage ich. «Gib's doch zu.»

«Nein, Leila, wirklich nicht.»

«Doch.»

«Ich weigere mich, mit dir darüber zu streiten.»

«Okay», sage ich. Aber ich bin ärgerlich. Ich habe Julian als Begleiter für mich eingeladen – und jetzt fühlt es sich an, als sei er gegangen, um mir eins auszuwischen. Oder hat er etwas von meinem Gondoliere mitbekommen?

Ich lasse das Thema fallen. Das Leben ist zu kurz. Wir bestellen *risotto* und *fegato alla veneziana.* Wir ziehen uns gegenseitig auf, wir beobachten das Lokal. Die üblichen stilvollen Venezianer und grellen Amerikaner. Das übliche Pack an der Bar. Zwei junge Schwule mit Punkfrisuren im Partnerlook – einer schwarz mit grünen Streifen, der andere platinblond mit fuchsienroten Streifen. Eine englische Dame im gewissen Alter, die eine Doppelgängerin von Vita Sackville-West ist. Ein chinesischer Herr mit rosigen Wangen und einem altmodischen Seidenpyjama.

Und dann, an einem Tisch in der Ecke, erspähen wir das Glückliche Paar.

Sie ist um die Vierzig, er um die Fünfzig. Vielleicht sind sie auch gleichaltrig, und er ist früher gealtert als sie. Sie trinken einander mit Bellinis zu, haben die Arme verschlungen, sehen einander tief in die Augen.

«Weißt du noch, vierundachtzig in Saint-Paul-de-Vence?» sagt er.

Wir hören ihre Antwort nicht, aber wir sehen ihrem Lächeln an, daß sie es noch weiß.

«Was glaubst du, sind sie verheiratet?» frage ich Julian.

«Nie im Leben», sagt er. «Sie leben in derselben Stadt. Sie sind beide mit anderen Partnern verheiratet. Sie sehen sich mittwochs nachmittags und in Ferien wie diesen. Seit zwanzig Jahren kommen sie jeden September nach Venedig.»

«Was für eine romantische Geschichte!» sage ich.

«Auch nicht besser, als in Kartons zu schlafen, oder?»

«Ich frage mich, wie es wirklich ist...»

«Besser, das nicht zu wissen», sagt Julian.

«Ich will es wissen. Ich werde fragen.» Ich stehe auf, aber Julian hält mich zurück.

«Ich verdiene mein Geld seit vierzig Jahren damit, solche Fiktionen in Musik umzusetzen», sagt Julian. «Ich habe das geschaffen, was wir Romantik nennen. Alles liegt an den Saiteninstrumenten. Bestimmte Melodien greifen einem ans Herz. Glaub mir. Es ist besser, nicht zu wissen.»

«Himmel, Julian, ich will doch nur erfahren, ob sie verheiratet sind.»

«Das sollst du aber nicht», sagt Julian. «Es ist besser so.»

«Und wenn sie es sind?»

«Wenn sie es sind, dann heirate ich dich, kümmere mich für immer um dich und kaufe dir eine eigene Insel im Südpazifik.»

Ich gehe hinüber zu dem Glücklichen Paar.

«Entschuldigen Sie bitte», sage ich. «Mein Freund und ich

haben eine eigenartige Wette abgeschlossen. Bitte, halten Sie mich nicht für unhöflich, aber – sind Sie verheiratet?»

«Ja», sagt die Frau.

«Nein», sagt der Mann.

Ich gehe zu Julian zurück und berichte von ihrem «Ja».

Wir singen uns durch den Canale Grande, begleitet von Akkordeon, Gitarre und Geige. Ich bin maßlos glücklich, wieder in einem Boot zu singen – diesmal mit Julian.

Die auf dem Kopf stehenden, schwankenden Spiegelbilder der Paläste grüßen uns in dem erstaunlichen Mondlicht. Ich denke an Renzo und umarme Julian, wie ich Renzo umarmen und dabei an Julian denken könnte, und mir wird klar: wenn ich mich selbst in der Hand behalten kann, dann habe ich alles, was ich brauche, um für den Rest meines Lebens zufrieden zu sein.

(Gesunder Menschenverstand: Du sagst es – zwei Männer, die sich zu einem Menschen addieren! Das kuriert jede Frau vom Blues!)

Es wird auf dem Weg immer Reisegefährten geben – oder köstliches Alleinsein. Aber für Angst gibt es keine Entschuldigung. Während ich mit Julian singend durch den Canale Grande fahre, erhasche ich einen verschwommenen Blick auf ein Leben ohne meine Angst. Wer wäre ich ohne sie? Wäre ich noch immer Leila?

(Gesunder Menschenverstand: Du wärest Leila! Du hättest dich selbst!)

Sybille ließ mich einmal meine Angst in ihre Metalldose legen.

«Ich bewahre sie sicher für dich auf, bis du sie zurückhaben willst», sagte sie. «Du kannst sie bekommen, wann immer du willst.»

Sybille bewahrt meine Angst auf; mein gesunder Menschenverstand und ich können ohne sie weitermachen.

In dieser Nacht im Gritti reden Julian und ich bis zum Morgengrauen.

«Ich weiß, daß du mit jemandem eine Affäre hast», sagt Julian, «und das ist okay, wirklich. Ich möchte, daß du glücklich bist. Du kannst mir alles sagen.»

«Du weißt ja schon von meinem Gondoliere», sage ich.

«Das ist mehr als ein Gondoliere», sagt Julian.

«Davon weiß ich nichts», sage ich. «Außerdem – wenn ich es dir sagte, würde der Zauber verfliegen.»

«Aber wenn du's nicht tust, lügst du, indem du etwas verschweigst. Und das läßt unseren Zauber verfliegen.»

«Das ist das Dilemma, nicht?»

«Laß dir eine Geschichte erzählen», sagt Julian, «eine Geschichte aus meinem Leben, die ich dir nie erzählt habe, weil ich sie bis vor kurzem verdrängt hatte . . .»

Wir machen es uns in unserer Spezialstellung gemütlich, die Beine umeinander geschlungen.

«Als ich ein kleiner Junge in Toronto war», beginnt Julian, «gingen meine Mutter und mein Vater auf Varieté-Tourneen, und meine ältere Schwester und ich blieben oft lange allein. Meine Schwester war erst etwa fünfzehn und sehr, sehr hübsch – und in gewisser Weise war sie das einsamste Mädchen, das ich je gekannt habe. Ich muß etwa zehn gewesen sein, als das passierte – und ich hatte gerade die Sexualität entdeckt. Ständig war ich so scharf, daß ich beinahe aus der Haut fuhr, die ersten feuchten Träume hatte – und sie überhaupt nicht verstand.

Das Schlafzimmer meiner Schwester hatte eine Glastür mit Musselinvorhängen, und am späten Nachmittag machte sie allein ein Schläfchen. Das muß an einem Wochenende gewesen sein, denn ich war nicht in der Schule. Ich machte unten meine Hausaufgaben und mußte sie plötzlich etwas fragen. Ich ging nach oben und durch den Flur zu ihrem Zimmer, aber etwas hielt mich davon ab, einfach hereinzuplatzen. Der Musselinvorhang war an einer Seite leicht verschoben – es war so einer, der oben und unten eine Messingstange hatte –, und ich stand sehr still und spähte hinein.

Meine Schwester lag in ihrem pfirsichfarbenen Morgenrock auf dem Bett. Er stand vorne offen. Und ein pfirsichfarbenes Seidentuch lag über der Lampe. Das ganze Zimmer war in rosiges Licht getaucht.

Sie bewegte eine schmale Hand in der Nähe des offenen Morgenrocks. Ich war verwirrt. Mein Herz begann zu pochen. Mein Penis richtete sich steil auf. Mein ganzer Körper schien zu pulsieren. Ich wußte, ich sollte sie nicht beobachten, aber ich konnte mich nicht abwenden. Und dann verschwanden ihre Finger in ihrem Inneren, und liebevoll und zärtlich bewegte sie sie ein und aus. Ich konnte es nicht mehr ertragen. Mein Penis und ihre Finger waren eins – und ich kam mit einer Explosion, die mich laut aufschreien ließ. Meine Schwester blickte auf, sah mich, verstand und kam zur Tür, um mich einzulassen.

‹Julie›, sagte sie – sie nannte mich Julie –, ‹hab keine Angst.› Ich zitterte. Sie führte mich zu ihrem Bett. Wir legten uns zusammen hin und hielten einander, Arme und Beine umeinander geschlungen. ‹Julie – wenn du weißt, daß das wunderschön ist, dann weißt du etwas, was nur sehr wenige Leute wissen.› Und ganz sanft führte sie meine Hand an ihre Vagina und ließ mich jeden Teil von ihr erforschen, sagte mir, was ich tun, wie ich sie berühren sollte, und gleichzeitig fing auch sie an, mich zu berühren. Es war das süßeste und schönste Zwischenspiel meines Lebens. Vollkommen unschuldig, Sex im Paradies, ehe die Schlange kam. Und hinterher lagen wir zusammen, aneinander gekuschelt wie du und ich jetzt.

Jetzt kommt der Teil, über den ich nicht gern rede, der Teil, den ich vierzig Jahre lang verdrängt und erst unter Hypnose wiedergefunden habe.

Zwei Tage später wurde sie mitten in der Nacht eilig ins Krankenhaus gebracht. Ich weiß nur noch, daß ich draußen vor ihrem Zimmer stand und hörte, wie eine Krankenschwester zu einer anderen sagte: ‹Die Hure macht's nicht mehr lange.› Ich habe sie nicht mehr lebend wiedergesehen.»

«Woran ist sie gestorben?» frage ich lahm, wie man es tut, wenn man von Gefühlen überwältigt ist und daher versucht, «Fakten» festzuhalten, als könnten Fakten uns retten.

«Jahrelang habe ich das nicht gewußt. Es hieß, sie hätte eine Blinddarmentzündung gehabt, aber ich wußte, daß das nicht stimmte. Ich denke heute, daß es eine Bauchhöhlenschwangerschaft gewesen sein muß. Natürlich war ich sicher, ich hätte sie umgebracht.»

«Natürlich.» Ich umarme ihn. Tränen strömen mir aus den Augen.

«Das Schlimmste kommt erst noch. Meine Eltern kamen nie

mehr zurück. Sie starben irgendwo im Mittelwesten bei einem Autounfall. Ich weiß nicht mal, ob sie vom Tod ihrer Tochter erfahren hatten. Ich blieb bei meiner Tante und meinem Vetter. Eines Nachts hörte ich sie über mich reden. ‹Ich will ihn nicht›, sagte meine Tante. ‹Er ist zu eigenartig.› – ‹Ich will ihn auch nicht›, sagte mein Vetter. ‹Ich kriege eine Gänsehaut, wenn ich ihn sehe.› Ich packte meine Tasche und ging auf Wanderschaft.»

«Du warst zehn?»

«Ich war zehn. In mancher Hinsicht bin ich immer noch zehn.»

«In mancher Hinsicht sind wir das alle», sage ich.

«Deshalb finde ich, daß wir über Sex nicht lügen sollten», sagte Julian. «Das Leben ist zu kurz.»

«Und man kann den Sex nicht vom Rest des Lebens trennen, nicht? Wir dachten, man könnte das, aber man kann es nicht. Das ist die Tragödie unserer Generation – daß wir geglaubt haben, Sex könne uns retten.»

«Nichts kann uns retten», sagt Julian, «nicht einmal Liebe. Aber wir können die Welt füreinander weniger einsam machen – manchmal. Und manchmal können wir nicht mal das.»

«Mein ganzes Leben lang», sage ich, «habe ich mir nichts anderes gewünscht, als Sex und Freundschaft zusammenzubringen – und anscheinend bin ich weiter davon entfernt denn je.»

«Ich auch», sagt Julian. «Deshalb faszinieren mich die Trobriand-Inseln so. Ich will wissen, ob es wirklich eine Gesellschaft gibt, in der die Menschen das Schuldproblem gelöst haben.»

«Was glaubst du?»

«Wenn man Malinowski liest, glaubt man es – aber er ist ziemlich überholt. In den zwanziger Jahren nannte man sie die Inseln der Liebe, aber ich glaube, daß ist bloß wieder so ein Mythos vom edlen Wilden. Trotzdem träume ich davon hinzufahren. Ich habe immer davon geträumt . . . Ich möchte dort sterben, und der Ort, an dem man sterben will, ist der, an dem man leben will . . .»

«Willst du das mit dem Gondoliere wirklich wissen?»

«Ja.»

«Na ja, wenn du von deiner Schwester redest, wird mir klar, daß mein Gondoliere, genau wie Dart, nur eine weitere Version des unmöglichen Liebhabers ist. Der Vater, kurz gesagt: der tabuisierte Mann, der dämonische Liebhaber, der *dybbuk*, der inzestuöse Inkubus. Er ist schön, aber feuchte Träume sind immer schön. Und er ist nicht zu haben. Er gehört einer anderen, gehört Mamma ...»

«Tun wir das nicht alle», sagt Julian mit träumerischem Blick.

«Und wenn wir uns lieben, verschwinden alle Barrieren zwischen uns – wie zwischen dir und mir, wenn wir reden. Warum können wir nicht beides haben – Fleisch und Worte?» frage ich.

«Ach», sagt Julian, «und wann würden wir dann komponieren oder malen? Wir komponieren und malen, um die gefallene Welt wieder auferstehen zu lassen; und nur, weil die Welt gefallen ist, braucht sie die Schönheit, die wir schaffen. Im Himmel wären wir so voll von Gottes Schönheit, daß wir nicht schaffen müßten.»

«Sophisterei.»

«Nicht wirklich. Was ist leichter zu malen – der Himmel oder die Hölle?»

«Die Hölle», sage ich.

«Und was ist unterhaltsamer zu lesen – ‹Inferno› oder ‹Paradiso›?»

«‹Inferno›.»

«Also haben wir eine gefallene Welt bekommen, um unser menschliches Potential auszuschöpfen. Im Paradies würden wir uns alle zu Tode langweilen.»

«Und trotzdem willst du in den Südpazifik? Willst du der Gauguin der elektronischen Musik werden?»

«Ich möchte über all das eine Oper schreiben», sagt Julian. «Und auf meine Art bin ich so was wie ein methodischer Komponist. Ich will mit einem kleinen Jungen anfangen, der durch einen Vorhang seine Schwester beobachtet – und dann mit einem erwachsenen Mann auf der Suche nach dem Paradies nach Polynesien segeln. Ich will die große panoramische Oper der menschlichen Suche nach dem Paradies schreiben.»

«Wir suchen alle nach dem Paradies», sage ich. «Und anscheinend wissen wir nie, daß wir es haben, hier und jetzt, mit verschlungenen Armen und Beinen in diesem Hotelzimmer, durch das Universum segelnd ...»

«Ich weiß es», sagt Julian. «Aber laut Definition ist das Paradies immer dort und nicht hier. Selbst wenn du deinen vollkommenen Liebhaber heiratest, dauert es nicht lange, bis ihr euch beide Sorgen macht um Verträge, Anstreicher, Elternabende, Einkommenssteuer... Dein unmöglicher Er würde nur zu möglich. Besser, ihn für Sex und mich zum Reden zu haben.»

«Aber ich will Sex und Reden in einer Person. Das ist doch sicher nicht zuviel verlangt.»

«Ich hab das nie gefunden», sagt Julian, «außer in meinen Akkorden. Warum also solltest du es finden?»

«Weil du nicht daran glaubst, ich aber schon. Irgendwie, gegen allen Augenschein, glaube ich endlich daran. Und ich glaube endlich, daß ich es verdiene.»

«Dann wirst du es sicher bekommen», sagt Julian, «irgendwann. Aber zuerst mußt du deinen Glauben daran ein oder zwei Jahre lang *üben.* Und oh, ja – du mußt diesen Gondoliere loswerden.»

Wir umarmen uns und schlafen ein.

Am nächsten Tag fahre ich mit Julians Zustimmung in einem Taxiboot zu Renzo auf seine seltsame Insel in der Lagune.

Das Haus ist leer bis auf die zwitschernden Kanarienvögel und ein unsichtbares Dienstmädchen. Die beiden Prinzessinnen sind für einen Tag nach Mailand gefahren, um sich um ihre Wintergarderobe zu kümmern. Sonnenlicht strömt durch die Fenster. Das Wasser der Lagune sprenkelt uns mit Lichtflecken, während wir uns lieben.

Der Liebesakt zwischen uns ist so sehr Gegenwart, daß er einer Art Meditation gleichkommt. Vollkommen fließend, ohne Anfang und Ende, scheint er nicht Sex zu sein, sondern ein fleischliches Paradigma für Ungebundenheit.

Wir *kennen* einander, körperlich und seelisch. Wir haben einander vom ersten Augenblick unserer Begegnung und vom ersten Liebesakt an gekannt. Darüber, daß es perfekt funktionieren würde, gab es nie eine Frage, nie einen Zweifel. Ob wir reden oder nicht, essen oder nicht, wir sind immer, immer in Harmonie, vereint, berühren uns.

Er berührt meine Brust. Über uns an der Decke kräuseln sich

die Lichtreflexe des Wassers. Ich berühre sein Haar, seine Brustwarzen. Er saugt an meiner Unterlippe. Er streift sein Leinenhemd und seine Leinenhose ab. Ich liege in seinen Armen, rieche seine Achselhöhle, zufrieden, ihn zu berühren; ich strebe nicht nach mehr, nicht nach dem Orgasmus. Wir sind unter Wasser, schwimmen durch Licht. Nur der Geruch seiner Haut, die Berührung seiner Weichheit, sein Duft reichen aus, um mich zu befriedigen.

Die Geschmeidigkeit seines Körpers entzückt mich; all das ist für mich da, ohne Unterbrechung, ohne Ende. Ein Festmahl, bewegend wie die Wasser Venedigs, veränderlich und doch gleichbleibend.

Er saugt an meinen Lippen, meinen Brüsten, nennt mich seine Piccola Pittrice, und ohne zu wissen wie, sind wir plötzlich ineinander und auseinander, die Beine gespreizt, die Beine zusammen, er sagt *«piano, piano»* und bewegt sich, bewegt sich, bewegt sich langsam in mir, damit es dauert. Immer, wenn ich zu kommen anfange, hält er inne, läßt mich total entspannen, so daß es mir schließlich gleichgültig ist, ob ich komme oder nicht. Ich fühle ihn in mir, fühle mich ganz durchdrungen, genommen, mir selbst, der Natur zurückgegeben.

Es ist seltsam, nicht wahr, daß wir Menschen uns selbst sogar bei der Liebe so weit von der Natur entfernen, daß die Erwartung des Orgasmus, der Drang danach, selbst den Liebesakt zu einer Sache von Erwartungen, Ängsten, Druck macht. Renzo läßt mich ganz dem Augenblick leben, weil er das auch tut, weil sein Sex frei ist von Absichten, von Druck oder Erwartungen jeglicher Art.

Und so, nachdem ich beschlossen habe, nichts zu tun, sondern den Augenblick zu spüren, im Augenblick zu *sein,* beginnt mein Körper in seiner eigenen, süßen Willenlosigkeit sein Crescendo. Er bewegt sich, bewegt sich, hält inne, hält inne. Aber ich habe angefangen zu kommen, und dann schreie ich, und er hält mir den Mund zu (das Dienstmädchen, das Dienstmädchen) und kommt selbst auch, die smaragdgrünen Augen halb geschlossen, braun, lachend, ernst am Rande des Orgasmus und dann wieder geschmeidig, entspannt.

Wir liegen zusammen, Pan und Ceres, der Gott der Wälder

und die Göttin des Korns, riechen unseren eigenen Duft, unseren Liebesgeruch – und dann läutet die Glocke, und es ist Mittag, und wir müssen gehen.

Ich streife meine Maske ab. Leila, Louise, Luisa entschwinden, und da ist nur eine Frau, angetrieben von ihrer unsichtbaren Muse, deren Feder über das Skizzenbuch huscht, deren Körper vor Liebe schmerzt, deren Herz froh und glücklich ist, weil sie weiß, daß die göttliche Liebe bedingungslos ist. Sie ist in einem Zustand der Gnade. Sie möchte tanzen, möchte vor der Madonna niederknien, möchte Zeichnungen und Gemälde malen, die den Freudlosen Freude, den Ungläubigen Glauben, den Lieblosen Liebe schenken. Sie will, daß jedermann das Leben auskostet und feiert, denn es ist ein Festmahl. Es ist da, um genommen zu werden. Man braucht nur den Mund zu öffnen, die Hand zu öffnen, einander zu lieben, Gott zu danken und sich zu freuen.

Im Grunde genommen ist das Leben ein Gebet. Wir beten auf viele Arten. Dies ist meine.

Ich fülle Seite um Seite mit Bildern und Worten, ehe ich in dieser Nacht einschlafe.

Während ich an Julians Seite schlafe, träume ich, daß ich auf dem Rücken einen Rollstuhl durch Venedig trage. Die Stadt besteht aus verschneiten Bergen und zerklüfteten Schluchten, die schimmernde Lagune liegt tief unten. Ich trage diesen schweren Rollstuhl eisige Abhänge hinauf und hinunter, weil ich Angst habe, eines Tages nicht mehr gehen zu können. Ich verfluche sein Gewicht.

Wirf den Rollstuhl weg! sage ich zu mir. Du kannst gehen. Es war nur deine Angst, die dich verkrüppelt hat.

Ich steige in den Rollstuhl und rase wie verrückt einen Abhang hinunter. Der Rollstuhl scheint zu fliegen und kommt dann unten auf dem Grund zum Stehen. Wie durch ein Wunder stehe ich, in Licht gehüllt, und werfe den Rollstuhl in die Lagune.

Ich wache auf. Nackt gehe ich ins Badezimmer und stelle mich vor den Spiegel. Ich bin in strahlenden Glanz getaucht. Mein Herz glüht.

Ah, sage ich, das ist es, das ist es. Das ist es, was wir erfahren sollten. Wir brauchen niemals einsam zu sein. Wir sind um den göttlichen Funken herum erbaut. Das Fleisch ist nur eine Lektion. Wir lernen sie und gehen weiter. Diese Gewißheit bleibt den ganzen Tag bei mir, während ich allein Venedig erforsche.

Am nächsten Morgen gehe ich allein in eine Ausstellung von Zeichnungen alter Meister auf der schönen kleinen Insel, wo die Kirche San Giorgo Maggiore von Palladio in der Mitte des Bekkens von St. Markus steht. Diese Insel mit ihrem grünbehüteten *campanile,* ihrem friedlichen Kloster, ihrem verlassenen Theater ist der schönste Fleck von ganz Venedig.

Ich lasse Julian in unserem Hotelzimmer an seiner Partitur arbeiten, ich verpasse die Verabredung mit Renzo, der um zwei Uhr mit seinem Boot an der Terrasse des Gritti sein will.

Allein und heiter gehe ich, um mir die Zeichnungen der alten Meister anzusehen.

Zeichnungen haben für mich eine Unmittelbarkeit, die Gemälden fehlt. Man sieht den Vorgang, den Geist des Künstlers an der Arbeit. In der Linie selbst enthüllt sich das Spiel des Geistes.

Ich bleibe vor einer Zeichnung von Domenico Campagnola stehen, auf der ein Mann unter einer belaubten Pappel einer Frau droht. Seine fliegende Stirnlocke, ihr erhobener Arm, ihr erhobenes Knie, der Kampf zwischen ihnen in den dunklen Schraffierungen von Feder und Tinte könnten je nach Standpunkt an Mord oder rohe Verführung gemahnen.

Für immer und ewig ist er im Begriff, sie umzubringen – oder zu küssen. Für immer und ewig ist dieses kämpfende Paar in dem Moment festgehalten, ehe die männliche Klinge weibliches Fleisch durchbohrt. Liebe oder Mord? Verstümmelung oder Verschmelzung?

Da ich keine Antworten auf diese Fragen habe, entferne ich mich von der Zeichnung und gehe weiter. Ich gehe an skizzierten Jungfrauen mit skizzierten Kindern vorbei, an Abrahams, die Isaaks opfern, alten Männern, Rittern, Bacchussen – und komme zu einer Nymphe von Veronese, die durch eine Waldlandschaft eilt, verfolgt von einem entschlossenen Satyr, der natürlich genau wie mein Renzo aussieht.

Der Tanz des Sex – Verfolgung, Flucht – von Nymphe und Satyr, Faun und Faunin hält seit Tausenden und aber Tausenden von Jahren an. Und ich bin wohl kaum die erste, die ihn auf Papier festhalten möchte. Solange Fleisch existiert, wird jemand aus der Wärme der Schlafstelle in der Höhle kriechen, sich auf seine – oder ihre – Knie aufrichten, um Bilder oder Worte an die Wand der Höhle zu kritzeln, um den Göttern und Göttinnen zu gefallen oder sie zu ärgern. Wir fahren fort, unsere Herzen zu enthüllen in der Hoffnung, daß sie nie zu schlagen aufhören. Vergebliche Hoffnung! Solange ich lebe, weiß ich, daß ich die Feder halten werde, die diesen Satyr, diese Nymphe, diesen dunklen, von Drachen bewohnten Wald zeichnet.

Und hier, schlaff und entspannt nach der Liebe, ein Faun und eine Faunin, gezeichnet von Tiepolo. Er küßt sie auf die menschliche Stirn; sie schließt in Ekstase die schrägen Augen. Ihre Hufe sind so behaart wie seine, aber sie hat menschliche Brüste und ein menschliches Herz, und es ist für einen Augenblick durch das Land des Ficks geschmolzen. Der Künstler hat ihre rechte Hand erhoben und dann durchgestrichen, als wisse er nicht, ob er ihr diese Fähigkeit geben solle.

Vor meinem geistigen Auge radiere ich diese Striche aus. Ich hole mein kleines Notizbuch mit dem marmorierten Einband heraus und zeichne rasch meine Version der Szene von Tiepolo. Meine Faunin liegt ebenso matt da wie seine, aber die Hand, die sie hebt, hält einen Zeichenstift. Während sie an der rauhen, behaarten Schulter ihres Fauns träumt, übersetzt sie diese flüchtige Szene von Lust und Liebe so, daß zukünftige Augen sie sehen können.

Ich will nach Hause fahren und eine Serie von Nymphen und Satyrn zeichnen. Ich will mir meinen Weg zur Gesundheit ermalen. Weder die Trobriand-Inseln mit Julian noch Venedig mit Renzo sind die Antwort. Ich habe meine Antwort.

Ich halte sie in der Hand.

Nachwort

von Isadora Wing

Ich blicke zurück auf mein Leben, und alles ist Verwirrung. Meine Männer, mein Kind, meine Bücher, meine Flugstunden, meine Ängste, die Bekämpfung meiner Phobie, mein Ruhm, meine Suche nach Gelassenheit. In der Mitte meines Lebens starb ich und wurde wiedergeboren.

Mit fünfundvierzig geht man entweder unter oder erschafft sich selbst neu wie einen Phönix. Ich war für den letzteren Weg auserwählt.

Was soll ich mit diesem Buch machen, das ich hinterließ, dieser Hülle meines alten Lebens, des Ichs, das ich einmal war, und des anderen Ichs, das ich einst war und das sie schuf?

Was immer Dr. Caryl Fleishmann-Stanger Ihnen über «mich» oder meinen letzten Roman erzählt hat oder nicht, ich bin nicht tot, sondern wieder da – ich, Isadora White Stollermann Wing alias Leila Sand, Louise Zandberg, Candida Wong, La Tintoretta, Antonia Uccello und so weiter. Wie ein anderer Autor bei einer anderen Gelegenheit gesagt hat: Berichte über meinen Tod waren übertrieben.

Mit Frieden und Ruhe in der Südsee klappte es nicht ganz. «Sebastian Wanderlust» – alias «Julian Silver» – schenkte mir wunderbare Wochenenden und Gondelfahrten durch den Canale Grande, aber auch er, da menschlich, hatte eine geheime Agenda. Als selbst das Paradies ihn nicht von seinem Leiden an der Zivilisation heilen konnte, gab er, wie «Danny Doland», mir die Schuld daran. Danach konnten wir weder unsere Freundschaft noch unsere Ehe retten.

Aus dem Paradies zurückgekehrt, beschloß ich, nur noch Lyrik, Gebete, Meditation zu schreiben. Und da ich diese Absicht habe, werden Sie, liebe Leserin, lieber Leser, vielleicht nie wieder eines meiner Bücher lesen – da die wertvollsten Worte in unserem Witz von einer gebildeten Gesellschaft meist am wenigsten gelesen werden.

Leben Sie also wohl. Unsere gemeinsamen Augenblicke haben mir gefallen. Es hat mir gefallen, Sie zum Lachen und zum Weinen zu bringen. Oft habe ich beim Schreiben selbst gelacht oder geweint. Ich liebe Sie wirklich. Ich möchte wirklich Ihr Leben retten. Und meines.

Als Leila, als Louise, ja, auch als Isadora verabschiede ich mich von Ihnen, bitte Sie, einander zu lieben, so gut Sie können, tapfer zu sein, mit Ihrem Gott zu kommunizieren und Verlogenheit zu bekämpfen, wo immer sie auftritt – zuerst bei sich selbst.

Die Romanautorin, die ich war (und teilweise noch bin), kann aber der Neigung nicht widerstehen, zur Zufriedenheit des Lesers (und meiner eigenen) die Geschichte zu beenden. Hier also der Schluß, ein Verknüpfen loser Enden wie in einem Roman aus dem 18. oder 19. Jahrhundert. Ich bin als Autorin ein viel zu braves kleines Mädchen, als daß ich meine Gestalten in der Luft hängen lassen könnte.

«Sebastian» oder «Julian» ging zurück nach L. A., ließ sich von der Schreiberin dieser Zeilen in gegenseitigem Einvernehmen

scheiden, heiratete ein süßes junges Ding und schrieb weiterhin elektronische Musik für Filmfirmen, obwohl er sich dauernd beschwerte, in Wirklichkeit wolle er Opern über die Eitelkeit menschlicher Wünsche und über spirituelle Transzendenz schreiben. Gefangen durch seinen Lebensstil und seine neue Frau plagt er sich bis heute an seinem Syntheziser ab, ein bewundernswerter Handwerker, der an seinem Leben verzweifelt.

«Bean/Dart/Trick» endete ebenfalls in Los Angeles; er heiratete eine ältere Schauspielerin, träumt von «Leila/Louise/Isadora», seiner einzigen großen Liebe, und spielt winzige Rollen in Rambo V bis X. Noch immer verstreut er seinen Samen ebenso freizügig durch Südkalifornien wie zuvor durch New York und Connecticut, und er verflucht sein Karma, seinen Vater und seine Sterne, daß er nicht den Mut hatte, seinen Casanovakomplex für die einzige Frau, die er jemals wirklich liebte, aufzugeben. Doch zwischen Männern und ihren Vätern ist Absicht schließlich das letzte, was zählt. «Dart» macht seine Frau für seinen Mangel an Erfolg verantwortlich, und rückblickend idealisiert er «Leila» mit jedem vergehenden Jahr mehr.

«Emmie» veröffentlichte ihr Buch über die Menopause, verdiente daran wieder ein kleines Vermögen und blüht und gedeiht, weil ihr Herz rein ist – wenn auch nicht vollkommen rein. Schließlich ist sie eine Autorin. Sie liebt ihren verheirateten Griechen noch immer und ist glücklich, wenn sein Schiff in den Hafen der Stadt einläuft.

«André» blieb ebenfalls in Südkalifornien hängen, nachdem er seine Galerie verkauft und sich von seiner Frau hatte scheiden lassen. Er heiratete eine zweiundzwanzigjährige Schauspielerin und wurde zum Indienfan und Reformkostfanatiker. Es erstaunt Ihre Berichterstatterin wirklich, daß so viele der Figuren nach Los Angeles zogen, aber Sie wissen ja, was man über Südkalifornien sagt – alles, was in den Vereinigten Staaten nicht festgenagelt ist, endet schließlich dort.

Und was ist mit den «Zwillingen» oder «Amanda Ace» – einem so vitalen Kind, daß sie doppelt, Zwilling, Vierling zu sein scheint? Nach dem Verschwinden und der überraschenden Rückkehr ihrer Mutter schrieb sie im Alter von elf Jahren ein Buch, das ein Bestseller wurde. Es hieß «Lebensanleitung für Kinder» und sagte den heutigen

Kindern, wie sie sich selbst zentrieren und gesund, ganz und drogenfrei leben können angesichts des Zusammenbruchs der verrückten, suchterzeugenden Zivilisation ihrer Eltern.

Nachdem ihre literarische Karriere durch den Eintritt in die Pubertät zeitweilig unterbrochen war, geht «Mike-und-Ed» alias «Amanda» heute zur Schule wie jedes andere Kind ihres Alters, hat aber einen Agenten, einen Manager und einen Rechtsanwalt, um die Angebote für Fernsehshows, Filme, Interviews, Geldanlagen zu sieben, die jede Woche ins Haus flattern. Es bleibt abzuwarten, ob sie das hormonale Derby der Adoleszenz durchsteht, ohne wenigstens zeitweilig ihren Sinn für Humor zu verlieren. Sie ist schließlich die Tochter ihrer Mutter, und zwischen Müttern und Töchtern ist Absicht leider das letzte, was zählt.

Jetzt bin ich also zu Hause. Wieder in Connecticut. Die Ahornbäume strahlen auf meinem Hügel. Eine Raute von Licht färbt die Zimmerdecke meines Schreibstudios. Ein geisterhafter Herbstmond steht über den Hügeln. Ich schreibe. Bessie singt. Meine entzückende Tochter ist hier.

Zum ersten Mal in meinem Leben war ich fähig, das Gefühl festzuhalten, daß ich Luft unter meinen Schwingen habe. Endlich fliege ich.

Ich kann Ihnen nicht sagen, ob das an einem Mann, einem Buch oder dem Mond liegt. Ich kann Ihnen nur sagen, daß ich mich aus dem Gefängnis meiner selbst befreit habe und mich ohne Angst durch die Welt bewege.

Es hat etwas mit Nüchternheit zu tun, und die wiederum hat alles mit Freiheit zu tun. Es hat etwas mit Gnade zu tun.

Connecticut, Venedig, New York, Kalifornien, die Südsee ... welche Rolle spielt das, wenn man Gott im Herzen trägt und jedes Wort eine Meditation, ein Akt des Lobes ist?

Ich kann nicht sagen, daß ich ohne jeden Umweg hierher gekommen wäre. Zunächst muß ich bekennen, daß ich wieder trank. Doch offenbar war sogar das notwendig – denn es ließ mich erkennen, daß ich noch nicht ganz am Boden lag, daß ich mit der Kapitulation liebäugelte, aber noch nicht wirklich kapituliert hatte. Ich war noch nicht ganz bereit.

Derjenige, der meine Kapitulation auslöste, war mein letzter verheirateter Liebhaber. Er hieß Marcus. Wir lernten uns bei einer Dinnerparty in einem Loft in SoHo kennen, einem dieser mit teurer Kunst und maßgefertigten Möbeln ausgestatteten Lofts. Auch die Leute waren Maßarbeit. Abfall aus Europa. Reiche Gammler in abgerissenen Klamotten.

Er hatte silbernes Haar, haselnußbraune Augen und war im Kunsthandel tätig – als Berater. Mit zwei Büros: New York und London. Ein ganz großes Tier. Aber mein Herz schmolz, weil er Jiddisch sprach. Er hatte Brooklyn in den Knochen. Wie mein Vater.

Zwischen uns sprühten Funken. Zing. Zing. Bam. Bam. Krach. Wir flohen. Wir begannen eine Affäre voller Knoblauch, Blues und Butter. Und Orgasmen. Er war intelligent, witzig, hellseherisch – jedenfalls konnte er meine Gedanken lesen. Er hatte die Augen meiner Großmutter. Binnen zwei Monaten war ich hoffnungslos verliebt. Und er war hoffnungslos verheiratet. Wie der Rest des männlichen Geschlechts brauchte er beides und war hilflos unfähig, das zu ändern. Er liebte mich; er machte sich Sorgen um mich. Er wollte sich um mich kümmern, aber da er ein Mann war, fielen ihm Entscheidungen schwer. Die Männer brauchen ja auch kaum je welche zu treffen, nicht wahr? Zumindest nicht in bezug auf Frauen. Es fehlt ihnen einfach an Übung.

An einem Wochenende, ich war allein, ging ich mit einem alten Verehrer aus, um die Trance zu brechen.

Dieser alte Verehrer war ein Säufer. Aus meinen Säufertagen. Wir tranken also. Wir tranken in Roxbury, in Cornwall, in Bethel, in Redding und in Darien. Wir tranken in Rye und Harrison und Bedford. Er übergab sich. Ich wurde bewußtlos. Romantisch, nicht?

Am nächsten Morgen erwachte ich in einem fremden Bett unter einem Stapel von Mänteln. Im benachbarten Zimmer spielte Musik. Ein dünnes indisches Mädchen wickelte sich vor dem Spiegel in und aus ihrem Sari. Ein bleicher junger Mann lag schlafend neben mir im Bett.

Panik. Verzweiflung. Hämmernder Kopf. Trockener Mund. Unfähig, mich zu bewegen. Die Kontaktlinsen klebten an meinen Lidern. Ich erwachte schluchzend.

Plötzlich wurde mir klar, daß all die Tage und Monate meiner Trockenheit an Bedingungen geknüpft gewesen waren: Gott, ich werde trocken, wenn du dieses Buch zum Erfolg machst. Gott, ich werde trocken, wenn du mir diesen Liebhaber gibst. Gott, ich werde trocken, wenn du mir Liebe, Lust, Reichtum gibst. Natürlich glaubte ich nicht, daß ich Gott Bedingungen stellte. Aber das war der Beweis: Wenn die Arbeit oder die Liebesaffäre sich irgendwie als enttäuschend erwies, würde ich in meinem Zorn wieder trinken.

Ich taumele aus dem Bett und falle auf die Knie. Ich zittere, Tränen laufen über mein Gesicht. Ich will nüchtern werden, weil ich nüchtern werden will, sage ich. Ich will es, weil ich es will. Mehr als ein Buch. Oder einen Mann. Mehr als alles andere. Ich will es, weil ich es will. Weil ich das Leben als Leben will. Ich bin völlig bereit.

Mit diesem Ausbruch kamen eine Leichtigkeit, die ich nie gekannt hatte, und eine Helle, die ich nie erlebt hatte, als nehme Gott mein Herz und schleudere es wie eine Frisbeescheibe über den Mond. Als bestünde mein ganzer Körper aus Licht. Seither hatte ich keinen Drink mehr. Und auch keinen verheirateten Mann.

Ja, mein vierter Mann und ich flogen tatsächlich in den Südpazifik, und wir stürzten tatsächlich ab, aber damit ist die Geschichte noch nicht ganz zu Ende. Ich flog über Atolle und Korallenriffe, sah, wie die Gewalt des Erdkerns sich durch die glitzernden Wasser hebt, und ich erkannte, daß wir eine besondere Verantwortung haben, weil wir die erste Zivilisation sind, die die Wolken von beiden Seiten sieht – die wirklich fliegt. Wir sind Gott näher als die Menschen früherer Zeitalter, und gleichzeitig sind wir weiter von ihm entfernt.

Ich bezeichne das als Zeitalter des Ikarus. Zeitalter der wächsernen Schwingen. Kein Wunder, daß wir versuchen, unsere Leere mit Drogen, mit Nahrung, mit Sex zu füllen. Wir sehnen uns nach dem Geistigen und wenden uns irrtümlich den Geistern zu. Wir suchen nach Gott und wenden uns irrtümlich dem Menschen zu.

Wir können uns aus einer Kultur und in eine andere fallen lassen – und das schneller, als unser Bewußtsein erfassen kann. Von der Steinzeit ins Raumfahrtzeitalter. Die Zeit ist für uns komprimiert. Alle Zeitalter existieren gleichzeitig.

Was ich nie vergessen werde, ist die Nässe des Südpazifiks, das Gefühl der Feuchtigkeit auf meiner Haut. Mein Körper fühlte sich dort anders an. Ich wußte, daß er aus Wasser bestand. Und Luft. Und der Geruch des Südpazifiks: Frangipani, Kopra, Sago, Lehm und Blut. Und der Lärm der Insekten in der Nacht. Und die totale Dunkelheit der Dörfer. Die Verlockung der steinzeitlichen Kultur – ein Leben außerhalb der Zeit. Mit der Sonne aufstehen. Mit dem Mond schlafen gehen. Die Tage äonenlang. Äonen nur Tage.

Als das Flugzeug in die Solomon-See stürzte, hatte ich keine Angst. All meine Angst vor der Angst – und als der Absturz kam, war ich ruhig.

Überzogener Flug. Trudeln. Kreiselnder Höhenmesser. Wolkengebirge. Knacken im Funkgerät. Mein Mann lacht. Sturzflug aufs Meer. Blaues Wasser. Aufgehobene Zeit. Mein Leben. Der Kosmos. Beide sind eins.

Ich war geradezu jenseitig ruhig – als sei ich in der Hölle gewesen und kehrte singend zurück.

Dann kam der Adrenalinstoß – der alte, animalische Teil des Gehirns rührte sich. Ruhig befreite ich mich aus dem Wrack. Ruhig stieß ich die Tür auf. Ruhig schwamm ich an Haien vorbei.

Wie beim Gebären kann ich mich hinterher kaum daran erinnern. Aber was ich tat, war richtig. Ich lebe noch.

Ich war mir durchaus bewußt, daß ich Amelia Earharts Territorium betrat, als ich die Wolkenstädte zwischen Port Darwin und Port Moresby durchquerte. Die Wolkenschlösser, die sie beschrieb – voll nebelhafter, wasserspeiender Figuren –, die Frau belauernd, die die Frechheit besitzt, den Himmeln zu trotzen –, die fremde, felsige Inseln überwindet, deren steinerne Spitzen zu den Sternen zeigen.

Eine Frau, die die Hand am Steuerknüppel hat, in müheloser Übereinstimmung mit dem Willen des Windes – so scheint es jedenfalls, bis der Wind sich dreht –, hat von keinem Mann etwas zu fürchten. «Ich will es tun, weil ich es tun will», schrieb Amelia Earhart von dem, was ihr letzter Flug sein sollte, an ihren Mann. «Frauen müssen versuchen, Dinge zu tun, wie Männer es versucht haben. Wenn sie keinen Erfolg haben, muß ihr Mißerfolg eine Herausforderung für andere sein.»

Eine Herausforderung für andere!

Diese Worte klangen mir in den Ohren, als ich durch die Wolkenschlösser nach unten raste, die Zentrifugalkraft mich gegen meinen Gurt preßte, meine Instrumente wild kreiselten.

Mein Mann lachte. Er hatte sich immer einen lachenden Tod gewünscht und war nur zu entzückt. Er wollte nicht gerettet werden.

Das habe ich bisher über «Julian» oder «Sebastian» noch nicht erzählt: Er wünschte sich verzweifelt zu sterben, ehe der Verfall ihn einholte. Das war einer der Gründe, warum der Südpazifik ihn verlockte, warum er sich von Kopfjägern und Kannibalen unwiderstehlich angezogen fühlte. Und warum er enttäuscht war, daß uns niemand fraß.

Er hoffte auf den Tod, hoffte, ihn einzuholen, bevor dieser ihn einholte. Die Oper über die Suche nach dem Paradies war ein reiner Vorwand: Er suchte keine Oper, keinen Film; er suchte die letzte, flackernde Lightshow seines Lebens.

«Laß los!» rief er, als wir zu trudeln begannen. Und er versuchte, meine Hand vom Steuerknüppel zu reißen, hoffte, mich daran zu hindern, die Maschine wieder zu beherrschen. Er lachte wie verrückt, sein weißes Haar wehte im Wind. Er versuchte, Schwimmwesten, Notrationen, Treibstoffkanister aus dem Flugzeug zu werfen.

In diesem und nur in diesem Moment geriet ich in Panik. Allein hätte ich es überstehen können – aber die Verrücktheit eines Mannes würde mich verderben, das wußte ich. Mit einem gezielten Schlag ließ ich eine Taschenlampe auf Julians schneeweißen Kopf sausen und – erstaunlicherweise – raubte ihm das das Bewußtsein.

Er murmelte und döste und träumte, während ich die Maschine unmittelbar vor dem Aufprall abfing – aber zu spät, um den Absturz zu verhindern. Wir trafen auf das Wasser, kippten, begannen zu sinken. Ich kletterte rechtzeitig hinaus. «Sebastian/Julian» gestattete mir trotz seiner Todeswünsche, ihn ins Wasser zu ziehen. Widerwillig erkannte er, daß Gott und nicht er selbst die Sache in der Hand hatte.

Wir schwammen weg, beobachteten aus dem Augenwinkel die sinkende Maschine und schwammen weiter, bis Korallen unsere Knie streiften und unsere Zehen aufrissen. Die Insel erschien.

Etwa neun Monate später wurden wir von einem amerikanischen Milliardär und seiner polnischstämmigen Frau gerettet. Sie segelten einen Schoner voller Prominenz, eine Art Narrenschiff, auf dem wir willkommen geheißen wurden wie bei einer von «André McCraes» Partys. Sie können sich den Kulturschock vorstellen – mit Champagnerkelchen von Tiffanys und 61er Krug für People *und* Time *anzustoßen, nachdem man scheinbar ein Jahrzehnt lang Maden und Schnecken, rohen Fisch und verfaulte Wurzeln gegessen hat. Ich brauchte dringend einen Zahnarzt, eine Maniküre und Pediküre. Und mir wurde sonnenklar, warum Langlebigkeit kein Merkmal der Frühmenschen war.*

Jetzt lebe ich mein Leben wie eine Kriegerin. Ich weiß, daß das ein Zeitvertreib ist, keine Härte: Spiel, nicht Arbeit.

Zurück im flammenden, herbstlichen Connecticut, am Rande der Ewigkeit, wieder bei meinem Kind, meinen Rosensträuchern, meinem Hund, meinen Gedichten, meinem Küchengarten mit Kräutern und Gewürzen, weiß ich, daß ich überaus gesegnet bin. Und nicht allein.

Ich bewege mich auf das Licht zu.

Wie eine Motte mit den Flügeln schlagend – und sei es nur, um in einer Flamme zu sterben – schreibend, malend, betend, liebend, sterbend in den dunklen Übergängen zwischen Licht und Licht.

Wie Leila sagt: «Solange Fleisch existiert, wird jemand aus der Wärme der Schlafstelle in der Höhle kriechen, sich auf seine – oder ihre – Knie aufrichten, um Bilder oder Worte an die Wände der Höhle zu kritzeln, um den Göttern und Göttinnen zu gefallen oder sie zu ärgern.»

Meine Geschichte hat kein Ende. Wie chinesische Schachteln in Schachteln, wie russische Puppen in Puppen, wie eine Zwiebel, die man schält – wir fahren fort, unsere Herzen zu offenbaren in der Hoffnung, sie möchten nie aufhören zu schlagen. Vergebliche Hoffnung!

Mein Herz schlägt in diesen Worten.

Ich stelle mir Leila vor, die sich Sie, lieber Leser, liebe Leserin, vorstellt, auf der Suche nach Heimat, nach Frieden, nach Mutter, nach Vater, nach Gott, nach Göttin, in der Hoffnung, den Schlüssel zur Gelassenheit zwischen den Deckeln dieses Buches zu finden. Wie ich es tat, als ich es schrieb.

Nehmen Sie Ihren Stift oder Pinsel zur Hand und malen Sie sich selbst aus Ihrer eigenen Ecke heraus. Einatmen. Ausatmen. Stillsitzen.

Ich will Ihnen helfen.

Das ist mein Gott und auch mein Liebesbrief an Sie.

Inhalt

Folgenden Personen und Institutionen danken wir für die Erlaubnis, urheberrechtlich geschütztes Material zu verwenden:

Aus den folgenden Songs von Bessie Smith: «Blue Blues», Copyright © 1931 Frank Music Corp., © erneuert 1959 Frank Music Corp.; «Dirty No-Gooder's Blues», © 1929 Frank Music Corp., © erneuert 1957 Frank Music Corp.; «It Makes My Love Come Down», © 1929 Frank Music Corp., © erneuert 1957 Frank Music Corp.; «Long Road», © 1931 Frank Music Corp., © erneuert 1959 Frank Music Corp.; «Please Help Me Get Him Off My Mind», © 1928 Frank Music Corp., © erneuert 1956 Frank Music Corp.; «Reckless Blues», © 1925 Frank Music Corp., © erneuert 1953 Frank Music Corp.; «Shipwreck Blues», © 1931 Frank Music Corp., © erneuert 1959 Frank Music Corp.; «Sorrowful Blues», © 1924 Frank Music Corp., © erneuert 1952 Frank Music Corp.; «Wasted Life Blues», © 1929 Frank Music Corp., © erneuert 1975 Frank Music Corp.

Aus «Down in the Dumps« von Leola P. Wilson und Wesley Wilson. Copyright © 1958 Frank Music Corp., © erneuert 1986 Frank Music Corp.

Aus «Jailhouse Blues» von Bessie Smith und Clarence Williams. Copyright © 1923 Frank Music Corp., © erneuert 1951 Frank Music Corp.

Aus «I Ain't Got You» von Calvin Carter. Copyright © 1955 (erneuert) Conrad Music, eine Abteilung von Arc Music Corp.

Aus «Right String But the Wrong Yo-Yo» von Willie Perryman. Copyright © 1985 Unicheappell Music Inc.

Aus «Love Is Here to Stay» von George Gershwin und Ira Gershwin. Copyright © 1938 Gershwin Publishing Corporation. Copyright erneuert durch Chapell & Co., Inc.

Aus «Down Hearted Blues» von Alberta Hunter und Lovie Austin. Copyright © 1922 Alberta Hunter und Lovie Austin. Copyright © erneuert 1949 durch MCA Music Publishing, A Division of MCA Inc. Copyright © 1963 MCA Music Publishing, A Division of MCA Inc. Rechte verwaltet durch MCA Music Publishing, A Division of MCA Inc.

Aus «Gimme a Pigfoot» von Leola B. Grant und Wesley Wilson. Copyright © 1962 Northern Music Company. Rechte verwaltet durch MCA Music Publishing, A Division of MCA Inc.

Aus «Empty Bed Blues» von J. C. Johnson für Record Music Publishing Company. Copyright © 1928, 1955 J. C. Johnson. Mit Genehmigung der Songwriters Guild of America.

»Man hat gesagt, daß der lebensphilosophische existentielle Stil Henry Millers unwiederholbar sei und literarisch keine Schule bilden werde. Das Gegenteil wurde Wirklichkeit, ausgerechnet durch eine Frau...«
Frankfurter Allgemeine Zeitung

Erica Jong

Angst vorm Fliegen
Roman. Fischer Taschenbuch Band 2080
»Erica Jongs erster Roman ›Angst vorm Fliegen‹ ist ein Volltreffer. Er hat Klasse und Frechheit, Brillanz und Angriffslust... Ihre herrliche Offenheit bringt einen neuen Ton, eine neue Qualität in die Prosa der Frauen ein...«
John Updike

Rette sich wer kann
Roman. Fischer Taschenbuch Band 2457
»Ich bin tief beeindruckt von ›Rette sich wer kann‹, der Vitalität, der Wärme, der Intelligenz und dem Mut.«
Ingmar Bergmann

Fanny
Roman. Fischer Taschenbuch Band 8045
»So bietet dieser witzige, geistreiche Roman mit seinen barocken Einfällen, gewagten Sprachspielen und parodistischen Seitenhieben nicht nur turbulente Sex-Szenen in historischer Maskerade, sondern auch die nachdenkenswerte Lebensgeschichte einer jungen Frau, die gegen die gesellschaftlichen Zwänge ihrer Zeit rebelliert.«
tz / München